하늘은 온통 푸른색
1

멜리사 다 코스타 지음 · 이재형 옮김

TOUT LE BLEU DU CIEL

1

Petitesannonces.fr

제목: 마지막 여행을 함께할 동행을 찾습니다

작성자: Emile26

날짜: 6월 29일 오전 1시 02분

메시지:

26세의 젊은 남성입니다. 조기 발병 알츠하이머 진단을 받았고, 마지막 여행을 떠나고자 합니다. 이 마지막 여정을 함께할 여행 동반자를 찾습니다. 여정은 함께 정할 예정입니다. 알프스, 오트알프, 피레네? 캠핑카로 이동하면서 도보 여행(배낭과 텐트를 메고 다니는 하이킹)도 포함됩니다. 어느 정도 체력이 필요합니다.

출발 : 가능한 한 빨리. 여행 기간 : 최대 2년(의사의 추정 기준). 더 짧아질 수도 있습니다.

동행자에게 바라는 조건 :

의료 지식은 필요 없습니다. 치료나 간병은 받고 있지 않으며, 신체적으로 모든 기능을 유지하고 있습니다.

강한 정신력을 가진 분(내가 기억을 점점 더 많이 잃어버릴 수도 있습니다).

자연을 사랑하는 분.

다소 불편한 생활 조건을 두려워하지 않는 분.

인간적인 모험을 함께하고 싶은 분.

연락은 이메일로만 해주세요. 이후 전화 통화는 가능합니다.

에밀은 턱을 문질렀다. 어릴 때부터 그랬다. 생각에 잠기거나 망설일 때마다 하던 버릇이었다. 그는 자신이 쓴 광고 글에 확신이 없었다. 차갑고, 생기가 없고, 좀 미친 것 같다고 느껴졌다. 그는 아무 생각 없이 단숨에 글을 써 내려갔다. 새벽 한 시였다. 그는 일주일 내내, 아니, 거의 일주일 내내 잠을 자지 못했다. 그런 상태로 글을 쓰는 건 도움이 되지 않았다.

글을 다시 읽어보았다. 뭔가 입안에 씁쓸한 맛을 남기는 듯한 글이라는 생각이 들었다. 하지만 그는 이 정도면 괜찮다고 스스로를 위로했다. 하지만 그가 생각하기에, 이 글은 연약한 사람들은 질리게 만들 만큼 어둡고, 평범한 사람들은 기겁하게 만들 만큼 터무니없었다. 그런 기묘한 어조를 알아차릴 수 있는 사람만이 이 글을 읽고 다가올 수 있을 거라고 그는 믿었다.

그는 의사의 진단을 받고 난 뒤로, 그는 어머니는 눈물을 흘리고, 아버지는 이를 악무는 모습을 봤다. 누나가 점점 수척해져 가는 것도 지켜봤다. 그녀의 얼굴에는 다크서클이 짙게 내려앉아 있다. 하지만 그는 달랐다. 그는 그 소식을 완전히 냉철하게 받아들였다. 의사는 조기 발병 알츠하이머의 일종이라고 그에게 말했다. 그것은 서서히, 그리고 돌이킬 수 없이 기억을 잃게 만드는 신경퇴행성 질환이었다. 이 병은 결국 뇌간(腦幹)을 공격해서 파괴하게 될 거라고 했다. 뇌간은 심장 박동과 혈압, 호흡처럼 생명 유지 기능을 담당하는 부위였다. 죽음이 빠르게, 길어야 2년 안에 찾아올 테니 그건 오히려 좋은 소식이라고 할 수 있었다. 완벽했다. 그는 짐이 되고 싶지 않았다. 앞으로 수십 년을 심각한 노쇠 상태로 살아가고 싶지 않았다. 곧 죽을 거라는 사실을 알고 있는 것이 차라리 나았다. 2년 정도면 괜찮을 것 같았다. 그 동안 조금은 인생을 즐길 수 있을 테니 말이다.

　로라가 1년 전에 떠난 건 차라리 잘된 일이었어. 그녀가 곁에 있었다면 상황은 훨씬 더 복잡해졌을 거야. 그는 진단을 받고 나서 일주일 동안 줄곧 이렇게 스스로에게 말해왔다. 로라는 떠났고, 1년 동안 아무 연락도 없었다. 전화 한 통 없었다. 그녀가 어디 살고 있는지도 알 수 없었다. 차라리 그편이 나았다. 그는 이제 진짜로 어떤 연고도 없었다. 그렇게 그는 떠날 수 있었다. 마음 편히 마지막 여정을 시작할 수 있었다. 그렇다고 완전히 혼자인 건 아니었다…. 여전히 부모님이 계셨고, 누나 마르조리와 그녀의 남편 바스티앵, 그들의 쌍둥이도 있었다. 어린 시절 친구 르노도 있었다. 르노는 이제 막 아빠가 되었고, 가족이 살 집을 찾고 있었다. 르노가 결혼을 하고 아빠가 되다니…. 놀라운 인생 반전이었다! 둘 다 그런 일은 절대 일어나지 않을 거라고 생각했었다. 르노는 교실 맨 뒤에 앉아 있던 뚱뚱한 아이였다. 천식을 앓았고, 땅콩 알레르기도 있었으며, 운동장에선 항상 우스꽝스럽게 행동했다. 반면, 에밀은 장난기 많고 약간 반항적이었으며, 재치도 있는 아이였다. 사람들은 둘이 어울리는 걸 보고 늘 의아해했다. 뚱뚱한 아이와 반항적인 아이. 르노는 늘 에밀의 그림자 속에 있었다. 하지만 세월이 흐르며 상황은 달라졌다. 르노에게는 잘된 일이었다. 그는 우선 10킬로그램을 감량했고, 자신의 길을 찾았다. 그는 언어치료사가 되었다. 그때부터 르노는 완전히 달라졌다. 르노는 라에시시아를 만났고, 이제 그들은 하나의 가족이 되었다. 반면, 장난기 많던 에밀은 결국 뒤처지게 되었다. 스물여섯 살, 생기를 많이 잃었다. 그리고 로라를 떠나보냈다….

　에밀은 책상 의자에 몸을 기댄 채 고개를 저었다. 감상에 젖거나 과거를 되새길 때가 아니었다. 이제는 여행에 집중해야 했다. 그에게 이런 생각이 떠오른 건 진단을 받은 바로 그 순간이었다. 그는 한두 시간 정도 완전히 무너져내렸지만, 그러고 나서는 여행이라는 생각이 마음속에 싹트기 시작했다. 여행을 하겠다는 얘기는 아무에게도 하지 않았다. 그 말을 들으면 분명 누군가가 막아설 것이기 때문이었다. 그의 부모와 누나는 서둘러 그를 임상실험에 등록시켰다. 하지만 의사는 이건 그를 치료하거나 낫게 하기 위한 것이 아니라 그 희귀병에 대해 좀 더 알아보기 위한 것이라고 그에게 분명히 말했다. 말하자면 그에게는 아무런 도움이 되지 않는 일이었고, 남은 시간을 병실에 갇혀 의료 실험의 대상으로 보내야 한다는 뜻이었다. 그럼에도 부모와 누나는 고집을 꺾지 않았다. 그는 그 이유를 알고 있었다. 그들은 그의 죽음을 받아들이지 못했고, 임상실험이 병이 진행되는 것을 늦출 수 있을지도 모른다는 실낱 같은 희망에 매달리고 있었다. 하지만 병을 늦춘다 한들 무슨 의미가 있을까? 단 1초라도 더 살려고? 치매 상태를 연장하려고? 그는 이미 떠나기로 결심했다. 모든 것을 철저하게 비밀리에 준비하고, 아무에게도 말하지 않은 채 떠날 것이다.

캠핑카도 알아보았고, 돈도 송금했다. 주말에 차를 찾아올 생각이었다. 모든 준비가 끝날 때까지는 도시 외곽 주차장에 세워 두려고 했다. 부모와 누나의 의심을 피하기 위해서였다. 르노에 대해서는 아직 망설이고 있었다. 말을 할까? 의견을 구할까? 그는 확신이 없었다. 만약 르노가 독신이고 아이도 없었다면, 상황은 전혀 달랐을 것이다. 둘이 함께 떠났을 것이다. 거기에 대해서는 의심의 여지가 없었다. 하지만 이제는 상황이 바뀌었다. 르노에게는 이제 그만의 삶이 있었고, 가족을 책임져야 했다. 에밀은 그의 마지막 방황에 친구를 끌어들이고 싶지 않았다. 그럼에도 둘은 한때 모험을 꿈꾸며 "졸업하면 텐트랑 배낭 들고 알프스로 떠나자"라고 말하곤 했었다. 그러다 에밀은 로라를 만났고, 르노는 라에시시아를 만났다. 그들은 결국 그 꿈을 접었다.

마침내 에밀은 떠날 수 있었다. 그에게는 더 이상 연고가 없었다. 살아야 겨우 2년, 가족은 이미 그를 떠날 준비를 하고 있었다. 지금이든 2년 후든, 별 차이는 없었다. 그는 광고문을 마지막으로 다시 읽었다. 그래, 이상하고 무미건조한 글이었다. 그렇다, 아마 아무도 답장을 하지 않을 것이다. 상관없었다. 어차피 떠날 테니까. 혼자서. 그는 혼자 죽는 것이 두려웠다. 그 생각은 그를 끊임없이 괴롭혔다. 하지만 결국 그렇게 된다 해도, 만약 아무도 광고에 답하지 않는다 해도, 어쩔 수 없는 일이었다. 그래도 떠날 것이다. 마지막 꿈이 그 어떤 두려움보다 컸기 때문이었다. 그는 '보내기' 버튼을 클릭했고, 화면에는 광고가 게시되었다는 메시지가 떴다. 그는 한숨을 내쉬며 의자에 몸을 기대었다. 새벽 1시 15분이었다. 만약 누군가 답장을 보낸다면, 만약 미쳤든 용기를 냈든 누군가가 그에게 답을 보낸다면(어떤 답장이 올 것인지는 확신하지 못했지만), 그는 분명히 인생 최고의 여행 동반자를 찾게 될 것이다. 그건 분명했다.

"에밀, 미안하다. 라에시시아한테 애를 맡길 수가 없었어. 오늘 근무거든. 근데 끝나자마자 바로 올 거래."

르노는 아이를 안은 채 병실로 들어오며 난처한 표정을 짓고 있었다. 에밀은 그의 어깨를 가볍게 두드렸다.

"괜찮아. 내가 네 꼬맹이 보는 거 좋아하는 거 너도 알잖아."

"애는 지금쯤 자고 있어야 하는데… 밤새 한숨도 못 잤거든. 이제 곧 뻗을 거야."

르노는 피곤해 보였다. 에밀은 그가 아기를 안은 채 유모차를 펴려 애쓰는 모습을 바라보았다. 아이는 이제 겨우 여섯 달밖에 안 되어서 에밀은 아직도 르노가 아빠라는 사실이 낯설게 느껴지기만 했다. 그래서 진지한 표정으로 유모차를 펼치는 르노를 보는 건, 너무나 이상했다.

"왜 웃어?"

"뭔가… 무슨 환영을 보는 기분이라서."

"뭐가? 왜?"

"너랑 네 꼬맹이 말이야. 유모차의 달인, 르노."

"그래, 실컷 웃어라. 너도 언젠가는…."

그는 말을 잇지 못했다. 에밀은 곧바로 이유를 눈치챘다. 르노는 늘 하던 대로 "너도 언젠가 겪게 될 거야"라고 말하려다 아차, 싶었던 것이다. 그는 자신이 말실수를 했다는 사실을 깨닫고 얼굴이 벌게졌다.

"미안… 난, 그냥…."

에밀은 고개를 저으며 씩 웃었다.

"아냐, 나한텐 그런 일 없을 거야. 어쨌든 유모차는 안 접어도 되겠군! 인생이 잘못됐다고 누가 그래?"

그는 르노를 웃기려 했지만, 헛수고였다. 르노는 유모차를 접고는 심각해진 얼굴로 돌아섰다.

"너는 어때? 그니까 내 말은… 난 잠도 제대로 잘 못 자… 근데 넌 어떻게 웃고 농담까지 할 수 있어?"

에밀은 손톱을 살펴보는 척 하며 그의 시선을 피하려고 애썼다. 그는 대수롭지 않은 듯 대꾸했다.

"괜찮아. 몇 달 뒤엔… 내가 누군지도 모르게 될 거야. 그땐 아무것도 중요하지 않겠지. 걱정할 필요도 없어."

"에밀… 나, 지금 진지하게 얘기하는 거야."

"나도 그래."

르노는 금방이라도 눈물을 터트릴 것 같았다. 그 순간 에밀은 모든 걸 털어놓고 싶었다. 괜찮을 거야, 르노. 나 이제 떠날 거야. 배낭 하나에 캠핑카 끌고. 우리 예전에 꿈꿨던 그 여행 말야. 난 남은 시간 60년을 단 한 번 만에 살아낼 거야. 후회는 없을 거야. 약속해.

하지만 그는 말할 수 없었다. 르노는 그를 말리지 않을 것이다. 하지만, 문제는 다른 데 있었다. 르노는 친구 이상이었다. 형제나 다름없었다. 그가 떠난다는 걸 알게 되면, 혼자 보낼 수 없다고 괴로워할 게 뻔했다. 심지어 따라나설지도 몰랐다. 그건 도저히 감당할 수 없는 일이었다. 에밀은 르노에게 죄책감을 안겨주고 싶지 않았다. 무엇보다, 가족 곁을 잠시라도 떠나게 만들고 싶지 않았다.

"나한테까지 강한 척 안 해도 돼."

르노는 눈물에 젖어 이렇게 말했다.

"니 꼬맹이, 저러다 떨어지겠다."

실제로 아기는 르노 품에서 미끄러지고 있었다.

"아이고, 젠장."

르노는 얼른 아이를 다시 안고 침대 옆에 눕혔다. 에밀은 아기를 번쩍 들어 무릎 위에 앉혔다.

"에밀⋯."

"괜찮아, 르노. 인생이란 게 원래 그런 거야. 나는 그냥 꽝을 뽑은 거지. 받아들여야 해."

"그런 말 하지 마."

"그 임상 실험 말야⋯ 혹시 모르잖아."

그는 부모와 누나가 써먹었던 작은 속임수를 자기도 써먹었다. 즉,

끔찍한 진실을 말도 안 되는 희망 뒤에 숨긴 것이다. 그는 최대한 그럴 듯해 보이려 애썼고, 그게 통하는 듯했다. 르노는 풀죽은 표정을 거두고, 다시 유모차와 씨름하기 시작했다.

"도와줄까?"

"아냐, 괜찮아."

"자, 우리 꼬맹이는 오늘 어때?"

에밀 무릎에 앉은 아기는 신이 나서 소리를 질렀다. 르노와 라에시시아는 아이 이름을 티반이라고 지었다. 둘이 지어낸 이름이었다. 에밀은 이건 분명 라에시시아가 르노를 꼬드긴 결과라고 의심했다. 르노는 그녀의 제안이라면 무엇이든 거절할 수가 없으니까. 티반… 무슨 이름이 저래? 에밀은 그냥 "꼬맹이"라고 부르는 걸 더 좋아했다. 그것만으로도 훨씬 나았다. 르노가 드디어 유모차를 다 펼쳤다. 그는 몸을 일으켜 아이를 받아, 아주 소중한 물건이라도 되는 듯 조심스럽게 유모차에 눕혔다. 아기를 앉히고 나서 르노는 에밀 옆 병상에 털썩 앉았다. 그는 이상한 눈빛으로 에밀을 바라보았다.

"…그래서, 어떻게 지내?"

"나는 잘 지내. 너희는? 라에시시아는? 새 집 봤어?"

하지만 에밀의 회피 전략은 통하지 않았다.

르노가 말을 이어갔다.

"병원 복도에서 너희 어머니를 만났어."

"언제? 지금 방금?"

"응. 어머니는…."

그는 끝내 말을 잇지 못했고, 에밀이 대신 말했다.

"상심이 크셨겠지. 알아."

“그래도 그 임상실험을 하게 돼서 정말 다행이야….”

“그래… 다행이지….”

“젠장….”

르노가 얼굴을 감싸 쥐었다. 그는 갑자기 폭삭 늙어버린 것처럼 보였다. 에밀이 아프다는 소식을 듣고 그는 엄청난 충격을 받았다.

“병은… 어떻게 해서 걸린 거야?”

“걸린 게 아냐. 희귀한 유전병일 뿐이지. 그게 다야.”

“그런데 왜 하필이면 너야?”

“왜 나냐고? 왜 ‘나’가 아니겠어? 우주는 거대한 복권일 뿐이야.”

“근데 넌 어떻게 멘탈을 유지해? 막 다 때려 부수고 싶지 않아?”

“그러고 나서 펑펑 울고? 신세 한탄하면서?”

르노는 말을 잇지 못했다.

“그냥 받아들였어. 그게 전부야.”

“넌 항상 그랬지.”

“뭘 항상 그랬다고?”

“넌 거침이 없었고, 강했고… 난 겁쟁이였잖아. 넌 항상 나를 끌어올려 주었지.”

“넌 이미 내 위에 있어, 르노. 넌 날 필요로 하지 않고 혼자 힘으로 다 이뤄냈잖아.”

르노가 미소를 지었다. 그는 이제 더 이상 자신의 감정을 숨길 수 없었다. 그의 눈가에 눈물이 맺혔다. 그는 떨리는 목소리로 말했다.

“정말… 네가 많이 그리울 거야, 친구야.”

에밀도 더는 버틸 수 없었다. 목이 메어 왔지만, 그는 감정을 억눌렀다. 하지만 르노의 눈물은 감당할 수 없었다. 그는 더 이상 자제하지 않았다. 둘은 평소에는 자주 포옹하던 사이가 아니었지만, 그 순간만큼은 당연한 듯 서로를 안았다.

"그만해. 아직 그 정도는 아니야."

"미안해… 여자처럼 찔찔 짜서."

"꼬맹이 앞에서 이게 뭐야, 창피하게!"

르노는 코를 훌쩍이며 울다가 웃다가를 되풀이했다. 에밀은 끝까지 버텼다. 목이 타들어 가는 듯 했지만 울지 않았다. 그는 결심했다. 르노 말이 맞았다. 자신은 늘 강했고, 앞으로도 그럴 거였다. 끝까지.

"라에시시아는 언제 와? 오기 전에 눈물 좀 말려. 네 꼴 보면 널 차 버릴지도 모르잖아."

"설마 아이 아빠를 버리겠어?"

"네 말 대로 되기를 바란다."

르노는 눈시울이 촉촉해져서 에밀을 뚫어지게 바라보았다.

"임상시험… 진짜로 믿는 거야?"

에밀은 그에게 거짓말할 생각이 없었다.

"아니."

르노의 어깨는 더 축 처졌다.

"그럼 왜 그렇게 말했어…."

"무슨 말이든지 해야 되잖아."

"그래서 이제 어떻게 할 건데?"

"뭐가? 내가 어떻게 할 거냐고?"

티반의 유모차에서 울음소리가 터져 나왔지만, 두 사람은 꼼짝도 하지 않았다. 그들은 서로의 눈에서 뭔가 반응을 엿보려는 듯, 서로를 노려보았다.

“너, 여기 남아서 임상시험을 받으려는 건 아니겠지.”

르노의 말은 질문이 아니고 분명하고 단호한 선언이었다. 그는 이렇게 덧붙였다.

“야, 나는 널 너무 잘 알아. 그래서 말하는데, 그건 네 스타일이 아냐.”

에밀은 애정이 가득 남긴 눈으로 친구를 바라보았다. 울음으로 충혈된 그의 눈. 그의 가장 오랜 절친. 천식을 앓고 있는 통통한 꼬마. 그의 인생의 한 축. 그는 알아차렸다. 당연히 알아차릴 수밖에 없었다. 그들은 서로를 너무 잘 알고 있었다.

“야….”

“그럴 줄 알았어!”

“아직 아무 말도 안 했는데….”

“그래도 뭔가 준비하고 있다는 건 알고 있었어!”

“맞아. 나, 여기 안 남을 거야.”

“그럴 줄 알았어!”

이제 르노는 더 이상 절망스러워하지 않았다. 그는 거의 웃고 있었다. 고통과 기대가 뒤섞인, 그런 표정이었다.

“말해 봐! 다 말해 봐!”

“아무한테도 말하면 안 돼, 알겠지?”

“미쳤냐? 절대 말 안 해!”

“나, 떠날 거야.”

“떠난다고? 어디로?”

“아직은 몰라….”

그 순간 노크 소리가 몇 번 들려왔다. 르노는 깜짝 놀라서 촉촉한 눈을 재빨리 닦았다. 에밀이 대답했다.

"네?"

문이 열리고, 곱슬거리는 금발 머리에 몸에 꼭 맞는 정장을 입은 젊은 여성이 나타났다.

"라에시시아!"

거친 숨을 내쉬며 선글라스를 벗은 그녀는 핸드백을 바닥에 내려놓고는 티반의 유모차를 빠르게 흘끗 쳐다보았다.

"안 자?"

에밀은 르노의 태도가 순간적으로 바뀌는 것을 즉시 눈치챘다. 그는 마치 '책임감 있는 아빠'인 척 몸을 곧게 펴고 가슴을 내밀었다. 그는 라에시시아만 나타나면 항상 이렇게 행동했다. 라에시시아는 정말 놀라운 여성이었다. 현실적인 사고방식을 가진 진짜 어른. 인생을 어떻게 살아야 하는지 분명하게 알고 있는 사람. 그녀는 자신이 원하는 게 무엇인지, 어디로 가야 하는지 잘 알고 있었다. 열심히 일했고, 늘 바쁘게 움직였다.

"막 잠들려던 참이었어."

르노는 거짓말을 했다. 라에시시아가 자신을 나쁜 아버지로 생각할까 봐 두려웠던 것이다. 에밀은 그걸 눈치채고 몰래 웃음 지었다.

라에시시아는 침대 쪽으로 다가와 르노에게 빠르게 입을 맞추고는 에밀 앞에 서더니 물었다.

"괜찮아?"

"응, 괜찮아."

그녀는 그를 끌어안았다. 에밀은 그녀의 이런 애정 표현에 익숙하지 않았다. 그들은 항상 잘 지냈지만, 그것은 예의 바르고 적당한 거리를 두는 관계였다. 하지만 로라와 라에시시아 사이에는 전혀 통하지 않았다. 로라는 라에시시아와 정반대였다. 라에시시아가 금발이라면 로라는 흑발, 라에시시아가 진지하고 계획적인 사람이라면 로라는 자유롭고 가벼운 사람이었다. 한 사람은 항상 경외심 섞인 두려움을 불러일으켰고, 다른 사람은 무한한 애정을 불러일으켰다. 그는 항상 로라의 가벼움과 즉흥성, 아이 같은 면모를 더 좋아했다. 그녀는 바람처럼 자유로웠다. 그리고 떠나버렸다.

라에시시아는 에밀을 끌어안은 팔을 풀었다. 그가 병을 앓고 있다는 소식이 알려진 뒤로, 주변 사람들은 라에시시아처럼 포옹하고, 오랫동안 그를 바라보고, 마치 큰 소리라도 내면 그가 죽일지도 모른다는 듯 속삭이는 듯한 말투로 그에게 말을 하는 등 갑자기 그에게 감정을 더 자주 표현하곤 했다. 그래서 그는 불편하기만 했다. 그는 그런 걸 좋아하지 않았다.

에밀이 라에시시아에게 물었다.

"아직도 일 때문에 정신이 없어?"

"말도 마….”

"집은 어때?"

"이젠 집 보러 다닐 시간도 없어. 티반이랑 일 때문에… 너무 힘들어.”

병실 안에 다시 정적이 흘렀다. 라에시시아는 창가에 놓인 티반의 유모차 옆에 서서 한 손으로 아이의 머리를 쓰다듬으며 깊은 생각에 잠겼다. 그러다가 정신을 가다듬은 듯 말했다.

"임상시험은 언제 시작하는데?"

"다음 주에.”

"근데 왜 병원에 계속 있는 거야?"

"시험을 시작하기 전에 이것저것 검사를 받아야 해.”

“검사?”

“혈액 검사, DNA 검사, X선 진단, 기억력 테스트 같은 거….”

“헉, 대박.”

그녀는 티반의 머리 위에 있는 부드러운 머리카락 한 가닥을 정리한 뒤 말을 이어갔다.

“주말엔 나올 수 있어?”

“물론이지. 나 감옥에 있는 거 아냐.”

그는 그녀를 웃기려고 이렇게 말했지만 통하지 않았다.

라에시시아는 늘 진지한 사람이었다. 에밀은 그녀가 르노를 편안하게 해주는 존재라는 사실을 알고 있었다. 르노가 그녀를 그토록 사랑하는 것은 아마도 그 때문일 것이다. 겁이 많았던 그는 그녀에게 전적으로 의지할 수 있었던 것이다.

“그럼 이번 주말에 우리 집에서 저녁 먹자.”

“좋아.”

“금요일 저녁에 와. 내가 라자냐 만들게.”

“완전 좋은 계획이야!”

에밀은 르노가 의심스러운 눈초리로 자신을 바라보는 걸 느꼈다. 그는 에밀의 눈빛에서 단서를 찾으려 애쓰고 있었다. 르노는 에밀이 떠나려 한다는 걸 알고 있었고, 아마 이번 주말에 진짜 올 건지, 혹시 거짓말을 하는 건 아닌지 궁금했을 것이다. 에밀은 그를 안심시키고 싶었지만, 라에시시아가 옆에 있었고 그녀에게는 비밀로 하고 싶었다. 그녀는 반대할 것이고, 이해하지 못할 테니까.

어쨌든 그는 이번 주말에는 떠나지 않을 것이다. 그는 토요일 아침에 캠핑카를 끌고 와서 극장 앞 광장에 주차해둘 생각이었다. 그곳엔 원래도 캠핑카나 수상쩍은 밴들이 자주 주차하곤 했던 것이다. 그러고 나서 상황을 봐가며 결정할 것이다. 정확히 언제 떠날지는 아직 몰랐다. 이틀 전 그가 올린 광고는 지금까지 107번 조회되었지만, 연락을 해오는 사람은 아무도 없었다. 별 기대는 하지 않았지만, 그래도 사람 일은 모르는 거니까. 그는 일요일에 코스를 좀 더 정리해볼 계획이었다. 자연, 숲, 소나무 향기, 발밑에서 구르는 자갈들… 그런 게 그리웠다.

"그럼 일은?"

라에시시아가 이렇게 묻자 그는 깜짝 놀랐다. 그녀는 여전히 창가에서 티반의 머리를 쓰다듬으며 그를 바라보고 있었다.

"응?"

"회사엔 안 돌아갈 거지…?"

"어… 아니."

"그럼 병가를 낸 거야?"

"응. 무기한 병가."

조금 무거운 침묵이 방 안을 감쌌다. 르노는 뭔가 불편한 듯 몸을 비틀었다. 에밀이 덧붙였다.

"그 일… 못하게 되어도 별로 서운하지는 않을 것 같아."

그는 호텔과 예약 사이트를 연결해주는 일을 했다. 계약이 성사될 때마다 커미션을 받는 것이었다. 스타트업은 생긴 지 3년밖에 안 된 아주 작은 회사였다. 회사 대표는 로라의 친구의 친구였다. 그들을 연결해준 것도 로라였다, 3년 전쯤에 대표는 스물여덟 살이었고, 세상을 정복하겠다는 꿈을 갖고 있었다. 하지만 야망을 실현시킬 수 있는 자본을 갖고 있지 못했기 때문에 그의 꿈은 이뤄지지 못할 게 분명했다. 그들 외에 인턴이 한 명 있었는데, 이름은 제롬-앙토냉. 부잣집 도련님이자 무능하고 게으른 녀석이었다. 아니, 그 일을 못하게 되어 서운해할 일은 결코 없을 것이다. 그 일을 시작한 건 그냥 돈이 필요했기 때문이었고, 처음부터 흥미도 없었다. 그냥 시간을 메우듯 기계적으로 일했을 뿐이었다. 그래서 자신의 기억력이 떨어진다는 사실을 알아차리는 데 그렇게 시간이 오래 걸렸던 것이다. 그는 그걸 단지 지루함이나 동기 부족 탓이라고 생각했다. 잃어버린 메일들, 다시 쓰고 보낸 것들, 잊어버린 약속들, 절반은 빼먹은 고객 응답들, 중간중간 문서를 보며 멍하니 있는 순간들("내가 뭘 하려고 했더라?")⋯ 그 일은 지루했고, 별다른 변화도 없어서, 그는 그저 자신이 싫증이 난 거라고 생각했다. 하지만 사실 그의 기억은 점점 더 흐려지고 있었다. 그 후엔 실신도 했고, 균형 감각도 무너졌다. 그는 그냥 너무 피곤해서 그런 거라고 생각했다. 로라가 떠난 후, 일 년이 지나서야 찾아온 후폭풍 같은 거라고 여겼다⋯ 결국 어머니가 병원에 가보라고 강하게 권했고, 진단 결과가 나왔다.

라에시시아는 창가에서 안절부절못하며 창문 손잡이와 씨름을 하고 있었다.

"정말 덥다. 숨이 막힐 것 같아."

창을 열자 저녁의 시원한 공기가 병실 안으로 스며들었다. 7월이 시작되었고, 밖에선 새들이 시끄럽게 지저귀고 있었다.

"여기는 에어컨이 없어?"

"노인 병동에만 있대."

"더는 못 참겠어. 자판기에서 시원한 레모네이드 좀 사올게. 뭐 마실래?"

에밀은 고개를 저었고, 르노도 따라 고개를 저었다. 라에시시아는 이마에 달라붙은 곱슬머리 몇 가닥을 떼어냈다.

"금방 올게."

그녀는 조용히 병실 문을 닫고 나갔다. 르노는 곧바로 에밀 쪽으로 몸을 돌렸다. 지금 알고 싶었다.

"그래서… 뭐 하려는 건데?"

"아직 잘 모르겠어."

에밀은 하얀 침대 옆 탁자 쪽으로 팔을 뻗어 휴대폰을 집어 들었다. 그는 웹페이지를 열어 아래로 스크롤하며 몇 번 화면을 눌렀다.

"봐. 지금은 여기까지 썼어."

그는 르노에게 핸드폰을 건넸다. 그것은 그가 쓴 광고글이었다.

"읽어봐."

에밀은 캠핑카 운전석에 미동도 없이 앉아 있었다. 그는 혼란스럽고 망설이는 표정으로 깊은 생각에 잠겨 있었다. 그는 오늘 아침에 캠핑카를 가지러 갔다. 상태는 완벽했다. 안에는 설거지를 하지 않은 그릇도 있었고, 한 번도 사용한 적 없는 듯 보이는 수건 세트도 남아 있었다. 마음만 먹으면 지금 당장이라도 출발할 수 있었다…

캠핑카는 영화관 맞은편 주차장에 세워져 있었다. 하지만 에밀은 그 안에서 내릴 수가 없었다. 그는 혼란에 빠졌다. 이제는 무슨 생각을 해야 할지 더 이상 알 수가 없었다. 며칠 전 르노는 그 광고를 보고는 몹시 당황스러워 했다.

"떠나고 싶다는 생각은 이해해… 하지만 낯선 사람이랑 같이 간다는 건 이해가 안 돼…."

르노는 마치 자신이 함께 가지 못하는 것을 미안해하는 듯 불편해
했다.

"자, 아무도 답장을 안 할 거야… 만일 답을 하면 그건 아마도 진짜
미친놈이겠지. 사이코패스이거나 성범죄자이거나… 도대체 뭘 어쩌
려는 거야?"

보통 에밀과 르노는 죽이 잘 맞았다. 하지만 이번엔 아니었다. 그래
서 에밀은 오래도록 망설였다. 르노가 이렇게 반응하는 건 내가 곧 죽
을 거라는 사실을 알고 있기 때문일까? 내가 집이나 가족들 곁이 아
닌 멀고 먼 곳에서 죽게 될 거라는 걸 알기 때문일까? 아니면, 내가 정
말 말도 안 되는 생각을 하고 있는 걸까? 그는 광고글을 지울 뻔했다.

그런데 오늘 아침, 누군가가 답장을 보냈다. 에밀은 크게 당황했다.
왜냐하면, 그는 누가 오더라도 분명히 남자일 거라고 굳게 믿고 있었
기 때문이다. 하지만 아니었다. 답장을 보낸 건 여자였다. 젊은 여자.
스물아홉 살이라고 했다.

여자는 그 광고를 보고 겁을 먹어야 했다. 최소한 경계심을 품어야
했다. 자신이 곧 죽을 거라 말하는 낯선 남자와 목적지도 없고 일정
도 없는 여행을 함께 떠나니 말이다… 하지만 그녀에게서는 불안해하
는 기색이 전혀 느껴지지 않았다. 그녀는 짧은 메시지를 보냈고, 질문
도 거의 하지 않았다. 혹시… 정신적으로 문제가 있는 여자가 아닐까?

Petitesannonces.fr

제목: 답장 "마지막 여행을 함께할 동행자를 찾습니다
작성자: 조(Jo)

날짜 : 7월 5일 오전 8시 29분

메시지:

안녕하세요, Emile26님.

당신의 광고가 제 눈길을 끌었어요.

제 이름은 조안이고, 나이는 29살입니다.

저는 채식주의자이고, 청소나 편안함에는 그다지 예민하지 않아요.

키는 겨우 157cm 정도지만, 20kg짜리 배낭을 메고 수 킬로미터를 걸을 수 있습니다.

말벌에 쏘이거나 땅콩, 조개류를 섭취할 경우 알레르기를 일으키긴 하지만, 전반적으로 건강은 좋은 편이에요.

코도 안 골고요.

말이 많은 편은 아니고, 자연 속에서 명상하는 걸 좋아해요.

출발은 최대한 빨리 할 수 있습니다.

답변 기다릴게요.

조안

에밀은 아침부터 이 메시지를 계속 반복해서 읽기만 하고 있다. 그는 잘 이해가 되지 않았다. 도대체 어떤 여자일까? 왜 이런 메일을 보낸 걸까? 이제 경계를 하는 건 여자가 아니라 바로 그였다… 그녀는 아무것도 묻지 않았다. 아무 거리낌 없이 그를 따라갈 준비가 되어 있었다. 대체 어떤 여자가 이런 식으로 행동한단 말인가? 에밀은 갑자기 이 메시지를 르노에게 보여주고 싶어졌다. 그의 의견을 듣고 싶어서였다. 저는 채식주의자이고, 청소나 편안함에는 그다지 예민하지 않아요. 독특하기는 하다. 정말 특이하다! 그녀는 에밀의 병에 대해서도, 이 여행 내내 머리 위에 드리울 '죽음의 그림자'에 대해서도 전혀 언급하지 않는다… 그녀는 신경도 안 쓰는 걸까? 코도 안 골아요. 말이 많지 않고, 자연 속에서 명상하는 걸 좋아해요.

에밀은 턱을 문지르고, 손을 얼굴로 가져가 지난 1년간 고집스럽게 길러온 수염을 쓸어내렸다. 사실, 그가 인정하기 어려웠던 것은, 그의 광고글이 바로 이런 식의 답장을 끌어내기 위해 쓰였다는 점이었다. 그는 바로 이런 사람을 끌어들이려고 그 글을 썼던 것이다. 그런데 대체 뭐가 문제였을까? 왜 그는 갑자기 의심스러워하고 불신에 휩싸인 것일까? 그는 룸미러 속에 비친 자신의 모습을 바라보았다. 갈색 수염, 수염 아래 어렴풋이 드러난 보조개, 아몬드 모양의 갈색 눈. 눈가에는 이제 막 까치발처럼 잔주름이 생기기 시작했는데, 아주 희미해서 그 자신 외에는 아무도 눈치채지 못했을 거라고 그는 확신했다. 그는 불안이 서린 자신의 표정을, 이마의 주름을 찬찬히 살펴보았다.

그는 결코 현실을 믿지 않았다. 사실 그는 처음부터 그 광고에 누군가 답장을 보낼 거라고는 믿지 않았다. 적어도 여성이 보낼 거라고는 상상도 못 했었다. 로라는 그렇게 엉뚱하고 즉흥적인 면이 있긴 했지만, 설령 그런 면이 있다 해도 절대 그런 메시지에 답장을 하지는 않았을 것이다. 그런 모험을 따라 나서지는 않았을 것이다. 그런데도 로라는 그가 만났던 사람들 중 가장 자유롭고 거리낌 없는 여자였다. 적어도, 처음의 로라는. 그가 미치도록 사랑에 빠졌던 바로 그 로라였다.

그는 전화벨 소리에 놀라 생각에서 깨어났다. 화면에는 "엄마"라는 이름이 깜빡이고 있었고, 그는 3초 동안 망설이다가 전화를 받았다.

"에밀? 지금 어디야?"

"괜찮아요, 엄마. 그냥 장 좀 보고 있었어요. 무슨 일이에요?"

"네 스튜디오에 들렀는데, 초인종을 눌러도 대답이 없더라…."

"알겠어요. 거기 계세요. 10분 안에 갈게요."

"그냥 네가 괜찮은지 확인하려고 했어. 네 누나도 와 있어… 쌍둥이들 데리고."

그는 안에서 올라오는 한숨을 가까스로 억누른 다음 다정한 목소리로 대답할 수밖에 없었다.

"금방 갈게요."

진단이 내려진 이후로, 그들은 그를 단 한 순간도 혼자 두지 않았다. 예외는 없었다. 모두가 그를 숨 막히게 했다. 그는 하루라도 빨리 떠나고 싶었다. 이 모든 가식적인 상황을 끝내고 싶었다. 사실, 그들에게도 그게 큰 위안이 될 거였다. 아직은 그들도 그걸 모르고 있을 뿐이었다. 지금은 모두가 슬픔과 선의로 가득 차 있지만, 시간이 지나면 이 모든 것이 짐처럼 느껴질 것이다. 그들은 다시 삶을 시작해야만 했다. 더 이상 누구도 그를 구할 수 없었다. 하지만 그들은, 살아야만 했다.

Petitesannonces.fr

제목 : Re: Re: Re: 마지막 여행의 동반자 구함

작성자: Jo

날짜 : 7월 5일 20:21

메시지 :

다시 안녕하세요, 에밀.

저는 생말로에 살고 있고, 당신은 로안에 살고 있죠. 우리는 700km

나 떨어져 있어요. 아쉽게도 여행 전에 커피 한 잔을 나누는 건 어려울 것 같아요….

하지만 모레 로안으로 갈 수 있어요. 고속도로 3번 출구에서 만날 수 있을까요? 검정색 챙 넓은 모자에 금색 샌들 차림으로 빨간 배낭을 들고 있을게요. 어떻게 생각하세요?

조안

제목: *Re: Re: Re: Re: 마지막 여행의 동반자 구함*
작성자: *Emile26*
날짜: *7월 5일 20:29*
메시지:
당신도 나만큼 빨리 떠나고 싶어 하는 것 같은데….
내 착각일까요?

에밀

조안은 답장을 하지 않았다. 자정이었고, 에밀은 창문을 활짝 열어 놓고 침대에 누웠다. 그는 아파트 안에 혼자 있었다. 조안이 이 주제에 대해 더 이상 깊이 파고들고 싶어 하지 않는 것이 분명했다. 에밀은 왜 그러는지 이유가 궁금했다. 그는 생각했다. 그 여자는 무엇을 피하고 있는 걸까. 그는 자신은 이미 속내를 털어놓았지만, 그녀는 그렇지 않았다고 느꼈다. 어쩌면 그녀는 아무것도 피하지 않는 것일지도 모른다. 아니면 그냥 미친 사람일 수도 있다. 혹은 색욕에 사로잡힌 사람일 수도. 하지만 그런 건 상관없었다. 그는 얼마 안 있으면 죽을 것이다.

정말이지, 이제는 아무것도 중요하지 않다. 그럼에도 그는 그녀가 마음을 바꾼 건 아닌지 확인하고 싶어 다시 메시지를 보냈다.

제목 : *Re: Re: Re: Re: Re: 마지막 여행의 동반자 구함*
작성자: Emile26
날짜: 7월 6일 00:14
메시지:
정오에 만나면 어떨까요?
전화번호가 없어서 말인데, 우리가 어떻게 서로를 알아보지요?

에밀

제목: *Re: Re: Re: Re: Re: Re: 마지막 여행의 동반자 구함*
작성자: 조
날짜: 7월 6일 00:49
메시지:
12시 좋아요. 당신은 나를 찾을 수 있을 거에요. 챙 넓은 검은색 모자, 금색 샌들에 빨간 배낭을 메고 있을 테니까요.

조안

2

에밀의 심장은 이상하게도 빠르게 뛰었고, 목이 메었다. 그는 자기가 지금 뭘 하고 있는지 잘 알 수가 없었다. 캠핑카를 운전하는 것이 익숙하지 않아 힘들었다. 그는 전에 캠핑카를 운전해 본 적이 없었다. 신호등에 멈춰선 그는 재빨리 백미러 속 자신의 모습을 훔쳐보았다. 무척이나 지쳐 보이는 얼굴이었다. 눈 밑에 다크서클이 생겼고, 수염은 덥수룩했다. 음악을 크게 틀었다. 방금 자신이 한 일, 그리고 자신이 떠나온 것, 아니 정확히는 자신이 버리고 온 사람들에 대해 생각하고 싶지 않았다. 그는 아주 빨리, 서둘러 결정을 내렸다. 어제까지만 해도 망설이다가, 오늘 아침에 길을 떠났다.

신호등이 초록불로 바뀌었다. 고속도로 표지판을 따라갔고, 로터리를 지나쳤다. 3번 출구가 보였다. 거의 26년 동안 매 여름, 부모님과 누나와 함께 남쪽으로 가기 위해 고속도로를 탔던 곳이었다. 그는 기억들을 떨쳐버리려고 애썼다. 지금은 기억하고 싶지 않았다. 다가올 일에 집중해야 했다.

고속도로 입구의 작은 주차장에 들어서며 음악 소리를 줄였다. 화요일 점심시간이라 사람이 많지 않았다. 대시보드에서 시간을 확인했다. 10분 일찍 도착한 것이었다. 그 여자는 아직 도착하지 않은 듯했다. 주차장은 텅 비어 있었다. 누가 그녀를 데려다 주었을까? 친구가? 가족이? 그녀는 그들에게 뭐라고 말했을까? 그는 캠핑카를 주차시키고 시동을 껐다. 그때 주차장 끝 쪽에서 뭔가가 움직이고 있는 것을 발견했다. 거기에는 나무가 한 그루 서 있었다. 고속도로 입구 작은 풀밭 한가운데 홀로 자라고 있는 나무였다. 그 나무 아래에 젊은 여성 한 명이 앉아 있었다. 의심할 여지 없이 그 여자였다. 그녀는 다리를 꼬고 앉아 있었고, 넓은 챙이 달린 검은 모자를 쓰고 있었으며, 커다란 빨간색 배낭을 나무 옆에 기대어 놓았다. 그녀는 햇빛을 가리기 위해 손을 이마에 대고 주저하며 그를 바라보고 있었다. 에밀은 시동을 끄고 차 문을 열었다. 멀리 주차장에 있던 여자가 몸을 일으켰다. 그녀는 발목까지 내려오는 아주 긴 검은 드레스를 입고 있어서 몸매가 가려져 있었다. 그는 확신하지 못했다. 여자가 아직 멀리 있었기 때문이다. 하지만 여자는 마른 편이고, 상당히 약해 보였다. 마치 큰 드레스 속에 숨어 길을 잃은 듯했다. 그는 앞으로 걸어갔고, 그녀도 그를 향해 걸어왔다. 그는 자기가 좀 어리숙하고 서투르다고 생각했다. 첫 데이트 때도 이 정도는 아니었다. 그녀가 그의 앞에 섰다. 그녀는 연약했고, 아주 작았다. 어깨도 가늘었다. 그런데 어떻게 그렇게 큰 배낭을 메고 다닐 수 있는지 궁금했다. 그녀의 큰 검은색 모자 아래에 갸름한 얼굴이 숨겨져 있었고, 작은 갈색 눈에서는 생기가 느껴지지 않았으며, 엉킨 밝은 밤색 머리카락은 곱슬도 아니고 직모도 아니었다. 그녀는 본인이 원한다면, 말하자면 머리도 빗고, 아이라인도 그리고, 너무 큰 옷에 파묻히지 않고, 모자의 그림자에 숨지 않는다면 분명 예쁠 것이다. 그러나 그 순간 그녀는 그저 작고, 생기도 별로 없고, 조금은 단정치 못해 보였을 뿐이었다.

그가 목이 조금 메여 말했다.

"안녕하세요."

그녀가 대답하려고 고개를 들었다. 맞았다. 키가 겨우 1미터 57센티미터 정도에 불과했다.

"안녕하세요."

그녀는 더 이상 아무 말도 덧붙이지 않았다. 그는 좀 당황스러웠다. 그녀를 다른 모습으로 상상했기 때문이다. 그는 그녀가 보낸 첫 번째 메시지를 읽으면서 편안하고, 가볍고, 조금 무심하면서도 약간 엉뚱한 여자를 떠올렸던 것이다. 그가 상상한 것은 이렇게 큰 모자에 파묻혀 있을 정도로 수줍고 왜소한 여자가 아니었다. 그는 대화를 이어가야만 한다는 부담을 느꼈다. 그녀는 절대 먼저 말을 꺼낼 사람이 아니었던 것이다.

"음… 난… 에밀이에요."

그녀는 고개를 끄덕이며 보일 듯 말 듯 희미하게 미소 비슷한 표정을 지었다.

"난 조안이에요."

"오래 기다렸어요?"

"두 시간요."

"아! 몰랐어요… 미안해요!"

"괜찮아요. 누가 예상보다 일찍 데려다줘서 그랬어요."

그녀의 목소리는 너무 작아서 잘 들리지 않았다. 정말이지, 그녀는 첫 번째 메시지 속의 그 여자와는 전혀 딴판이었다.

"차 타고 왔어요?"

"히치하이킹했어요."

"아."

그는 더 이상 할 말을 발견하지 못했다. 그녀는 커다란 빨간 배낭을 짊어진 채 그의 눈앞에 서 있었다. 그래서 그는 덧붙였다.

"자, 준비됐어요? 갈까요?"

그녀가 고개를 끄덕였다. 그들은 함께 캠핑카 쪽으로 걸어갔다. 그녀의 걸음걸이는 무겁고도 가벼워 보였다. 무거운 짐을 지고 있는 듯하면서도, 동시에 땅에서 살짝 떠 있는 것처럼 가벼워 보였다. 그는 그녀에게 문을 열어주었다. 그녀가 차 안을 한 번 힐끗 들여다보기만 했기에 그는 덧붙여 말했다.

"캠핑카, 우리가 살 곳이에요."

우리가 살 곳이라는 그 말이 이상하게 들렸다. 그는 지금까지 로라와만 살았다. 그런데 오늘부터는 전혀 모르는 사람과 이 작은 차 안에서 함께 살아야 한다. 그녀는 캠핑카 내부를 훑어보았다.

"오, 완벽한데요?"

그녀의 목소리에서는 아무런 감정도 느껴지지 않았다. 눈빛에서도 생기가 느껴지지 않았다. 그녀는 지금 일어나고 있는 모든 일에 완전히 무관심한 것처럼 보였다. 에밀은 운전석에 앉았다. 그녀도 안전벨트를 맸다. 그녀는 여전히 모자를 벗지 않고 있었다. 그는 그녀가 그걸 절대 벗지 않을 것 같은 느낌을 받았다. 좌석에서 몸을 뒤척이던 그에게서 어색한 웃음이 흘러나왔다.

그의 신경질적인 웃음은 기침으로 마무리되었다.

"코스는… 우린 아무것도 합의 안 했네요. 어디로 가는지도 몰라…."

그는 어디로 가는지도 모르는 채 자기 자신에게조차 집중하지 못하는 이 여자와 함께 이 캠핑카 앞좌석에 앉아 있는 이 상황이 너무나 터무니없이 느껴졌다. 가느다란 목소리가 들려왔다.

"난 어딜 가든 상관없어요."

이 여자는 누구고, 도대체 여기서 뭘 하는 걸까? 맙소사, 도대체 뭘 피하기 위해 자기 운명에는 신경도 안 쓰고 아무 생각 없이 처음 만난 남자의 차에 올라탄 것일까? 그들은 피레네 산맥 쪽으로 가기로 했다. 두 사람은 길을 가는 내내 말 한마디 나누지 않았다. 에밀은 그녀를 몰래 슬쩍슬쩍 훔쳐보려고 애썼지만, 자신이 전혀 신중하지 않다는 사실을 잘 알고 있었다. 그럼에도 불구하고 그는 멈출 수가 없었다. 그녀의 말은 그냥 그렇게, 단도직입적이고, 솔직하며, 아무런 꾸밈도 없이 툭 튀어나왔다. "난 어딜 가든 상관없어요." 그리고 그는 그녀가 진심이라는 걸 알고 있었다. 그녀는 어디로 가는지도, 에밀이 누구인지도, 왜 그가 떠나는지도, 자신에게 무슨 일이 일어날지도 전혀 신경 쓰지 않았다. 그런 것들은 그녀에겐 아무 의미가 없었다. 그녀는 그저 도망치고 싶을 뿐이다. 누구에게서? 무엇으로부터? 이런 생각을 하다 보니 에밀은 미쳐버릴 것 같았다.

이제야 그는 모든 걸 이해했다. 그는 완전히 착각했다. 그는 그녀가 보낸 메시지의 어딘가 이상한 어조를 장난기라고 오해했다. 그는 자신이 괴짜이자 엉뚱하고 조금은 튀는 성격의 소유자를 상대하고 있다고 생각했다. 하지만 틀렸다. 그녀의 어조가 이상했던 것은 단 하나의 이유 때문이었다… 이 여자는 지금 완전히 제정신이 아니다. 세상과도, 심지어는 자신과도 완전히 단절되어 있다. 그녀는 길을 잃었다. 어딘가 멀리 가 있다. 살아 있다는 것조차 거의 인식하지 못하고 있는 상태다.

그들은 달렸다. 음악은 거의 배경음처럼 작게 흐르고 있었다. 여자는 도로에 눈을 고정한 채 꼼짝도 하지 않고 있었다.

"창문 열고 싶으면 말해요…."

"네."

"차 세우고 싶으면…."

"네, 알겠어요."

길이 휙휙 지나갔다. 에밀은 캠핑카 운전에 익숙해지기 시작하고, 여자의 침묵에도 익숙해져 가고 있었다. 그는 그게 오히려 다행이라고 생각했다. 지금 당장은 기분도 별로고, 말하고 싶은 생각도 없었다. 목이 메고, 금방이라도 눈물이 터질 것 같지만, 참았다. 어제 그는 부모님 집에 들러 1차 임상 시험 날짜를 알려드렸다.

"엄마, 엄마 다이어리에 적어두시라고 알려드리는 거예요… 저랑 같이 가고 싶으시면."

그는 아버지와 함께 TV 퀴즈쇼 '1000유로를 향한 질문'을 잠깐 보았다. 어머니는 옆에서 난초에 물을 주고 있었다. 그런 다음 마르조리네 집에 들러 거실 샹들리에 전구를 갈아주었다.

"근데 에밀… 굳이 이렇게 안 와도 되는데… 그냥 저런 상태로 벌써 석 달째 살고 있어…."

그녀는 놀란 듯했다. 그녀의 남편 바스티앵은 열심히 일을 하고 있었다. 쌍둥이가 태어난 이후로 상황이 쉽지 않았던 것이다. 그들은 생계를 유지하는 것도 버거웠다. 그래서 바스티앵은 집안의 자잘한 일들을 할 시간이 거의 없었다. 샹들리에 전구가 나간 건 석 달 전 일이었고, 마르조리는 그때 에밀에게 시간 되면 들러서 좀 갈아줄 수 있겠냐고 부탁했었다. 물론 에밀은 한 번도 가지 않았다. 시간이 없어서 그런 것은 아니었다. 그냥, 그다지 중요한 일도 아닌 이 일을 석 달 동안 계속 미뤄온 것이다. 하지만 어제는 갔다. 대형 마트에서 전구를 하나 사서 마르조리네 집으로 향했다. 바스티앵은 일하러 나가고 없었다. 쌍둥이들은 학교에서 돌아와 간식을 먹고 있었고, 마르조리는 조리대를 닦고 있었다.

에밀은 말했다.

"전구 갈러 왔어."

마르조리는 거실에 사다리를 세워 주었다. 쌍둥이들은 호기심 가득

한 눈으로 아래에서 지켜보았다. 일이 끝나자 마르조리는 에밀에게 커피를 내주었다. 저녁도 먹고 가라고 여러 번 권했지만, 에밀은 르노네 집에 들러야 해서 안 된다고 말했다. 그럼에도 그는 바스티앵이 퇴근할 때까지 기다렸다. 그리고 함께 두 번째 커피를 마시며, 특별한 얘기 없이 이런저런 잡담을 나눴다. 그러고 나서 그는 바스티앵의 집을 나섰다. 그는 "또 봐" 라고 말한 뒤, 서둘러 르노의 집으로 향했다. 지금은 눈물을 흘리거나 감정에 휘둘릴 때가 아니었다. 내일 떠나기 전, 마음속에 새겨둬야 할 얼굴이 하나 더 있었다. 그래서 그는 달걀 한 판을 들고 르노의 집 초인종을 눌렀다.

"우리 엄마가 또 갖다 주셨어! 일주일 사이에 두 판이나! 이러다 상해서 못 먹게 될 것 같아. 그래서 너희가 빨리 해 먹으라고 가져왔어."

르노는 무슨 말인가를 하려다가 멈췄다. 그의 얼굴이 기묘할 정도로 창백해졌다. 하지만 라에시시아가 옆에 있었다. 그녀가 말했다.

"아, 고마워! 한잔하고 갈래?"

에밀은 라에시시아가 그 시간에 집에 있을 거라는 걸 알고 일부러 그때 찾아간 거였다. 그러면 르노가 자신을 따로 불러내서 꼬치꼬치 캐묻고, 그의 어깨에 기대어 질질 짜지 못할 거라는 사실을 알고 있었던 것이다. 이런 식으로 기습하듯 찾아간다는 게 내심 찜찜하긴 했지만, 그는 작별 인사를 하고 싶지 않았다. 원래 그런 걸 좋아하지 않았던 것이다. 라에시시아는 그에게 마르티니를 따라주었고, 세 사람은 거실에서 함께 술을 마셨다. 에밀은 장난삼아 티반을 울리고 싶어서 아이를 안아 들어 울리려고 했다.

"이놈은 여전히 날 싫어하네, 자식!"

르노는 얼굴에 핏기가 없었다. 그는 아무 말도 하지 않았다. 에밀은 뭔가 이상하다고 느꼈다. 어쩌면 이 방문이 마지막일지도 모른다. 에밀이 떠나려고 현관 앞에 섰을 때, 르노가 그를 붙잡으려 했다.

"에밀, 잠깐만….."

라에시시아는 그에게 인사를 하고는 다시 거실로 들어갔다.

"대체 이 달걀 이야기는 뭐야? 날 바보로 아는 거 아니지?"

르노는 깊은 슬픔이 담긴 눈빛으로 에밀을 바라보았다. 에밀이 대답했다.

"진짜 가봐야 해, 친구."

애말은 르노를 한번 안아준 다음 계단을 미친 듯이 내려가기 시작했다. 르노가 계단 통로에 대고 있는 힘껏 외쳤다.

"야, 이 개자식아!"

그는 에밀이 마치 도둑처럼 작별 인사도 없이 도망치듯 떠날 것이라는 사실을 알아차렸던 것이다. 에밀은 라에시시아가 현관 밖으로 나와 르노에게 묻는 소리를 들었다.

"왜 그래? 무슨 일이야?"

그들의 아파트 문이 닫혔다. 에밀은 더 이상 아무 소리도 들을 수 없었다. 그는 집에 들러 배낭을 챙긴 다음 문을 잠갔다. 그날 밤 그는 방해를 받지 않으려고, 르노가 찾아와 문을 두드리거나 부수는 일이 없도록 주차장에 세워둔 캠핑카에서 잠을 잤다. 하지만 그는 밤새 한숨도 이루지 못하고 완전히 뜬눈으로 밤을 지샜다.

그는 모든 걸 머릿속에서 지우려 애썼다. 하지만 아직은 너무 마음이 아팠다. 그는 한 번도 이런 식으로 행동한 적이 없었다. 조안도 그처럼 힘들어하고 있을까. 그래서 그녀가 한마디도 하지 않고, 그렇게 길을 잃은 사람처럼 보이는 걸까? 어쩌면 그럴지도 모른다. 결국, 지금 서로 아무 말 없이 침묵을 지키고 있는 것이 꼭 나쁘지만은 않은 듯하다. 서로의 어려운 순간을 존중해 주는 일이니까.

그들은 저린 다리를 풀기 위해 고속도로 휴게소에 차를 잠시 세웠다. 조안은 캠핑카 옆에 멍하니 서 있었다. 에밀은 매점 쪽으로 몇 걸음 걸어갔다. 그는 그동안 알지 못했던 많은 것들이, 즉 전구를 갈아주고, 누나가 웃는 모습을 보고, 아버지 옆에서 TV 퀴즈쇼 '1000유로를 향한 질문'을 보고, 어머니가 난초를 돌보는 걸 옆에서 지켜보고, 라에시시아가 잔에 마르티니를 따르는 동안 아이 울음소리를 듣고, 르노가 창밖을 바라보는 모습을 보는 일이 이렇게 다정하고 소중한 일일 수 있다는 사실을 단 몇 시간 만에 깨달았다… 그동안 그는 이 모든 게 그렇게 값진 일이라는 걸 몰랐다. 로라가 떠났을 때, 그는 모든 걸 잃었다고 생각했다. 자신에게 남은 건 오직 공허함과 하찮은 것들뿐이라고 믿었다. 그는 자신에게 아직 남아 있는 것들을 보지 못했다. 아무것도 아닌 작은 것들, 그럼에도 불구하고 사랑받고 있다고 느끼게 해주고, 여전히 살아 있다는 걸 느끼게 해주는 그런 것들 말이다.

그는 눈물을 삼키며 휴게소 매점의 유리문을 밀고 들어갔다. 배는 고프지 않지만, 벌써 오후가 한참 지나 있었다. 오늘 저녁을 위해 뭔가 먹을 걸 사야 했다. 결국은 배고픔이 찾아올 테니까. 그는 냉장 진열대에서 샌드위치 하나를 집어들고 매장 안을 천천히 돌아다녔다. 조안이 먹을 걸 들고 왔는지 모르기에, 혹시나 해서 감자칩 한 봉지와 과일 퓨레 두 개를 골랐다. 그리고 통조림 완두콩과 렌틸콩도 하나씩 집었다. 혹시 모르니까… 이것들은 비상식량이 될 수도 있다. 계산대에 도착한 그는 생수 한 병을 추가하고 카드를 내밀었다.

“16유로 46상팀입니다.”

주차장 위로 숨 막히는 더위가 내려앉았다. 7월의 태양이 이글이글 타오르고 있었다. 조안은 캠핑카 옆의 풀밭 가장자리에 앉아 있었다. 다리를 앞으로 뻗고 있어서 정강이가 몇 센티 드러났는데, 피부에 핏기가 없었다. 최근에 별로 햇볕을 쬔 적이 없는 듯했다. 에밀은 비닐봉지를 손에 든 채 그녀에게 다가갔다.

“뭐 좀 먹을래요? 이것저것 좀 샀어요.”

조안은 고개를 들어 그를 바라보더니 고개를 좌우로 천천히 저었다.

“괜찮아요. 고마워요. 근데 지금은 뭘 먹고 싶은 생각이 없네요.”

조금 더 긴 문장을 구사하는 걸 보니 약간은 생기를 되찾은 것 같았다. 그래서 에밀도 그녀 옆 풀밭에 나란히 앉으며 마치 오래된 친구처럼 “괜찮아요?” 하고 물었다. 그녀가 고개를 끄덕였다.

“응, 괜찮아요.”

그러다 잠시 머뭇거리며 덧붙였다.

“오늘 밤은 어디서 자는 거예요?”

에밀은 어깨를 으쓱거리며 대답했다.

“글쎄. 졸리면 적당한 데서 멈출 생각이었어요. 혹시 가고 싶은 데 있어요?….”

“아니, 그냥 물어본 거예요….”

다시 침묵이 흘렀다. 그때 문득 에밀의 머릿속에 한 가지 의문이 떠올랐다. 그는 도저히 참을 수가 없어 입을 열었다.

“내가 낸 광고는 어떻게 본 거예요?”

조안이 갑자기 고개를 푹 숙이자 그녀의 얼굴이 모자챙 아래로 사라졌다. 그녀는 풀잎 몇 가닥을 뜯으며 태연한 척했다.

“떠나기로 마음먹었거든요. 그러려면 차가 필요했어요. 그래서 중고차 매물 보려고 사이트를 뒤지고 있었죠.”

에밀은 그녀가 말을 이어가기를 기다렸다. 하지만 그녀는 더 이상 입을 열지 않았다.

“그래서 그냥 우연히 내 광고를 본 거예요?”

“그게 홈페이지 첫 화면에 떠 있었거든요. 당신이 낸 광고의 조회수가 꽤 많았던 것 같아요. 사람들이 최근 24시간 동안 가장 많이 본 광고였어요.”

“아, 그래요?”

에밀은 반쯤은 즐겁고, 반쯤은 슬픈 미소를 지었다.

“광고가 좀 특이하긴 했지요, 안 그래요?”

조안이 어깨를 으쓱했다.

“그래요. 그럴지도 모르겠네요.”

분명 그녀는 그 광고를 별로 이상하게 여기지 않았거나, 아니면 아직도 멍한 상태여서 아예 그런 생각조차 들지 않는 모양이었다.

“여자들은 그런 광고를 보면 불안해할 줄 알았는데.”

에밀은 그녀의 반응을 보기 위해 일부러 이렇게 말했다.

“어… 난 안 그랬어요.”

그녀가 더 이상 구체적인 대답은 하지 않을 거라는 걸 알아차린 에밀은 천천히 몸을 일으키며 물었다.

“화장실 갈래요? 다리도 좀 더 풀고?”

조안은 고개를 저었다.

“아니, 괜찮아요.”

“그럼 다시 출발할까요?”

"그래요."

밖은 좀 더 시원해졌다. 태양이 수평선 너머로 뉘엿뉘엿 넘어가고 있었다. 그들은 몇 시간을 더 달렸다. 그러다 에밀은 운전대에 기대어 잠들어버릴지도 모르겠다는 생각이 들었다. 하룻밤을 꼬박 지샌 데다가 감정도 격했으니 그럴 만도 했다. 오늘 하루는 너무 벅찼다. 차를 세우기로 결심한 그는 브리브라가이아르드 근처의 국도 옆에 캠핑카를 세웠다. 아직 오후 6시밖에 안 됐는데 배가 고팠다. 그들은 캠핑카 안 벽장에 있던 접이식 테이블과 의자 두 개를 꺼내 도로 옆에 작은 테라스를 즉석에서 만들었다.

"뭐 먹을래요?"

조안은 칩과 샌드위치, 과일 퓌레 팩들을 곁눈질하더니 과일 퓌레를 골랐다.

"그것만 먹어도 돼요?"

"네, 배가 별로 고프지 않아서…."

그녀는 식탁에 앉지 않고 서서 과일 퓌레만 먹었다. 그리고는 샤워를 해도 되는지, 물탱크에 물이 있는지 물었다.

"해도 돼요. 아침에 확인했는데, 물이 아직 50리터 남아 있어요. 내일 다시 채우면 돼요. 캠핑카 전용 급수장을 찾아보자고요…."

그녀는 고개를 끄덕이고 안으로 들어갔다. 이제 그는 국도변에 펼쳐 놓은 접이식 식탁에 앉아 진공 포장된 샌드위치를 먹기 시작했다. 꺼진 휴대폰이 옆에 놓여 있었고, 그는 그것을 아주 오랫동안 혹은 다시는 켜지 않으리라 마음먹고 있었다. 편지도 나중에 쓸 생각으로 아무에게도 남기지 않았다. 나중에 부모님께 편지를 보내고, 그들이 르노와 누나에게 전달하게 하려는 것이었다.

이따금 자동차가 지나갔다. 차가 멀어지면 다시 정적이 찾아왔다. 샤워기에서 물 흐르는 소리만 들려올 뿐이었다. 그는 지금 이 상황이 얼마나 우스꽝스러운지 다시 한번 깨달았다. 국도 옆에서 샌드위치를 먹고 있는 자신, 그로부터 몇 미터 떨어진 곳에서 샤워를 하고 있는 조안. 그날 밤, 그들은 캠핑카의 팝업 루프에 있는 더블 매트리스에 나란히 누워서 잠을 잘 생각이었다. 그는 팝업 루프가 좁아서 그녀가 폐소공포증이 없기를 바랐다. 어쩌면 그녀는 에밀 옆에서 안 자고 아래층 테이블 앞 긴 의자에서 자겠다고 할지도 몰랐다.

둘은 대화를 거의 하지 않기 때문에 그저 "잘 자요"라고만 말할 것이다. 그들은 함께 여행하는 오래된 커플처럼 보일 수도 있을 것이다.

샤워 소리가 멈췄다. 에밀은 샌드위치를 마지막 한 입 베어먹은 다음 접이식 의자에 몸을 기대며 곧 매트리스에 눕기로 마음먹었다. 몸이 천근만근처럼 무거웠다. 자갈을 밟는 발소리가 들려왔다. 조안이 다가오고 있었다. 목욕가운을 두른 그녀의 젖은 머리카락이 얼굴로 흘러내리고 있었다. 그는 그녀가 전혀 다른 사람처럼 느껴졌다. 그녀는 걱정스러운 표정을 짓고 있었다.

"에밀⋯."

그녀가 자기 이름을 부르는 걸 들으니 이상한 기분이 들었다. 그것은 처음 있는 일이었다. 이제 그것에 익숙해져야 할 것이다.

"물탱크의 물을 다 써버렸어요⋯ 미안해요⋯ 물이 그렇게 빨리 떨어질 줄은 몰랐어요⋯."

그는 가볍게 손을 내저으며 말했다.

"괜찮아요."

“그래도… 당신도 씻고 싶었을 텐데….”

“내일 씻지요, 뭐.”

하지만 그녀는 그리 안심한 것처럼 보이지 않았다. 여전히 난처한 표정에 어깨를 움츠린 채 고개를 숙이고 있었다.

“혹시 벽장 좀 써도 될까요… 짐을 좀 넣어야 할 것 같아서….”

그는 안심시키듯 미소를 지으며 대답했다.

“물론이죠. 싱크대 아래 넣어도 돼요.”

“그럼 당신 짐은 어떻게 해요?”

“벤치 아래 다른 수납공간 있어요. 그쪽은 내가 쓸게요.”

“알겠어요. 고마워요.”

그녀는 다시 캠핑카 쪽으로 돌아갔다. 에밀은 기지개를 켜고 일어났다.

“테이블이랑 의자는 그냥 둘까요?”

그는 안쪽에서도 들릴 만큼 크게 물었다. 조안의 얼굴이 문틈 사이로 나타났다.

“왜요?”

“잘까 해서요. 오늘은 잠을 좀 자야겠어요.”

“아… 응, 그대로 둬요. 내가 자러 가기 전에 접을 테니까.”

그는 샌드위치 포장지를 손에 구겨 쥐고, 여전히 꺼져 있는 휴대폰을 챙겨서 캠핑카 안으로 들어갔다. 조안은 배낭 앞에 무릎을 꿇고 앉아 느릿느릿한 동작으로 옷들을 꺼내고 있었다. 그녀는 일어나, 테이블과 접이식 의자가 들어 있던 벽장 문을 열었다. 공간은 꽤 많은 물건들을 정리할 수 있을 만큼 넓었다. 둘이 함께 있어도 너무 비좁지는 않을 것이다.

그때 그녀가 물었다.

"이거, 당신 거예요?"

그녀는 방금 벽장 맨 아래에서 박스 하나를 발견했다. 그녀가 그걸 꺼내려고 하자 에밀이 다소 거칠게 그녀를 막았다.

"그건 내 거니까 건드리지 마요!"

그녀는 즉시 동작을 멈췄다. 에밀은 그녀가 자기가 방금 할 말 때문에 기분이 상한 건 아닐까 생각했다. 하지만 그녀는 아무 내색도 하지 않고 다시 짐 정리에 집중했다. 그 상자 안에는 에밀이 오랫동안 모아 온 사진들이 담겨 있었다. 수년간의 추억이 쌓인 사진들. 에밀은 말투를 부드럽게 바꿨다.

"지붕 펼쳐야겠어요. 오늘 밤은 위에서 잘 겁니다."

그는 캠핑카 뒤쪽에 있는 작은 밧줄 사다리를 가리켰다. 그것을 타고 올라가면 위에 침대가 있었다.

"응, 알겠어요."

에밀은 캠핑카의 지붕을 한 번도 올려본 적이 없었다. 그는 고장난 것처럼 느껴지는 장치를 열심히 만지작거리며 10분 넘게 씨름했다. 마침내 지붕이 다 열렸을 때 조안이 고개를 내밀고 "괜찮아요?" 라고 물었다.

"예, 다 됐어요."

시계를 보았다. 저녁 일곱 시였다.

"그럼, 나 먼저 잘게요… 밖에 조금 더 있고 싶으면, 개수대 아래에 양초랑 라이터 있어요."

"네, 고마워요."

"뭐 필요한 거 있으면, 나 깨워도 되고… 아니면 아무거나 찾아서 써요. 집처럼 편하게 지내요."

그녀는 조금 전과 똑같이 대답했다.

"내, 고마워요."

"잘 자요."

그는 사다리를 타고 위로 사라졌다. 위에 있는 매트리스는 편안했지만, 넓지는 않았다. 너무 많이 움직이면 안 될 것 같았다. 그는 천장이 낮아 몸을 세울 수 없는 그곳에서 간신히 옷을 벗었다. 티셔츠와 속옷만 입고, 벗은 옷은 발치 쪽에 두었다. 그리고 베개 위에 몸을 던지듯 드러누웠다. 오늘 밤은 웬지 금세 잠이 들 것 같았다.

아마도 새벽 세 시쯤, 어쩌면 그보다 더 늦은 시간이었을 것이다. 에밀은 자기가 지금 어디 있는지 알아차리는 데 시간이 한참 걸렸다. 어쩌면 주변 풍경이 낯설어서, 어쩌면 점점 흐려지는 기억 때문이었다. 앞으로 얼마나 더 자신이 누구인지, 과거에 어떤 사람이었는지, 왜 여기 있는지를 기억할 수 있을까. 의사들도 거기에 대해서는 확신하지 못했다.

"기억이 완전히 사라지기까지 몇 달이 걸릴 수도 있어요. 반대로 금방 그렇게 될 수도 있고요. 우리도 아직 알 수가 없습니다."

에밀은 유럽에서 두 번째로 이 병을 진단받은 사례였다. 의료진은 충분한 임상 데이터를 갖고 있지 않았다. 캠핑카 안은 흰빛으로 가득 차 있었다. 달빛이었다. 주변은 조용했고, 곁에 누운 조안의 형체가 뚜렷하게 떠올랐다. 그녀는 등을 돌리고 옆으로 누워 자고 있었다. 그녀 말대로였다. 그녀는 코를 골지 않았다. 그는 그녀의 가냘픈 등과 베개 위에 흩어진 머리카락만 볼 수 있었다. 어둠 속에서는 색을 분간하기 어려웠고, 그녀의 머리카락은 이제 더 이상 환한 색을 띠고 있지 않은 듯 보였다. 지금은 갈색으로 보이기도 했다. 그리고 윤기를 띠고 있는 것 같았다. 그녀가 로라라고 믿을 수도 있을 것 같았다.

에밀의 얼굴에 신경성 경련 같은, 마치 웃음 같은 일그러진 표정이 떠올랐다. 그는 이런 생각이 얼마나 터무니없는 것인지, 말도 안 된다는 걸 잘 알고 있었다. 그럼에도 단 몇 분이라도, 그녀가 로라라고 믿으며 자는 모습을 지켜보고 싶었다. 그는 아주 천천히 몸을 기울여 그녀의 머리카락 가까이 다가갔다. 머리카락은 로라의 냄새가 아니었고 감촉도 달랐지만, 그는 그 차이를 없앨 수 있을 만큼 상상력을 발휘했다. 그는 그녀의 숨소리를 들으며, 그대로 꼼짝 않고 누웠다. 그리고 로라를 떠올렸다. 탄탄한 다리, 완벽하게 매끄러워 어깨를 덮는 머리카락, 그가 늘 관능적이라고 느꼈던 목선, 둥글고 적당히 살이 오른 어깨, 탐스러운 사과처럼 크지는 않지만 완벽한 모양의 가슴, 그리고 그녀의 배… 조금은 말랑하고, 그래서 로라가 투덜거리곤 했지만, 에밀이 입 맞추는 걸 좋아하던 부드럽고 포근한 그곳. 탱탱한 입술, 탐스럽고 꽉 찬 엉덩이… 그는 눈을 감은 채 쏟아지는 감정을 가라앉히려 애썼다. 하지만 조안의 어깨는 너무 가늘었다. 로라는 조안과는 달랐다. 로라는 풍만한 곡선을 지닌 여성이었다. 살집이 있었지만 탄탄했고 에너지로 가득했다. 그녀는 이 작고 약해 보이는 존재, 조안이 아니었다. 그녀는 '풍성한 존재'였고, 숨을 쉴 때마다 생명을 내뿜는 사람이었다.

조안이 잠결에 한숨을 내쉬었다. 에밀은 그녀가 혹시 돌아눕기라도 하면 자는 척하려고 눈을 감을 준비를 했다. 하지만 그녀는 움직이지 않았다. 여전히 등을 돌린 채 잠들어 있었다. 그는 오직 머리카락에만 집중했다. 그것은 로라의 머리카락일 수도 있었다. 그리고 효과가 있었다. 로라는 거기 있었다. 로라는 그의 바로 곁에서 자고 있었다. 그녀는 그의 마지막 여행을 함께하기 위해 온 것이었다. 지금은 오직 그들 두 사람뿐이었다. 이 캠핑카 안에, 단둘이만 있었다. 이제 그녀는 그의 곁을 떠나지 않고 이곳에 머물 것이다. 그들은 다시 만난 것이었다. 그는 그녀가 분명히 장난기 가득하고 약간 건방진 미소를 지으며 일부러 자는 척 하고 있을 거라고 확신했다. 그를 약 올리려고, 그에게 욕망을 불러일으키려고. 그의 손이 그녀의 배를 감싸고, 또 다른 손이 그녀의 목을 따라가고, 가슴으로 옮겨가게 만들려고. 그러면 그녀는 더 이상 자는 척 하지 못할 것이었다. 그녀는 낮은 신음을 내뱉고, 그는 그녀의 머리카락 속, 귀 옆에 입술을 갖다 댔을 것이다. 그는 그녀의 등에 몸을 밀착시키고, 그녀는 말했을 것이다. "날 원해?" 그녀는 그가 자신을 원하는 걸 정말 좋아했다. 그녀는 그에게 계속 말하게 만들었다. "말해 줘, 날 원한다고 말해 줘."

그때 자동차 한 대가 캠핑카 옆을 쌩 지나갔고, 그 순간 에밀은 문득 환상에서 벗어났다. 마치 찬물을 뒤집어쓴 듯 갑작스러웠다. 그는 이불을 거칠게 끌어당기고 몸을 돌렸다. 이마에 주름이 잡히고 목에는 무거운 덩어리가 걸린 듯했다. 그것 역시 그의 잘못이었다. 조안, 그녀가 거기 있었다. 그녀가 그의 옆에서 자고 있었고, 그녀의 머리카락이 베개 위에 흩어져 있었다…. 무슨 권리로 그녀가 거기서 자고 있는 걸까?

그날 아침, 그들은 말을 두 마디도 제대로 나누지 않았다. 아마도 밤 사이에 있었던 일 때문이었을 것이다. 에밀은 여전히 기분이 좋지 않았다. 그게 바보 같고 그녀의 잘못이 아니라는 걸 알면서도 그는 참을 수가 없었다. 게다가 그는 그녀가 아침에 통조림 렌틸콩을 그냥 숟가락으로 떠먹고 있는 걸 봤다. 그래서 화가 났다. 왜 그런지 자신도 몰랐다. 그의 머릿속에는 계속 같은 생각이 맴돌았다. 그녀를 데려오지 말았어야 했는데, 혼자 있는 편이 훨씬 나았을 텐데. 하지만 그녀는 지금 여기 있었다. 그는 그녀를 어떻게 떼어낼 수 있을지, 또는 그럴 수나 있을지조차 알 수 없었다.

조안이 말했다.

"여기서 꺾어요."

그들은 아침 아홉 시부터 줄곧 달리고 있었다. 샤워도 하고 설거지도 하기 위해 물탱크를 채우려면 캠핑카 전용 서비스 구역을 찾아야 했고, 화학식 변기도 비워야 했다. 그가 짜증 섞인 말투로 물었다.

"확실해요?"

조안은 동요하지 않았다.

"저기 표시돼 있어요."

그는 조안이 가리키는 길로 방향을 틀었다. 그녀의 말이 맞았다. 서비스 구역이 거기 있었다. 그들은 차에서 내렸다. 아침 햇살이 벌써부터 뜨겁게 내리쬐고 있었다. 에밀은 차량 밑에 무릎을 꿇고 한숨을 내쉬었다.

"이런 건 한 번도 해본 적 없는데…."

조안은 팔을 축 늘어뜨린 채 그의 곁에 서 있었다. 그녀는 얼굴을 가리는 커다란 챙 모자를 다시 쓰고 있었다.

"나도 그래요."

그는 짜증이 난 듯 자리에서 일어나 주위를 둘러보았다. 오십대 중반쯤 돼 보이는 부부가 몇 미터 떨어진 곳에 주차를 마친 참이었다. 그들의 캠핑카는 에밀의 것과 같은 모델이었다.

"저기, 저 남자 좀 불러봐요. 저 사람이라면 어떻게 하는지 알 거 같은데."

에밀은 조안이 말없이 고개를 끄덕이더니 검은 원피스를 휘날리며 멀어져 가는 모습을 바라봤다. 그 원피스는 발목까지 내려왔다. 그는 그녀가 너무 착하다고 생각했다. 로라 같으면 절대 그렇게 하지 않았을 것이다. 로라는 에밀을 비웃는 듯한 미소를 지으며 이렇게 말했을 것이다.

"네가 가서 물어봐. 난 하루 종일 여기 그냥 이러고 있어도 상관없으니까."

로라는 이렇게 말하고 풀밭에 드러누웠을 것이다. 그리고 에밀이 방금 전 말투에 대해 사과하기 전까지는 절대 일어나지 않았을 것이다. 결국 그가 사과하면 그녀는 도와주었겠지만, 입을 삐죽 내밀며 투정부리는 표정을 계속 지었을 것이다. 에밀은 그런 그녀의 목덜미를 덥석 물어버리고 싶어 했을 것이다.

"안녕하세요."

그 오십 대 부부가 조안과 함께 다가왔다.

"도움이 필요하신 것 같네요?"

조안은 모자의 그림자에 얼굴이 가려져 있었다. 에밀은 남자와 악수하고 여자에게는 턱짓으로 인사를 했다.

"안녕하세요. 네… 그러니까, 제가 이 캠핑카를 얼마 전에 샀거든요… 그런데 아직 작동 방식을 잘 몰라서요."

"뭘 하시려는 거죠? 물탱크 채우려는 건가요?"

"네…."

"그럼 화장실은요? 그건 어떻게 하는지 아세요?"

에밀은 잠시 머뭇거렸다.

"대충은요…."

남자는 속이 훤히 들여다보인다는 듯이 재미있다는 미소를 지었다.

"괜찮아요. 누구나 처음은 있는 법이죠."

그는 소매를 걷어붙이고 무릎을 꿇었다.

"자, 와서 보세요. 별거 아니에요."

에밀은 오십 대 부부가 떠나는 모습을 감사한 마음으로 바라보았다. 그들이 자기 목숨을 구해준 셈이었다. 변기 비우는 법도 모른 채 캠핑카 여행을 떠나다니! 가끔은 자기가 정말 바보 같다는 생각이 들었다. 그는 조안을 보며 놀랐다. 그녀가 무릎 위까지 치마를 걷어 올리고 일손을 보탰던 것이다. 그녀는 팔이 너무나 가늘었다(에밀은 자기 손가락 두 개만으로도 그녀의 팔을 한 바퀴 감쌀 수 있을 거라고 확신했다). 그런데도 그와 함께 물탱크를 들었고, 이어서 화장실의 화학 폐수통을 비우고 다시 제자리에 끼워 넣었다. 팔은 아주 가늘어서, 손가락 두 개로도 한 바퀴 돌 수 있을 것 같은데, 물탱크도 같이 들고, 화장실 용액통도 비운 다음 다시 제자리에 집어넣었다. 궂은일도 마다하지 않았다. 일하는 모습을 보면 그렇게 연약해 보이지도 않았다. 그녀의 메일에서 본 문장이 그의 머릿속에 떠올랐다.

"키는 겨우 157cm 정도지만, 20kg짜리 배낭을 메고 수 킬로미터를 걸을 수 있습니다." 그는 마음이 누그러져 미소 지었다. 오늘 아침에는 그녀에게 못되게 굴었다. 어젯밤 그녀 때문에 로라의 기억이 떠올랐다고 해서 그녀를 탓할 수는 없었다.

"좀 쉬었다 갈까요?"

조안이 차에 올라타려다 말고 돌아보더니 어깨를 으쓱였다.

"원하신다면 그렇게 하세요."

"서비스 구역 뒤에 작은 개울이 있어요."

그들은 함께 작은 개울 쪽으로 향했다. 정오가 되어가고 있었다. 태양이 강렬하게 내리쬐고 있었다. 두 사람은 나무 그늘 아래 자리를 잡았다. 에밀은 신발과 양말을 벗고 물가로 다가가 발을 물에 담그며 안도의 한숨을 내쉬었다.

그가 조안에게 말했다.

"이리 와요. 정말 좋아요!"

조안은 나무 아래에서 가부좌를 틀고 앉아 있었다. 그는 그녀가 정중히 거절할 거라고 예상했지만, 그의 생각은 틀렸다. 그녀는 천천히 일어나 그에게 다가왔다. 에밀은 올챙이들이 자신의 발가락 사이를 스쳐 지나가는 것을 바라보았다. 조안은 쪼그려 앉아 금빛 샌들을 벗었다.

에밀이 말했다.

"시원한 물이랑, 그늘이랑, 이 정도면 완벽하네요."

그는 아침의 불편했던 분위기를 풀고 싶었다. 그게 통할지는 알 수 없었다. 조안은 여전히 무표정했기 때문이다. 그는 그녀가 한쪽 발을, 그리고 다른 쪽 발을 차례로 물에 담그는 걸 지켜보았다. 그녀가 시원한지 눈을 지그시 감았다.

"이거 끝나고 장 보러 갈까요?" 에밀이 물었다.

"네, 좋아요."

그들은 아무 말 없이 두 발을 개울물에 담근 채 나무 그늘의 시원함을 즐겼다. 에밀은 조안의 움직이지 않는 등을 바라보았다. 그녀가 있든 없든 별로 다르지 않다는 생각이 들었다. 그녀는 말이 적고, 존재감이 거의 없었다. 숨 쉬는 것도 겨우 느껴질 정도였다. 그녀는 시원한 물결이 닿으면 눈을 감고, 햇살이 살짝 스치면 손끝을 가볍게 흔들었다. 그 모든 것이 부드러운 존재감을 이루었다.

태양이 서서히 기울어가고 있었다. 그들은 시에서 제공하는 작은 부지에 캠핑카를 세웠다. 주변엔 다른 여행자들도 있었다. 두 사람은 그 사람들과 멀리서 인사를 나누었다. 그들은 나무 그늘 아래 잔디밭에 자리를 잡고, 접이식 테이블과 의자를 펼쳤다. 조안은 나지막한 목소리로 "샐러드 만들까요?"라고 묻더니 테이블에 앉아 토마토와 피망을 썰기 시작했다. 에밀은 맞은편에 앉아 오후에 장을 볼 때 샀던 피레네 여행 가이드북을 샀다. 거기엔 상세한 지도와 가장 아름다운 전망 사진들, 하이킹 코스가 실려 있었고, 캠핑카 전용 서비스 구역도 표시되어 있었다. 에밀은 펼쳐놓은 대형 지도 위에 몸을 기울인 채 턱을 문지르며 가끔 도시 이름에 동그라미를 쳤다. 조안은 무심한 표정으로 계속해서 토마토를 썰었다. 몇 미터 떨어진 곳에서 아이들이 소리를 지르며 공놀이를 하고 있었고, 어떤 여자는 캠핑카 앞에서 선텐을 하는 중이었다. 개도 짖었다. 두 사람만 조용했다. 에밀은 기지개를 켜며 지도를 접었다. 그는 마주 앉아 있는 조안을 보고 잠시 놀란 듯했다. 그녀의 얼굴이 커다란 모자에 반쯤 가려져 있었다. 에밀은 자신도 모르게 그녀를 향해 미소 지었다. 하지만 조안은 미소를 돌려주지 않고 곧바로 고개를 숙여 토마토 썰기에 집중했다.

에밀은 몸을 일으키며 말했다.

"나, 샤워 좀 할게요."

그는 차가운 물로 샤워를 하고 싶었지만, 저장된 물은 태양 열기에 데워져 미지근해져 있었다. 그는 물을 너무 오래 틀지 않도록 조심했다. 그들에게는 100리터짜리 물탱크 하나뿐이어서 쓸 수 있는 물의 양이 그다지 많지 않았다. 욕실의 거울이 아주 작아서 그는 수염을 제대로 깎을 수 있을지 고민했다. 어쩌면 그냥 기르기로 할지도 몰랐다.

그는 욕실의 김 서린 거울 앞에서 멍하니 자신의 모습을 바라보았다. 오늘은 어제만큼 이상하지는 않다는 생각이 들었다. 조안이 이 캠핑카 안에, 자기 옆에 있다는 게 이제는 그리 터무니없게 느껴지지 않았다. 어쩌면 이 여행을 하는 동안 그들은 둘 다 자기 자리를 찾아갈 수 있을지도 몰랐…

에밀은 상의를 벗은 채 캠핑카에서 나왔다. 숨이 턱 막히는 더위가 여전히 공기를 짓눌렀다. 조안은 식탁을 준비하느라 분주히 움직이고 있었다. 그녀는 접시 옆에 조심스럽게 수저를 내려놓았다. 샐러드는 이미 완성되어 있었다. 아마 드레싱도 만든 듯했다. 식탁 한가운데 작은 볼이 하나 놓여 있었고, 그 안에 숟가락이 얌전히 담겨 있었다.

"오… 이렇게 다 준비해줘서 고마워요."

에밀이 놀란 표정으로 말했다. 조안은 그가 왜 고맙다고 하는지 이해하지 못한 눈치였다. 그녀는 어깨를 으쓱하고는 천천히 자리에 앉았다. 그녀는 에밀이 수건으로 머리를 닦을 때까지 조용히 기다렸다. 에밀이 자리에 앉으며 물었다.

"요리하는 거 좋아해요?"

조안은 곧바로 대답하지 않고 먼저 접시에 음식을 덜어주었다.

"네… 뭐, 샐러드나 그라탕 같이 간단한 거 만드는 거 좋아해요…."

그녀는 포크로 작은 토마토 조각 두 개를 찍더니 조금씩 먹었다. 그녀는 꼭 작은 새 같았다. 에밀은 자신에게 날개가 돋아나는 듯한 이상한 기분에 휩싸였다. 그는 조심스럽게 물었다.

"예전엔 무슨 일 했어요?"

조안이 약간 경계하는 듯한 표정을 지었다.

"예전요? 무슨 예전요?"

"우리 여행 시작하기 전 말에요. 일을 하지 않았어요?"

"아니. 일 안 했어요."

에밀은 놀라 눈썹을 치켜올렸다.

"한 번도 일을 한 적 없다고요?"

"아니요. 당연히 일을 했지요."

하지만 그녀는 더 이상 말을 이어갈 생각이 없는 듯했다. 에밀은 분위기를 부드럽게 만들어 보려는 듯 먼저 이야기를 시작했다.

"나는 호텔이랑 예약 사이트 연결해주는 일을 했어요. 계약이 성사되면 수수료를 받는 구조였지요. 정말 별로였어요. 호텔 사장들한테 계속 전화를 돌려야 했고… 그 사람들은 늘 바쁘다며 나한테 짜증내기 일쑤였고. 상상이 가죠? 그래서 그만두길 잘했다고 생각해요."

그녀는 웃지 않고 다시 접시 위의 샐러드를 조금씩 먹기 시작했다. 그런데 그녀의 입에서 뜻밖의 얘기가 튀어나왔다.

"나, 초등학교에서 관리인으로 일했었어요."

에밀은 먹기를 멈췄다.

"관리인? 그건 좀… 의외네요."

"그런가요?"

"당신이… 관리인 같은 인상이 아니잖아요." 그는 그렇게 말하며 머쓱하게 웃었다. 그녀는 입에 머금고 있던 한입을 삼키고 난 뒤에야 대답했다.

"나는 경비 같은 건 안 했어요."

"정말요?"

"네. 아침이면 학교 철문을 열고, 교실이랑 체육관, 자전거 보관소도 열었죠. 저녁이면 그걸 다시 전부 잠갔고. 청소도 조금 하고… 낙엽이나 쓰레기 같은 걸 운동장에서 줍기도 하고, 교실 벽 다시 칠할 때나 게시판 같은 거 달 때 도와주기도 했고… 밤이나 주말에 누가 학교 안으로 들어오려는 건 아닌지 살피는 것도 내 일이었어요. 만일 그런 일이 일어나면… 실제로 그런 일이 일어난 적은 한 번도 없었지만… 시청에 연락해야 한다는 지시를 받았지요. 또, 나무나 꽃에 물도 줬어요. 땅바닥에 사방치기 선도 그리고… 뭐, 별건 아니었지만, 나쁘지 않았어요.”

에밀은 그녀의 이야기를 들으며 미소 지었다. 그녀가 이렇게 말을 많이 하는 건 처음이었다. 그의 눈에 비친 그녀의 눈동자 어딘가에 어떤 표정이 어렴풋이 떠오른 듯했지만, 확실하진 않았다. 그녀의 커다란 챙 모자가 모든 걸 가리고 있었기 때문이다.

“학교에서 살았어요?”

“네.”

“진짜요?”

“네. 마당에 작은 사택이 있었거든요.”

에밀은 그녀가 긴 원피스에 검은 챙 넓은 모자를 쓰고 학교 운동장에 서 있는 모습을 떠올렸다. 긴 갈퀴로 낙엽을 쓸고, 물뿌리개를 들고 제라늄 덤불에 물을 주고, 손에 묵직한 열쇠꾸러미를 들고 철문을 향해 천천히 걸어가는 모습과 초등학교 관리인이라는 역할이 어쩐지 그녀에게 잘 어울린다고 그는 생각했다.

“그 일을 오래 했어요?”

“거의 8년을 했지요.”

“그리고 그만뒀어요?”

그녀는 고개를 살짝 저었다. 긍정도 부정도 아닌 애매한 동작이었다. 에밀은 더 묻지 않기로 했다. 자칫하면 그녀를 다시 멀어지게 만들

수 있으니까. 그는 덧붙여 말했다.

"어쨌든, 정말 맛있네요."

그들은 말없이 식사를 마쳤다. 그들은 캠핑장 이웃들이 내는 소리를 조용히 듣고 있었다. 아이들이 소리치고, 개가 짖고, 어른들은 멀리서 텔레비전을 틀어 놓거나 라디오를 들었다. 가끔 흘러나오던 음악이 때때로 광고 음악처럼 짧게 끊기곤 했다. 어둠이 천천히, 조용히 내려앉고 있었다. 에밀은 식탁을 치우고 양초 두 개를 꺼내며 조안에게 물었다.

"멜론 먹을래요?"

"아니, 괜찮아요."

조안은 거의 먹지 않았다. 토마토 몇 조각과 피망 조금. 그게 다였다. 샐러드는 대부분 그대로 남아 있었다. 에밀도 더 이상 배가 고프지 않았다. 샐러드의 삼 분의 일을 혼자 먹어버렸기 때문이었다. 그는 다시 자리에 앉아 양초에 불을 붙이고, 다리를 쭉 뻗었다. 오늘 밤에는 마음이 편안했다. 어제 하루와 오늘 아침은 분명 고단했지만, 지금은 마치 안개가 걷힌 호숫가처럼 이상하리만치 마음이 편안했다. 그는 문득 생각했다. 앞으로의 이 많은 밤들, 조안과 함께 무엇을 하며 보낼 수 있을까. 그렇게 긴 시간 동안, 두 사람이 나란히 앉아 머물 수 있는 저녁들은 어떤 얼굴을 하게 될까. 조안이 목을 살짝 긁으며 천천히 몸을 일으켰다. 언제나 그랬듯이, 그녀는 마치 시간을 조금 늦게 사는 사람 같았다. 모든 움직임은 정확하지만 느릿하고 고요했다. 이 세상 그어떤 소란도, 단 하나의 불안조차도 그녀를 어지럽힐 수 없는 듯했다.

"나… 잠깐 걸을게요."

그는 미소를 지으며 고개를 끄덕였다.

"그래요."

그는 조안이 잔디밭을 가로질러 멀어지는 모습을 바라보았다. 그녀의 걸음걸이는 묘하게 무겁기도 하고 가볍기도 했다. 캠핑카 뒤편에는 뜨거운 태양에 바짝 말라버린 들판이 수백 미터나 펼쳐져 있었다. 조안은 어디로 가야 할지 모른 채 떠도는 사람처럼 보였다. 그녀는 건초 더미를 돌아 숲 쪽으로 향하다가 몇 초 멈춰 서더니 다시 걸었다.

에밀은 기지개를 켜고 몸을 일으켰다. 오늘 오후에 그들은 주전자를 하나 샀다. 그는 차가 마시고 싶어졌다. 그는 날씨가 아무리 더워도 차 한 잔은 꼭 마시곤 했다. 그는 캠핑카 안에서 바쁘게 움직였다. 티백을 꺼내고, 물을 채우고, 주전자가 끓기를 기다리며 그는 좁은 조리대에 기대어 섰다. 그는 테이블 위에 놓인 휴대폰을 힐끗 보았다. 분명 음성 메시지가, 불안하고 초조해하는 목소리들이 수십 개는 쌓여 있을 것이다. 하지만 이상하게도, 오늘 저녁의 에밀은 그 모든 것과 멀리 떨어져 있는 듯 편안했다. 차가 담긴 머그를 손에 쥔 그는 다시 밖으로 나와 작은 접이식 테이블에 앉았다. 날이 완전히 어두워지고, 양초가 흔들리는 빛을 만들어냈다. 주변의 캠핑카 몇 대는 이미 불을 끈 상태였다. 밤하늘에 걸려 있는 가느다란 초승달이 들판과 건초 더미를 희미하게 비추고 있었다.

그는 눈을 가늘게 뜨고 저 멀리 들판 한가운데에 있는 조안을 바라보았다. 그녀는 가부좌를 틀고 앉은 채 미동조차 하지 않고 있었다. 그녀가 쓰고 있는 챙 넓은 검은 모자가 어둠 속에서 윤곽을 드러내고, 고개를 하늘로 치켜든 얼굴은 별을 향해 무언가 말을 거는 듯하였다.

"말이 많은 편은 아니고, 자연 속에서 명상하는 걸 좋아해요."

그는 슬며시 웃음 지었다. 그녀가 처음에 보낸 그 메시지… 지금 생각해보니 그렇게 이상한 말도 아니었다. 그녀는 꼭 필요한 말만 했던 것이다.

그는 한밤중에 무슨 소리가 나서 잠에서 깼다. 조안이 밧줄 사다리를 타고 올라오고 있었다. 하지만 그 소리만 나는 것은 아니었다. 무언가가 캠핑카 지붕을 쾅쾅 두드려댔다. 섬광이 번쩍이기도 했다. 그는 팔꿈치를 짚고 몸을 일으켰다.

"무슨 일이에요?"

하지만 그녀가 대답하기도 전에 그는 눈치챘다. 팝업 루프의 매트리스 위로 기어 올라온 조안의 몸이 빗물에 흠뻑 젖어 있었기 때문이다. 머리카락이 어깨 위로 뚝뚝 떨어질 만큼 온몸이 홀딱 젖은 그녀가 바들바들 떨고 있었다.

"열대야 번개가 치고 있어요."

"이런… 비 맞았군요?"

"네."

그녀는 이불 속으로 미끄러지듯 들어와, 안에서 젖은 원피스를 벗기 위해 온몸을 꼬기 시작했다. 에밀은 다시 털썩 베개에 머리를 기대었다. 아직 잠이 덜 깬 상태였다. 아마 한밤중쯤 되었을 것이다.

"지금 몇 시죠?"

"두 시쯤… 아니면 세 시."

그는 놀란 듯 한쪽 눈썹을 치켜올렸다.

"그 시간까지 밖에 있었던 거예요?"

"깜박 잠들었어요."

"들판에서요?"

"네."

"자주 그래요?"

"가끔 한 번씩."

그녀는 여전히 태연했다. 그녀는 마침내 이불 속에서 젖은 검은색 드레스를 벗는 데 성공했다. 에밀은 매트리스 위에 놓여 있던 자신의 티셔츠를 건넸다.

"이걸로 머리 말릴래요?"

그녀는 고개를 끄덕였다. 다시 번개가 하늘을 가르며 번쩍였다. 그는 그녀가 느긋하게 움직이는 모습을 바라보았다. 그녀는 이불을 가슴에 꼭 여민 채 몸을 일으켜 앉았고, 머리칼을 정수리 위로 모아 티셔츠를 감아 터번처럼 둘렀다. 그녀는 자신이 관찰당하고 있다는 사실조차 모르는 듯했다. 그녀는 다시 이불 속으로 몸을 집어넣더니 옆으로 돌아누워 턱 밑까지 이불을 끌어 올렸다. 그녀가 속삭이듯 말했다.

"잘 자요."

"그래요, 잘 자요."

에밀은 몇 초간 번개가 캠핑카 천장을 비추는 모습을 바라보았다. 매트리스, 그 위에 여기저기 흩어져 있는 옷가지들. 빗줄기는 점점 거세졌다. 그는 옆에서 그녀가 떨고 있는 소리를 들었다. 이가 부딪히는 소리도 났다. 그는 그대로 누운 채 오랫동안 천둥소리를 들으며 잠을 청했지만, 잠은 좀처럼 오지 않았다. 그녀 역시 곁에서 뒤척이고 있었다. 더 이상 떨지는 않았지만 가끔씩 몸을 뒤집었다. 그는 그녀 역시 잠들지 못하고 있다고 느꼈다. 그는 잠시 망설이다가 목을 가다듬었다.

"잠이 안 와요?"

그녀는 몸을 움직이던 걸 멈추고 1,2초가 흐른 뒤 대답했다.

“네.”

그는 농담을 하듯 물었다

“천둥이 무서워요?”.

그러자 그녀는 예상치 못한 대답을 내놓았다.

“네, 무서워요.”

에밀은 그 말에 당황한 듯 잠시 말을 멈추었다. 뭐라고 대답을 해야 할지 알 수가 없었다.

“저기… 촛불 켜줄까요?”

“아니요. 괜찮아질 거예요.”

그는 이런 여자를 만난 적이 없었다. 물탱크도 같이 들고, 처음 만난 남자와 캠핑카에 올라타면서도 천둥은 무서워한다. 그는 자기도 모르게 미소지었다.

“잘 자요, 조안.”

캄캄한 침상 안에서 그녀의 이름을 입에 담는 것이 왠지 낯설게 느껴졌는데, 이제는 익숙해져야 할 것 같았다.

그녀도 속삭이듯 말했다.

“잘 자요.”

그도 몸을 옆으로 돌려, 둘 다 서로에게 등을 지게 되었다. 그는 눈을 감고 빗방울 떨어지는 소리와 천둥 울리는 소리에 잠시 몸을 맡겼다. 그러곤 언제 잠들었는지도 모르게 깊은 잠에 빠져들었다.

3

전날, 그들은 오트피레네 지역의 작은 마을 푸작에 있는 캠핑카 전용 부지에 멈춰 섰다. 그들이 구입한 가이드북에 따르면, 이곳은 피레네 산맥에서 가장 아름다운 경관 중 하나인 미디봉에서 불과 20킬로미터밖에 안 떨어진 곳이었다. 에밀은 아침 식사를 하는 테이블 위에 지도를 펼쳐놓았다. 조안은 아직 자고 있었다. 그는 테이블과 의자를 꺼냈다. 홍차를 끓이고, 레드커런트 잼을 바른 토스트를 한 조각 만들어 먹으며 지도를 보고 있었다. 미디봉이 해발 2,877미터라는 사실을 생각하면, 그토록 가까이에 있다는 게 믿기지 않았다. 푸작 마을은 산악 마을 같지 않았다. 평평한 지형에 들판 몇 개와 플라타너스 나무 몇 그루만 있을 뿐이었다. 집들은 평범했고, 에밀이 사는 로안 근처에서 흔히 볼 수 있는 모습과 크게 다르지 않았다. 그는 오두막집과 오래된 집들, 전나무들을 보고 싶어 안달이 났다. 에밀은 캠핑카 안쪽을 흘끗 바라보았다. 아무 소리도, 아무 움직임도 없었다. 그럼에도 무슨 소리인가 들렸던 것 같았다. 아주 미세한 소리, 떨리는 듯한 소리였다. 그는 손등으로 지도를 매만지면서 다시 토스트를 먹기 시작했다. 그 소리가 다시 들려왔다. 휴대폰 진동 같은 소리였다. 하지만 그는 자신의 휴대폰은 분명 꺼두었다고 생각했다. 정말 그랬을까? 최근 들어 그는 점점 더 자주 이런 순간들을 겪고 있었다. 방금 통화를 했다는 사실도, 노트북을 껐다는 것도, 식탁을 치웠다는 것도 기억하지 못해서 당황하는 일이 점점 더 빈번하게 일어났다. 방금 전에 블랙아웃이 있었음을 깨닫는 순간, 그는 혼란스러웠다.

그는 너무 급하게 일어나다가 하마터면 의자를 넘어뜨릴 뻔했다. 핸드폰을 다시 켜지 않았기를 바랐고, 심지어 기도까지 했다. 설령 켰다 해도 대체 뭘 했겠는가? 부모님께 전화라도 했을까? 그는 캠핑카 안으로 달려 들어갔지만 안도감에 사로잡혀 문득 멈춰 섰다. 소리는 그의 핸드폰에서 나는 것이 아니었다. 핸드폰은 여전히 꺼진 상태로 조리대 위에 놓여 있었다. 소리는 조안의 짐이 들어 있는 머리 위 수납장에서 들려오고 있었다. 그는 귀를 기울였고, 그건 분명히 진동 소리였다. 조안에게 핸드폰이 있었던 걸까? 이상했다. 그녀가 휴게소에서 캠핑카에 올라탄 이후로, 그는 그녀가 핸드폰을 사용하는 것을 한 번도 본 적이 없었다. 그녀는 아예 핸드폰이 없거나 없애버렸다고만 생각했다. 그는 조심스럽게 다가가 망설이다가 최대한 소리 안 나게 수납장을 열었다. 전화기는 보이지 않았지만 소리는 더 가까이 들려왔다. 무언가가 옷더미 속에서 진동하고 있었다. 그 순간, 그는 갑자기 긴장했다. 이층 침대 위에서 무언가 움직이는 소리가 들렸다. 조안이 몸을 뒤척인 것이었다. 그는 황급히 수납장을 닫고 다시 아침 식사를 하는 테이블에 앉아 따뜻한 홍차 잔을 들었다. 그때 밧줄 사다리가 벽에 부딪히는 소리가 들렸고, 조안이 내려오고 있었다. 그는 다시 지도를 들여다보는 척했다.

“안녕하세요.”
조안이 조심스럽게 고개를 내밀었는데, 그녀의 머리카락이 아직 에밀의 티셔츠로 감겨 있었다.
“안녕하세요.”
그는 더 이상 아무 말도 하지 않았고, 그녀의 핸드폰이 수납장에서 울렸다는 사실도 말하지 않았다. 조안은 욕실 안으로 들어가 문을 잠갔고, 그는 다시 지도에 집중하려 했지만 그럴 수가 없었다. 누군가가 조안에게 전화를 걸고 있었다. 그녀는 핸드폰이 울리지 않도록 옷더미 속에 숨겼지만, 꺼두지는 않았고, 누군가는 지금도 그녀에게 전화를 걸고 있는 것이었다. 세상 어딘가에 그녀를 걱정하고, 그녀가 어디 있는지, 잘 지내는지를 알고 싶어 하는 누군가가 있는 것이다. 세상 어딘가에 이 이상한 여자, 검은 모자에 금빛 샌들을 신은 그녀를 사랑하는 누군가가 있을지도 모른다고 생각하자 그의 궁금증은 한층 더 커졌다.

에밀은 그녀가 속삭이고 있다는 사실을 바로 알아차리지 못했다. 그가 일어나 컵을 씻으려는데, 욕실 안에서 그녀의 짓눌린 듯한 목소리가 들려왔다. 그녀는 아마도 욕실에 들어가기 전에 수납장에서 핸드폰을 챙겼을 것이다. 그녀가 하는 말은 또렷이 알아듣기 어려웠지만, 몇 번의 "안 돼", "그만해"라는 단어들을 들을 수 있었다. 잠시 후 통화가 끝난 것 같았다. 그 뒤엔 훌쩍이는 듯한 이상한 소리가 잠깐 들리더니 곧 조용해졌다. 그는 욕실 벽 너머로 "괜찮아요?"라고 묻는 것이 웬지 주제넘게 느껴져 감히 입을 떼지 못했다. 그리고 그녀가 욕실에서 나오는 순간 마주치지 않기 위해 황급히 밖으로 나왔다. 그녀는 아마 그런 걸 좋아하지 않을 것이고, 그도 무슨 말을 해야 할지 몰랐기 때문이다.

그녀에게 전화를 건 사람은 남자였을까? 남자 친구가 있는 걸까? 그건 그에게는 완전히 터무니없고 비현실적인 생각처럼 느껴졌다. 부모님일까? 그들은 테이블과 의자를 접고 옷을 갈아입은 뒤 다시 길을 나섰다. 그날 아침 조안은 검은색 나시와 버뮤다 팬츠를 입고 있었다. 그는 그녀가 항상 검은 옷만 입는 건지 궁금했다. 팬츠가 너무 커서 그녀는 마치 장난기 많은 초등학생처럼 보였다. 그녀는 여전히 모자를 쓰고 있었다.

에밀은 라디오를 틀었고, 그녀가 아주 작게 흥얼거리는 소리를 들은 듯했지만 확실치는 않았다. 조안은 창에 머리를 기대고 있었고, 고

개가 차의 진동에 따라 흔들렸다. 차가 도로를 달리기 시작한 지 10분
쯤 지나 그녀가 "우리 어디 가요?"라고 묻자 그는 놀랐다. 그것은 마
치 그제서야 길을 떠났다는 사실을 알아차린 듯한 말투였다. 그날 코
스를 그녀에게 묻지도 않고 출발했지만, 에밀은 그녀가 자신이 어디
에 있는지, 어디로 가는지조차 별로 신경 쓰지 않는다는 인상을 받았
다. 그녀는 그저 나무 밑이나 들판 어딘가에 다리를 꼬고 앉을 수만
있다면 그걸로 족한 사람 같았다. 그는 방향 지시등을 켜고 우회전하
며 대답했다.

"며칠 동안 아르티그라는 마을에 머무르려고 해요."

그녀는 고개를 끄덕였을 뿐, 아무 말도 덧붙이지 않고 다시 머리를
창에 기댔다. 에밀은 그날 아침 지도에서 아르티그라는 마을을 찾았
다. 그곳은 주민이 삼십 명 남짓한 아주 작은 산골 마을이었다. 그는
그곳이 피레네 산맥에 들어선 첫 번째 여정지로서 완벽한 안식처가 되
어줄 것이라 생각했다. 그들은 하루 이틀 정도를 쉬며 장비를 정비할
것이고, 이후엔 배낭을 메고 도보 여행을 계속할 계획이었다. 아르티
그 근처에는 미디봉과 에스파뉴 다리, 가바르니 원곡, 개울, 폭포 등
볼만한 구경거리가 많이 있었다. 그들은 텐트 하나와 침낭 두 개를 챙
겨서 진짜 하이커처럼 지낼 것이다. 에밀은 조안이 따라올 거라고 생
각했다.

그는 "곧 도착할 거예요"라고 덧붙였다. 하지만, 그녀는 이미 잠든
것처럼 보였다.

그는 자신이 어디로 가고 있는지 정확히 알지 못한 채, 아르티그에
서 좁은 골목길을 천천히 운전하며 꾸벅꾸벅 졸던 조안이 창가에 얼굴

을 기대고 잠든 사이 주차할 곳을 찾는 척하면서 풍경을 즐겼다. 그가 바라던 모습 그대로였다. 좁은 골목과 샬레풍의 나무 지붕으로 덮인 돌집들이 있는 마을, 이 모든 것이 마음에 들어 그는 흡족해했다. 조안이 이 모든 걸 보지 못하고 있다는 게 아쉬웠고, 정상의 풍경과 아래 펼쳐진 초록빛 벌판, 골목의 아기자기한 매력이 그녀의 무덤덤한 표정을 조금이라도 변화시킬 수 있을지 궁금해했다. 하지만 지금까지 그녀는 늘 약간 멍한 표정을 포기한 적이 없었다.

그는 풍경의 한 조각이라도 놓칠세라 두 눈을 이리저리 부지런히 굴리며 주위를 살폈고, 파노라마처럼 펼쳐진 경치를 감상하고 사진을 찍기 위해 멈춰 선 차량들을 지나쳤으며, 조금 더 가서 좁은 골목길에 들어서기 위해 차량이 긁히지 않도록 두 번이나 방향을 조정해야 했다. 주차장이 눈에 들어왔다. 몇 대의 차들이 정차해 있었으며, 남녀 한 쌍이 막 차에서 내려 손에는 등산스틱을 들고 등에는 배낭을 멘 채 하이킹을 떠날 채비를 하고 있는 걸 보며 이곳이 등산로의 출발점임을 짐작했다.

에밀은 주차장 끝쪽, 다른 차들로부터 멀찌감치 떨어진 나무 뒤쪽에 차를 댔다. 그는 엔진을 끄고 물소리가 들리는 것을 확인했다. 개울이 주차장 옆을 따라 흐르고 있었다. 여기서 자면 좋을 것 같았다. 그는 조안을 바라보았다. 그녀는 아직 잠들어 있었다. 에밀은 차에서 내려 물소리를 따라 걸었다. 주차장을 가로질러 풀밭을 지나면 개울이 있었다. 물은 조약돌 위를 뛰어넘고, 돌을 돌아 흘렀으며, 때때로 나뭇가지를 실어 나르고 있었다. 개울 옆으로는 좁은 흙길이 나 있었고, 하이킹 코스가 그 흙길을 통과했다. 에밀은 그 길이 어디로 이어지는지 궁금해하며 나중에 가이드북에서 확인하기로 했다. 그는 큰 바위에 앉아 다리를 뻗고 잠깐 눈을 감았다.

그는 마음이 흐르는 물 위로 떠다니는 듯 멍해지는 것을 느꼈다. 그는 다시 한번 조안의 핸드폰과 그녀가 받은 전화를 떠올렸다. 그러자 불안한 생각이 들었다. 단지 그것이 의미하는 바 때문만이 아니라 누군가가 어딘가에서 그녀를 기다리고 있을지도 모른다는, 어쩌면 돌아오라고 애원하고 있을지도 모른다는 생각 때문만은 아니었다. 그 자신도 받아야 할 전화들이 있었고, 그 전화들은 모두 음성사서함으로 넘어갔기 때문이었다. 부모님과 누나, 르노에게 써야 할 편지 때문이었다, 설명하기 위해서… 무엇을 설명해야 할지 그는 잘 알지 못했다. 모든 일이 너무 빠르고 급작스럽게 일어났다. 그 자신도 자기가 왜 떠났는지를 설명하기 어려웠다. 사람을 떠날 때 항상 이런 걸까? 우리를 떠나게 하는 이유를 이해하기가 항상 이렇게 어려운 걸까?

로라는 떠날 때 완벽하게 자신감에 차 있는 것처럼 보였다. 그는 그녀가 마지막 짐을 가지러 아파트에 왔던 그날을 아직도 또렷하게 기억한다. 어머니와 함께였는데, 그녀의 어머니는 건물 아래에서 기다리며 그들에게 마지막으로의 사적인 시간을 주려 했다. 그는 자기가 그렇게 초라하고 볼품없는 사람이라고 느껴본 적이 거의 없었다. 그녀는 꽉 끼는 청바지에 흰 캔버스 스니커즈를 신고 있었고, 꽉 끼는 노란 티셔츠를 입고 있어서 가슴이 더 돋보였다. 목에는 다이아몬드 목걸이가 빛나고 있었다. 그녀는 보석을 좋아해서 항상 반지나 가느다란 팔찌, 혹은 크리올 귀걸이 같은 작은 장신구를 하나씩 하고 다녔다. 그날 그녀는 핸드백을 팔을 쭉 뻗어 들고 있었고, 여전히 부드럽고 갈색인 머리카락이 그녀의 어깨 위로 흘러내렸다. 그는 자신이 입은 청바지와 흰 티셔츠가 초라하게 느껴졌고, 자기가 못생기고 지저분한 사람처럼 느껴졌다. 그들은 이미 세 번이나 이별에 대해 얘기를 나눴었다. 로라는 더 이상 할 말이 없으며, 자기가 온 건 그냥 마지막으로 남은 짐을 가지러 온 것뿐이라고 했다. 그녀는 말을 하고 싶어 하지 않았다. 그는 어떻게 행동해야 할지 몰랐다. 아파트는 비어 있었다. 로라는 부모님의 것이었던 소파와 낮은 테이블, 침대 매트리스를 가져갔다. 그는 벌써 2주째 고요함과 공허함 속에 살고 있었다. 하지만 욕실에는 여전히 로라의 향수병들이 있었고, 옷장에는 그녀의 겨울옷이 아직 걸려 있었으며, 거실에는 그녀가 읽던 소녀 취향의 소설들이 놓여 있었다… 그것들은 모든 것이 끝나지 않았다는 착각을 불러일으켰다. 그런데 오늘, 그녀가 모든 것을 가져가려고 왔다. 그가 그녀를 마지막으로 보는 순간이었다. 그녀는 서두르는 듯했다.

"엄마가 아래서 기다리고 있고, 한 시간 후에 미용실 약속이 있어. 늦으면 안 돼."

그는 그녀가 이 방에서 저 방으로 옮겨 다니며 바쁘게 짐을 싸는 모습을 바라보았다. 그는 어깨가 축 처지고 팔을 늘어뜨린 채 풀이 죽은 것처럼 보였다.

"도와줄까?"

그가 이상하게 떨리는 목소리로 물었다.

"아니, 걱정마. 너는 너 할 일 해. 몇 분이면 끝낼 거야. 갈 때 알려줄게."

그는 움직이지 않았다. 그는 이제 무심하고 완전히 먼 사람이 된 로라가 갑작스러운 주말 여행이라도 가는 듯 서두르며 짐을 싸는 모습을 바라만 보고 있었다. 그것이 그가 그녀를 마지막으로 본 순간이었다. 그것이 그녀가 그와 함께 그들이 살던 아파트에 마지막으로 함께 있던 순간이었다. 그는 그녀에게서 눈을 뗄 수 없었다. 그는 거실 문가에 서서 그녀를 지켜보았다. "더 할 말은 없어. 그냥 몇 가지 물건을 가지러 왔을 뿐야." 그는 말을 꺼내지 못했다. 그녀는 단호했다. 그가 그녀의 마음을 바꾸거나 머물게 할 말을 할 수 있었을까? 그는 그녀가 이미 오래전에 모든 걸 결정했다고 느꼈다. 그녀가 헤어지자고 말하기 훨씬 전부터였다. 그녀는 참을성이 있었다. 그녀도 노력했다. 하지만, 끝이었다. 그녀는 지칠 대로 지쳤다. 그녀는 그가 4년 전 만났던 그 자유로운 새가 되어 날아갔다.

그녀는 가득 찬 세 개의 가방과 상자 하나를 들고 엘리베이터에 올라탔다.

그는 다시 물었다.

"도와줄까?"

"아니, 괜찮아. 다시 올라와서 핸드백만 가지고 가면 끝이야."

그녀는 엘리베이터 안으로 사라졌고, 그는 숨이 막히는 듯 답답해져서 아파트 복도에 주저앉았다. 현관에 놓인 그녀의 핸드백을 흘깃거렸다. 마음을 다잡아야 했다. 그녀의 핸드폰을 확인하고 싶은 충동을 억누르려고 애썼다… 자신의 의심이 맞는지 확인하고 싶었다. 그녀가 다른 남자를 만나고 있다는 확신이 들었다. 결국 그는 가방을 열고 손을 집어넣어 핸드폰을 찾았다. 비밀번호가 걸려 있었다. 그 지긋지긋한 비밀번호 때문에 화면은 잠겨 있었다. 그건 그에게 상처였다. 그들은 2년 동안 함께 살았지만, 그녀는 한 번도 핸드폰에 비밀번호를 걸지 않았다. 그런데 왜, 오늘은, 이 망할 놈의 비밀번호가 필요한 걸까?

엘리베이터가 올라오는 소리가 들리자 그는 서둘러 핸드폰을 가방에 다시 넣었다. 그녀는 약간 숨이 찬 듯 아파트 안으로 들어왔다. 노란 티셔츠 아래로 그녀의 가슴이 오르내렸고, 볼에는 홍조가 스며 있었다. 그녀는 그를 보며 냉담한 미소를 지었다. 너무 친하게 느껴지지도, 그렇다고 완전히 낯설지도 않은, 그저 잠시 알고 지낸 지인에게 보내는 듯한 미소였다.

"그래. 이제 작별 인사를 해야 할 시간이네."

그는 아무 말도 하지 않았다. 입을 열었다면 목소리가 부서졌을 것이다. 그는 로라의 아름다운 얼굴에서 고통스러운 감정의 흔적을 찾고 있었다. 짧게나마 스쳐 지나가는 아쉬움이라도… 하지만 거기에서는 오직 서두름만이, 일종의 안도감만이 읽혔다. 그는 그녀가 떠나는 순간 자신이 무너져 내리기를, 다시는 깨어나지 않기를 기원했다. 핸드백을 집어 든 그녀가 그의 어깨에 가볍게 손을 얹었다. 그리고 발끝을 들어 그의 뺨에 작별 인사를 남겼다. 입맞춤 소리가 텅 빈 아파트 안에 맴돌았다.

그녀는 급하게 뒤로 물러나며 덧붙였다.

"같이한 시간… 고마웠어. 정말로… 앞으로 잘 되길 바랄게."

그녀는 아주 빠르게 도망치듯 떠나버렸고, 그는 말없이 그 자리에 선 채 고통스러워하고 있었다. 그녀는 마치 아무 일도 없는 듯 미용실 약속이 있다며 떠났다.

에밀은 자신이 목이 메이고 숨이 막히는 듯한 느낌을 받고 있다는 사실조차 거의 자각하지 못했다. 꼭 1년 전, 6월의 그날 오후처럼. 그런데 지금 그는 시냇가에 앉아 있었고, 부드러운 바람이 그의 얼굴을 스쳐 지나가고 있었다. 아니, 아무것도 지나가지 않았다. 감정은 여전히 그 자리에 있었고, 다만 오랜 시간이 그 위에 얇게 먼지를 덮어놓았을 뿐이었다. 그는 잠시 숨을 고르며, 가슴과 목을 짓누르는 끔찍한 감각을 가라앉히려 애썼다. 그리고 분노를 풀어내듯 시냇물에 자잘한 돌멩이를 몇 개 던졌다. 그는 여전히 이해가 되지 않았다.

그들은 함께 행복했었다. 누구보다도 행복한 연인이었다. 도대체 어떻게 이런 일이 일어날 수 있었을까? 그들은 흔한 커플이 아니었고, 일상에 무뎌져 서로를 잃어가는 그런 관계도 아니었다. 그들은 특별했다. 그런데도, 그녀는 결국 떠나버렸다….

캠핑카로 돌아왔을 때, 에밀은 조안이 테이블과 의자를 꺼내어 식탁을 차려놓은 것을 보고 놀랐다.

"조안?"

그녀는 조리대 앞에서 고개를 숙이고 도마 위에 집중하고 있었다.

"미안, 당신이 자고 있어서... 그냥 잠깐 산책을 나갔어요."

그녀는 어깨를 으쓱했다. 괜찮다는 뜻이었다.

"그럴 줄 알았어요."

"근데 이거, 무슨 냄새죠? 맛있는 거 만들고 있는 것 같은데?"

"생야채 샐러드에요."

그녀는 옆에 놓인 로즈마리 가지를 가리켰다.

"캠핑카 뒤에서 찾았어요."

"야생 식물인가요?"

"네."

그들은 더 이상 아무 말 하지 않았다. 에밀은 그녀가 느리지만 정교한 손놀림으로 토마토를 써는 모습을 바라보았다. 그는 자신이 시냇가에 얼마나 오래 있었는지 궁금해졌다. 적어도 한 시간은 있었을 것이다. 그는 목을 가볍게 긁었다.

"뭐 도와줄 거 있어요? 나도 뭐라도 할까요?"

"괜찮아요."

"그럼 내가 빵 썰게요."

"그래요, 그렇게 해요."

그들은 시냇물 소리에 마음이 잔잔해져서 말없이 식탁에 마주 앉았다.

"저 뒤에 시냇물이 흐르고 있어요."

"그래요?"

"예. 나중에 한번 가봐요. 등산로도 있어요."

조안은 고개를 끄덕이며 여전히 조금씩 음식을 집어먹고 있었다. 에밀은 그녀가 과일과 채소만 먹는다는 인상을 받았다. 아마 그래서 이렇게 몸이 여리여리한 거라고 생각했다. 그는 저녁엔 치즈를 듬뿍 올린 파스타를 만들어서 그녀가 꼭 조금이라도 먹게 할 작정이었다.

"여기서 좀 쉬면 좋을 것 같아요. 하루 이틀 정도. 그리고 나서는 잠깐 캠핑카를 주차시켜 놓은 다음 배낭 메고 일주일이든 2주일이든 걸어보자고요. 근처에 봐야 할 것들이 정말 많아요."

그녀가 또 고개를 끄덕였다. 에밀은 말을 이어갔다.

"나한텐 텐트도 있고, 휴대용 버너랑 침낭도 있어요."

"나도 침낭 하나 있어요."

"따뜻한 옷은? 위쪽은 기온이 몇 도밖에 안 될 텐데. 샌들 말고 등산화도 있어야 해요."

조안이 잠깐 망설이는 듯했다. 에밀이 덧붙였다.

"출발하기 전에 사러 갑시다. 괜찮죠?"

"응, 좋아요."

에밀은 그들에게 튼튼한 물통도 필요하고, 구급상자도 챙겨야 하고, 동결건조 식량도 준비해야겠다고 생각했다….

그들은 물소리와 새소리를 들으며 아무 말 없이 식사를 마치고 난 뒤에 설거지를 했다. 몇몇 등산객들이 주차장을 지나 시냇가 산책로로 들어섰고, 자동차도 몇 대 들락거렸다. 그들은 나무들 사이에 몸을 숨긴 채 고요한 시간을 보냈다.

에밀이 접시를 싱크대 아래 넣으며 말했다.

"오후엔 캠핑카에 있을게요. 편지를 한 통 써야 해서."

그는 편지를 쓰기로 마음을 정했다. 배낭을 메고 산속으로 떠나기 전에 마음의 짐을 덜어놓는 것이 좋을 것 같았다. 혹시라도 무슨 일이 생긴다면… 미리 해두는 편이 나았다. 그래야 후회 없이 가벼운 마음으로 떠나서 모험을 시작할 수 있다. 그는 찻잔을 앞에 놓고 테이블에 앉아 오후 내내 무얼 쓸지 고민할 생각이었다.

조안이 고개를 끄덕였다.

"그래요, 난 시냇가에 있을게요."

그들은 잠시 접시를 닦고, 물기를 제거하고, 정리했다. 에밀이 마른 행주를 내려놓았다. 설거지가 끝난 것이다.

"오늘 저녁엔 마을을 한 바퀴 돌아보는 게 어때요? 풍경이 정말 끝내주는데."

"그래요?"

“응. 같이 가도 되고요.”

“좋아요.”

조안은 식사를 마치고 난 후에 수건 하나를 팔에 걸치고 선글라스를 쓴 다음 책 한 권을 챙기더니 마치 해변에 가는 사람처럼 가벼운 걸음으로 나섰다. 에밀은 차를 끓였고, 공책과 펜을 꺼내 접이식 야외 테이블에 앉았다. 그게 벌써 세 시간 전 일이었다. 하지만 아직 한 줄도 쓰지 못했다. 처음엔 그냥 차를 마셨고, 곧 화장실에 가고 싶어졌고, 편지 상단에 날짜를 적기 시작하다가 생각에 빠졌다. 졸음이 밀려와 접이식 지붕 안의 매트리스에 누웠다. 한참 후 다시 차를 끓였고, 이번엔 정말 제대로 편지를 써보자고 마음먹었다. 하지만 곧 시냇물을 따라 이어진 산책로가 떠올랐고, 피레네 가이드북을 펼쳐 확인해 보았다. 그 길은 아리즈 폭포로 이어지는 왕복 두 시간 반짜리 산책로였다. 그다음부터는 자신이 뭘 했는지 명확히 기억나지 않았다. 그렇게 멍하니 앉아 있는데, 조안의 목소리가 아닌 낯선 여성의 목소리가 그의 공상을 깼다.

“안녕하세요!”

그녀의 갑작스러운 등장에 에밀은 차를 탁자 위에 쏟았다. 그는 놀라서 바로 대답을 하지 못했다. 여자는 등산 장비를 완벽하게 갖추고 두 개의 등산 스틱을 든 채 나무 뒤에 서 있었다. 서른 살쯤 되어 보였다. 금발 머리를 야무지게 묶었고, 얼굴은 조금은 억세 보였지만 조화를 이루고 있었다. 종아리가 탄탄하고 어깨가 넓어서 운동선수 같았다.

에밀이 겨우 말을 되찾아 대답했다.

“안녕하세요,”

그는 그제야 그녀가 혼자가 아니라는 사실을 깨달았다. 한 커플이

나무 뒤쪽에 멀찌감치 떨어져서 그를 기다리고 있었다.

"방해하려던 건 아니에요. 캠핑카가 궁금해서요. 혹시 GR 코스 걷고 계신가요?"

에밀은 무슨 말인지 잘 이해가 되지 않았다. 그들에게 그는 얼굴을 찡그리고 있는 바보처럼 보였을 것이다.

"GR요?"

"GR10요."

"아!"

그는 가이드북에서 읽었던 게 떠올랐다. GR10은 피레네 산맥을 횡단하는 코스였고, 아르티그는 그 코스에 있는 마을이었다.

"아니요. 저는… 오늘 아침에 도착했어요."

"GR 코스 걸을 건가요?"

"아니요… 배낭과 텐트를 메고 주변을 탐험하려고 하지만, 정확한 코스를 따를 생각은 없어요."

"여기 여러 날 머무르실 건가요?"

"네, 코스도 정하고 필요한 장비를 준비하는 데 시간이 필요해서요."

"미디봉 정상에 올라가실 건가요?"

그녀는 웃음을 잃지 않았다. 조안과는 사뭇 달라서 참 신선했다!

"네, 거긴 꼭 올라갈 겁니다."

"그렇다면 내가 몇 가지 조언을 해드릴게요. 우리도 거기 올라갔다가 막 돌아왔거든요. '노새 부리는 사람들의 길'을 강력히 추천해요. 훨씬 길긴 한데 정말 멋져요… 한겨울에 눈 속에서, 무려 40킬로그램까지 짊어지고 길을 걸었던 사람들이 있었다니 말에요!"

그녀의 열정은 전염성이 있었다. 에밀도 미소를 지으며 고개를 끄덕였다. 젊은 여성이 말을 이었다.

"오늘은 폭포 쪽에 갈 거예요."

"우리는 며칠 여기 머물기로 했어요, 다시 길을 떠나기 전에 주변을 탐험하려고요."

그녀는 풀려 나온 머리카락 한 가닥을 귀 뒤로 넘기며 입술을 축였다.

"자, 더 이상 방해하지 않을게요. 바빠 보이시네요. 책을 쓰고 있나요?"

에밀은 고개를 저으며 미소 지었다.

"아니요, 편지를 쓰고 있어요."

"오! 영감이 안 떠오르나 봐요."

그녀가 그의 하얀 종이를 슬쩍 쳐다보았다. 에밀은 웃음을 터뜨렸다.

"네, 좀 그렇네요."

"오늘 저녁에 우리랑 같이 가요. 여기 GR10 코스 걷는 사람들 꽤 많아요. 모두 '지트'라고 부르는 산장에 머물고 있거든요. 어제는 모닥불도 피웠고, 오늘 밤도 그럴 것 같아요. 독일인 부부가 새벽에 출발해서 그들의 출발을 축하하는 자리예요. 와인 한 병 가져오세요, 가능하면."

그녀의 반짝이는 미소가 다소 단단한 표정과 대조를 이루었다. 에밀이 대답했다.

"네, 한번 생각해 볼게요."

여자 뒤에 있는 친구 부부는 조바심을 내는 듯했다. 남자가 아무 말 없이 서두르라고 손짓했다. 그녀는 땅에 꽂아 두었던 등산용 지팡이를 다시 집어 들었다.

"만약 오시게 되면 '클로에'라고 말씀하세요. 제가 주방에 없으면 친구들이 안내해 줄 거예요."

에밀은 고개를 끄덕이며 다시 한번 웃었다.

"좋아요, 고마워요."

"별말씀을요. 그럼 이따가 뵈요… 아마도요!"

"그래요, 이따 뵈요!"

그녀는 빠른 걸음으로 사라졌고, 그녀의 모습은 나무들 뒤로 스르르 자취를 감추었다. 이젠 더 이상 편지로 돌아갈 수 없었다. 다 끝난 셈이었다. 에밀은 의자 등받이에 몸을 기대고 다리를 뻗었다. 그는 오늘 밤 그곳에 갈까 말까 고민했다. 마음이 끌리긴 했다. 조안의 존재는 편안했지만 너무 조용했다. 와인과 사람들, 이야기와 웃음이 어우러지는 그런 저녁이 필요했다. 싱크대 아래엔 출발할 때 챙겨온 레드 와인 한 병이 있었다. 그걸 가져가면 딱 좋을 것 같았다. 하지만 문제는 조안이었다. 그녀를 여기 혼자 두고 가도 될까?

해가 서서히 넘어가고 있었다. 조안은 아직 돌아오지 않았다. 에밀은 간단히 샤워를 하고 파스타용 물을 끓였다. 스파게티를 냄비에 넣고 시간을 보며 익히고 있었는데도 그녀는 여전히 돌아오지 않고 있었다. 그는 조안이 혹시 개울가에 있는지 보러 가기로 했다. 산책로엔 사람이 없었고 조안의 모습도 보이지 않았다. 그는 이쪽으로 몇 걸음, 저쪽으로 몇 걸음을 옮겨보며 혹시 그녀가 보이지 않을까 두리번거렸지만, 헛수고였다. 속이 조금씩 상했다. 배도 고팠고, 다른 일도 마음을 불편하게 만들었다. 바로 그 산장 모임이었다. 조안이 돌아오지 않으면, 거기에 갈 수 없었다.

그녀를 조금 더 기다리다가, 문득 물이 끓고 있다는 사실을 잊고 있었다는 걸 떠올렸다. 너무 늦었다. 캠핑카 안은 연기로 자욱했고, 냄비는 새까맣게 탔다. 물은 바닥나 있었고, 파스타는 숯덩이가 되어 있었다. 그는 화를 참기 어려워서 찬장 문을 쾅쾅 닫으며 욕지거리를 했다. 냄비 바닥을 긁어내는 데만 십 분이 걸렸고, 다시 파스타를 삶는 데 또 십 분이 걸렸다. 바깥에 앉아 저녁을 먹을 때쯤엔, 이미 어둠이 내려앉고 있었다.

그는 여전히 화가 나 있었다. 조안 때문에 그의 저녁이 완전히 망가졌다. 도대체 뭘 하고 있는 거지? 그녀의 부재에 대해 걱정해야 할지, 그냥 화를 내고 있어야 할지 알 수 없었다. 지난번 밤에도 그녀는 들판에서 잠들었었지… 아마 또 그런 일이 있었을 것이다. 그녀는 아마도 밤중에 멍한 얼굴로 돌아올 테고, 그때쯤이면 그는 이미 저녁 시간을 날려버린 뒤일 것이다.

그는 파스타를 마저 먹고, 치즈를 듬뿍 뿌려 두 번째 접시를 덜어냈다. 하지만 이제 진심으로 걱정이 되기 시작했다. 비라도 오면 어쩌지? 물이 불어나면? 그녀가 밤에 길을 못 찾으면? 에밀은 접시를 내버려두고, 싱크대 아래 찬장에서 손전등을 꺼내 들고는 그녀를 찾으러 다시 시냇가 쪽으로 향했다. 그녀는 거기 있었다. 지나치게 큰 반바지를 입고 책과 수건을 들고 돌아오고 있었다. 걸음은 느긋했고, 그 모습이 오히려 에밀을 더욱 화나게 만들었다.

"도대체 뭐 하는 거예요? 내가 얼마나 걱정했는지 알아요? 해가 넘어가고 있어요!"

그는 멀리서 다가오는 그녀의 실루엣을 향해 외쳤다. 하지만 그녀는 그의 목소리를 듣고도 발걸음을 서두르지 않았다. 그의 앞에 다다른 그녀는 그가 화를 내는 이유를 이해하지 못한 듯 놀란 얼굴을 하고 있었다.

"늦을 거면 미리 알려줘야 할 거 아네요!"

"미안해요. 이렇게 늦은 줄 몰랐어요…."

그녀가 미안해하며 작은 소리로 이렇게 말했지만, 그는 여전히 화가 풀리지 않았다.

"날이 어두워지고 있잖아요!"

그러자 그녀는 변명하듯 말했다.

"책에 푹 빠져 있었어요…."

"그렇게 어두워졌는데도 몰랐다는 거에요?"

그는 갑자기 말을 멈췄다. 자기가 얼마나 험악한 얼굴을 하고 있는지를 갑자기 깨달았기 때문이다. 그녀가 그에게 보고를 할 의무는 없다. 그녀는 성인이고, 스스로를 충분히 챙길 수 있는 사람이다. 하지만 그게 문제였다… 정말 스스로를 잘 챙기고 있는 걸까? 그녀는 늘 어딘가 멍하니 정신이 다른 데 가 있는 것 같았다.

"미안해요. 그냥… 걱정이 되기 시작해서…."

그녀는 무덤덤하게 어깨를 으쓱했다.

"저번엔 들판에서 자고 있었잖아요. 그래서…."

그가 말을 끝내기도 전에 그녀가 조용히 말을 잘랐다.

"앞으론 어두워지기 전에 돌아올게요."

그리고 에밀은 어색하게 "파스타 만들어놨어요"라는 말밖에 하지 못했다.

둘은 말없이 캠핑카로 돌아왔다. 이제 그는 모닥불을 피운다는 그 밤 모임에 갈 생각이 더 이상 없었다. 그는 작은 식탁에 촛불을 켜고 다시 피레네 산맥 가이드북을 펼쳐 읽기 시작했다. 조안은 아무 말 없이 식사를 했다. 오늘 햇볕에 좀 탄 모양이다. 코끝이 빨갛게 달아올라 있었다. 모자를 벗었던 걸까?

그는 책에서 눈을 떼고 물었다.

"아직 따뜻하죠?"

"네."

"마을을 둘러보기엔 시간이 좀 늦었네요… 내일 갑시다."

"네."

그 시간엔 주차장이 텅 비어 있었다. 그런데 갑자기 덤불 뒤에서 무슨 소리가 들려왔고, 그는 깜짝 놀랐다. 눈을 가늘게 뜨고 바라보니, 어렴풋이 사람의 형체가 보였다. 그리고 다음 순간, 누군가 나뭇가지를 머리에 꽂고 나타났다. 에밀은 그제야 그것이 그날 오후 만난 젊은 여성 클로에라는 걸 안도의 한숨을 내쉬며 말했다.

"아, 당신이었군요! 누가 여길 돌아다니나 싶었어요."

그의 옆에서 식사하던 조안도 목소리를 듣고 고개를 들어 그들 앞에 서 있는 클로에를 보았다. 놀라는 기색은 별로 없었다. 반면 클로에는 살짝 당황한 듯 보였다. 그녀는 잠시 멈칫했다.

"미안해요… 나는 그냥… 오늘 밤 모닥불 파티가 있어서…."

그녀는 난처한 손짓을 하며, 마치 땅속으로 숨고 싶은 듯한 표정을 지었다. 에밀은 자리에서 일어나, 그녀에게 시냇가 쪽으로 함께 걸어가자고 손짓했다. 클로에는 잠시 망설이다가 조안에게 짧게 "안녕하세요"라고 인사말을 건넨 뒤 그를 따라나섰다. 그들이 몇 걸음 걸어간 뒤에 에밀이 발걸음을 멈추며 말했다.

"가고 싶었는데 조안이 시냇가에서 돌아오지 않고 있었어요. 날이 어두워지기 시작하는데 말이죠. 나는 그녀가 무사히 돌아오는 걸 확인하려고 그녀를 기다렸죠. 그러다 보니 파티에 가기엔 시간이 너무 늦어버린 겁니다.”

클로에는 그의 말을 제대로 듣고 있지 않은 듯했다. 그녀의 시선은 캠핑카 쪽, 조안에게 꽂혀 있었다. 조안은 여전히 검은색 챙 넓은 모자를 쓴 채 아직도 촛불을 켜놓고 식사를 하고 있는 중이었다.

“저 여자분이 여자친구예요? 여자친구랑 같이 온 줄은 몰랐네요….”

에밀은 클로에의 시선을 따라 조안 쪽을 바라보다 웃으며 고개를 저었다.

“아네요… 여자친구 아닙니다.”

조안은 막 포크를 내려놓은 참이었다. 그녀는 이제 얼굴을 하늘로 향한 채 미동도 없이 가만히 앉아 있었는데, 무엇을 하는 건지 알 수가 없었다. 별을 올려다보는 건지, 조용히 기도를 올리는 건지. 시간마저 멈춘 듯한 정적 속에서, 그녀는 마치 세상과 단절된 사람처럼 보였다. 클로에가 속삭이듯 말했다.

“무슨 다른 세상에서 온 사람 같아요….”

에밀은 웃음을 터뜨렸다.

“맞아요, 완전 엉뚱해요.”

“저 여자분, 지금 저기서 뭐 하는 거지요? 왜 당신이랑 같이 여행하는 거예요?”

그는 자신이 앓고 있는 병과 시한부 판정, 인터넷에 올린 광고 등 모든 얘기를 그녀에게 털어놓고 싶지 않아서 이렇게만 대답하고 말았다.

“길에서 만났어요.”

클로에가 눈이 동그래져서 물었다.

“뭐라구요?”

에밀은 재빨리 그럴듯하게 이야기를 꾸며냈다.

"고속도로 휴게소에서 히치하이크를 하고 있더라고요. 뭔가 삶의 의미를 잃어버린 사람처럼 보였어요… 내가 피레네 여행 얘기를 꺼냈는데, 같이 가고 싶다고 말하더군요."

놀라서 클로에의 입이 둥글게 벌어졌다.

"그러니까… 서로 모르는 사이잖아요?"

"예. 모르는 사이에요."

"언제부터 같이 있었어요?"

"사흘 전부터요."

"서로 모르는 사이인데 같이 있었다구요?

그는 고개를 끄덕이며 다시 한번 조용히 말했다.

"전혀 모르는 사이라니까요."

클로에는 여전히 눈을 동그랗게 뜬 채 말했다.

"저 여자분… 혹시 진짜 미친 사람일 수도 있어요. 정신 질환자라든가… 도망자일지도 몰라요. 수배 중일 수도 있고!"

에밀은 어깨를 으쓱거리며 말했다.

"위험한 사람 같진 않아요."

클로에의 경악한 눈빛을 보고 에밀은 어쩌면 자신도 조안만큼이나 제정신이 아닐지 모른다는 생각을 했다. 결국, 그런 점에서 둘은 잘 맞는 셈이었다.

"당신도 완전 미쳤군요, 정말!"

그녀가 웃음을 터뜨리자 그도 따라 웃었다. 클로에가 더는 경직된 표정을 짓지 않아서 좋았다.

"그게 바로 모험 아니겠어요?"

클로에는 망설이며 대꾸했다.

"음… 글쎄요….”

"당신은 누구랑 GR10을 걷고 있어요?"

"내 가장 친한 친구 둘하고, 그들의 남자친구들이랑 같이 왔어요. 아니, 남편들이라고 해야 하나? 남편이라고 하면 갑자기 늙은 기분이 들어서 싫어요.”

두 사람은 피식 웃었다.

"무슨 말인지 알 것 같아요. 내 절친도 이제 막 아빠가 됐고, 요즘은 집을 알아보고 있더라고요.”

"으, 끔찍해!"

그녀가 인상을 찌푸리며 이렇게 외쳤다. 에밀은 그 표정에 웃음이 터졌다.

"차라리 당신이랑 여기 같이 왔으면 됐을 텐데!"

"그랬으면 좋아했을 거예요.”

"그 집이나 아이는… 그 여자친구가 원한 거죠?"

에밀은 잠깐 생각에 잠겼다.

"그런 것 같아요. 근데 그 덕분에 엄청 행복해 보여요.”

"그럼 됐지요, 뭐.”

잠시 말이 끊겼다. 그 틈에 에밀은 클로에가 머리를 풀었다는 걸 알아챘다. 그녀의 금발은 어깨 위로 자연스럽게 흘러내리고 있었다. 등산복은 사라지고, 산뜻한 연두색 여름 원피스와 웨지힐로 바뀐 그녀는 더없이 자연스럽고 여성스러워 보였다. 키도 그와 비슷했다. 그녀가 단 1센티미터만 더 컸다면, 그는 그녀의 그림자 아래 머물렀을지도 모른다.

"그래서, 오늘 밤 모닥불 파티 올 거예요? 당신의 저 미친 여자친구도 같이 오라고 할까요?"

그녀는 장난기 어린 미소를 지으며 이렇게 물었다. 그들은 조안이 일어나 접시와 식기를 챙겨 캠핑카 안으로 들어가는 모습을 바라보았다.

에밀이 말했다.

"조안이 이제 자러 가는 것 같아요."

"예… 그냥 우리끼리 갈까요?"

"그래도 되지요."

"아니면 저기 시냇가에 앉아 있을 수도 있고요. 아, 근데 와인을 안 가져왔네….."

에밀은 그녀에게 미소를 지어 보이며 말했다.

"안에 와인 있어요. 불도 있고. 여기서 모닥불 파티 할까요?"

클로에는 기쁜 듯 그의 어깨를 톡 쳤다.

"좋아요, 그렇게 해요!"

그가 캠핑카 안으로 들어가 보니 조안이 설거지를 하고 있었다. 그는 그녀에게 다가서며 약간 머쓱해 했다.

"오늘 오후에 어떤 여자를 만났어요. 그 여자는 친구들이랑 같이 하이킹을 가는 중이었죠."

조안은 아무 말 없이 접시를 계속 문질렀다.

"우리 시냇가에서 모닥불 피우고 밤샐 건데, 올래요?"

그녀는 고개를 저었다.

"아니, 괜찮아요."

"잘 거예요?"

"네."

"그럼… 나중에 봐요…."

"네, 나중에 봐요."

그는 싱크대 아래 찬장을 열어 레드 와인 한 병과 와인 오프너, 라이터를 꺼냈다. 그가 캠핑카를 나설 때, 조안의 시선이 자신에게 머물고 있는 것이 느껴졌다. 그는 그녀가 여전히 멍하고 길 잃은 듯한 눈빛을 하고 있는지 궁금했다.

4

"여기가 좋겠네요."

클로에는 마른 나뭇가지를 주운 뒤, 큼직한 바위 위에 툭 주저앉았다. 에밀은 그 가지들을 모아 작은 더미를 만들고, 정성스럽게 주변을 돌로 둘러쌌다. 불은 별다른 어려움 없이 금방 붙었다. 에밀은 더 많은 장작을 가지러 자리를 떴고, 클로에는 와인 병을 땄다.

"잔을 안 가져왔네요."

에밀이 미안한 듯 말했다.

"그냥 병째 마시죠, 뭐."

이번엔 모든 게 완벽했다. 에밀은 모아온 나뭇가지를 불 옆에 내려놓았는데, 몇 시간은 충분히 버틸 만큼 충분했다. 그는 클로에 옆에 앉았다. 그녀는 길고 탄탄한 다리를 쭉 뻗은 채 앉아 있었고, 불빛은 그녀의 살갗 위에서 주황색으로 춤을 췄다. 클로에는 와인 병을 들어 한 모금 마시고, 그에게 건넸다. 에밀은 지금 시냇가 옆, 모닥불 곁, 자신에게 미소 짓고 호감을 표현해주는 활기 넘치는 여자와 함께 있는 이 순간이 너무 좋았다. 며칠 동안 말없이 과거만 곱씹으며 보낸 끝에 오늘 밤 드디어 진짜로 숨통이 트이는 것 같았다. 먼저 말을 꺼낸 건 클로에였다.

"그래서 말인데… 피레네 여행은 왜 오게 됐어요? 어떻게 여기까지 오게 된 거예요?"

하지만 그는 무엇을 어떻게 말해야 할지 아직 정하지 못했기 때문에 그녀가 먼저 얘기하도록 두기로 했다. 아마도 진실을 살짝 감추고 살짝 윤색된 이야기 정도가 되겠지.

"아니, 당신이 먼저 얘기해봐요."

"아, 정말요? 왜요?"

"당신이 질문을 너무 많이 해서요."

그녀는 조용히 웃으며 고개를 뒤로 젖혔다.

"그건 인정해요. 그런 말 자주 들어요."

"그럼 얘기해 봐요. GR10을 걷는 그 로드트립….""

"음, 처음부터 시작해야지. 나… 우체부 일 그만뒀어요."

그는 놀란 듯 미소 지었다.

"우체부셨구나. 그래서 이렇게 쭉 뻗은 다리에 피부는 구릿빛이군요, 맞죠?"

둘은 마음껏 웃었다.

"자전거 타고 배달했어요?"

"당연하죠. 차는 절대 안 타고 다녔어요."

"운동 좋아했겠네요."

"주말마다 거의 안 빼고 운동을 했죠."

"또 자전거?"

"아니, 수영도 하고, 달리기도 하고, 등산도 꽤 했어요. 그러면서 자연 속으로 떠나는 로드트립을 꿈꿨죠."

"그래서 일을 그만둔 건가요?"

"그게 그냥 그런 단순한 이유는 아네요…."

그녀는 와인 병을 다시 집어 들고 길게 한 모금 마셨다.

"이 와인 꽤 괜찮네."

그녀는 무언가를 의미하는 깊은 눈빛으로 그를 바라보았다. 그날 밤, 그녀는 캠핑카까지 찾아왔었다.

"그럼 어떻게 출발하게 됐는지 얘기 좀 해봐요."

그가 어색함을 숨기려고 이렇게 말을 꺼냈다.

"응, 그러니까… 사실은 GR10을 걷겠다는 생각을 오래전부터 하고 있었죠. 그때는 남자 친구랑 같이 가려고 했어요. 근데 3년 전에 헤어졌어요. 그 남자는 바보 멍청이였는데, 하마터면 결혼할 뻔했죠."

그녀는 죄책감이 어린 표정을 지었다.

"그래, 거의 속을 뻔했죠. 하지만 결국은 다 잘된 셈이에요. 그 새끼가 다른 여자랑 떠나버렸으니까…."

그녀가 잠시 침묵했다.

"…GR10을 걸으려고…."

에밀은 병 주둥이에 웃음을 억누르다가 하마터면 목이 졸릴 뻔했다. 클로에는 전혀 기분 나빠하지 않고 함께 웃기 시작했다.

"응, 나도 알아요… 또 그 지긋지긋한 GR10 얘기죠. 내 인생이 한 편의 코미디 같아요."

"당신은 그걸 잘 받아들이는 것 같아요."

불길에서 타닥거리는 장작 소리만 간간이 침묵을 깼다.

"그래서 나는 그 로드트립 계획을 포기했어요. 나는 그 뒤로 내 인생의 3년은 그냥 흘러가도록 내버려뒀죠. 일하고, 운동하고, 여자 친구들이랑 외출도 하고… 친구들이 내 기분을 바꾸려고 애썼거든요. 나는 그 그룹에서 유일한 싱글이었어요. 지금도 그래요. 그래서 친구들이 계속 나를 누군가에게 소개해주려고 했죠. 정말 견딜 수가 없었어요."

"무슨 말인지 알 것 같아요."

그도 로라가 떠난 뒤에 비슷한 일을 겪었다. 르노는 라에시시아와 함께였고, 그들이 아직 만나던 몇몇 친구들도 하나둘씩 자리를 잡아갔다. 그는 '결혼시켜야 할 남자'가 되었고, 아무도 그가 그런 얘기를 더 이상 듣고 싶지 않다는 걸 이해하지 못했다. 그건 그에겐 이미 지나간 일이었다. 클로에가 말을 이었다.

"그리고 두 달 전에 엄마가 난소암으로 돌아가셨어요. 아빠가 살던 집을 내놓았고, 나는 인생의 한 주기가 끝났다는 걸, 떠날 때가 됐다는 걸 깨달았죠. 이런 감정은 늘 느껴져요. 마지막 끈이 끊어지고 나면 떠나도 된다는 걸 알게 돼요. 무급휴가는 쓰고 싶지 않아서 사직했어요. 나는 젊으니까, 이 나라든 다른 나라든 뭔가 다시 찾을 수 있을 거예요."

그녀는 작은 돌멩이를 물에 던졌다. 에밀이 와인 병을 건넸다.

"피레네 다음엔 어디로 갈 건가요?"

"아마 스페인… 그 다음은 시칠리아… 그 후는 아직 잘 모르겠어요."

"그리고 친구들은? 같이 갈 거예요?"

클로에는 고개를 저었다. 불빛이 그녀의 금빛 머리카락 사이에서 춤을 추듯 흔들렸다.

"아니에요. 그 사람들은 그냥 나랑 GR10 구간을 조금 같이 걷고 있을 뿐이에요."

그녀는 무릎을 끌어안고 몸을 웅크렸다. 그는 그녀가 고개를 살짝 기울인 채 자신을 바라보는 모습이 마음에 들었다. 그 눈빛은, 괜히 손을 뻗어 그녀의 머리카락을 쓰다듬고 싶게 만들었다.

그녀가 물었다.

"그럼 당신은요? 왜 혼자에요? …아, 길에서 주워온 그 이상한 여자는 빼고 말이죠."

그는 미처 거짓말을 준비하지 못했다. 허를 찔린 듯 멈칫했다.

"나도… 나도 사실….."

그는 침을 삼켰다. 클로에는 잔잔하지만 호기심 어린 눈빛으로 그를 지켜보고 있었다. 그는 병 얘기를 꺼내고 싶지 않았다. 오늘 밤만큼은 그녀처럼 젊고 싶었고, 살아 있고 싶었다. 모든 게 아직 열려 있으며 미래가 기다려주는 그런 남자이고 싶었다.

그가 마침내 입을 열었다.

"나도 떠나버렸어요."

"누가요? 여자친구가요?"

"네. 1년 전에 떠났어요. 당신이랑은 달리, 나는 다른 남자가 있었는지조차 몰랐어요. 우리는… 결혼까지는 생각이 없었지만… 그녀는 아이를 갖고 싶어 했어요. 나는 아직 준비가 안 됐는데… 그녀는 이미 준비가 다 되어 있었죠. 나는… 나는 그때도 그냥 애였던 겁니다."

말이 흘러나온 순간, 그 자신도 놀랐다. 그건 거짓이 아니었다. 사실이었다. 로라는 아이를 원했다. 그와 함께 아이를 꿈꿨다. 결국 그는 마지못해 동의했지만, 이미 너무 늦었다. 그걸 깨달은 건 그녀가 떠난 후였다. 그가 지금 클로에에게 이런 이야기를 하고 있다는 게 믿기지 않았다. 심지어 르노에게조차 한 번도 털어놓지 못한 비밀이었다. 그는 로라의 떠남을 이해하려 하지 않았고, 받아들이려 하지도 않았다. 하지만 마음속 어딘가에서는 늘 알고 있었다. 그것이 모든 문제의 시작이자 끝이라는 걸.

클로에가 조심스레 물었다.

"무슨 일이 있었던 거예요? …시도조차 안 해본 건가요?"

"거의 하지 않았어요. 그러니까… 내가 결심했을 땐 이미 너무 늦었죠."

"아이구."

"네. 그녀는 떠났어요. 난… 다른 사람이 있는 것 같다고 생각하지만, 끝내 알 수는 없었어요."

"그렇다고 해서 그녀가 당신을 떠났다는 사실이 달라지지는 않잖아요…."

"그건 맞아요."

"그래도 책임에서 벗어나는 데는 도움이 됐을지도 몰라요. 그 점에서는 편하죠."

"무슨 말인가요?"

클로에는 작은 돌멩이 몇 개를 손가락 사이에 넣고 굴렸다.

"그러니까… 상대를 탓하는 게 훨씬 쉽다는 거예요. 이별의 원인이 경쟁자 때문이라고 생각하는 게, 우리가 놓친 게 뭔지 직시하는 것보다 훨씬 간단하거든요."

그는 그녀의 말이 옳다는 걸 알고 있었다. 하지만 그 말에 동의하고 싶지는 않았다. 모든 건 아이를 갖고 싶어 하던 그녀의 바람, 그리고 자신의 미성숙함 속에 묻혀 있었다. 더 이상 생각하고 싶지 않았다. 그는 화제를 바꾸려 했다.

"결국 헤어졌고… 나도 혼자가 되었죠. 주변 사람들은 다들 커플로 함께 살기 시작했고, 일도 지겨웠고, 거기에 나랑 가장 친한 친구가 아빠가 되었어요. 너무 버거웠죠. 그래서… 당신이 말했듯 떠날 때가 된 거죠."

"갑자기 그렇게 된 건가요?"

"네. 단번에 결심했죠. 그래서 캠핑카를 사서 떠났습니다. 그건… 뭐라고 할까요… 긴 시간 동안 무미건조한 삶 속에 잠들어 있다가, 이제야 눈을 뜨는 것 같은 기분이었어요."

그 말 역시 거짓이 아니었다. 그는 자신이 마치 스스로에게 낯선 사람인 것처럼 말하는 것을 듣고, 떠남의 이유가 정말 병을 진단받았기 때문만이었는지 자신에게 묻고 있었다.

클로에는 와인 병을 입술에 대고, 잠시 맛을 음미하다가 대답했다.

"나도 똑같은 기분을 느꼈어요. 조심해야 해요."

"뭘 조심해야 한다는 거죠?"

"자신의 삶 속에서 잠들지 않아야 해요. 우리 모두 그렇게 하는 경향이 있잖아요. 앞으로는 조심하려고 해요. 당신도 그렇게 해야 해요."

그는 고개를 끄덕였다. 이제 더 이상 자신의 삶 속에서 충분히 잠들 시간이 없다는 말은 그녀에게 하지 않기로 했다.

클로에가 다시 병을 건네며 물었다.

"당신 직업은 뭐였어요?"

그들은 와인을 다 마셨다. 직업 이야기를 나눈 뒤 서로의 가족과 인생관에 대해서도 이야기했다. 두 사람 모두 약간 취해 있었다. 이런 기분이 참 좋았다. 클로에는 자갈 위에 누웠고, 치마가 무릎 위로 올라가 있었다. 그는 그녀에게 다가갔지만, 아직 손을 대지는 못했다. 그저 불빛이 그녀의 머리카락과 다리, 그리고 눈 속에서 춤추는 모습을 바라보았다. 클로에는 팔꿈치 하나를 받치고 일어서며 약간 흐릿한 목소리로 말했다.

"우리, 당신 캠핑카 안으로 들어갈까요?"

눈 속에는 결연한 빛이 있었다. 그는 그녀에게 키스하고, 그녀를 몸으로 느끼고 싶었다.

"조안이 있어요."

"위에서 자고 있지 않아요?"

"응….”

"우리 아무 소리 내지 말아요. 나도 약속할게요. 아무 소리 안 내고 조용히 있겠다고."

클로에가 장난스러운 미소를 지었다. 그녀는 에밀의 무릎을 짚고 일어나며 마지막 저항까지 무너뜨렸다.

그가 속삭이듯 말했다.

"완전한 침묵을 지킬 것!"

"명령을 따르겠습니다….”

그녀가 그의 엉덩이를 스치듯 지나갔다. 그는 서둘러 그녀의 손을 잡고 나무 사이로 잡아끌며 캠핑카 쪽으로 향했다.

"이리 와요."

둘 다 캠핑카 입구에서 비틀거렸고, 에밀은 이미 조안을 깨웠을지도 모른다고 생각했지만 그렇게 말할 틈도 없었다. 클로에는 이미 그에게 달라붙어 입술을 맞대고 있었다. 술 냄새와 달콤한 향이 섞인 그녀의 입술. 그는 이렇게 탄탄한 몸이 자신에게 붙어 있는 것이 이상하게 느껴졌다. 로라는 이렇게 근육질이거나 힘이 넘치지 않았다. 그녀는 더 작고 여리기도 했다. 그는 클로에만큼 에너지가 넘치는 여자를 본 적이 없었다. 그녀는 그를 움켜쥐고, 힘 있게 옷을 벗기며 계속 키스했다. 움직임은 능숙하고 정확했다. 그들은 조리대에 기대다 냄비를 떨어뜨렸고, 클로에는 크게 웃음을 터뜨렸다. 에밀은 창백해지며 천장을 올려다보았다. 조안이 깨어났을지도 모른다는 생각 때문이었다.

클로에가 그의 귀에 대고 속삭였다.

"자, 긴장 풀어요. 우린 그녀에게 트라우마를 남기려는 게 아네요."

그녀는 그가 대답하기도 전에 그의 입을 자신의 입에 가져다 댔다. 이제 둘 다 속옷 차림이었다. 에밀은 말없이 탁자 앞 벤치를 가리켰다. 그녀와 벤치는 겨우 1미터 정도밖에 떨어져 있지 않았지만, 그들이 거기까지 도달하는 데는 시간이 한참 걸렸다. 결국 그녀가 그를 벤치에 눕히고, 그 위에 올라탔다. 그녀는 약간 야생적인 표정을 짓고, 눈빛이 반짝였다. 그는 그녀가 거의 포효라도 할 것만 같다고 느꼈다. 그녀가 숨을 거칠게 내쉬기 시작하자, 그는 재빨리 손으로 그녀의 입을 막았다. 그러나 막상 그가 그녀의 몸속으로 들어가는 순간, 참지 못한 것은 그 자신이었다. 그의 입에서는 억눌렀던 탄식이 흘러나왔다. 마치 이 순간을 맞이하기까지 수년이 지난 것 같은 느낌이 그를 엄습했다. 로라와 헤어지고 난 뒤에 그가 만난 여자는 오직 한 명뿐이었다. 한 사이트에서 만난 기혼 여성. 왜 그랬는지조차 기억나지 않는다. 아마도 로라에게 복수해야겠다는 생각으로, 누군가 로라를 빼앗았듯 그 여성을 빼앗기 위해서였을 것이다. 하지만 그것은 어떤 특별한 기억도 남기지 못한 채 허망하게 끝나버린 공허한 만남이었다. 그 일 이후, 그는 모든 것이 끝났다고, 이제부터는 언제나 실망만이 자신을 기다릴 것이라고 스스로 다짐했다. 하지만 그날 밤은 달랐다. 전혀 실망스럽지 않았다. 오히려 다시 태어나는 듯한 느낌이 들 정도였다. 그들은 가능한 한 숨 소리를 억누르려 애썼다. 긴 의자가 삐걱거리며 끔찍한 소리를 냈다. 그들은 땀에 젖은 몸을 인조 가죽에 기댄 채 거친 숨을 몰아쉬었다. 캠 핑카 안에는 다시 고요가 내려앉았고, 에밀은 오직 한 가지 생각에 사 로잡혔다. 혹시라도 조안이 깨어난 건 아닐까, 그 작은 기척 하나라도 놓치지 않으려는 마음이었다. 그는 그녀가 깨어나지 않기를 기도했다. 흥분이 가라앉자, 그는 자신이 그녀에게 이런 짓을 강요했다는 사실에 부끄러움을 느꼈다. 그들은 몹시 못되게 행동했다. 그는 조심스럽게 클로에를 옆으로 밀고, 사과하는 듯한 어조로 속삭였다.

"난 우리가 여기 있지 않았으면 해요… 만약 조안이….".

그는 말을 끝맺지 못하고, 클로에는 고개를 끄덕이며 갑자기 일어 났다.

"알겠어요."

그녀는 조금 뻣뻣한 동작으로 옷을 재빨리 다시 입었다. 그는 그녀를 기분 나쁘게 한 건 아닐까 걱정이 되었다. 내보내려는 게 아니었는데.

"밖에 앉을까요? 차 한잔 할래요?"

그녀가 잠시 멈춰, 가슴 위로 치우친 드레스를 정리하며 미소를 되 찾았다.

"좋아요. 근데 녹차로 해요!"

그가 밖으로 나가 클로에에게 다가가자, 그녀는 테이블 위에 내버려

둔 피레네 가이드북을 넘기고 있었다.

그녀가 말했다.

"당신에게 여러 가지 조언을 해줄 수 있을 거예요."

그는 그녀의 맞은편에 주저앉았다.

"아, 그래요?"

"네. 하지만 그 얘기 시작하면 오늘 밤 다 갈 거예요."

"내일 밤까지 여기 있으면, 천천히 이야기할 수 있겠죠?"

"언제 떠나요?"

"모레요."

"그럼 내일 밤에 하면 되겠네."

얼마 동안 두 사람은 조용히 차를 마셨다. 공기는 훨씬 차가워졌고, 밤은 깊어가고 있었다. 침묵을 깬 건 에밀이었다.

"하이킹 준비가 제대로 된 건지 잘 모르겠어요."

"난 전문가는 아니지만… 벌써 열흘째 걸으면서 숙소를 이용하기도 하고 텐트를 치기도 했어요. 내가 브리핑해줄 수 있을 거예요."

"좋네요."

클로에는 장난기 어린 눈빛으로 말했다.

"아니요. 좋은 건 오늘 밤이었죠."

그는 그녀의 웃음을 보고 저절로 입꼬리를 올렸다.

"맞아요. 그건….

말끝을 잇다가 잠시 멈췄다. 괜히 유치해 보이고 싶지 않았다.

"당신 같은 사람을 만날 수 있다는 게 참 좋은 일이죠."

"나도 그렇게 생각해요."

클로에는 그의 눈을 똑바로 바라보며 나지막하게 속삭였다.

"당신은 저 이상한 모자 쓴 여자 대신, 훨씬 괜찮은 사람을 곁에 둘 수 있을 거예요."

에밀은 애써 태연한 척했지만, 그 말은 가슴속을 쓰라리게 파고들었다. 불공평하고도 모진 말 같았다. 그는 본능적으로 조안을 감싸고 싶어졌다.

"그 여자는… 그냥 조금 길을 잃은 것뿐이에요. 하지만 정말 다정한 사람입니다."

"그래, 다정하죠."

클로에는 비웃듯 입술을 비틀고는 짧게 웃어버렸다. 에밀은 더는 아무 말 하지 않고 뜨거운 찻잔을 들어 조용히 마셨다. 그러는 게 나았다.

얼마 지나지 않아 클로에는 자리를 털고 일어났다. 에밀은 그녀가 떠나려는 기척에 순간 마음이 허전해졌다. 클로에는 그의 뺨과 입술 사이에 가볍게 입맞춤을 남기더니, 바람에 스치는 그림자처럼 나무 사이로 사라졌다.

에밀은 위쪽 침대로 올라가지 않았다. 거기에는 조안이 누워 있었고, 혹시 그들이 소란을 피우는 바람에 아직 잠들지 못했을지도 몰랐다. 오늘만큼은 아래에 있는 긴 의자에서 자야 한다는 생각이 들었다. 지금껏 벌어진 일들을 생각하면, 그녀에게 그 정도 예의를 표하는 건 당연한 도리였다.

아침이 밝았을 때, 그는 망치로 머리를 얻어맞은 듯한 두통에 시달리며 눈을 떴다. '이건 내 잘못이다. 하느님이 내린 벌이다.' 그는 속으로 그렇게 중얼거렸다. 햇살은 이미 높이 떠올라 있었고, 정오가 다

된 듯했다. 조안은 아마도 이미 일어나 있을 것이다. 그는 어젯밤 일을 떠올리며 얼굴이 화끈거렸다. 낮의 밝은 햇살 속에 서 있으니, 그 부끄러움은 오히려 더 짙어졌다. 그는 벤치 위에서, 허름한 재킷 하나를 덮고 지새운 밤을 떠올리며 억지로 몸을 일으켰다. 밖으로 나서자 조안의 모습이 보이지 않았다. 순간 안도감이 스쳤지만, 이내 불안이 몰려왔다. 혹시 그녀가 떠나버린 건 아닐까. 그러나 그녀의 짐은 그대로 남아 있었다. 그제야 숨을 고른 그는 다짐했다. '씻고 나서 맛있는 점심을 준비해야겠다. 신선한 채소로 상을 차려야지. 그러면 조금은 용서해 주겠지.'

그는 먼저 머리를 식히려는 듯 억지로 숲속을 몇 걸음 걸어 나갔다. 나무 그늘 아래 서니 두통이 조금은 누그러지는 듯했다. 발길은 저절로 시냇물 쪽으로 향했다. 차가운 물에 발을 담그면 한결 나아질 것 같았다. 하지만 그는 시냇가 몇 걸음 앞에서 멈춰 서야 했다. 그곳에 조안이 있었다. 그녀는 커다란 바위 위에 앉아 전화기를 귀에 댄 채 이야기를 나누고 있었는데, 전날처럼 속삭이지 않았다. 그녀의 목소리는 그가 잘 알지 못했던 낯선 확신으로 또렷하고 단호했다. 크지는 않았지만 분명히 힘이 실려 있었다.

"안 돼. 이제 제발 전화하지 마…."

잠시 침묵이 흘렀다. 시냇물이 흐르는 소리에도 불구하고, 수화기 너머로 울먹이는 남자의 젊은 목소리가 들릴 듯 말 듯 새어 나왔다.

"너… 아니… 그렇게 울지 마… 너, 내 선택을 존중하겠다고 했잖아… 난… 모르겠어. 내가 말했잖아… 한 달, 여섯 달, 혹은 1년… 나한텐 시간이 필요해… 그만해…."

그녀는 스스로를 다잡기라도 하듯 숨을 고르며 고개를 두 손으로 감싸며 한동안 말을 잇지 못했다. 그리고 그녀가 다시 입을 열었을 때 목소리에 짜증이 묻어 있었다.

"우리가 사랑했던 건 맞아. 하지만 그렇다고 해서 뭐가 달라져? 아니, 이제는 잘 모르겠어. 내가 아직도 널 사랑하는지… 그걸 알기 위해서도 시간이 필요해. 그만 울어. 어쩔 수 없는 일이니까."

에밀은 얼어붙은 듯 잠시 서 있다가, 자신이 여기 있어서는 안 된다는 사실을 깨달았다. 그는 마른 나뭇가지를 밟지 않으려 애쓰며 조심스럽게 뒷걸음질쳤다. 작은 소리라도 나면 조안이 눈치챌 것이고, 그러면 그녀는 그가 이 통화를 엿들었다는 사실을 알게 될 터였다. 그 순간 둘 중 누구도 이 상황을 감당할 수 없을 것이다.

그는 발길을 재촉해 캠핑카로 돌아왔다. 이제는 확실했다. 전화를 걸어오는 건 남자였다. 떠나는 그녀를 붙잡으며 울먹이는 남자. 언젠가 그녀가 사랑했지만, 이제는 더 이상 사랑하는지 확신할 수 없는 남자.

식탁은 이미 준비되어 있었다. 그는 버섯 오믈렛을 만들면서 그녀가 계란을 먹기를 바랐고, 상추 샐러드와 로즈마리 가지를 넣어 지은 밥도 곁들였다. 그녀를 기다리며 흰 종이와 펜을 꺼냈지만, 편지를 쓰기엔 도무지 적당한 날이 아니었다. 편두통이 머릿속을 두드리며 밤새 이어진 기억들이 여전히 선명하게 떠올랐다. 시냇가에서 주고받은 얘기, 아이를 갖고 싶어 했던 그녀, 그리고 자신보다 훨씬 준비가 잘 되어 있던 그녀의 모습. 왜 하필 그 여자에게 그런 이야기를 털어놓았을까. 낯선 사람에게는 실수와 약점을 고백하기가 더 쉬운 걸까. 에밀은 대학에서 로라를 만났다. 지루한 경영학 과정을 밟고 있던 그는 최소한의 노력만 하며 하루하루를 흘러보내고 있었다. 로라는 한 학년 위였다. 그는 그녀를 부동산 중개업체에서 실습한 경험을 소개하러 온 자리에서 처음 보았다. 그는 그녀가 아름답고 당돌하다고 느꼈다. 같은 날 밤 학생 파티에서 다시 마주쳤을 때, 그는 군중 속에서 그녀의 어깨를 붙잡고는 그 회사에 크게 관심이 있다고 말했다. 로라는 곧바로 눈치를 채고 웃음을 터뜨렸고, 그는 그 웃음소리에 반쯤 사랑에 빠져버렸다. 두 사람은 바에 기대어 한참을 대화했고, 집에 돌아가던 길에 키스를 나눴다. 그리고 다음 날 시내에서 간단히 간식을 먹기로 약속하면서 관계가 시작되었다. 그 후로는 떨어져 지내는 일이 거의 없었다. 그녀는 그의 작은 원룸에서 자고 가기도 했고, 그는 그녀의 하숙집에서 저녁을 먹으며 머물기도 했다. 가끔 그녀는 한밤중에 그의 집 초인종을 눌러 단지 그의 체취를 맡으며 잠들고 싶다고 했고, 어떤 날은 강의실 앞까지 찾아와 "영화 보러 가자!"라며 그를 불러냈다. 그는 주저 없이 수업을 빼먹고 그녀를 따라나섰다. 그녀는 늘 충동적이었고, 삶 그 자체를 마치 숨을 내쉬듯 살아갔다. 한자리에 오래 머무는 법이 없었고, 쉽게 싫증을 냈다. 파티에 갔다가도 한 시간 만에 분위기가 마음에 들지 않는다며 나가버리곤 했다. 화요일 저녁에 갑자기 바닷가로 주말 여행을 가자고 선언하면, 그는 망설임 없이 따라야 했다. 그녀는 정말 혼자라도 떠나버릴 사람이었으니까. 낡은 차에 수영복과 칫솔만 챙겨 들고, 그대로 사라져 버릴 수 있는 여자였다. 그들의 관계는 그렇게 시작되었다. 끊임없는 돌발과 격정 속에서, 언제든 떠나버릴 수도 있는 자유로운 그녀를, 그는 더 깊이 사랑하게 되었던 것이다.

그 후로 그들은 한결 차분해졌다. 부모님들의 잔소리도 있었고, 두 사람 모두 학교에 더 성실히 다녔다. 끊임없이 서로의 집을 오가던 생활을 접고, 2년 만에 함께 살기 시작했다. 로라는 학업을 마치고 직장을 구했고, 더 이상 즉흥적인 주말 여행을 하지 않았다. 그녀는 그가 약속한 시간에 집에 돌아오지 않으면 걱정하기 시작했다. 그는 그녀가 예전만큼 자유롭지 않다는 걸 느꼈다. 그는 더 이상 그녀를 미친 듯이 날아다니는 새로 여기지 않았다. 대신 이제는 언제나 곁에 머무를 고양이처럼 변했다고 믿었다.

그러니까, 자신이 망쳐버렸다고, 로라에게 기다리라고 했다고, 그녀의 임신에 대한 바람을 단순한 변덕으로 치부했다고 레노에게 솔직히 털어놓는 건 쉽지 않았을 것이다. 그는 둘 중 더 유능한 쪽이어야 했다. 본보기 같은 사람, 여자를 잘 이해하고 서툴지도, 불안해하지도 않는 사람이어야 했다. 그런데 결국 성공한 건 레노였다. 라에시시아를 행복하게 만든 것도, 지금 아이를 가진 것도 레노였다.

이별의 원인을 경쟁자의 탓으로 돌리는 게 언제나 더 쉽다. 내가 망쳐버린 것을 직시하는 것보다 훨씬 단순하다.

아마도 그는 스스로를 속이며, 로라가 다른 남자를 따라 떠났다고 믿으려 했을 것이다. 하지만 아마 다른 남자는 없었을 것이다. 로라가 되찾으러 간 것은 바로 그녀 자신의 꿈, 그녀의 자유였다.

조안의 발소리가 자갈 깔린 주차장에서 들려왔다. 에밀은 그녀가 모습을 드러내기 전에 서둘러 몸을 일으켰다.

"안녕."

"안녕."

조안은 전날 밤 일에 대해 그에게 화가 난 기색은 없어 보였다. 다만 평소처럼 정신이 어딘가 멍하니 다른 데 가 있는 듯 보였다. 그녀는 휴대전화를 굳이 숨기려고 애쓰지도 않고 의자에 털썩 주저앉았다. 어쩌면 애초에 숨기고 싶은 마음조차 없는 걸까?

"내가 식사 준비했어요. 자, 들어요… 음식 다 식겠어요."

조안은 여전히 검은 모자를 쓰고, 검은 사루엘 바지에 검은 티셔츠 차림이었다. 이제는 확신할 수 있다. 그녀는 온통 검은색만 입는다. 에밀은 그녀에게 접시에 음식을 덜어주었지만, 그녀는 시선을 허공에 흩뜨린 채 앉아 있었다. 아까 전화 속 남자와의 대화가 그녀를 뿌리째 흔들어 놓은 듯했다.

그는 억지로라도 그녀가 대답하게 해서 무기력한 상태에서 벗어나길 바라는 마음에서 바보처럼 물었다.

"아까… 개울에 있었어요?"

"네."

에밀은 더는 무슨 말을 해야 할지 알 수 없었다. 그는 접시를 건넸지만 조안은 식기를 잡을 생각조차 하지 않았다.

"안 먹어요?"

"별로 식욕이 없어서요."

그녀는 충격을 받은 듯 멍해 보였다. 그는 그녀가 아까 전화하던 남자를 왜 떠났는지, 어떻게 그를 떠났는지, 왜 그는 계속해서 전화를 거는지 궁금했다. "우리, 합의했잖아… 나, 준비되면 돌아갈게." 그것은 결정적인 이별이 아니라 일종의 휴식기처럼 보였다. 그녀는 도망치면서, 처음 만난 남자와 함께 종적을 감추면서, 온 힘을 다해 남자친구에게서 멀어지면서 도대체 무엇을 찾고 있었던 걸까? 스스로에게 뭔가를 증명하고 싶었던 걸까? 그리고 그는 도대체 무엇을 찾고 있었을까? 그의 편지지는 여전히 아무것도 쓰이지 않은 채 그의 요리 접시 옆에 여전히 놓여 있었다. 그는 쓸 만한 말을 찾아낼 수 없었다. 떠날 때 그는 간단하게 설명하면 될 것이라고 생각했었다. 이제 그는 그것이 더 복잡한 일이라는 사실을 깨달았다. 과거의 조각들이 다시 떠올라 모든 것을 재조명하고, 새로운 시각을 제공했다. 그녀의 떠남에는 아마도 단순히 명확한 이유 하나만 있는 것이 아니었다.

조안은 토마토 한 조각을 입으로 가져갔다. 그녀는 억지로 먹고 있었다. 그건 그에게는 좋은 신호처럼 보였다. 어쩌면 그녀와 이야기할 수 있을지도, 어쩌면 그녀가 무언가를 설명해 줄지도 모른다는 생각이 들었다. 결국 그녀도 떠났으니까 말이다… 그는 목을 긁었다.

"어제부터 이 편지를 쓰려고 애썼어요….."

그의 목소리는 불안정했다. 그녀가 접시에서 머리를 들었다. 그는 그녀에게 흰 종이를 가리켰다.

"무슨 편지에요?"

그녀는 "누구에게 보내는 편지에요?" 가 아니라 "무슨 편지에요?" 라고 물었다. 그리고 그녀가 완전히 옳았다. 이 편지는 특정한 누구에게 보내는 것이 아니었다. 부모에게 보내는 편지도 아니었고, 르노에게 보내는 편지도 아니었으며, 자신에게 보내는 편지도 아니었다. 그것은 이해시키기 위한 편지일 수도 있었고, 어쩌면 단순히 이해하려는 편지일 수도 있었다. 아마 그것 때문에 그가 편지를 쓰지 못했던 것일 수도 있었다.

"작별 편지에요… 내 가까운 사람들에게. 떠나는 것을 알리기 위해서요."

조안이 포크를 내려놓더니 조금 힘든 표정을 지으며 고개를 끄덕였다.

“그들은 당신이 떠난 걸 아직 모르고 있나요?”

“아니요. 난… 난 그냥 도둑놈처럼 떠났어요. 그들은… 내가 살던 아파트의 문이 잠긴 걸 보고 짐작했을 거예요. 전화도 해봤겠죠. 르노만 알고 있었어요… 르노는 내 가장 친한 친구죠… 지금쯤 말했을지도 모르겠네요… 벌써 사흘이 지났으니까….”

그녀는 서두르지 않고 다시 조금씩 먹기 시작했다.

“왜 그들에게 떠난다고 말하지 않았어요?”

“그들은 이해하려고 하지 않았을 거예요. 르노는 다르지만, 부모님과 제 여동생은 이해하지 못했을 겁니다… 임상 시험이 있었어요. 병을 연구하고, 테스트하고, 진행을 늦추려는 절차였죠. 그들은 내가 참여하기를 원했어요.”

조안은 한 입을 삼킨 뒤 정중하게 물었다.

“그건 애초에 실패할 수밖에 없었던 건가요?”

“임상 시험 말에요?”

“예.”

“그걸 한다고 해서 내가 치료되지는 않았을 거예요. 애초에 목적이 치료는 아니었으니까.”

조안은 시간을 들여 단어 하나하나를 신중하게 고른 다음 질문을 던졌다.

“그들은 그렇게 하면 당신이 나을 거라고 믿은 거예요?”

“난 그들이 진실을 조금 왜곡했다고 생각해요.”

다시 잠시 침묵이 흘렀다. 조안이 다시 말을 준비했다.

“당신은 그냥 그 임상 시험을 거절할 수도 있었을 거예요.”

“무슨 얘기죠?”

"굳이 이렇게 멀리 떠날 필요는 없었다는 뜻이에요. 그냥 임상 시험만 거절했으면 됐을 텐데…."

"내게는… 그게 그렇게 단순한 문제가 아니었어요."

그녀는 차분히 기다렸다. 그녀는 이제 먹는 걸 멈추고 포크를 내려놓은 채 그를 바라보고 있었다. 이번만큼은, 드물게도, 그녀가 그의 눈을 똑바로 마주했다. 그는 말을 이어가기가 어려웠다.

"나는 곧 치매에 걸릴 거였어요… 아니, 치매에 걸릴 겁니다. 그 사람들이 나를 그렇게 보는 건 원하지 않았어요. 나는… 나는 그들의 기억 속에… 나 자신으로, 진짜 나로 남고 싶었죠. 치매 걸린 늙은이로 남고 싶지는 않았다고요."

"그 사람들이 당신을 치매 걸린 늙은이로 여겼을 거라고 생각해요?"

"이미 시작됐어요. 그들의 시선도 달라지고, 행동도 달라졌죠."

조안은 접시를 내려다보며 아주 살짝 고개를 끄덕였다.

"그렇다면 이해가 돼요."

몇 초가 흘렀다. 에밀은 마침내 물을 한 잔 따라 마셨고, 조안은 아주 천천히 다시 조금씩 음식을 먹기 시작했다. 멀리서 졸졸 흐르는 시냇물 소리, 새들의 지저귐, 그리고 은은하게 울리는 식기 부딪히는 소리만이 공간을 채우고 있었다.

에밀이 입안에 음식을 반쯤 머금은 채 덧붙였다.

"나는 늘 여행을 하고 싶었어요."

조안이 접시에서 고개를 들어 올리며 얼굴을 다시 마주했다.

"정말요?"

"예. 르노랑 나는 대학을 마치면 떠나려고 했지요. 배낭을 메고 산으로 가고 싶었어요."

“그런데 떠나지 않은 거예요?”

“예. 여자친구들을 사귀게 되면서 더 이상 떠나려고 하지 않았죠.”

조안의 입가에 희미한 미소가 떠올랐다. 에밀은 그녀가 감정을 드러내는 모습을 처음으로 본 것 같았다. 혹시 조금 전 전화가 그녀를 흔들어 잠에서 깨어나게 한 걸까?

조안이 물었다.

“그 여자분은 지금 어디 있어요?”

“누구요?”

“당신 여자친구요.”

“아, 그 사람? 1년 전에 떠났어요. 지금쯤이면 아마 다른 누군가의 여자친구가 되어 있겠지요.”

조안은 그 말에 수긍하듯 아무 말 없이 턱만 살짝 끄덕였다. 두 사람이 이렇게 진지한 대화를 나누는 건 처음이었던지라 이 기회를 놓치고 싶지 않았던 에밀은 급히 덧붙였다.

“어제 밤에 있었던 일은… 바보 같은 행동이었어요. 나는 그런 일을 자주 하지 않아요. 그렇게 하고 싶지 않았는데….”

그녀는 손을 살짝 움직이며 그를 막으려는 듯했다. 더는 말을 이어가지 말라는 신호 같기도 했고, 그 일은 전혀 중요하지 않으며 자신은 굳이 언급하고 싶지 않다는 뜻을 조용히 전하는 몸짓 같기도 했다.

“그녀는 친구들이랑 GR10 종주를 하고 있어요. 우리한테 조언을 조금 해줄 수 있대요… 경로나 장비 같은 것들에 대해서.”

에밀은 불편한 화제를 빨리 털어내고 싶다는 듯 급하게 말을 이어갔다.

“어쨌든 그녀가 오늘 저녁에 돌아올 거예요. 우리 출발 준비를 도와

주러. 캠핑카로 올 텐데… 당신도 그때 그 자리에 있을 거죠?“

“그럴 거 같아요.”

“좋아요.”

그는 더는 덧붙일 말이 떠오르지 않았다. 그러나 이제 이야기를 꺼내고 나니 한결 가벼워진 기분이었다. 그는 포크를 들어 음식을 먹기 시작했다. 제법 맛있었다. 쌀밥은 식었지만 로즈마리 향이 은근하게 배어 있었다.

“달걀은 안 먹을 줄 알았어요… 채식주의자잖아요.”

그는 쌀밥을 입 안에 문 채 그녀가 오믈렛을 집어 먹는 것을 보고 말했다.

“아뇨, 달걀은 먹어요.”

“고기를 끊은 지는… 오래됐나요?”

“어릴 때부터예요.”

“아, 그랬군요.”

그녀가 고개를 끄덕이더니 밥을 조금 집어 먹다 말고 손을 멈췄다. 그녀가 물었다.

“로즈마리 묘목을 발견했나요?”

그는 고개를 들어 그녀를 바라봤다. 그녀는 씹던 걸 멈췄다. 얼굴에는 약간 놀란 기색이 비쳤다.

“예. 그게… 밥에 조금 넣었어요. 괜찮아요?”

“예.”

하지만 그녀는 다시 음식을 씹지 않고 그대로 가만히 있었다.

“그럼, 정말 로즈마리 묘목을 찾은 건가요?”

그 사실이 그녀를 꽤 크게 흔들어 놓은 것 같았지만, 그는 그 이유를

전혀 알 수 없었다. 그래서 그는 불안한 표정으로 대답했다

"예… 캠핑카 뒤에서."

혹시 자기가 뭔가 잘못한 건 아닌지 고민했다. 그러나 그 순간, 그녀의 얼굴에 미소가 번져갔다. 진짜 미소. 나흘 만에 처음 보는 미소. 햇살처럼 환한 웃음. 전혀 예상치 못한 순간이었다. 그녀가 로즈마리 때문에 웃고 있었다… 그는 포크를 든 채 멍하니 굳어버렸다. 방금 일어난 일을 이해해보려 애썼으나 도무지 감이 오지 않았다. 맙소사, 그녀가 로즈마리 때문에 웃고 있다니… 그리고 그렇게 웃는 얼굴은, 믿기 어려울 만큼 아름다웠다.

5

"내가 물통 하나 준비했어요. 둘이 같이 쓰면 돼요."

"네."

그들은 말없이 식사를 끝냈다. 에밀은 계속 그녀를 힐끗거리며 또다시 웃음을 지어주지 않을까 기대했지만, 그녀는 더 이상 웃음짓지 않았다. 자기가 어떻게 했기에 그녀가 처음으로 미소를 지었는지 알 수 없었지만, 그 순간이 그의 하루를 환하게 밝혀주었다. 두통도 사라졌다.

그는 설거지를 하며 말했다.

"마을 한번 둘러볼까요? 그다음에 폭포에 가도 좋을 것 같아요."

그녀는 무표정한 얼굴로 고개를 끄덕였다.

에밀은 벌써 준비를 마쳤다. 등산화를 신고 배낭을 메고 있었다. 물통 하나와 혹시 배가 고플 때를 대비해서 사과 몇 개도 챙겼다, 그는

103

조안이 금빛 샌들을 매만지는 모습을 바라보았다.

"정말 당신이 신을 만한 신발을 하나 찾아야겠어요."

그녀는 괜찮다고 말하지 않고 그냥 고개를 끄덕였다. 놀라울 정도로 순응적이었다.

마을에 들어서자 그들은 천천히 걸으며 여유를 즐겼다. 에밀이 앞장서서 산봉우리를 가리키며 이름을 찾으려고 안내서를 들여다봤다.

"잠깐, 여기가 남쪽인가? 여기 보면…."

그는 눈을 가늘게 뜨며 글자를 읽어 내려갔다. 사브가르드 봉, 세시레 봉, 레자 봉… 하나씩 소리 내어 말하며 걸었다. 조안은 그저 말없이 풍경을 즐겼다.

그들은 좁은 골목길을 지나며 낡은 돌집 앞에서 발길을 멈췄다. 고양이 한 마리가 문 앞에 자리를 잡고 있었다. 고양이는 현관 발판에 쭉 누운 채로 그들을 바라보면서 하품했다.

그들은 다시 주차장으로 돌아갔다. 마을은 너무 작아서 벌써 다 돌아보았다. 가게도 없었고 완전한 정적에 싸여 있었다.

에밀이 풍경을 바라보며 물었다.

"예쁘지요?"

조안이 대답했다.

"정말 멋지네요."

에밀은 조안이 조금씩 마음을 열고 있다고 느꼈다.

주차장에 도착한 그들은 곧장 시냇물 옆을 따라 난 등산로로 접어들어 폭포 쪽으로 향했다.

"발은 괜찮아요?"

조안은 불평하지 않았지만, 에밀은 그녀의 샌들 끈이 발에 물집을 만들었다는 사실을 알고 있었다.

"네, 괜찮아요."

"아프면…."

"아프지 않아요."

길은 그늘져 있고 고요했다. 그들은 시냇물을 따라 걸었다. 가끔 다른 등산객을 만나면 "안녕하세요." 하고 인사를 나누었다. 그러고 나면 다시 고요가 내려앉았다. 그들은 이따금 걸음을 멈추고 물을 마시거나, 물에 손을 담가 목덜미를 식히기도 했다.

"생말로는 어때요?"

조안이 덤불 뒤에서 볼일을 보고 오는 동안, 그는 길 위에 서서 기다렸다. 그녀는 천천히 걸어 돌아왔다.

"아, 거긴…."

그녀가 에밀 옆에 다가와 모자를 바로 고쳐 썼다.

"바람이 많이 불고, 여름에는 사람이 너무 많아요."

"그게 다예요?"

"네, 그게 다예요. 침묵의 매력은 없죠."

"사람이 많아서 그런 거예요?"

"네. 예전처럼 자연스러운 느낌이 사라졌어요."

"떠나고 싶다고 생각한 적은 없어요?"

"아뇨. 나는 생말로에서 몇 킬로미터 떨어진 작은 마을, 생쉴리악이라는 동네에서 살았어요. 거기서의 삶은 좋았죠."

"더 자연스러운 곳이었어요?"

“네. 조용했죠.”

그들은 천천히 길을 걸었다.

“거기서 계속 살았어요?”

“네.”

“그곳에서 태어났어요?”

“네. 학교에서 태어났어요.”

“당신이 일했던 학교에서요?”

“네.”

에밀이 놀란 얼굴로 웃었다.

“정말이에요?”

“네.”

“흔히 있는 일이 아니잖아요.”

“우리 아버지가 학교 관리인이었어요.”

“정말?”

“네.”

그녀는 아침처럼 웃지 않고 약간 진지한 표정을 지었다. 에밀은 그녀가 웃지 않는 것이 아쉽게 느껴졌다.

“그럼 아버지가 하시던 일을 일부 이어받은 거예요?”

“네. 아버지가 은퇴하셔서 그 일을 이어받은 거죠.”

“몇 살 때였어요?”

“막 스무 살이 되었을 때였죠.”

“어린 나이에 큰 책임을 맡은 거네요!”

그녀가 어깨를 으쓱하며 말했다.

“나는 학교를 손바닥 보듯 잘 알고 있었어요. 거기서 살았거든요. 꼭 우리 집 같았어요."

"그러면 아버지가 하시던 일을 이어받는 게 거의 당연하게 느껴졌겠군요…."

"네, 맞아요."

에밀은 미소를 지으며, 자신의 삶이 조안의 삶과 너무 다르다고 생각했다.

스무 살 때 그는 친구들과 술만 마시는 바보였는데, 조안은 그 나이에 학교를 운영하고 있었다.

"그럼 당신 엄마는 무슨 일을 하셨어요?"

그는 실례가 되지 않았기를 바라며 물었다. 조안은 잠시 답하지 않았다.

"난 엄마에 대해 잘 몰라요."

에밀은 자신이 민감한 질문을 했음을 깨닫고 얼굴을 찡그렸다. 하지만 조안은 차분하고 담담한 표정을 지었다.

"아버지가 나를 늦게 낳으셨어요. 마흔 살 때."

그는 뭐라고 대답해야 할지 몰라 고개만 끄덕였다.

"아버지는 마을에서 말하자면 '늙은 총각' 같은 분이셨죠."

"아…."

"어떤 여자와 관계가 있었고, 그 여자가 임신했는데 낙태하려 했다는 소문이 났었대요… 그런데 아버지가 아기를 낳으라고 설득했나 봐요. 그 여자가 아기를 맡아서 키울 수 있게 돈도 많이 준다고 약속하면서요."

조안은 특별한 감정 없이 차분하고 부드러운 목소리로 말했다.

"그게 사실인지… 알았어요?"

“아마 사실일 거예요.”

그녀는 어깨를 으쓱하며 별일 아니라는 듯 이렇게 대답했다. 에밀은 놀라움과 함께 감탄하며 그녀를 바라보았다.

“그럼 아버지는 당신에게 뭐라고 말씀하시던가요?”

“조금 더 미화해서 얘기하셨어요. 아버지는 아주 온화하고 아름다운 여자를 만났는데, 그 여자가 아기를 가지게 됐대요. 그런데 그 여자는 가정을 꾸릴 수 없는 삶을 살고 있었어요. 그래서 나를 아버지에게 맡긴 거죠.”

에밀은 뭐라고 말해야 할지 알 수가 없었다. 그는 이 이야기에 마음이 흔들렸다. 그저 끔찍하다고 느껴야 할지, 슬프면서도 아름답다고 생각해야 할지 알 수가 없었다. 하지만 조안은 그것을 끔찍하다고 생각하지 않는 것 같았다.

“그건… 쉽게… 그런 상황을 견뎌내기가 쉽지가 않았겠군요?”

그러자 조안은 어깨를 으쓱하며 말했다.

“아니, 오히려 그 반대였어요.”

에밀은 자기가 그녀가 하는 말을 제대로 이해했는지 확신할 수가 없어서 눈썹을 찌푸렸다.

“나는 아버지가 결코 가질 수 없다고 생각했던 딸이었어요. 아버지는 매일 행복해했고, 감사했지요.”

“그럼 당신은…?”

에밀은 어떻게 질문을 던져야 할지 알 수가 없었다.

“더 많은 게 필요하지는 않았어요?”

“무슨 뜻이죠?”

“어머니에 대해… 더 많은 걸 알고 싶다든가….”

조안이 단호하게 고개를 저었다.

"아버지가 다 알려 주셨어요. 아버지는 다정한 분이셨죠. 나는 그분을 사랑했고, 행복했어요."

에밀은 그녀의 얼굴이 모자 그림자 속에 가려져 있어서 볼 수가 없었다. 오늘 아침에 웃던 것처럼 웃고 있는 걸까? 그녀는 야생 로즈마리 알아보는 법을 아버지에게서 배운 걸까?

그들은 침묵 속에서 걸었다.

"아버지는… 아직 살아 계세요?"

그는 이렇게 묻지 않을 수 없었다.

"아뇨. 세상을 떠나신 지 3년 됐어요."

조안은 햇살을 받아 얼굴을 들어 올렸다. 평온하고 차분한 얼굴이었다. 에밀은 그녀에게서 눈을 뗄 수가 없었다.

그녀가 덧붙였다.

"그분은 행복한 삶을 사셨어요."

새들의 노래와 시냇물의 흐름이 다시 공간 가득히 퍼졌다. 에밀은 눈을 잠시 감았다. 이 멈춘 듯한, 시간 밖의 순간을 더 잘 느끼기 위해서였다. 포근한 오후였다. 그는 조안과 이런 대화를 나눌 수 있어 행복했다. 이제 그는 어린 시절의 조안을 상상할 수 있었다. 학교 운동장에서, 키가 조금 더 작고 청색 멜빵바지를 입고 머리를 땋은 소녀. 그녀가 살아 움직이며, 키 큰 사내 뒤를 따라 걷는 모습이 그려졌다. 아마 그 사내는 들판에서 명상을 하며, 얼굴을 하늘의 별들 쪽으로 돌리고 있었을 것이다. 그리고 틀림없이, 그는 넓은 챙의 검은 모자를 쓰고 있었으리라.

그들이 폭포에서 돌아왔을 때, 탁자 위에 쪽지가 놓여 있었다. 날이 저물어 가고 있었다. 그들은 오랫동안 물가에 앉아 바위 위에서 쉬었다. 가족들이 물놀이하는 모습을 바라보고, 가져온 사과를 먹고, 시냇물에 발을 담갔다. 에밀은 올챙이를 잡아 조안을 웃게 하려 했다. 하지만, 그녀는 소리쳤다.

"아, 안 돼요! 올챙이들이 무서워하잖아요⋯."

그래서 그는 곧바로 올챙이들을 놓아주었다. 그 뒤로 그들은 왔던 길을 되돌아갔다. 주차장에는 그들의 캠핑카 말고는 아무것도 없었다. 그들은 탁자와 의자를 밖에 둔 채 떠났었고, 에밀은 그것이 어리석은 짓이었다고 생각했다. 혹시 도둑맞을 수도 있었으니까. 하지만 다행히 그대로 있었다. 그리고 탁자 위에 쪽지가 놓여 있었다.

안녕, 작가님.

화내지 마요, 그냥 탁자 위에 굴러다니던 당신 종이를 좀 썼어요. 여전히 완전히 하얗더라구요!

오늘 저녁 여관에서 우리가 떠나는 걸 축하하기 위한 모닥불 모임이 있어요. 여자들이 나더러 절대 빠지면 안 된대요. 올 거죠? 당신 여행 이야기도 해보자구요.

저녁에 봐요!

클로에.

에밀은 조안이 읽기 전에 종이를 집어 들었다.

"초대장이에요, 어젯밤에 만난 클로에가 우리를 모닥불 모임에 불렀어요. 마을 한 바퀴 돌 때 지나쳤던 산장에서 한다네요."

사실 조안은 초대받지 않았지만, 그녀는 그걸 알지 못했다. "아…."

조안은 별로 내켜 하지 않는 눈치였다.

"같이 갈래요?"

"잘 모르겠어요…."

"클로에가 우리 여행에 대해 조언해 준다고 했던 거, 기억나요?"

조안은 살짝 코를 찡그렸다. 마음에 안 들 때 짓는 표정일까? 에밀은 아직 확신할 수 없었다.

그녀가 자신의 관자놀이를 가리키며 말했다.

"일사병에 걸린 것 같아요. 머리가 지끈거려서 잠시 누워 있어야겠어요."

에밀은 그녀가 같이 가고 싶어 하지 않는다는 걸, 클로에와 함께 있는 자리에 섞이고 싶지 않다는 걸 눈치챘다. 그는 그녀를 억지로 데려가고 싶지 않았다.

"그래, 그럼 내가 대신 얘기 듣고 올 테니 쉬어요."

"알았어요."

"차 한 잔 줄까요? 나, 나가기 전에 뭐라도 좀 먹을래요?"

조안은 고개를 저었다.

"아니, 그냥 누울래요."

그녀는 밧줄 사다리를 타고 위로 올라갔다. 에밀은 캠핑카 안에서 잠시 서성이며 냉장고에서 물병을 꺼내 한 잔 따라 마시고, 뜯어둔 감자칩 봉지에서 감자칩을 몇 개 꺼내 집어 먹었다. 빨리 가는 게 나을 것 같았다. 모임은 이미 시작됐을 것이다. 하지만 조안을 혼자 두고 가는 게 마음에 걸렸다.

"문을 열어둘까요, 아니면 잠글까요?"

"잠가도 돼요."

"정말 괜찮겠어요?"

"네, 정말 괜찮아요."

"좋아요….."

에밀은 잠시 더 왔다 갔다 하다가 물병을 다시 냉장고에 넣었다.

"그럼 이따 봐요."

"네, 이따 봐요."

산장은 나무 지붕이 앞으로 튀어나와 있는 작은 돌집이었다. 앞에는 피크닉용 탁자가 놓여 있는 작은 풀밭이 있었으며, 안으로 들어가니 긴 참나무 탁자가 놓인 공동 홀이 있었는데 사람들로 가득 차 있었다. 열 명 정도 되는 듯했는데, 대부분 커플이었다. 나이가 오십쯤 되어 보이는 이들도 있었고, 서른을 조금 넘은 듯한 이들도 있었다. 에밀은 어제 숲속에서 클로에를 기다리던 친구 커플을 알아보았다. 그는 손에 화이트와인 술병을 든 채 미적거리며 입구에 서 있었다. 그 순간 클로에가 갑자기 나타났다.

"에에에밀!"

그녀는 폭풍처럼 달려와 그의 어깨에 손을 얹고, 활짝 웃으며 뺨 인사를 했다.

"당신 얼굴 보니 너무 좋아요!"

그녀는 와인 병을 그의 손에서 받아들고 손목을 잡아끌었다.

"이리 와요, 사람들 소개해 줄게요."

에밀은 그녀를 따라가며 그녀의 긴 다리가 방 한가운데로 성큼성큼 걸어가는 모습을 바라봤다. 그녀는 카키색 반바지와 검은 민소매를 입고 있었고, 머리는 정수리 위로 틀어 올려 묶었다. 뺨은 발그레했고 눈은 반짝였다.

"자, 여러분, 이쪽은 에밀이에요!"

사람들의 시선이 일제히 그에게 쏠렸다. 여기저기서 인사와 미소가 건네졌다. 어떤 이들은 손을 내밀고, 또 어떤 이들은 뺨을 내밀었다. 이름들이 빠르게 이어졌다. 마르타, 케빈, 로마릭, 에르베, 그리고 로젤린….

클로에는 그의 손을 놓지 않은 채 그를 사람들 사이로 데려갔다.

"오늘 밤 우리랑 같이 모닥불 모임을 할 거예요. 에밀, 이쪽으로 와요. 내가 술 따라 줄게요."

그녀는 그를 무리에서 벗어난 쪽으로 데려갔다. 그곳은 아마 여관의 부엌인 듯했다. 왼쪽에 반쯤 열린 문으로 네 개의 침대가 놓인 도미토리가 보였고, 바닥에는 배낭들이 흩어져 있었다. 그들은 맨 끝 방으로 들어갔다. 그곳 역시 부엌이었다. 클로에는 까치발을 하고 찬장에서 와인 잔을 꺼냈다. 그녀는 에밀이 가져온 와인병을 따기 위해 오프너를 들고 분주히 움직였다. 에밀은 그녀가 장난스러운 표정을 지으며 힘을 주는 모습이 귀여워서 그녀를 도와주기 위해 서두르지 않고 그냥 지켜보았다.

"오늘 우쑤에 봉에 갔다 왔어요."

그녀가 마침내 병을 열며 말했다.

"긴 코스인가요?"

“15킬로미터 정도?”

그녀는 잔 두 개에 술을 따른 다음 조리대에 몸을 기대었다.

“그럼 당신은요? 오늘 하루는 어땠어요?”

에밀은 그녀가 건네는 잔을 받아 한 모금 마셨다.

“우리는 마을을 한 바퀴 돌고 폭포에도 다녀왔어요.”

끌로에는 빈정거리는 듯한 미소를 지었다.

“그 이상한 여자랑 같이요?”

“예, 조안이랑 같이 갔어요.”

그녀는 잔에 입술을 살짝 갖다 댄 다음 살짝 미소를 지으며 그를 바라보았다.

“알고 있죠? 계획을 바꿀 수도 있다는 거요.”

에밀은 그 말이 무슨 뜻인지 이해가 가지 않아서 눈썹을 찌푸렸다. 그때 공용 공간에서 클로에를 부르는 목소리가 들려왔다. 그녀는 한숨을 내쉬며 외쳤다.

“금방 가요! 우선 불부터 피우세요!”

그녀는 다시 그쪽으로 돌아서서 말했다.

“이따가 다시 얘기해요.”

“무슨… 얘기를요?”

그는 잔을 든 채 발을 이리저리 옮기며 어색하게 서 있었다.

“당신 계획. 내 계획.”

“그게 무슨….”

그는 자신이 바보처럼 보인다는 걸 알고 있었다. 하지만, 그는 그녀가 무슨 생각을 하는지 알고 싶었다.

“아니, 그냥… 당신, 그 이상한 여자일랑 잊어버리고 우리랑 같이 출발해도 돼요."

그 순간 그녀는 그에게 등을 돌리고 다시 공동 거실로 들어갔다. 그는 그녀가 자기 멍청한 얼굴을 보지 못한 것을 다행스럽게 여겼다.

"갈까요?"

그는 클로에의 부드러운 목소리에 이끌리듯 순순히 발걸음을 맡겼다. 밖에서는 이미 사람들이 나무로 된 피크닉 테이블에 자리를 잡았다. 한 남자가 모닥불을 살피며 불붙은 숯에 바람을 불어넣고 있었다. 한 여자는 접시에 샐러드를 가지런히 올려놓고 있었는데, 그 모습을 본 클로에가 장난스럽게 소리쳤다.

"무슨 안 하던 가정주부 코스프레를 하고 그래, 셀리아! 프랑크한테 좀 도와달라고 해!"

그러자 셀리아라고 불린 여자는 곧장 눈을 치켜뜨며 맞받았다.

"그럼 네가 좀 도와주지 그러니?"

불길은 바삭바삭 소리를 내며 타올랐다. 사람들 사이에는 웃음과 대화가 오가고, 분위기는 한껏 따스하고 활기찼다. 모두가 에밀에게 관심을 쏟았다. 그의 여행 계획에 대해 묻고, 각자 자신만의 조언을 보탰다. 종이 접시마다 샐러드가 담겼고, 바게트와 카망베르 치즈는 손에서 손으로 건네어졌다. 와인병이 테이블 위를 차례로 돌며 분위기가 더욱 무르익어갔다. 클로에가 작은 수첩을 꺼내 들었다. 그녀는 수첩에 칸을 나누어 적어 내려갔다. 한 칸은 옷가지, 또 한 칸은 위생과 건강을 위한 물품, 또 다른 칸은 침구류, 그리고 마지막 칸은 버너나 냄비, 뚜껑 같은 조리도구를 위한 칸이었다. 이따금 그녀는 자기가 써놓은 항목을 큰 소리로 읽었고, 사람들은 저마다 의견을 보태며 목록을 완성해갔다. 그러다 보면 곧 사소한 논쟁이 일어나기도 했다.

"두 벌이면 충분해! 저녁에 빨아서 널어놓으면 하루면 말라."

"아냐, 최소한 세 벌은 있어야지!"

"무게를 줄여야 해. 한 벌이면 충분하다니까!"

"프랑크, 과장하지 마. 그게 가장 무거운 짐이 아니잖아…."

테이블에 둘러앉은 이들은 모두 GR10 코스를 걷는 길 위의 여행자들로 하나같이 산행으로 잔뼈가 굵은 사람들이었다. 그들은 각자 챙겨 온 시리얼바의 칼로리를 비교하고, 자기 침낭의 보온력을 점검하는 등 사소한 것까지 올려가며 올려 토론했다. 에밀은 문득, 이번 일정을 조안에게 제안한 것이 과연 잘한 일인지 스스로에게 물었다. 그녀는 등산화조차 없지 않은가…

"위생 쪽은 알렙 비누를 추천할게요. 그걸로 몸도 씻고, 머리도 감고, 심지어 이도 닦고, 옷도 빨고, 상처 소독까지 다 할 수 있어요."

조언을 건넨 건 50대 여성으로, 잘 발달된 굵은 팔과 세월이 새겨진 얼굴을 지닌 사람이었다.

"수건은 마이크로화이버 제품, 이건 꼭 챙기세요! 부피를 확 줄여주니까요. 음식은… 사실 간단하고 논리적이에요. 최대한 미니멀하게 빵이랑 쌀, 파스타, 시리얼바, 그리고 단백질 섭취를 위해 치즈랑 소시지 정도면 충분해요."

등산에 필요한 준비물 목록에 관한 얘기가 끝나자, 대화는 자연스럽게 각자의 직업과 어떻게 해서 여행을 떠나게 되었는지에 관한 얘기로 흘러갔다. 클로에는 수첩을 옆에 내려놓았다. 여섯 번째 와인 병이 비워지고 난 뒤였다. 그녀는 에밀의 허벅지 위에 손을 올려놓은 채 때때로 그의 귀에 대고 속삭였다.

"좋지 않아요? 나는 사람들을 만나고 함께 밤을 보내는 게 참 좋아요…."

에밀은 고개를 끄덕였다. 와인 탓에 정신이 조금은 몽롱했지만, 몸은 한껏 이완되어 있었다. 클로에 말이 맞았다. 참 좋았다. 따뜻했고, 친근했다. 그는 매일의 모험이 이렇게만 흘러가면 좋겠다고 생각했지만, 현실은 그렇게 되지 않을 거라는 것도 알고 있었다.

에밀이 그녀 쪽으로 몸을 기울이며 물었다.

"내일 아침 일찍 출발하나요?"

"다섯 시에 출발해요."

"다섯 시요? 왜 그렇게 일찍 출발하죠?"

클로에가 웃음을 터뜨렸다.

"아침에 가장 잘 걸을 수 있거든요… 더워지기 전에요."

그녀는 장난스레 그의 코를 살짝 꼬집었다.

"당신은 정말 초보군요, 그렇죠?"

그는 그녀가 코를 계속 만지작거리지 못하게 그녀의 손을 붙잡았다.

"조금은… 초보라고 할 수 있죠."

그가 이렇게 대답하자 그녀는 더 활짝 웃었다.

"걱정 마요. 우리가 방금 다 알려줬잖아요? 그러니 이제 당신은 준비를 끝낸 거예요!"

그녀는 그의 얼굴 가까이 몸을 기울이더니 입술을 귀 옆에 바짝 대고 속삭였다.

"아니면… 그냥 우리랑 같이 가는 건 어때요?"

장난기 어린 미소가 그녀의 입가에 번졌다. 그녀는 그의 반응을 엿보았지만, 그는 또다시 모른 척 바보 연기를 했다.

"무슨 말인가요?"

"아니, 당신은 피레네 산맥을 보고 싶잖아요. 그럼 우리랑 함께 가면 돼요. 일정도 짜였고, 장비도 다 있어요… 게다가 난 텐트도 있으니까, 같이 써도 되죠."

그녀의 손이 다시 그의 허벅지 위에 놓였다. 이번엔 은근한 압박을 주듯 조금 더 무겁게 느껴졌다. 그녀는 환한 웃음을 띠며 그를 똑바로 바라보고 있었다.

"캠핑카는 그냥 여기 두면 돼요. 맡기고 가면 되잖아요."

"난… 잘 모르겠어요."

"그냥 방향을 돌려서, 보고 싶은 만큼 보고 나서 여기로 다시 돌아오면 돼요. 그럼 끝이예요, 간단하죠!"

그는 애써 그녀에게 웃음을 돌려주려 했지만, 머릿속에는 캠핑카에서 자신을 기다리고 있을 조안의 얼굴이 스쳤다.

"안 돼. 조안이 있어요."

클로에는 눈에 띄게 실망한 기색을 감추지 못했다.

"그 여자? 신경도 안 쓸걸요. 어차피 다른 차에 올라타면 되잖아요. 당신 차든, 아니면 다른 사람 차든, 그게 무슨 차이가 있겠어요?"

그녀는 마치 조안의 일은 다시 한 번 생각할 가치조차 없다는 듯 손끝으로 툭 내저으며 그 문제를 대수롭지 않게 넘겼다.

"그만해요… 난 그녀를 버리고 갈 수 없어요."

클로에는 허벅지 위에 얹고 있던 손을 거두었다. 얼굴에 감춰지지 않는 짜증이 번져갔다.

"아니, 당신, 그 여자랑 결혼한 것도 아니잖아요?"

“아니….”

“그렇다면….”

“그럼 그건 이유가 안 돼.”

그녀는 짜증이 난 듯 얼굴을 찡그리며 와인잔을 다시 채웠다.

“당신 마음대로 해요. 하지만 봐요….”

그녀가 테이블 쪽을 가리켰다. 웃음소리, 이어지는 대화, 빙글빙글 도는 와인병.

“우리와 함께 여행을 한다는 건 이런 거예요. 이게 바로 우리의 여행 방식이죠.”

그는 어깨를 으쓱였다. 물론 그도 그렇게 살고 싶은 생각이 없는 건 아니었다. 이렇게 함께 저녁 식사를 하고, 새로운 사람들을 만나고, 가끔은 클로에의 품에 몸을 맡길 수 있다면… 그런 여행을 꿈꾸지 않을 리 없었다. 하지만 조안이 있었다. 오늘, 그는 겨우 그녀를 웃게 만들었다. 조안은 단순히 길을 잃고 그의 캠핑카에 올라탄 여자가 아니었다. 죽음을 향한 이 마지막 여정에 함께하겠다고 유일하게 응해준 사람. 그들은 어떤 방식으로든 묶여 있는 셈이었다.

“어때요?”

“정말… 나도 그러고 싶어요. 하지만….”

그가 끝내기도 전에 클로에는 말을 잘랐다.

“됐어요, 알았어요.”

그녀는 억지 미소를 지었다.

“됐어요, 맘대로 해요. 하지만 오늘 밤은 당신이 원하든 말든, 내가 당신을 만족시켜줄 일 따윈 없을 거예요!”

그는 아무 말도 할 수 없었다. “난 원래 그럴 생각이 없었어’라는 말조차 나오지 않았다. 그저 그녀가 자리에서 일어나 부엌으로 향하는 것을 지켜볼 뿐이었다. 이 여자는 고집스럽고 제멋대로다. 누군가 자기 뜻을 거스르는 걸 절대로 견디지 못했다. 그는 자기가 절대로 그녀와 여행하고 싶어 하지 않는다는 것을 그제야 깨달았다. 그는 시계를 확인했다. 벌써 자정이었다. 와인잔을 비우고, 최대한 빨리 캠핑카로 돌아가야 했다. 그는 그녀가 돌아올 때까지 기다렸다가 떠난다고 알리고 서둘러 자리를 뜰 생각이었다.

그는 조용히 캠핑카로 미끄러뜨리듯 들어갔다. "자러 간다"고 말했지만, 클로에는 아무 대답도 하지 않았다. 대신 작은 수첩에서 찢어낸 종이 한 장(거기에는 산행 일정과 준비물 목록이 적혀 있었다)을 건네주고, 빠르게 뺨에 가벼운 입맞춤 하나를 남겼을 뿐이었다.

"앞으로도 잘 지내요."

"당신도 잘 지내요."

그는 자리를 벗어나면서 안도감을 느꼈다. 그녀는 실망스러워 보이기도 하고, 또 어딘가 슬퍼 보이기도 하는 표정을 지었지만, 그는 개의치 않았다.

조안은 불안한 잠에 빠져 있는 듯했다. 윗 침대에서 몸을 이리저리 뒤척이는 소리가 이따금 들려왔다. 그는 세면대 앞에서 양치질을 하며 잠시 생각했다. 혹시 그녀가 정말로 일사병에 걸린 건 아닐까? 그는 그녀가 그냥 밤 모임을 피하려고 지어낸 변명이라 생각했지만, 어쩌면 아니었을지도 모른다. 혹시 그녀가 정말로 열이 있는 건 아닐까?

몇 분 뒤, 그는 침상으로 올라갔다. 어둠 속이었지만 그녀의 얼굴은 어렴풋이 보였다. 축축이 빛나는 이마... 분명 열이 있었다. 그녀는 계속 뒤척이며 가쁜 숨을 내쉬었다.

"조안?"

그는 조심스레 속삭였다. 그는 그녀가 너무 갑자기 깨어나지 않도록 조심스레 속삭였다. 하지만 그녀는 듣지 못한 듯했다. 그는 몸을 숙여 다시 불렀다.

"조안?"

그제야 그녀의 움직임이 멎었다. 하지만 여전히 잠에서 깨어나지는 않았다. 감긴 눈꺼풀 아래로 눈동자가 빠르게 움직이고 있었다.

"조안, 괜찮아요?"

그의 목소리에 반응하듯, 그녀는 짧은 한숨을 내쉬고 천천히 몸을 돌려 그를 향했다. 그녀는 눈을 감은 채 가쁜 숨을 몰아쉬었다. 그러다 팔을 뻗어 그의 목 뒤를 감싸고, 서서히 몸을 밀착시켜 그를 끌어안았다. 에밀은 꼼짝할 수 없었다. 그녀는 뜨겁게 달아오른 몸으로 그를 파고들며 고개를 그의 목덜미에 묻었다. 그는 그녀를 깨워야 했다. 그녀를 부드럽게 밀어내고 다시 불러야 했다. "조안!" 그녀는 갑자기 꿈결 속에서 나직하고 흐릿한 목소리로 속삭이기 시작했다.

"레옹… 전화 안 하기로 했잖아."

피곤에 젖은 한숨이 새어 나왔다. 그녀의 손끝이 그의 머리칼을 부드럽게 스치며 내려왔다. 그리고 그녀는 거의 들리지 않을 만큼 낮은 숨결로 속삭였다.

"왜 아이가 거기 가게 내버려두었어?… 그 아이가 어떤지 알고 있었잖아… 울지 마, 제발….”

열 때문에 그녀의 시야는 흐릿했고, 현실과 환상이 뒤섞여 있었다. 그녀는 에밀을 레옹이라고 부르는 남자로 착각하고 있었다. 그 전화

속 남자, 반복해서 "아니. 그만해. 그만 울어."라고 말하던 그 남자. 에밀은 그녀의 이마에 달라붙은 젖은 머리카락을 조심스레 떼어내며 낮게 속삭였다.

"조안?"

그녀는 몸을 뒤척이던 것을 멈추고, 낮은 신음 소리를 흘렸다.

"조안!"

이번에는 조금 더 큰 목소리로 불렀다. 그러자 그녀가 천천히 눈을 떴다. 순간, 혼란스러운 표정이 그녀의 얼굴에 번졌다. 그녀는 침대 위에서 굳어 꼼짝 못하고 있는 에밀을 바라보았다. 움직일 엄두조차 내지 못하는 그의 모습, 그리고 그의 팔을 감싸 안고 목덜미에 머리를 묻은 자신의 모습을 떠올리며, 놀람과 당혹감에 사로잡혔다. 에밀은 상황을 조금이라도 완화시키려 애써 말을 꺼냈다.

"당신, 열이 있어요…."

하지만 그녀는 아직 진정되지 않은 듯 손으로 입을 막으며 허둥대듯 말했다.

"아! 나… 미안해요!"

"괜찮아요. 당신, 열이 있어요… 나… 당신에게 약을 줘야겠어요."

그녀는 머리를 저으며 천천히 몸을 일으켜 앉았다. 하지만 온전히 여기에 있는 듯한 기색은 아니고. 마치 아직도 생말로에서 레옹의 품 안에 반쯤 머물러 있는 것만 같았다.

에밀이 낮은 목소리로 속삭이듯 말했다.

"뭐 하는 거예요?"

그는 그녀가 베개와 침낭을 챙기는 모습을 바라보았다.

"아래층에서 잘 거예요."

"안 돼요!"

그는 팔을 잡아 붙잡으려 했지만, 그녀는 손목에서 빠져나와 몸을 풀고 눈도 마주치지 않은 채 빠르게 말했다.

"이제부터는 아래층에서 잘 거예요."

그는 무슨 말인지 이해가 가지를 않아서 되물었다.

"이제부터는…?"

"이제부터요."

"앞으로 계속?"

"네, 계속."

"조안, 이건 정말 말도 안 돼요!"

하지만 그녀는 베개와 침낭을 들고 이미 로프 사다리를 타고 내려가고 있었다. 그녀는 서두르듯 나지막이 속삭였다.

"괜찮아요. 아래층 좌석도 충분히 넓어요. 우리 각자 자기 방처럼 쓸 수 있겠네요."

"그럼 위에 있어요. 나는 아래쪽 좌석을 쓸게요."

그는 차량 아래서 들려오는 그녀의 목소리를 들었다.

"걱정 마요. 여기 있는 게 좋아요. 덜 덥고…."

"정말 괜찮은 거예요?"

"네."

"그럼 약 좀 먹어요. 내 짐 한가운데에 있어요… 좌석 밑에."

"왜요?"

"열이 있으니까."

"그건 자연스러운 과정이에요. 굳이 막으려 할 필요는 없어요."

그는 웃음을 참을 수 없었다. 조안과 그녀의 엉뚱한 대답들…

"그럼 어떻게 할 거예요? 그냥 내버려 둘 건가요?"

"네. 당신이 혹시 카모마일이라도 갖고 있으면 모르지만…."

처음에는 포옹, 환각, 그다음엔 갑작스러운 깨어남과 한밤중의 이사. 이제는 이렇게 앞뒤가 맞지 않는 대화.

"아뇨. 왜 내가 카모마일을 갖고 있으면 모른다는 거죠?"

"카모마일 차를 마실 수 있을 테니까요."

"카모마일 차가 열을 내리는데 효과가 있어요?"

"네."

"근데 나는 카모마일이 없네요. 유감이에요."

캠핑카 안은 다시 고요에 잠겼다. 아래층에서 조안이 움직이는 소리가 들렸다. 아마 아래층 좌석 위에 자리를 잡고 있는 모양이었다.

"조안, 여기로 다시 와도 되잖아요… 이렇게 하는 건 좀 이상하네요…."

하지만 그녀는 작은 목소리로 단호하게 대답했다.

"여기가 더 편해요. 잘 자요."

그는 미소를 지으며 답했다.

"그래… 그럼… 잘 자요."

6

그는 완전히 깨어나진 않았지만, 더 이상 제대로 잠들어 있는 것도 아니었다. 바깥에서 들려오는 소리가 그의 귀에 스며들었다. 새들이 지저귀는 소리, 주차장의 자갈 위를 걷는 등산객들의 발자국, 그리고 주전자에서 물이 끓는 소리. 조안은 벌써 일어난 모양이었다. 그는 여전히 이상하게 반쯤 잠든 상태였다. 오늘 아침, 로라의 기억이 떠올랐고, 그는 그 기억 속으로 깊이 빠져들었다. 동거 생활이 2년째로 접어들었던 해의 기억. 그녀가 처음으로 그에게 아기를 갖자고 이야기했던 순간의 기억. 그는 그때 그 제안을 그냥 농담으로 받아들였다.

그는 르노와 함께 맥주를 마시러 갔었다. 그때 라에시시아와 르노에게는 아직 아이를 낳을 계획이 없었다. 라에시시아가 며칠 동안 어머니 집에 다녀오는 동안, 르노는 이 기회를 틈타 외출을 하곤 했다. 에밀은 로라에게 같이 가자고 제안했지만, 그녀도 자기 친구들을 만나고 있었다. 그녀는 매주 금요일 저녁마다 정기 모임이 있었다. '로카 치카'라는 곳에서 레드 와인과 타파스를 즐기는 시간이었다. 처음에 로라는 그 모임에 한 번도 빠지지 않았지만, 에밀과 함께 살게 된 후로는 이 친구들과의 모임에 점점 더 자주 빠지게 되었다. 그녀는 아무것도 하지 않아도, 소파에서 함께 잠들기만 해도, 에밀과 함께 있는 것을 더 좋아한다고 말하곤 했다. 가끔은 여전히 그 모임에 나가곤 했다. 누가 누구와 잠자리를 함께하는지, 그런 소식들을 놓치지 않기 위해서였다. 그 금요일 밤에도 그녀는 가기로 했다. 에밀이 르노와의 술자리를 마치고 집으로 돌아왔을 때, 그의 머리는 빙글빙글 돌았다. 맥주를 너무 많이 마신 탓이었다. 로라는 작은 흰색 파자마를 입고 소파에 앉아 있었다. 매우 짧은 미니쇼츠와 지나치게 도발적인 레이스 민소매 상의 차림이었다. 그는 그녀를 소파에 그대로 눕히고 싶을 만큼 강렬한 충동을 느꼈다. 하지만 그녀는 입을 삐죽거리며 슬픈 표정을 지었다. 그래서 그는 그저 조심스레 물었다.

"벌써 들어왔어?"

그녀는 입을 더 삐죽거리며 대답했다.

“응.”

“별로였어?”

“응. 정말 별로였어.”

그는 그녀 옆에 앉아 허리를 끌어안으며 말했다.

“뭐가 별로였는데? 말해 봐.”

그녀는 그의 품에 몸을 맡기며 말했다.

“전부 다… 아무도 없었어. 우리 둘뿐이었어.”

“둘뿐이었다고?”

“응. 나랑 이네스 뿐이었어.”

“어쩌다가?”

그녀는 깊은 한숨을 내쉬었다.

“내가 너무 많은 걸 놓쳤어! 리즈가 임신한 줄도 몰랐다니까!”

“리즈… 너랑 같이 대학 다니던 그 금발?”

“맞아. 벌써 임신 4개월이래. 난 전혀 몰랐어! 얘기하긴 했는데, 난 그냥 장난인 줄 알았지. 그리고 나디아도 임신했어!”

“나디아….”

“미용실 하는 애 있잖아.”

“아!”

“걔는 최근에 했어. 고작 두 달밖에 안 됐대. 사고였는데, 되게 좋아하더라. 벌써 이름까지 정했대.”

“아….”

“진짜 충격이었어!”

“그래서 다들 안 온 거야?”

“응. 바로 그거야.”

그는 이해가 가지 않는다는 듯 미간을 찌푸렸다.

"그게 뭐가 그렇게 큰일이야, 로라. 다음에 가면 되잖아."

그러자 로라는 고개를 갸웃하며 그를 쳐다보았다.

"뭐라고?"

"그래도 타파스는 먹을 수 있는 거 아냐? 임신했다고 해서 그걸 못 먹는 건 아니잖아."

"아니."

"그래도 그럼 다음 금요일에 다시 볼 수 있겠네… 임신 내내 집에만 있진 않겠지."

"그건 그렇지."

그는 그녀에게 키스하려고 턱을 살짝 들어 올렸지만, 그녀는 여전히 부루퉁하고 슬픈 표정을 짓고 있었다.

"무슨 일이야, 로라?"

"아무것도 아냐. 근데 이거 때문에 나중에 큰 소동이 일어날지도 몰라."

"애를 가진다고?"

"응… 이제는 전과 같지 않을 거야."

그는 어깨를 으쓱하며, 그녀를 짓누르는 그 무거움에 무심한 태도를 보였다. 그는 그녀가 조금은 과장한다고 생각했다. "그냥 밖에 덜 나가겠지, 그뿐이야."

"말도 안 돼! 앞으로는 우리 삶이 완전히 달라질 거야!"

"그 정도로까지?"

"내 친구들은 이제 다른 차원으로 들어가고 있어!"

그는 가볍게 농담을 하듯 말했다.

“겨우 그 정도로?”

“웃어? 근데 사실이야! 이제 내 친구들은 우리한테 더는 할 말이 없을 거야! 그리고 우리도 마찬가지고!”

그는 다시 어깨를 가볍게 으쓱이더니, 술기운에 흐려진 정신으로 그녀의 시무룩한 얼굴을 보며 실소를 터뜨렸다.

“그럼 이제 남은 건 이네스 뿐이네. 이네스는 애 안 가지나?”

그러자 로라가 미소를 지었다.

“그 애는 아직 멀었어….”

“그럼 아직도 매주 다른 남자랑 자?”

하지만 로라는 그의 질문에 대답하지 않았다. 그녀는 무릎을 가슴께로 모아 끌어안은 채 생각에 잠겨 있었다. 그는 그녀의 허리를 더 꼭 끌어안았다.

“자, 로라, 네 친구들은 다들 바보 같아. 대체 무슨 생각으로 그런 짓을 한 건지 모르겠네. 나랑 방으로 가지 않을래? 내가 제대로 위로해 줄게.”

그녀는 힘없이 그를 밀어냈다. 마음은 딴 데 가 있는 듯했다.

“원하면 내 친구들을 빌려줄게. 걔네는 임신 안 할 거야! 내가 약속하게 만들 거니까!”

그녀가 보일 듯 말 듯 미소를 지어 보였다.

“우린 너랑 같이 가서 레드 와인도 마시고 타파스도 먹을 거야. 네 바보 같은 친구들처럼 널 버리고 가지 않을 거라고!”

그는 억지로 그녀를 소파에서 들어 올렸다.

“에밀….”

그녀는 형식적으로만 저항했을 뿐, 사실은 미소 지으며 그의 품에 몸을 맡겼다. 그는 그녀를 어깨에 둘러메고 침실로 데려갔다. 그녀의 항의는 진심이 아니었으니 그는 아예 못 들은 척했다. 그는 그녀를 침대 위에 눕히고 입맞춤을 시작했다.

"이 흰색 잠옷 입는 거 금지야."

그는 입맞춤 사이로 속삭였다.

"아, 그래? 왜 금지인데?"

그녀는 그가 그토록 좋아하던, 조금은 도발적이고 당돌한 표정을 다시 지었다.

"네가 이거 입으면, 니도 더 이상 나를 통제할 수가 없어."

그녀는 입술을 깨물며 말했다.

"맥주도 마시면 안 돼. 너도 맥주 많이 마시면 널 통제 못 하잖아."

그는 그녀의 입을 막았다.

"말하는 것도 금지야, 아가씨."

그녀는 그의 손바닥 뒤에서 웃음을 터뜨리며 장난스레 그를 물어보려 했지만, 그는 곧장 그녀의 입술을 탐욕스럽게 탐했다. 그들은 더는 미루지 않고 뜨겁게 사랑을 나누었고, 그 뒤 그녀는 천천히 몸을 일으켜 침실 벽에 걸린 거울 앞에 나섰다. 맨몸으로 선 그녀는 몇 초 동안 움직이지 않은 채, 발끝으로 버티듯 서서 허리를 활처럼 젖힌 기묘한 자세로 거울 속 자신을 바라보았다.

그는 나지막한 목소리로 물었다.

"뭐 하는 거야?"

그는 그녀의 다리를 잡아 침대 위로 쓰러뜨리고 싶었지만, 그녀는 몸을 살짝 피하며 농담처럼 말했다.

"그냥 뭘 좀 보고 있었어…."

그녀는 여전히 등을 활처럼 젖힌 자세로 거울 앞에서 온몸을 꼼꼼히 살피고 있었다.

"너, 지금 혹시 네 몸에 페니스가 달려 있으면 어떻게 보일지 보는 거야?"

그가 시시한 농담을 던지며 뿌듯하게 웃었지만, 그녀는 지지 않고 바로 받아쳤다.

"아니, 만일 내가 임신을 하면 어떻게 보일까 보는 거야."

그는 웃음을 지을 수도, 그럴듯한 말을 할 수도 없었다.

그녀는 여전히 거기 서서, 배를 쑥 내민 채 자기 몸을 뚫어지게 쳐다보고 있었다. 그는 마치 그녀가 거울 너머로 자신을 관찰하며, 그의 반응을 살피는 듯한 느낌을 받았다. 어쩔 줄 몰라 하며 자리에서 몸을 일으킨 그는, 결국 어색함을 감추려 괜히 헛소리를 늘어놓았다.

"언제 나랑 레노랑 같이 술 많이 마셔보면 알게 될 거야. 레노는 벌써 배가 제법 나왔거든. 한 넉 달은 된 것 같아."

그녀는 대꾸조차 하지 않았다. 그럴 만도 했다. 너무나 같잖은 농담이었으니까. 그녀는 시선을 거울에 고정한 채, 천천히 손바닥으로 배를 쓰다듬기 시작했다. 원을 그리며, 조심스럽게.

"자기 몸이 이렇게 변하는 걸 보면 어떤 기분일까…."

그는 답할 말을 찾지 못한 채 짧은 신음 같은 소리만 내뱉었다. 속으로는 이 대화가 얼른 다른 주제로 넘어가길 바랄 뿐이었다.

그녀는 여전히 거울 속 자신을 응시하며 나지막이 말했다.

"나한테 어울릴까? 작은 배… 아주 작은 아기 배…."

거울 속 그녀의 얼굴에는 희미한 미소가 번지고 있었다. 그는 그 대화가 자신을 두렵게 한다는 것을 느끼며, 어떻게든 벗어나고 싶어 몸을 일으켰다.

그가 침대를 떠나는 것을 보고 물었다.

"어디 가?"

"화장실."

그녀는 실망스런 표정을 지었지만, 그가 방을 나서려는 순간 끝내 물었다.

"그러니까… 나한테 어울릴까?"

그는 속에서 치밀어 오르는 당혹감과 불안을 감추려, 무심한 듯 어깨를 툭 올려 보였다.

"응. 아마도….."

그러자 그녀는 싸늘하게 내뱉었다.

"그렇군….."

"뭘 그렇군이야?"

그는 그녀가 어떻게든 이 대화를 이어가려 하고, 자신을 편히 화장실에 보내주지 않는다는 사실에 짜증이 밀려왔다.

"아주 신나 보이네."

그는 얼른 끝내고 싶은 마음에 차갑게 내뱉었다.

"뭐야, 네 친구들이 임신했다고 해서 우리도 당장, 지금 여기서 아기라도 만들자는 거야?"

그리고 곧바로 자신이 얼마나 비열하고 치사한 말을 했는지 깨달았다. 그녀가 얼굴을 붉히며 더듬거리는 순간, 그는 스스로가 한없이 초라하고 미워졌다.

"아니라니까… 너도 잘 알잖아. 엉뚱한 소리 좀 그만해!"

그가 투덜거리듯 말했다.

“그럼 뭐.”

그녀는 다시 한번 주제를 되돌리려 애썼다. 그러나 그 시도는 허망하기만 했다.

“내가 지금 당장 어쩌자고 말하는 게 아냐… 웃기지 마… 하지만 언젠가는, 어쩌면….”

그가 그녀의 뺨에 쪽, 소리가 나게 입을 맞추자 그녀는 더 이상 말을 잇지 못했다.

“언젠가는 그럴 수도 있겠지. 하지만 지금은 아냐. 그러니까, 나 화장실 좀 가게 놔줘!”

그녀는 결국 아무 대꾸도 하지 못했다. 그는 안도의 숨을 내쉬며 슬그머니 자리를 떴다. 그는 자신이 영리하게 대처하여 이 난처한 국면을 요령껏 빠져나왔다고 믿었다. 그래서 화장실 문을 닫는 순간, 그는 은근히 자부심마저 느끼고 있었다.

그는 그때 정말 바보처럼 굴었다. 그러나 그 사실을 깨달은 건 한참 뒤의 일이었다. 훨씬 더 나중에서야. 그녀는 그 이야기를 몇 번이고 다시 꺼냈다. 점점 더 자주, 점점 더 진지하게. 리즈가 아이를 낳았을 때는 상황이 더 나빠졌다.

“리즈가 아기를 품에 안은 걸 보면… 있잖아… 바보 같은 소리로 들릴지 모르지만… 내가 이런 얘기하면 넌 분명 비웃을 거야….”

“말해 봐.”

“그러니까 있잖아… 잘은 모르겠지만… 나도 아기를 안고 있는 내 모습이 떠오르더라구. 나도… 준비가 된 것 같아.”

그는 매번 점점 더 시시한 농담을 해가며 얼버무리고 피했다. 그중

에서도 가장 형편없었던 건, 그녀의 가슴이 두 배로 커질 거라는 농담
이었는데, 그 말은 그가 평생 들어본 것 중 가장 싸늘한 침묵 속에 파
묻히고 말았다. 몇 달 뒤, 그녀는 다시 밖으로 나가기 시작했다. 처음
엔 금요일마다 로카 치카에, 그리고는 점점 더 자주. 그러나 둘이 함께
살기 시작했을 때는 정반대였다. 로라는 세상과 조금 거리를 두었다.
"난 너만 있으면 돼. 나머지 세상은 다 귀찮아." 그녀는 특유의 도도한
표정으로 그렇게 말하곤 했다. 그는 그런 그녀가 자랑스러웠다. 그는
그녀를 사랑했다. 둘만 있으면 완벽하다고 믿었다. 어떤 것도, 누구도
그들을 갈라놓을 수 없다고 생각했다. 그래서 아기에 관한 그녀의 말
들은 그저 변덕이라고 여기고 대수롭지 않게 흘려버렸다. 하지만 로라
는 다시 밖으로 나가기 시작했다. 일주일에도 여러 번. 퇴근하자마자
집에 잠깐 들를 뿐, 곧장 또다시 밖으로 향했다.

"누구랑 나가는 거야? 네 친구들은 다 애 낳고 이제 안 나간다며…."
"이네스랑."
"그게 다야?"
"아니. 그것만은 아니지."

그녀는 대답을 흐리며 애써 모호하게 굴었다. 그녀는 화장을 하고,
새 옷을 사 입고, 향수를 진하게 뿌렸다.

"음… 넌 이네스 보러 가려고 예쁘게 꾸민 거라고 말하지만… 그게
다는 아니잖아."

가끔 그녀는 술 냄새를 물씬 풍기며 돌아왔다.

"누구랑 있었어?"

그는 점점 더 다그치듯 캐물었다.

"말했잖아."

“아니.”

“이네스… 그리고 이네스 친구들.”

“남자도 있어?”

“남자도 있고, 여자도 있고… 그냥 다 같이 있었어. 왜? 질투라도 하는 거야?”

그는 원래 질투심이 많은 사람이 아니었다. 그런데 변했다. 그녀가 나가는 시간을 살피고, 메시지가 도착하면 곁눈질로 휴대폰을 훔쳐보았다.

“우리 이제 둘이서만 집에 있는 시간이 없네….”

그녀가 외출 준비를 할 때면, 그는 낮은 목소리로 투정부리듯 말했다.

“없어.”

“없다고? 그게 다야?”

“그래. 우린 아직 젊잖아. 굳이 소파에 앉아 아빠 엄마 흉내 낼 필요는 없잖아? 너도 나가면 되지.”

그는 미쳐버릴 것 같았다. 새벽 두 시까지 깨어 그녀를 기다리다 결국 터져버렸다. “너 술 마셨지? 왜 그렇게 매번 취해서 오는 건데?” 그녀는 끝내 참지 못하고 노골적으로 혐오스러운 표정을 지으며 그에게 말했다.

“대체 왜 이래? 너, 내가 알던 사람 맞아?”

그는 맞받아쳤다.

“너도 더 이상 예전의 네가 아닌 것 같아!”

“그래? 우리가 처음 만났을 때 나는 안 그랬어?”

“무슨 뜻이야?”

“너도 그때는 외출했잖아! 다시 시작해 봐. 즐거워, 해보면 알게 될 거야!"

그녀는 그가 의심과 불안을 드러낼수록 점점 더 냉소적으로 굴었다.

그는 그녀가 멀어져가고 있다는 걸 느꼈다. 머릿속에는 이미 다른 누군가가 있을지도 모른다는 상상이 떠올랐다. 한 번은 새벽 세 시까지 그녀를 기다린 적도 있었다. 그녀는 현관에 하이힐을 내던지듯 벗어두고, 거실을 지나 방으로 향하면서 그를 거의 쳐다보지도 않았다. 결국 그는 그녀를 가로막으며 외쳤다.

"로라!"

그는 그녀의 손목을 붙잡았다. 그 순간 그녀의 눈빛에는 두려움이 스쳤다. 마치 그가 폭력을 휘두를까봐 겁내는 듯한 눈빛이었다. 그는 단지 그녀를 끌어안고 싶었을 뿐인데, 그녀는 그를 밀쳐냈다.

"뭐 하는 거야? 지금 잘 시간 아냐?"

"로라, 나 우리 애를 가졌으면 해. 너와 함께 아기를 갖고 싶어."

그녀는 입을 딱 벌린 채 아무 반응도 하지 않았다. 그러다 눈물을 터뜨리며 욕실로 들어가 문을 잠갔다.

"무슨 일이야? 로라?"

그는 문 뒤에서 그녀의 울음과 훌쩍임을 들으며 걱정이 되어 죽을 지경이었다.

"왜 우는 거야?"

그녀가 문을 열었다. 눈이 붉게 충혈되어 있었다. 파자마를 입고, 화장을 지웠다. 그는 손을 잡고 조심스레 그녀를 침실로 데려갔다.

"괜찮아? 정말 감정이 격해져서 그래?"

"응… 예상 못했거든."

그는 그녀를 침대에 눕히고 이불을 덮어준 다음 한 손을 그녀의 배 위에 올려놓았다.

"배가 살짝 나오면 넌 정말 예쁠 거야."

그녀는 희미하게 미소 지었다.

"이 일 때문에 바보 같은 말을 했던 것 같아…."

"응."

"그냥 겁이 났던 거야. 준비가 안 됐다고 느꼈거든…."

"그럼 지금은?"

그녀는 믿지 못하겠다는 듯 의심스러운 눈빛으로 그를 살폈다.

"응. 물론이지."

그들은 한동안 아무 말도 하지 않았다. 그녀가 불을 꺼달라고 부탁했고, 그는 불을 껐다. 그는 침묵 속에서 기다렸고, 그녀는 더 이상 아무 말도 하지 않았다.

그가 속삭였다.

"그러면 피임약 끊는 거야?"

그녀는 고개를 끄덕이며 침을 삼켰다.

"응."

"언제?"

그는 그녀의 입술만 바라보며 기다렸다. 그녀를 잃고 싶지 않았다. 그녀를 잃지 않기 위해서라면 무엇이든 할 수 있을 것 같았다.

"내일…."

그녀가 자신이 없는 듯 기어들어가는 목소리로 덧붙였다.

"그… 그러니까… 네가 괜찮다면?"

그는 목이 잠긴 듯 쉰 목소리로 "응"이라고 대답했다. 그들은 더 이상 아무 말도 하지 않았다. 아마도 감정의 무게 때문이었을 것이다. 그는 손을 그녀의 배 위에 올린 채 밤새도록 그대로 있었다. 잠도 자지 않았다. 그는 그녀가 작은 드레스를 입고 불룩한 배를 드러낸 채 뺨이 발그래져 웃는 모습을 떠올렸다. 그는 자신이 그녀와 아기를 지켜주는 모습을 떠올렸고, 그러자 모든 두려움이 사라졌다.

"또 나갈 거야?"

로라는 여전히 외출을 했다.

"응. 늦지 않게 돌아올게."

그는 더 이상 아무 말도 꺼내지 않았다. 그녀가 점점 덜 나가고, 집에 있는 시간이 늘어났기 때문이다. 그들은 거의 매일 사랑을 나눴다. 아기를 위해서였다. 하지만 주말이면 그녀는 여전히 혼자 나가서 이네스와 다른 친구들을 만났다. 늦게 들어왔고, 그는 무심한 척했다. 집에 돌아오면 어차피 아기를 위해 사랑을 나눌 것이란 걸 알았기 때문이다. 그래서 그게 적절한 타협이라고 생각했다. 마음이 한결 편해졌다.

그렇게 석 달이 지나갔다. 그는 그녀를 보살피고, 식사를 준비해주고, 목욕물을 받아주며, 그녀가 나가면 차분히 기다렸다. 그는 불안한 마음으로 자주 물었다.

"생리 시작됐어?"

그녀는 얼굴을 찌푸렸다. 그것은 곧, 그렇다는 뜻이었다. 아기는 아직 생기지 않았다는 의미였다. 하지만 시간은 충분했다. 그러던 어느 날 밤, 그녀가 술 냄새를 진하게 풍기며 들어왔다. 그는 더 이상 참을 수가 없어서 거의 소리를 지를 듯 외쳤다.

"장난해?"

그녀는 처음에는 겁을 먹은 듯 보였다.

"취한 거야? 어떻게 이렇게 술을 퍼마실 수 있는 거야?"

그녀는 벽에 몸을 기대며 뒤로 물러섰다. 그는 분노를 참을 수 없었다.

"도대체 무슨 생각을 한 거야? 이건 바보 같은 사람이나 하는 짓이야!"

로라의 얼굴에서 두려움이 사라졌다. 그녀의 어깨가 곧게 펴졌고, 얼굴에는 경멸이 번져나갔다.

"에밀, 꺼져! 이제 넌 내 삶을 통제할 수 없어! 내가 마시고 싶으면 마시는 거야!"

그는 화가 나서 목이 터져라 소리쳤다.

"하지만 아기를 가져야 되잖아, 멍청아! 우린 아기를 가져야 된다고!"

그러자 로라는 섬뜩한 웃음을 터뜨렸고, 그 웃음소리를 듣는 순간 그는 몸속의 피가 얼어붙는 듯 했다. 이어서 그녀는 또박또박, 천천히 물었다.

"근데… 무슨 아기?"

그는 입을 몇 번이나 열었지만, 제대로 된 말을 내뱉지 못했다.

"그… 그… 아기? 우리가… 우리가 갖기로 했던…."

그는 말을 맺지 못했다. 로라는 술에 취해 완전히 다른 사람이 되어버린 듯했다. 그녀의 눈빛은 그의 얼굴에 노골적인 경멸을 내뿜고 있었다. 그러고는 단어 하나하나를 끊어내며 말했다.

"아기는 없어, 에밀."

"뭐라고…?"

"난 한 번도 피임약을 끊은 적 없어."

그는 갑자기 토할 것 같은 충동에 휩싸였다. 그래서 쓰러지지 않으려 간신히 소파에 몸을 의지했다.

"뭐라고?"

로라는 비틀거리며 욕실로 향하더니 문을 잠갔다.

"뭐라고? 하지만… 왜?"

그는 그녀가 창자가 뒤집히는 듯 토해내는 소리를 들었다. 토하고 싶은 건 자신이었는데, 실제로는 그녀가 토하고 있었다. 그는 제발 거짓말이기를, 진실이 아니기를 간절히 빌었다. 대체 왜 그녀는 그토록 오랫동안 자신을 속였단 말인가.

욕실에서 나왔을 때, 그녀는 제정신이 아닐 만큼 상태가 엉망이었다. 자신이 어디에 있는지, 왜 거기 있는지조차 기억하지 못했다. 그는 그녀를 침대에 눕히고, 물 한 잔과 두통약을 가져다주었다.

"아까 했던 말… 사실이야?"

그녀는 고개를 끄덕였다. 그리고는 바로 잠에 빠져들었다.

다음 날 아침, 먼저 입을 연 건 그녀였다.

"미안해. 말했어야 했는데… 차마 그럴 수가 없었어."

그녀는 짐가방을 챙기더니 담담하게 말했다.

"며칠 동안 친정에 가 있을게."

어머니 집에서 돌아온 그녀는 더 이상 슬퍼하지 않았고, 대신 마음속에 원망이 가득 차 있었다."

"누군가를 붙잡으려고 아기를 갖자고 하면 안 돼… 그건 내가 들어본 것 중 가장 이기적인 말이야."

그녀는 떠나겠다고 선언했다. 이미 몇 달 전부터 고민해왔던 일이라며, 차라리 피임약 얘기할 때처럼 미리 말했어야 했다고 덧붙였다. 하지만 그러더라도 달라질 건 없었을 거라고 했다. 모든 게 순식간에 무너져 내렸다. 로라는 떠났다. 아기는 죽은 거나 마찬가지였다. 로라, 그들의 사랑, 그의 미래, 그의 삶… 전부가 끝장났다. 그리고 매일 밤, 그의 악몽에는 단 하나의 장면만 되풀이되었다. 그의 얼굴을 경멸을 시선으로 내려다보고 있는 로라와 부풀어 오른 그녀의 작은 배.

"오늘 아침에 무슨 특별한 일정이라도 있어요?"

그가 잘 안 넘어가는 차를 마시려 애쓰고 있는 동안 조안의 나지막한 목소리가 그의 등 뒤에서 울렸다. 그는 아침 내내 기분이 가라앉아 있었다. 그의 머릿속은 여전히 로라와 함께 보냈던 마지막 날들, 그 아파트의 기억으로 검게 물들어 있었다. 그는 그 기억을 그렇게 되새겨서는 안 된다는 걸 알고 있었지만, 그로서도 어쩔 수가 없었다.

"아니. 아니, 나는… 이 빌어먹을 편지를 끝내야 해요."

조안은 여전히 힘이 없어 보였다. 일사병의 기운이 완전히 가신 건 아니었다. 모자를 쓰고 있는 그녀의 얼굴은 거의 투명할 정도였다. 그는 덧붙여 말했다.

"오늘은 쉬는 게 좋겠어요."

"우리, 오늘은 아무 데도 안 가는 거예요?"

"예."

그는 등산을 준비하기 위해 장을 봐야 한다는 것을 알고 있었다. 스포츠 의류 전문 매장을 찾으려면 근처에서 제법 큰 도시까지 가야만 했다. 그는 그 생각만으로도 이미 지쳐버렸다. 그 일은 다음 날 하기로 하고, 그날은 조안이 쉬어야 했다. 그리고 그는 편지를 써야 했다.

조안의 목소리가 다시 작게 들려왔다.

“에밀… 우리 물이 다 떨어졌어요.”

“뭐라고요?”

“캠핑카의 물탱크가 다 비었어요.”

그는 너무나 피곤한 나머지 이 소식에 짜증조차 내지 못했다. “아….”

“주차장 끝 쪽에 급수대가 있는데… 내가 보기에는… 우리가 쓸 수 있을 것 같아요.”

“나중에 가서 확인해 볼게요. 지금 당장 물이 필요해요?”

“아뇨, 개울에서 씻을 거예요. 옷을 빨아야 하는데… 혹시 빨 거 있어요?….”

그는 억지로 기운을 내어, 지쳐가는 자신을 추슬렀다.

“아, 그래요, 고마워요. 잠깐만, 확인해 볼게요.”

조안은 더러운 빨래를 한아름 안고 개울로 가기 위해 캠핑카 밖으로 나가려 했다.

“쉬어야 하는 거 아네요? 얼굴이 창백해 보이는데….”

“아니, 괜찮아요. 차가운 물을 만지면 오히려 몸이 나아질 거예요.”

그녀는 서둘러 나갔다. 아마도 그녀는 그의 피부 모든 모공에서 흘러나오는 듯한 침울함을 피하고 싶었던 걸지도 모른다. 그녀가 옳았다. 그는 다시 작은 접이식 탁자 앞에 앉아 새하얀 종이를 마주했다.

무언가를 쓰려면 로라를 머릿속에서 몰아내야만 했다. 그러나 그것은 불가능했다. 그녀는 어디에나 있었다. 그녀의 목소리가 그의 머릿속에서 울려 퍼졌다.

“뭘 설명해야 하지?”

그녀의 짜증 섞인 목소리. 커피잔 너머로 보이는 살짝 짜증난 그녀의 얼굴.

"왜 떠나려는 거야?"

그녀는 머리를 올려 묶고, 귀에는 진주 귀걸이를 하고 있었다. 옅은 분홍빛 립스틱이 입술을 환상적으로 돋보이게 했지만, 그는 더 이상 그녀에게 손을 뻗을 수 없었다. 그녀는 떠나려 하고 있었다.

"우리는 이제 더 이상 맞지 않아."

그날, 그녀는 손가락에 낀 작은 반지를 쉴 새 없이 만지작거렸다. 그녀는 그 반지를 밤에 잠을 잘 때도 늘 끼고 있었다.

"우리가 맞지 않는 건 네가 나가 놀 생각밖에 안 하기 때문이야!"

"사실을 뒤집으려고 하지 마, 에밀!"

"우리가 어떻게 맞을 수 있었겠어? 넌 오직 한 가지만 생각했잖아. 집에서 벗어나 파티를 즐기는 거! 우리는 늘 스쳐 지나가기만 했어!"

"넌 지금 사실을 왜곡하고 있어!"

"내가 뭘 왜곡했는데?"

그는 고함을 지르지 않을 수 없었다. 그녀는 그의 바로 앞, 그들의 아파트 안에, 그토록 가까이에 있었지만, 이제는 영영 닿을 수 없는 존재였다.

"내가 밖으로 나돌기 시작한 건 우리가 이미 맞지 않았기 때문이야! 끝났다는 걸, 우리가 더는 함께할 수 없다는 걸 인정하기보다는 밤마다 파티로 도망치는 게 내게는 차라리 쉬웠어!"

"아니야, 우리는 너무나 잘 지냈어! 그런데 네가 파티에서 남자들한테 추파나 던지려 하면서 다 망쳐버린 거야!"

그녀는 자리에서 벌떡 일어나더니 핸드백을 집어 들고 현관 쪽으로 향했다. 그는 소리쳤다.

"안 돼, 로라, 잠깐만!"

그의 목소리는 부서져 나왔다. 그는 더 이상 아무것도 아니었다. 필요하다면 그녀의 발밑에 엎드려 기어갈 수도 있었다. 그녀는 화를 내며 외쳤다.

"난 오직 너 때문에 온 거야. 네가 이야기하고 싶다고 해서! 날 모욕하려는 말을 들으려고 온 게 아니라고!"

그는 그녀의 팔을 붙잡으려 했지만, 그녀는 그를 밀쳐냈다.

"미안해. 로라, 미안해."

잠시 동안 그녀는 짜증의 가면을 내려놓았고, 그는 그녀 얼굴에 서린 슬픔을 볼 수 있었다. 그는 그녀 또한 고통받고 있음을 깨달았다. 다른 방식이었지만, 분명 그녀도 아파하고 있었다.

"말해줘. 다른 남자가 있는지… 알고 싶어…."

그녀는 한숨을 내쉬었다. 그리고 스스로를 다스리며 차분하고 친절하게 굴려고 애썼다.

"아무도 없어. 이미 여러 번 얘기했잖아…."

"날 속인 거 아니지?"

"난 널 속인 적 없어."

"말해줄 거지?"

"그럴게."

"너, 혹시 그럴 마음이 있었어?"

그녀는 이 질문을 피했다. 대신 이렇게 말했다.

"주방으로 가서 앉아서 얘기하는 게 어때?"

그는 그 뒤로 더 이상 묻지 않았다. 이미 답을 알고 있었기 때문이다.

그들은 주방에서 각자 자리를 잡았다. 그는 얼굴을 양손으로 감싸 쥐었다. 속이 썩어들어가는 듯한 고통스러운 느낌이 들었다.

"왜 우리가….."

그는 말을 끝내지 못했다. 그녀가 그가 말을 계속하도록 부추겼다.

"왜, 뭐?"

"왜 우리가 이렇게 맞지 않게 된 거지?"

"내 생각에… 난 무언가를 만들어가고, 어른이 될 준비가 되어 있었어. 그런데 넌 아니었어. 아직 준비가 안 되어 있었던 거야."

그는 순간 격하게 반응하며 목소리를 높였다.

"거짓말이야! 나는 아기를 위해 받아들였어!"

그녀는 슬픈 미소를 지었다.

"그래, 넌 받아들였지만 이미 늦었어… 게다가 잘못된 이유로 받아들인 거고."

엄마 아빠, 마르조리와 바스티앵, 르노와 라에시시아, 그리고 야러분의 모든 자녀들에게.

여러분은 이 편지가 너무 늦게 도착했다고 생각할 겁니다. (내가 떠난 지 벌써 오늘로 5일이 되었으니까요.) 하지만 나로서는 너무 일찍 보내는 편지지요.

나는 사실 더 많은 시간을 들여 이 편지를 쓰고 싶었어요. 아직 내 머릿속에서 무슨 일이 벌어지고 있는지가 완전히 정리되지 않았거든요. 하지만 여러분을 영원히 기다리게 할 수는 없어서…

그는 그를 자꾸 로라에게 데려가는 생각을 몰아내기 위해 억지로 편지를 쓰기 시작했다. 그는 차를 한 모금 마시고는, 흐름을 놓치지 않으려 서둘러 다시 펜을 잡았다.

나는 내가 떠날 수밖에 없었던 이유를 목록으로 만들어 여러분에게 보여줄 수도 있을 겁니다. 그러면 여러분이 나를 이해하고, 나를 용서하는 데 도움이 되었을지도 모릅니다. 여러분은 여러분 각자가 납득할 만한 이유를 최소한 하나쯤은 발견할 수 있을 테니까요. 첫 번째이자 가장 분명한 이유는, 내가 그 임상시험을 원하지 않았고, 전극에 연결된 채로 죽고 싶지도 않았다는 겁니다. 난 실험실의 쥐가 되고 싶지 않았어요. 병이 꼭 나를 데려가고 싶다면 데려가라고 해야지 어떻게 하겠습니까. 하지만 제발, 의사들이 더는 나를 괴롭히지 않았으면 했습니다.

두 번째 이유, 바로 내가 도망친 까닭은, 여러분에게 짐이 되고 싶지 않았기 때문이에요. 내가 남아 있었다면 결국 그렇게 되었을 겁니다. 여러분들에게 저마다 더 중요한 일들이 있으니까요.

세 번째 이유는 자존심이나 체면 같은 것과 더 깊은 관련이 있습니다. 이 세 번째 이유는 덜 고결한가요? 잘 모르겠습니다. 하지만 저는 여러분이 저를 기억하는 이미지를 더럽히고 싶지 않았어요. 이기적일지 모르지만, 저는 젊고, 멋지고, 건강하고, 미래가 밝고, 활기차고, 매력적인 제 모습 그대로 여러분에게 남기고 여러분 곁을 떠나고 싶었습니다. (웃고 싶으면 웃어요….)

저는 노망이 들거나, 망상에 빠지거나, 제 이름조차 남의 도움이 없이는 기억하지 못하고, 다시 신발끈 묶는 법이나 달걀 삶는 법을 배워야 하는 그런 사람이 되고 싶지 않습니다. 여러분이 저를 떠올릴 때 마지막 모습이 초라하고 무력한 남자의 그것이 되는 것은 원치 않습니다. 저도 다른 사람들처럼 자존심이 있어요. 그래서 여러분의 시선에서 벗어나 저의 마지막 몇 달을 보내고 싶네요.

그리고 또 다른 이유, 좀 더 기분 좋은 이유는… 제가 늘 꿈꿔왔던 그 유명한 자연 속 여행을 드디어 해보고 싶기 때문입니다!!! 르노, 우리 이런 여행을 꼭 하자고 약속했었지. 넌 아마 나중에 라에시시아랑 꼬맹이랑 함께 여행할 시간이 있을 거야. 하지만 내게는 지금 아니면 영영 기회가 없어. 꿈을 이루면서 떠나는 것도 꽤 멋진 일이지.

저는 작별 인사를 드리고 싶지 않았습니다. 저는 겁쟁이니까요. 하지만 그것도 제 장점 중 하나라고 생각합니다.

이 편지도 마찬가지입니다. 전화하는 것보다 편지를 쓰는 게 훨씬 쉽습니다. 언젠가 전화를 드리게 될지는 모르겠지만, 편지를 쓰는 건 확실합니다. 적어도 제가 여러분을 기억하는 한은요.

앞으로는 작은 편지라도 개별적으로 드리도록 노력하겠습니다. 다만 너그러이 이해해 주시길 바랍니다. 제 마음을 말로 꺼내는 데 시간이 좀 걸리거든요. 곧 나아질 겁니다.

이제는 눈물 나는 순간이지요. 제가 여러분을 사랑한다는 말씀, 저 때문에 걱정하지 않으셔도 된다는 말씀, 그리고 제가 행복하다는 말씀을 드려야 하니까요. 자, 다 전했습니다! 조금만 기다려 주세요. 곧 다음 편지를 보내겠습니다.

여러분께 인사드립니다.

에밀

그는 자기가 또다시 도망치고, 다시 한번 작별 인사를 피하고 있다는 느낌을 받는다. 상관없다. 몇 달 뒤면 그는 더 이상 존재하지 않을 테니까. 남겨진 사람들은 각자의 기억을 맞춰서 그럴듯한 작별 인사와 그럴듯한 이유를 스스로 만들어낼 것이다.

조안은 물 속에 책상다리를 하고 앉아 있었다. 물은 그녀의 배 중간까지 차올라 있었다. 그녀는 갓 빨아낸 옷들을 주변의 바위 위에 널어두었다. 자갈 위로 발자국 소리가 들리자 그녀는 고개를 돌려 그를 쳐다보았다.

"편지 다 썼어요?"

그는 여전히 시무룩한 표정으로 어깨를 으쓱했다.

"예."

"오늘 부칠 거에요?"

"아니면 내일 등산 준비하러 장 보러 가면서 부치죠, 뭐."

다시 침묵이 내려앉았다. 그는 강가에 서서 안절부절하며 양쪽 발을 이리저리 옮겼다. 온몸이 굳어 있는 듯했다. 조안은 물 위를 손끝으로 쓸며 잔물결을 일으켰다.

그녀가 물었다.

"속상해요?"

그가 눈살을 찌푸렸다.

"뭐라고요?"

"쓴 내용이 마음에 안 들어서 속상하냐고요?"

"예… 조금."

그는 억지로 웃음을 지어 보였다.

"내 얼굴에 다 드러났어요?"

조안은 무표정한 얼굴로 대답했다.

"네. 하지만 괜찮아요. 또 쓰면 되잖아요."

그는 바로 대답하지 않고 물 위에 손을 놀리는 그녀를 바라보며 목을 긁적였다.

"그렇긴 한데… 시간이 그렇게 많지가 않아요."

이번에는 조안이 몸을 완전히 돌려 그에게로 향했다. 그는 무릎을 가슴 쪽으로 끌어안은 채 창백한 얼굴을 들어 그를 바라보았다.

"죽을 거라서 그러는 거예요?"

그녀는 단 1초의 망설임도 없이 부드럽지만 또렷한 목소리로 이렇게 물었다. 그는 그런 점이 마음에 들었다. 그는 천천히 큰 바위 위에 걸터앉아 신발과 양말을 벗고, 발을 차가운 물 속에 담갔다.

"아네요. 그런 일이 일어나려면 아직 시간이 좀 남았어요… 아마도….."

그는 손가락 끝으로 잠시 물을 휘저으며 놀았다.

그녀가 말했다.

"2년이 남았군요."

"그건 그냥 추정치예요."

"2년이면 진짜 편지를 쓰기에 충분한 시간이잖아요, 안 그래요?"

그녀는 진지한 눈빛으로 그를 바라봤다. 그가 보기에 그녀는 처음 며칠 동안 그가 생각했던 것처럼 길 잃은 어린아이가 아니라 진짜 어른 같아 보였다.

"그게 문제가 아네요."

"남은 시간이 문제인 게 아네요…?"

"아네요."

"그럼 뭐예요?"

"내가 다 잊어버릴 거라는 거예요. 어쩌면 6개월 뒤에 그렇게 될지도 모르죠. 하지만 어쩌면 내일 당장 그렇게 될지도 몰라요. 그렇기 때문에 그 편지를 다시 쓸 기회가 다시 생길지 잘 모르겠어요."

조안은 잠깐 생각하는 듯한 표정을 지었다.

"그래. 그런 경우라면…."

그녀는 물 위에 손으로 작은 원을 그리며 계속 생각에 잠겼다.

"그런 경우라면 매일 조금씩 써야 해요. 떠오르는 생각이 있을 때마다… 하고 싶은 말을요."

그는 발밑의 자갈을 굴리며 그 말을 곱씹었다.

"그리고 그 조각난 편지들을 그때그때 보내라고요?"

조안이 고개를 저었다.

"보낼 필요는 없어요. 꼭 편지일 필요도 없고요."

그가 그녀의 말을 이해하지 못한 채 눈살을 찌푸리자 그녀가 말을 이었다.

"작은 공책일 수도 있어요. 여행을 하면서 그걸 단어들로 채워나가는 거예요."

"그런데 그 단어들이 그들에게 전해지지 않으면 어떻게 하죠?"

"전해질 거예요. 그 공책이 그들에게 돌아갈 테니까."

"어떻게 그들에게 돌아간다는 거예요? 내가 내 삶의 모든 걸 잊어버린다면, 그 공책도, 그것이 누구에게 줘야 하는지도 잊어버릴 텐데."

"내가 대신 보내줄게요."

"당신이?"

"네. 나한테 주소를 알려주면, 당신이 세상을 떠난 뒤에 그 공책을 그들에게 보내주겠어요. 약속할게요.”

그는 자신도 모르게 일그러진 표정을 지었다. 그녀가 그렇게 분명하게 ‘당신이 세상을 떠난 뒤에’라고 말하는 걸 듣기가 힘들었던 것이다.

그녀가 덧붙였다.

“그 공책을 당신 자신을 위해서도 쓸 수 있어요.”

“무슨 뜻이죠?”

“당신은 모든 걸 잊어버릴까 봐 두려워하고 있어요.”

“맞아요.”

“하지만 그 공책 안에 모든 것들, 모든 기억들을 기록해 두면… 나중에 당신이… 당신이 누구인지, 왜 거기 있는지 더 이상 알 수 없게 됐을 때도 그게 당신을 기억하도록 도와줄 거예요….”

이 대화는 그에게 더 우울하게 다가왔다. 그는 조금 전 로라의 기억 속에 잠겨 있을 때보다 더 힘들었다.

“지금은 이런 얘기 하고 싶지 않아요….”

“알았어요.”

그녀는 팔뚝이 물살 속으로 사라질 때까지 두 손을 물속으로 다시 천천히 집어넣었다. 그리고 가느다랗지만 부드러운 목소리로 덧붙였다.

“그냥 당신의 지시사항만 알려주면 돼요….”

“무슨 지시?”

“내가 누군가에게 뭔가를 전해줘야 한다면 말에요.”

“아… 그래요.”

침묵이 다시 내려앉았다. 에밀은 목구멍 속에서 덩어리 하나가 점점 더 커지는 것을 느꼈다. 그는 조안이 다가올 일에 대해 거리낌 없이 말하는 것이 좋았다. 그녀가 그것을 부끄러워하거나 두려워하지 않는 것도 마음에 들었다. 그러나 그녀가 너무도 쉽게 그것에 대해 말하자 당황스러웠다. 마치 죽음, 그의 죽음이 별것 아닌 일, 이 세상에서 그저 하나의 형식에 불과한 것처럼 느껴졌다. 그것은 위안이 되면서도 동시에 혼란스러웠다.

그가 가족들을 떠난 건 바로 이 때문이었다. 관계와 애착, 떠남의 고통으로부터 스스로를 떼어내고 싶었기 때문이다. 낯선 사람이 곁에 있는 상태에서 죽는 게 더 쉽다. 그 사람이 무심하게 지켜봐 준다면, 마지막 순간에 매달릴 것이 아무것도 없는 편이 더 쉽다. 하지만 그게 또 혼란스럽다.

그는 목을 가다듬었다.

"지시사항 얘기가 나와서 말인데⋯."

조안은 그의 목소리를 듣고 놀란 듯했다. 그녀는 아마 다시 생각 속 깊은 곳으로 빠져들었을 것이다. 시냇물도, 그의 기억상실도, 다가올 죽음도 멀리 벗어난 곳으로.

"아마 언젠가는 내가 더 이상 제대로 존재하지 못하는 순간이 올 거예요. 집으로 돌아가게 해 달라고 조를지도 몰라요."

조안은 무겁게 고개를 끄덕였다.

"하지만 나는⋯ 나는 당신이 날 데려다주길 원하지 않아요. 내가 무슨 짓을 하든⋯ 심지어 애원한다 해도. 그런 모습으로 그들이 날 보게 하고 싶지 않다고요."

그녀는 설명이나 이유를 묻지 않았다. 놀라움이나 당혹스러움도 드러내지 않았다. 어떤 판단도 내리지 않았다. 다만 고개를 끄덕였을 뿐이다. 그녀는 그저 그의 지시를 받아들이고, 그것이 지켜지도록 하기 위해 거기에 있을 뿐이었다. 그 이상도 이하도 아니었다. 그것이 둘 사이의 암묵적인 약속이었다.

"알았어요."

그는 힘겹게 침을 삼켰다. 중요한 문제 하나가 해결된 셈이었다. 내일 그는 편지를 부칠 것이다. 어쩌면 그 공책도 살지 모른다. 두고 볼 일이다.

조안은 오후 내내 낮잠을 잤다. 그녀는 여전히 창백해 보였지만, 두통은 사라졌다고 말했다. 일어나자마자 그녀는 편지를 들여다보고 있는 그를 발견했다.

"편지 다시 읽고 있어요?"

그가 고개를 저었다.

"아니, 그 공책 얘기에 대해 곰곰이 생각하고 있었어요."

조안은 그가 공책을 살 것인지 사지 않을 것인지 묻지 않았다. 그녀는 전혀 다른 질문을 꺼내며 그를 당황하게 했다.

"그럼 그분들은 어떻게 당신에게 답장을 하죠?"

그는 입을 열었다가 다물며 아무 말도 하지 못했다.

조안이 덧붙였다.

"그분들에겐 당신에게 답장을 보낼 주소가 없어요…."

"맞아요. 하지만…."

"하지만?"

"방법을 찾아낼 겁니다."

그 말은 아무것도 의미하지 않았다. 그것은 그저, 그가 한 번도 그들로부터 답장을 받는 걸 상상해 본 적 없다는 것을 뜻할 뿐이었다. 그는 자신을 덮쳐 오는 멍한 기운을 떨쳐내려 고개를 흔들었다.

"우리 물탱크 채워야 하는 거 아니었어요?"

“맞아요.”

“그럼 갑시다. 지금 해요.”

　조안은 일찍 잠자리에 들었다. 그러나 에밀은 여전히 우울했다. 오히려 밤이 되어 조안이 잠든 지금이 더 우울했다. 주차장은 텅 비어 있었다. 이곳에 있는 것은 오직 그들 두 사람뿐인 듯했다. 에밀은 벽장 속에서 사진들이 가득 들어 있는 상자를 꺼냈다. 그는 오후 내내 조안이 했던 말을 떠올리고 있었다. “그럼 그분들은 어떻게 당신에게 답장을 하죠?” 그는 왜 지금껏 그것을 생각해보지 않았는지, 왜 그들로부터 답장을 받는다는 것을 한 번도 상상해보지 않았는지 자문했다. 그는 혹시 일부러 답장을 원하지 않는 걸까? 아니면 만약 답장을 받게 된다면 마음이 흔들려 로안에게로 돌아가고 싶어질까 봐 두려운 걸까? 아니면 이미 너무 멀리 와 버려, 그들과, 그리고 삶 자체와 이어지길 원하지 않게 된 걸까?

　그는 상자 속에 들어 있던 앨범 하나를 아무 데나 한 장 펼쳤다. 어머니의 글씨가 모든 페이지를 가득 메우고 있었다. 첫 번째 사진에는, 배가 불러 만삭이 된 어머니의 모습이 담겨 있었다. 사진 밑에는 이렇게 적혀 있었다. “아기를 기다리며.” 사진 옆에는 꽃 한 송이가 그려져 있었는데, 아마도 마르조리가 그린 것 같았다. 그러니까 이 사진 속에서 어머니가 기다리고 있던 아기는 바로 그 자신이었다. 페이지 아래쪽에는 몇 마디가 더 적혀 있었다. *“3월 13일. 이름은 정했다. 여자아이면 에밀리, 남자아이면 에밀. 아빠는 점점 더 초초해 하고 있다. 마르조리는 안달한다. 엄마만 차분하다.”*

　그는 손가락을 페이지 위에서 천천히 움직였다. 그는 만약 로라가 아기를 가졌다면, 자신은 어떻게 반응했을까 하고 스스로에게 물었다. 안달하며 발을 동동 굴렀을까? 초조하고 신경질적인 모습을 보였을까? 아니면 아예 그런 가능성을 진지하게 생각해 보지 않았을까? 그가 바란 건 그냥 로라가 곁에 머무르고 행복해지는 것뿐이었다. 아기는 단지 계획에 불과했다. 단순한 도구였을 뿐이다. 그는 입안에 씁쓸한 맛을 느끼며 페이지를 넘겼다. 그녀 말이 맞았다. 그는 최악의 이기주의자였다. 그가 진정 원했던 것은 그녀가 떠나는 것을 막는 일이었으니까.

그가 아기였을 깨 처음으로 찍은 사진들. 그중에는 산부인과에서 찍은 사진도 있었다. 환하게 웃고 있는 부모님, 그리고 호기심 가득한 눈빛으로 그를 들여다보고 있는 키 작은 마르조리의 모습도 보였다. 그가 태어났을 때 그녀는 네 살이었다.

그는 페이지를 빠르게 넘기다 앨범을 바꿔 들었다. 출생 앨범은 별로 재미가 없었다. 새빨갛고 통통한 얼굴로 온갖 자세를 취하고 있는 사진뿐이었다. 다음 앨범은 그를 여섯 살쯤 앞으로 건너뛰게 했다. 학교에 다니던 시절, 짙은 갈색 머리를 하고 농구도 하고, 스케이트보드도 타고, 덤불 속에서 새를 주워 오기도 했다. 사진에는 더 이상 설명이 많이 붙어 있지 않았다. 사진 속 마르조리는 열 살이었다. 웨이브진 긴 갈색 머리에 주근깨가 있었다. 그녀는 늘 곁에서 그의 손을 잡아주고, 가방을 들어주려 했다. 그는 커가면서 그게 점점 더 귀찮아졌다. 그녀는 항상 졸졸 따라붙었고, 그는 그녀가 너무 집착한다고 여겼다. 하지만 그는 오랫동안 불평하지 않았다. 집에는 마치 또 다른 엄마가 있는 셈이었으니까. 그녀는 그를 좀 지나칠 정도로 아기처럼 대했지만, 그것도 나름 편안했다. 그녀는 그가 부리는 투정을 모두 받아주고, 모든 요구를 들어주었으며, 늘 보살펴주었다. 그러다 열 살, 아니면 열한 살 쯤이었을까, 그는 점점 지겨워졌다. 동네 아이들이 놀려댔다. "마르조리랑 에밀이 연애한대요!" 그녀가 그의 손을 잡을 때마다 아이들은 "우우~" 하며 놀려댔다. 르노는 아무 말도 하지 않았지만, 다른 애들은 늘 비웃었다. 어떤 때는 그녀가 "에밀의 여자친구"였고, 어떤 때는 그가 "마르조리 엄마의 아기"였다. 하지만 마르조리는 아랑곳하지 않았다. 오히려 친구들 앞에서 자랑스럽게 말했다. "이 아이는 내 남동생이야." 그녀는 그를 무릎에 앉히곤 했고, 그는 사람들의 시선 속에서 어떻게 행동해야 할지 몰라 얼굴이 화끈거렸다. 결국 그는 그녀를 떼어내기로 마음먹었다. 너무 집착이 심했고, 멍청한 놀림도 이제 진저리가 났다.

그는 그때 정말 난리도 아니었다는 걸 떠올렸다. 그는 그녀를 가차 없이 밀쳐내고, 학교가 끝나면 일부러 그녀를 두고 혼자 빠르게 가버리곤 했다. 그녀는 이해하지 못했다. 그래서 다시 관계를 붙잡으려 애썼다. 그러자 그는 더 모질게 굴었다. 그녀의 친구들 앞에서 "넌 못생기고 뚱뚱해"라고 말해버린 것이다. 그날 밤, 그녀는 그 때문에 눈물을 흘렸다. 그는 저녁에 부엌에서 그녀의 울음소리를 들었다.

"엄마… 에밀이 더 이상 날 사랑하지 않는 것 같아요."

그는 어머니가 뭐라고 대답했는지 똑똑히 기억했다.

"아니야. 에밀은 이제 진짜 소년이 되어 가는 거야. 독립심이 필요해."

"그런데 왜?"

"스스로 해결하는 법을 배워야 하는 거지. 그렇다고 널 더 이상 사랑하지 않는다는 뜻은 아니야."

"정말요?"

"응. 몇 년 지나면 스스로 너에게 돌아올 거야. 두고 보면 알게 될 거야.”

　그는 자신이 마르조리를 많이 괴롭혔다는 것을 알고 있었다. 그는 그 사건 이후, 서로에게 다시 조금 낯선 존재가 되었던 긴 시기가 있었다는 것을 기억했다. 마르 조리는 열네 살, 열다섯 살, 열여섯 살쯤이었다. 그녀는 친구들과 어울리기 시작했고, 어느 날 그는 그녀가 한 소년과 함께 있는 모습을 보았다. 그들은 혀를 섞어 키스하고 있었다. 그는 그 모습을 보고 속이 울렁거렸다. 마르조리 역시 독립을 해야만 했다. 그녀의 작은 세상은 그녀와 친구들, 그리고 그녀에게 집적대는 사춘기 소년들을 중심으로 돌아가기 시작했다. 그는 부모님과 그녀가 많이 다투던 것을 기억하고 있었다. 아버지는 목소리를 높였고, 그녀는 문을 쾅 닫았다. 그는 그녀를 이상한 표본처럼 관찰했다. 그녀는 더 이상 그가 알고 있던 다정하고 사려 깊었던 누나가 아니었다. 그녀의 얼굴에는 여드름이 났고, 가슴에는 이상한 것이 자라고 있었다. 그는 “으, 기름 덩어리!”라고 말하며 친구들과 함께 비웃었다. 친구들은 마르조리에게 무슨 일이 일어나고 있는지 잘 알고 있었지만, 그냥 모르는 척 바보처럼 굴었다. 그는 그때를 생각하며 웃음지었다.

　그는 계속해서 페이지를 넘겼다. 여기에는 마르조리가 자랑스럽게 졸업장을 손에 들고 있는 모습이 담겨 있었다. 그녀는 스무 살이었다. 은행업 관련 BTS 자격을 막 따낸 참이었다. 에밀은 억지로 그녀 옆에서 사진을 찍어야 했다. 그때 그는 열여섯 살이었고, 검은색 티셔츠를 입고 있었는데 그 옷은 너무 헐렁했다. 그 시절, 그는 다시 마르조리를 다른 눈으로 보기 시작했다. 그녀는 힘들었던 사춘기 시기를 끝내고, 학업을 위해 집을 떠났으며, 예전의 차분하고 다정한 누나로 돌아와 있었다. 세월은 순식간에 흘러갔다. 마르조리는 결혼을 했고, 쌍둥이를 임신했다… 에밀은 계속해서 페이지를 넘겼다. 흰 드레스를 입은 마르조리. 나비넥타이를 맨 바스티앙. 임신한 마르조리. 그는 쌍둥이와 함께 찍은 사진 속에 있었다. 바로 로라가 떠나고 그가 깊은 구렁텅이에 빠졌을 때, 마르조리가 다시 엄마의 역할을 맡았다. 그녀는 다시 그를 보살피기 시작했지만, 예전처럼 순진무구한 애정은 아니었다. 이제 그녀는 진짜 엄마였다. 더 이상 그를 무조건적으로 사랑하지 않았고, 그녀의 삶은 이제 그녀의 아이들로 가득 차 있었다. 그는 그것이 서운한 건지조차 잘 알 수 없었다. 하지만 그건 아마 당연한 일일 것이다. 원래 그런 법이니까. 그는 세월이 이렇게 빠르게 흘러간 줄 몰랐다. 어느새 스물여섯 살. 그리고 2년 뒤면 그는 이 세상에 없을 것이다. 어쩌다 이렇게 순식간에 삶의 균형을 잃어버릴 수 있는 걸까? 그는 앨범을 덮었다. 오늘은 이걸로 충분하다. 피곤함이 밀려왔다. 그는 자리에서 일어나 하품을 삼키며, 이제 조안이 자신의 보금자리로 삼은 벤치를 지나쳐갔다. 그리고 밧줄 사다리를 타고 위로 올라가면서, 아직도 마르조리에 대해 조금은 더 생각했다. 그는 그녀에게 편지를 쓸 것이다. 내일이든, 2주 뒤든, 6개월 뒤든. 하지만 꼭 쓸 것이다.

7

"280유로입니다."
그들이 동시에 카드를 내밀자, 에밀은 조안의 카드를 밀어냈다.
"내가 낼게요."
그들은 아침 내내 스포츠와 등산 장비 전문 매장을 찾아 차를 몰았다. 마침내 주차를 했을 때는 햇볕이 이미 뜨겁게 내리쬐고 있었다. 한 판매원이 진지하면서도 열정적으로 그들을 매장 곳곳으로 안내했다. 그는 여러 번 이번 탐험이 "끝내줄 거예요"라고 강조했다. 지금은 계산대 앞이다. 꽤 많은 돈이 나왔다. 가게를 나오며, 양손 가득 쇼핑백을 든 조안이 말했다.

"나도 돈 있는데⋯."

"신경 쓰지 마요."

"전에 관사에서 살았고⋯ 저축도 해둔 게 있어요."

"글쎄, 난 죽기 전에 내 통장하고 청약저축 통장에 있는 돈을 다 써야 하거든요⋯."

그는 그녀가 웃으리라 기대하지 않았는데, 그녀는 웃었다. 심지어 이런 말까지 했다.

"알았어요. 하지만 다음번에는 내가 낼 거예요."

그들은 캠핑카 쪽으로 향했다. 그런데 조안이 갑자기 멈춰 섰다.

"잠깐만 기다려 줄래요? 십 분이면 돼요."

그녀는 스포츠 매장 옆에 붙어 있는 쇼핑몰을 가리켰다.

"뭐 또 살 거 있어요?"

그가 놀라서 물었다.

스포츠 매장에서 건조 식품과 단백질 바도 샀으니 더 이상은 필요한 게 없을 것 같았다.

"그냥 자잘한 거 한두 개만 사서 금방 올게요."

그는 아마 여자들이 쓰는 물건을 사려나 보다 생각했다. 그는 여자와 함께 지내는 일상을 거의 잊고 있었다.

"입구에 우체통 있던데, 편지 부쳐줄까요?"

그가 고개를 끄덕였다. 봉투는 이미 준비되어 있었다. 그는 아침에 주소를 적고 우표도 붙여 두었다. 그는 배낭에서 편지를 꺼내 그녀에게 건넸다.

"이따 봐요."

그는 캠핑카에 올라 대형 피레네 지도를 펼쳤다. 그는 클로에가 조언해 준 대로 노새길을 탈 예정이었다. 출발지는 아르티그. 다시 개울 옆 주차장에 캠핑카를 세울 것이다. 꽤 조용한 곳이라 도둑맞을 걱정은 없을 것 같았다. 그는 손끝으로 그들이 걸을 길을 따라가 보았다. 형광펜으로 표시해 두는 게 좋을 듯했다. 혹시라도 느닷없이 기억이 끊겨버리면 곤란하니까… 앞으로는 자신이 갈 길을 조안에게 반드시 알려줘야겠다고도 생각했다. 만약 기억이 흔들려도 두 번째 안전장치가 될 테니까.

그가 지도를 접고 안전벨트를 매고 있을 때 조안이 돌아왔다. 그녀는 안에 책 같은 게 비치는 투명한 작은 봉지를 들고 있었다. 그는 그게 무엇인지 묻지 못했지만, 자꾸만 그 봉지 쪽으로 시선을 보내자 그녀가 안에서 물건을 꺼냈다.

"그게 뭔가요…?"

그러나 그녀가 대답하기도 전에 그는 알아차렸다. 작은 검은색 표지가 달린 수첩 두 권이었다.

그녀가 말했다.

"나도 하나 쓸 거예요."

그녀는 다시 봉지에서 예쁜 펜 두 자루를 꺼냈다. 검은색 레진에 은빛 촉이 달린 볼펜이었다.

"오!"

그는 더 이상 무슨 말을 해야 할지 알 수 없었다. 조안은 수첩과 펜을 다시 비닐봉지에 넣어 발치에 내려놓고, 안전벨트를 맸다.

"이거 들고 등산을 하겠다는 거예요?"

그녀는 어깨를 으쓱했다. 그는 목을 가다듬고, 조금 더 다정한 톤으로 덧붙였다.

"수첩… 고마워요."

하지만 그녀는 이미 창문에 코를 바짝 붙인 채 멀리 있는 풍경을 바라보고 있었다.

그들은 거의 두 시간 동안 걸었다. 그는 시간감각을 잃었다. 그는 잠깐이나마 기억이 잠시 끊긴 건 아닌가 생각했다. 개울 근처 주차장에 세워둔 캠핑카로 돌아왔고, 등산 배낭(꽤 무거워서 조안이 그걸 어떻게 메고 갈지 궁금했었다)을 꾸렸으며, 파스타 한 접시를 급하게 먹은 것까지는 기억이 났던 것이다. 그러고 나서 그들은 안내서에 표시된 커브길까지 걸어갔다. 그 길이 바로 등산로의 출발점이었다. 노란 표지판에는 이렇게 적혀 있었다. "노새길 코스를 따라 미디봉(2,872m)까지 소요 시간 4시간 30분." 그들은 아리즈 폭포를 따라 오르는 산길을 택했다. 15분쯤 지나자 트라메자이그의 오두막에 도착했다. 오래된 돌집들이었다. 거기서 이미 비고르의 미디봉을 볼 수 있었다. 조안은 감탄했다. 그는 그 뒤로는 무엇이 있었는지 기억하지 못했다. 그들은 표지판과 산길을 따라 걸었다. 그는 앞장서 걸으며 내리쬐는 햇볕을 손으로 가렸다. 조안은 뒤에서 따라왔다. 그는 배낭이 무거워서 그런지 물었지만, 그녀는 혼자 걷는 걸 좋아해서 그러는 거라고 대답했다. 그녀는 검은 모자를 쓰고, 판매원이 그녀에게 파는 데 성공한 등산용 지팡이를 들고 있었다. 에밀은 등산용 지팡이를 원하지 않았다.

그는 트라마자이그즈의 오두막들을 지나고 난 다음부터 기억이 끊겼다. 지금 그가 아는 건 단 두 가지뿐이었다. 그들이 두 시간째 걷고 있다는 것, 그리고 미친 듯이 더운 날씨 속에서 소들이 풀밭에 드러누워 쉬고 있다는 것.

그는 바위에 앉아 조안을 기다렸다.

"잠깐 쉬었다 갈까요?"

"목말라요."

그들은 물통을 꺼냈다. 조안의 이마는 땀으로 흠뻑 젖어 있었다. 그녀는 여전히 검은색 반바지에 늘 입던 검은색 민소매 셔츠를 입고 있었다. 그는 아까 그게 별로 좋은 선택이 아니라는 말을 할 뻔했지만 결국 하지 않았다. 그녀는 새로 산 등산화를 신고 있었다. 그들은 물을 조금씩 오래 동안 마시며 이마의 땀을 닦았다. 그리고 천천히 숨을 가다듬었다.

조안이 물었다.

"저게 뭐예요?"

그녀가 가리킨 건 돌로 지어졌지만 이제는 폐허만 남은 작은 집이었다. 에밀은 어깨를 으쓱했다. 그가 들고 있는 안내서에는 그런 건물에 대한 설명은 없었다.

그녀가 말했다.

"예쁘네요."

그들에게는 아직 두 시간 넘게 걸어야 할 길이 남아 있는데, 벌써 다섯 시였다. 그는 조금 더 일찍 출발했어야 하는데, 라고 생각했다. 오늘 조안은 유난히 말이 많다. 그녀는 신발 끝으로 돌멩이를 굴리며 또 다른 질문을 던졌다.

"왜 여길 노새길이라고 부르는 거예요?"

그는 물통을 배낭에 집어넣으며 대답했다.

"저기 꼭대기, 미디봉에 천문대가 있어요. 그걸 지을 때 창립자들이 먹을 것과 건축 자재를 이 길로 올렸대요. 우리가 지금 걷는 바로 이 길로 말예요. 짐꾼들은 무게에 따라 돈을 받았지요. 최대 40킬로까지 짊어지고 다녔다는군요."

조안은 표정이 크게 달라지지는 않았지만, 왼쪽 눈썹이 살짝 꿈틀거리며 약간의 놀라움을 드러냈다.

"한겨울, 눈 덮인 길에서도 이 길을 걸었대요. 왕복이 열두 시간이나 걸렸지요. 눈사태로 목숨을 잃은 사람도 많았다는군요."

그는 천천히 몸을 일으키며 얼굴을 찡그렸다. 발에 물집이 잡히기 시작한 것이다.

"출발할까요?"

"네."

그는 올라가는 길에서 사람들을 스쳐 지나간 듯한 기분이 들었지만, 생각에 잠겨 있어서 확신할 수 없었다. 그는 조안이 자기는 혼자 걷는 것을 더 좋아한다고 말할 때, 그리고 심지어는 들판에서 혼자 명상하기 위해 자신을 고립시킬 때 그녀가 무슨 말을 하려 하는지 이해할 수 있을 것 같았다. 사람은 자기 안으로 깊이 잠기게 되고, 주변에서 일어나는 일을 더 이상 제대로 인식하지 못하게 된다. 육체적 노력은 정신을 완전히 해방시킨다. 생각들이 소용돌이치며 이어지지만, 그 소용돌이는 차분하고 평온하다. 어떤 순간에는 자신이 생각하고 있다는 사실조차 거의 의식하지 못한다. 기억들이 아주 천천히 떠오르고, 고통스러운 감정을 불러일으키지 않은 채 다가온다. 우리는 그 기억들을 약간 거리를 두고 다정하게 바라본다.

그 전화가 다시 생각났다. 바로 그 밤중의 전화, 로라에게 걸었던 그 전화였다. 로라는 막 어머니 집에 도착한 참이었고, 그들의 아파트에서 아직 짐을 옮기지 않은 상태였다. 그가 전화를 건 시각은 새벽 두 시였다. 그녀는 짜증이 난 듯했지만, 예의를 지키려 애쓰고 있었다.

"무슨 일이야?"

그녀는 친절하게도 "또"라는 말을 덧붙이지 않았다. 왜 그가 전화를 걸었던 걸까? 왜 그녀를 좀 내버려 두지 않는 걸까? 그는 설명을 원했다. 그런데 동시에 그녀의 설명은 원하지 않았다. 그는 그녀의 설명을 귀담아들으려 하지 않았다. 그는 그녀가 피임약을 복용했다는 이유로 그녀를 거짓말쟁이라고, 아니 더 정확히 말하면 '더러운 거짓말쟁이'라고까지 불렀다. 결국 그녀는 폭발했다.

"아기, 아기, 넌 항상 모든 걸 아기 탓으로 돌려! 맞아, 내가 원했고, 넌 아니었어. 맞아, 타이밍이 맞지 않았지. 하지만 그게 전부가 아니잖아, 에밀!"

그는 그녀의 목덜미를 움켜잡았다.

"아! 그게 전부가 아니라고? 다른 이유가 있었던 거지, 이제 나오네! 누군가 다른 사람이 있었던 거야! 분명 누군가 다른 사람이 있었어. 난 확신해!"

오랜 침묵이 이어졌고, 그녀는 더 이상 아무렇지도 않다는 듯, 완전히 차분하고 담담한 목소리로 말했다.

"망한 건 아기 계획만이 아니야. 문제는 너라는 사람 전체야!"

"아, 지금 너 기분 나쁘게 굴 거야?"

"아니, 그런데 너 자신을 좀 봐, 에밀. 너 지금 여기 있어, 여전히 여기 있어. 넌 단 한 발자국도 앞으로 나가지 않아. 대학 때처럼 모든 걸 가볍게만 받아들여. 한 치도 움직이지 않았어. 넌 모든 일이 저절로 이루어지기를 기다리고 있어. 성장하고 싶어 하지도, 발전하고 싶어 하지도 않아. 넌 작은 것에만 만족하며 살아. 너의 그 소소한 삶, 르노, 그리고 친구들….”

그는 수화기 너머로 소리쳤다.

“그럼 그렇게 말하는 너는 나보다 나아? 기껏해야 너의 그 시시한 여자친구들이랑 파티나 하고 수다나 떨면서 말야!”

하지만 그녀는 그의 말에 전혀 귀 기울이지 않고 계속 말했다.

“내 친구 덕분에 그 일을 얻지 못했으면, 넌 여전히 하늘에서 직장이 떨어지기만 기다리고 있을 거야!”

“정말 기발한 생각이군! 그 쓰레기 같은 스타트업에서 하는 쓰레기 같은 일!”

“맞아! 바로 그거야! 쓰레기 같은 스타트업에서 하는 쓰레기 같은 일! 쓰레기 같은 인생에 만족하며 사는 쓰레기 같은 남자에게 맞는 일이지!”

그는 질식할 것만 같아 있는 힘껏 소리쳤다.

“꺼져버려!”

“그래, 네 말이 맞아! 이게 바로 너잖아! 너는 일을 지겨워하면서도 그냥 직장에 붙어 있을 뿐… 바꿀 생각은 전혀 안 하지. 눈앞밖에 못 보면서 네 작은 인생에 만족하는 거야!”

그는 그녀를 모욕하지 않기 위해 전화를 그냥 끊어버렸다. 그 뒤 그녀는 더 이상 설명할 필요가 없다고 선언했다. 설명은 이미 충분히 했다. 그는 그녀를 단 한 번만 다시 보았는데, 이사하는 날, 그녀가 미용실에 가기 직전이었다. 그녀는 그를 떠나자 오히려 홀가분해 하는 듯 보였다.

"저게 천문대에요?"

"뭐라고요?"

조안의 숨 가쁜 작은 목소리가 다시 한번 물었다.

"저게 천문대냐구요?"

그녀가 위쪽에 보이는 철골 구조물을 손가락으로 가리켰다.

"음, 그런 거 같네요."

그는 그녀가 따라잡을 시간을 주었다. 그녀는 거친 숨을 몰아쉬고 있었지만, 등에 커다란 배낭을 메고 있음에도 불구하고 잘 버티고 있었다.

"당신 말이 맞아요, 혼자 걷는 것도 괜찮네요."

그는 그녀가 가까이 다가오자 이렇게 털어놓았다.

"네."

"이게… 이렇게 걷다 보니 많은 것이 떠오르네요."

그는 그녀도 같은 걸 느끼는지, 그녀도 걷는 동안 레옹의 목소리를 듣는지 궁금했다. 그는 그녀가 고개를 끄덕이며 얼굴을 들어 올리는 걸 보았다. 그녀가 이상한 문장을 이상한 목소리로 읊조렸다.

"진정한 발견의 여행은 새로운 풍경을 찾는 데 있는 게 아니라 새로운 눈을 갖는 데 있다."

그는 자기가 조금 바보가 된 것 같은 느낌이 들어서 눈살을 찌푸렸다.

"뭐라고요?"

그녀는 이마까지 내려온 모자를 들어 올렸다.

“프루스트가 한 말이에요.”

그는 자기가 바보처럼 느껴졌다. 그녀는 자신보다 훨씬 책을 많이 읽는 게 분명하다.

“다시 말해줄까요?”

그녀의 입술에 옅은 미소가 스쳤다. 그는 고개를 끄덕였다.

“말해봐요….”

“진정한 발견의 여행은 새로운 풍경을 찾는 데 있는 게 아니라, 새로운 눈을 갖는 데 있다.”

“그 말은, 그러니까…?”

그는 망설였다. 또다시 바보 같아 보일까 봐 두려웠던 것이다.

“이건 우리가 하는 이 여행, 당신과 내가 하는 이 여정은 무엇보다도 내면의 여행이라는 뜻이에요… 자기 성찰이라는 거죠.”

이제 그녀는 똑바로 앞만 바라보며 힘차게 걸음을 내디뎠다.

그가 짧게 대답했다.

“그래요.”

그는 입 안이 조금 말랐다.

“세상을 새로운 시선으로 보기 위해서?”

그는 그녀가 맞장구쳐주기를 원했다. 그러나 그녀는 무표정한 얼굴로 이렇게 말했다.

“당신이 말했듯이, 많은 것들이 떠오르지만, 지금은 그것들을 새로운 눈으로 다르게 보게 되지요.”

그녀는 방금 그에게 자신의 속마음을 털어놓은 참이었다. 그녀는 왜 그가 걷는지 알고 있었고, 자신도 같은 이유로 걷고 있었다. 그녀는 답을, 설명을 찾으러 온 것이었다. 아마도 레옹과 관련된 일이었을 것이다. 그녀는 새로운 시각으로 그에게 돌아가기를 바라고 있었다. 그녀는 방금 그 점을 은연중에 그에게 고백한 것이었다… 적어도 그는 그렇게 믿었다….

그녀는 다시 그를 향해 돌아섰다. 가파른 산길을 걸어오느라 힘들어서 가쁜 숨을 거칠게 몰아쉬고 있었다. 모자가 이마까지 내려와 있어서 그의 눈에는 그녀의 얼굴 아랫부분만 보였다.

"내가 정말 좋아하는 또 다른 문장이 있어요."

그는 얘기를 계속하라며 고개를 끄덕였다.

"가장 위대한 여행자는 단 한 번이라도 자기 자신을 돌아볼 줄 알았던 사람이다. 공자가 하신 말씀이에요."

그는 그녀의 입가에 미소가 살짝 번지는 것을 보았다. 세상에, 그는 그녀의 미소를 사흘 동안 벌써 세 번째 보는 것이었다! 그는 레옹이 어떻게 이 이상한 여성에게 완전히 사로잡혔는지를 처음으로 이해할 수 있을 것만 같았다. 그는 그 이유를 어렴풋이 알아챈 듯, 손끝에 닿을 듯도 했지만, 그것은 여전히 부서지기 쉽고 덧없었다. 여전히 흐릿했다. 그녀는 모자를 바로잡으며, 장난기 어린 듯한 어조로 덧붙였다.

"이게 당신이 쓰는 노트의 첫 문장이 될 수도 있을 것 같아요."

그는 그녀에게 살짝 다정함을 담아 미소 짓지 않을 수 없었다.

"당신 말이 맞아요. 정말 멋진 첫 문장이 될 겁니다."

숨이 멎을 듯한 절경이 펼쳐져 있었다. 그들은 마침내 각자의 생각에서 깨어나지 않을 수 없었다. 에밀은 안내서를 손에 든 채 저 멀리 보이는 네우비엘 봉, 몇 분 전 지나온 생쿠르 고개, 아래쪽에 짙푸른 빛을 띤 옹세 호수를 조안에게 가리켜 보였다. 얼마 지나지 않아 그들은 오래된 큰 돌집에 도착했다. 붉은 갈색 덧칠을 한 덧문과 둥글고 특이한 지붕을 가진 집이었다.

표지판에는 〈라케 숙박소〉라고 쓰여 있었다. 한 커플이 그들 가까이에 멈춰 서더니 남자가 여자에게 설명했다.

"저거 말야, 예전에 천문대를 세우려고 건축자재를 나르던 노동자들이 오가면서 머물던 피난처였어."

"하지만 지금은 버려지지 않았어?"

"그래. 2000년대부터야. 케이블카가 설치되고 나서 이 길은 버려졌거든. 산장은 문을 닫았지. 하지만 지금은 복원 계획이 진행 중이야. 다시 살려낼 거라더군."

"아!"

그 커플은 등산 지팡이가 땅을 두드리는 소리에 맞춰 천천히 다시 길을 떠났다. 조안이 눈을 가늘게 떴다.

에밀이 물었다.

"출발할까요? 이제 정상까지는 400미터밖에 안 남았으니 곧 도착할 거에요."

그러나 조안은 움직이지 않았다. 그녀는 버려진 건물을 향해 몇 걸음 옮겼다.

"문이 열려 있는 것 같아요."

그녀의 호기심이 발동한 것이다. 에밀도 눈을 가늘게 뜨며 그녀를 따라갔다. 과연, 문은 반쯤 열려 있었고, 잔가지들이 바람에 날려 그 안으로 쏟아져 들어왔다.

"혹시 당신, 우리가…."

그가 말을 끝내기도 전에 조안은 이미 문을 밀었고, 문은 쉽게 열렸다. 그녀는 문틈 사이로 고개를 들이밀더니 안으로 몸을 집어넣었다. 에밀도 그녀 뒤를 따라 들어갔다. 그가 처음으로 느낀 것은 서늘한 공기와 희미하게 배어 있는 곰팡이와 먼지 냄새였다. 이윽고 그는 어둑어둑한 공간 속에서 자신을 둘러싼 사물을 구분하기 시작했다. 그들 앞에는 여전히 아이스크림 가격표가 놓여 있는 계산대가 서 있었다. 벽은 페인트가 벗겨져 있었고, 바닥은 부스러진 돌조각들로 뒤덮여있었다. 하지만 등산객들은 아직도 가끔 이곳에 들르는 듯했다. 다른 방으로 이어지는 발자국 자국들이 남아 있었던 것이다.

"가볼까요?"

조안이 속삭이듯 말했다.

그는 고개를 끄덕였다. 그는 늘 버려진 건물 안에 들어가 보고 싶어 했다. 어린 시절처럼, 흥분과 두려움이 뒤섞인 감정이 배 속 깊은 곳에서 꿈틀거리는 것이 느껴졌다. 그들의 발밑에서 잔해들이 바스락거렸다. 조안은 낡은 접수대 끝에 있는 나무 계단에 발을 올렸다.

"위층부터 둘러볼까요?"

그녀는 한 계단, 그리고 또 한 계단을 올라갔다. 나무가 삐걱거렸지만, 그 소리는 그리 위협적으로 들리진 않았다.

"아마 객실이었겠지."

그는 그녀를 따라 계단을 올라갔다. 두 사람은 곧 어둡고 조금은 불길하게 느껴지는 긴 복도에 다다랐다. 양쪽 벽을 따라 닫힌 문들이 줄지어 나타났다. 조안이 그중 하나를 밀었다. 이곳에서도 역시 퀴퀴하고 습한 냄새가 났다. 그곳은 예전의 침실, 아니 도미토리였다. 약간 녹이 슨 침대의 철제 프레임이 아직도 남아 있었다. 그중 하나 위에는 누렇게 변색된 매트리스가 덩그러니 놓여 있었고, 창가에는 오래된 베

개 하나와 함께 마치 누군가 마시고 방금 떠난 듯 적포도주 병 한 개
가 버려져 있었다.

"사람들이 아직도 가끔 이곳에 오는 것 같아요…."

"그런 것 같네요."

"여기서 하룻밤 보낼 수도 있겠어요."

하지만 조안은 그다지 내켜 하지 않는 듯 했다.

"음… 난 잘 모르겠어요."

그들은 다른 방도 둘러보았는데, 모두 낡고 허물어진 도미토리였
다. 그중 한 방에는 오래된 등산화 한 짝이 버려져 있었다. 남아 있는
몇 개의 매트리스에서는 눅눅한 냄새가 났다. 그들은 다시 아래층으
로 내려왔다. 옛 주방에는 세월의 흔적을 견딘 가스레인지가 남아 있
었고, 오븐은 활짝 열려 있었다. 가스버너 하나가 조리대 위에 버려져
있었으며, 삐걱거리는 탁자 위에는 낡은 냄비와 포크 몇 개가 그대로
놓여 있었다. 이윽고 두 사람은 카운터 옆 홀로 되돌아왔다. 조안이 코
를 살짝 찡그렸다.

"난 차라리 바깥에서 텐트 치고 자는 게 더 좋아요."

그녀는 뭔가가 마음에 들지 않을 때면 늘 이렇게 코를 찡그리곤 했다.

"알았어요. 괜찮아요."

밖으로 나서자, 눈부신 햇살과 뜨거운 열기가 두 사람을 덮쳤다.

"자, 거의 다 왔어요."

그들은 길을 다시 떠났다. 정상은 가까워 보였지만 결코 도달하지
못할 것처럼 느껴졌다. 라케 고개는 그들에게 평야와 타르브 시가 내
려다보이는 장대한 풍경을 선사했다. 그러나 길은 그곳에서 끝이 났
다. 그들은 자갈밭을 지나 계속 올라가야 했다. 이쪽에서는 천문대가

가끔 잠깐씩만 모습을 드러낼 뿐 거의 보이지 않았다. 그들은 예전 운반용 승강기의 철로를 마주쳤고, 때로는 그것을 넘어가야 했다. 경사는 힘했다. 조안은 숨을 고르기 위해 여러 번 멈춰 서야 했지만, 불평을 늘어놓지는 않았다. 아니, 아무 말도 하지 않았다.

마침내 그들은 콘크리트로 된 평평한 광장에 발을 디뎠다. 그들 앞에는 둥근 돔을 가진 천문대가 서 있었다. 그들은 혼자가 아니었다. 전혀 아니었다. 그곳은 사람들로 붐볐다. 수백 명의 등산객들이 식당 테라스에 앉아 있거나, 전망 안내판 주위에 서 있거나, 난간에 기대어 산봉우리를 사진으로 찍고 있었다. 또 다른 무리들이 케이블카에서 쏟아져 나오듯 계속 올라왔다. 표지판은 천문대와 돔, 박물관, 호텔, 방송국을 가리키고 있었다. 에밀은 이 모든 움직임과 인파에 약간 어지럼증을 느꼈다.

그는 조안에게 물었다.

"이런 데 구경하고 싶어요?"

그녀가 고개를 젓는 것을 보고 그는 안도했다.

"아뇨. 우린 그냥 풍경만 보며 즐기면 될 것 같아요."

그들은 난간 쪽으로 다가갔다. 에밀은 가이드북을 꺼내 눈 앞에 펼쳐진 여러 봉우리의 이름을 확인하려 했다. 여기저기서 단편적인 말들이 들려왔다.

"…유럽에서 가장 높은 천문대야."

"우린 지금 해발 2,877미터에 서 있는 거야…."

"저기 보이는 게 페르뒤 산이야."

그들은 눈앞의 풍경에 완전히 빠져들었다. 그들은 천문대 주위를 천천히 돌며 이 거대한 파노라마의 모든 조각을 마음속에 새겼다. 그들은 더 이상 한 걸음도 움직일 수 없을 정도로 피곤했다. 그들은 결국 바이오 테라스 바닥에 그대로 앉아 네우비엘 봉우리를 마주 보았다.

"이제 내려가야겠어요… 여기서 밤을 보낼 순 없으니까… 곧 테라스를 닫을 거예요."

그들이 그곳에 오른 지 거의 한 시간이 지났다. 해가 서서히 저물어 가고 있었다. 관광객들의 소리가 점점 멀어지고 희미해졌다. 이제는 정말 밤을 보내기 위해 야영지를 마련해야 했다. 하지만 두 사람 모두 일어설 힘조차 나지 않았다.

"배낭 들어줄까요?"

조안은 고개를 저었다. 에밀은 용기를 내어 천천히 몸을 일으켰다. 얼굴에는 힘들어서 일그러진 표정이 떠올랐다. 그의 온몸이 비명을 지르는 듯했다.

조안이 그가 일어서는 모습을 보며 물었다.

"조금 내려가서 잘까요?"

"그래요… 평평한 곳을 찾아서 텐트를 칩시다."

그는 손을 내밀어 그녀가 일어설 수 있도록 도와주었다. 조안은 한숨을 내쉬며 순순히 일어났다.

"돌로 된 오두막 폐허가 있었잖아요… 기억나요?"

그녀가 고개를 끄덕이며 대답했다.

"네. 우리가 물 마시려고 멈췄던 곳요?"

"거기서 자면 좋을 것 같아요. 텐트 치기도 좋고."

"폐허 한가운데서요?"

"응… 거긴 바람도 막아줬잖아요."

그는 잠시 생각하며 그 폐허까지 얼마나 걸었는지를 떠올리려 했다.

"여기서 한 시간은 더 걸릴 거예요. 아마 거의 두 시간쯤 걸릴 것 같은데?"

"아, 네⋯."

"당신, 아직 조금이라도 힘이 남아 있다면, 한번 가보자구요."

그녀는 잠시 망설였다. 하지만 사실 그 산속에 외로이 서 있던 그 폐허는 정말 아름다웠다.

에밀이 갑자기 기운을 내며 말했다.

"있잖아요, 갑시다. 버려진 숙소에서 물병 채우고, 말린 살구 몇 개 먹어요. 그럼 힘이 좀 날 거예요. 그걸로 폐허까지 갈 수 있을 겁니다."

조안은 웃지는 않았지만, 행복해 보였다. 그녀가 고개를 끄덕이며 발걸음을 조금 더 빠르게 옮기는 모습만 봐도 그걸 알 수 있었다.

그들은 빠르게 라케 숙소에 도착했다. 다행히도 수도 시설이 아직 작동하고 있어, 물병을 채울 수 있었다. 그들은 숙소 현관에서 앉지 않고, 쓰러질까 봐 두려워하며 말린 살구를 먹었다.

해가 지면서, 그들은 점점 발걸음을 재촉했다. 이제 마주치는 사람도 거의 없었다. 늦은 시간이라, 경험 많은 등산객들에게조차 힘든 시간이었기 때문이다. 팔다리는 무거워지고, 정신은 점점 더 흐려졌다.

"로라가 뭐라고 말했어?"

르노는 걱정스러운 표정을 지었다. 에밀은 낮에 일을 하다가 그에게 전화를 걸어 이렇게 말했다.

"로라가 날 떠나."

르노는 최대한 빨리 언어치료사 사무실을 나서 로라와 에밀의 집으로 달려갔다. 에밀이 문을 열었다. 눈이 붉게 충혈된 채 멍한 표정을 짓고 있었다. 르노가 물었다.

"로라, 여기 있어?"

에밀은 고개를 저었다.

"아니, 자기 어머니 집으로 갔어."

르노는 로라가 이미 일주일 전에 떠났다는 사실을 모르고 있었다. 하지만 에밀은 아무에게도 그 사실을 말할 용기가 없었다. 그는 그저 죽은 사람처럼 가만히 있으면서, 무언가 일이 일어나기를 기다렸을 뿐이었다.

르노는 에밀이 대답하기 전까지 여러 번 반복해서 물었다.

"로라가 뭐라고 말했어?"

두 사람은 거실 소파에 앉았다. 에밀은 바로 대답할 수 없었다. 아기 이야기를 꺼내고 싶지 않았기 때문이다. 그는 르노에게 자신이 그 문제를 가볍게 여기고, 로라와 그녀의 요청을 무시하며 모든 것을 망쳤다는 사실을 인정하고 싶지 않았다. 그는 너무 늦게 깨달았고, 그녀를 잃을지도 모른다는 순간에야 정신이 들었음을 고백하고 싶지 않았다. 자신이 최악의 무례한 남자였음을 인정하고 싶지 않았다.

"이해가 안 돼… 너희 두 사람, 잘 지냈잖아…."

르노는 다정하게 말하려고 애썼고, 에밀은 한 문장을 만들어보려고 애썼다.

"그녀가… 말하길… 우리 이제 서로 맞지 않는대."

르노가 눈살을 찌푸렸다.

"서로 맞지 않는다…고?"

“응.”

“맞지 않는다고 느낀 건 로라야?”

“그런 것 같아. 그녀가 말하길, 내가 지난 수년 동안 변하지 않았다는 거야.”

침묵이 흘렀다. 르노가 안타까운 표정을 지었다. 그는 생각에 잠긴 듯 말문을 찾다가 마치 어린아이를 상대하듯 천천히 말했다.

“그건… 끔찍한 일이지만… 그런 일도 있어날 수 있는 거지… 너희는 어릴 때 만났잖아. 아직 학생이었을 때….”

“너랑 라에시시아처럼….”

르노는 에밀이 마지막으로 한 말은 무시했다.

“아주 어릴 때 알게 된 연인들이 다른 방향으로 변해 가는 경우는 흔하잖아.”

에밀이 덧붙였다.

“너랑 라에시시아도 어릴 때 만났지… 그런데도 그녀는 여전히 네 곁에 있고 너희는 행복해.”

르노가 슬픈 표정으로 이렇게 말했다.

“그건 좀 달라….”

에밀은 조금 화가 났다.

“어떻게 달라?”

“그건….”

르노가 자신의 말을 꺼내기까지 한참이나 시간이 걸렸다.

“라에시시아는… 어떻게 말해야 하지?… 만족시키기 쉬워. 행복해지기 위해 많은 조건이 필요하지 않아. 안정과 단순함만으로도 충분하지.”

에밀이 눈살을 찌푸렸다.

"이해가 안 돼."

"로라는 원래 그랬어. 그녀는 늘 불같은 성격이었어. 가만히 있질 못하고 충동적인 면이 있어. 늘 더 많은 것을 원하고, 변화와 새로움을 갈구하지."

"그리고…?"

"그리고 로라는 라에시시아처럼 조용하고 안정된 관계에는 만족하지 못했을 거야."

그것은 고통스러운 대화였다. 에밀은 자신의 감정이나 약한 모습을 드러내지 않으려 애썼고, 르노 역시 그만큼이나 침울해 보였다.

"무슨 뜻이야? 내가 그녀를 만족시킬 수 없었다는 거야?"

"아냐… 그게 네 잘못은 아니야, 친구. 너는 정말 잘했을 거야. 다만… 네가 아니었어도 결과는 같았을 거야. 그녀는 금세 지루해하고, 안정된 삶을 견디지 못하는 그런 여자야."

무겁고 길게 침묵이 흘렀다. 에밀이 떨리는 목소리로 말했다. 르노는 모른 척했다.

"한동안은 그녀도 조용한 걸 좋아했어. 아파트에서의 소소한 일상도 마음에 들어 했다고."

"그래… 한동안은 그랬지."

그들은 소리를 꺼둔 채 텔레비전 화면을 바라보았다. 햄 광고가 방송되고 있었다.

"너는 그렇게 될 수밖에 없었다고 생각해? 결국엔 그녀가 폭발하고 떠날 운명이었던 걸까?"

"글쎄… 잘 모르겠어…."

르노는 그를 바라보며 진심과 존경이 섞인 눈빛으로 말했다.

"나는 그런 여자와는 절대 사귀지 못했을 거야. 라에시시아 같은 사람이 좋지. 그녀와 있으면 마음이 편안하거든. 하지만 로라 같은 여자는… 너무 무서워. 그녀 앞에서는 자신감을 잃을 것 같아."

에밀은 침을 삼켰다.

"그래…."

그는 그 한마디 외에는 아무 말도 할 수 없었다.

폐허가 눈앞에 보였다. 조안은 거의 뛰다시피 했다. 그녀는 돌무더기 앞에서 배낭을 집어 던지더니 무릎을 손을 짚은 채 숨을 고르며 몸을 숙였다.

에밀은 그들이 결코 도착하지 못할 거라고 생각했었다. 그들 앞으로 해가 천천히 저물어 가고 있었다. 완전히 어두워지기까지는 아직 한 시간쯤 남았지만, 하늘은 이미 주황빛과 장밋빛으로 물들기 시작했다. 옛 돌벽은 황금빛으로 빛나고 있었다. 숨이 멎을 만큼 아름다웠다. 밤을 나기 위해 모여서 서로 꼭 붙어 풀밭 위에 둥글게 누워 있는 소들이 멀리 보였다.

조안은 폐허를 한 바퀴 돌아 폐허가 된 오두막 안으로 들어갔다. 지붕은 사라졌지만, 벽은 아직 버티고 있었다. 그러나 군데군데 완전히 무너진 곳도 있었다. 문과 창문은 이제 단지 커다란 구멍에 지나지 않았다. 평평하게 굳은 콘크리트 바닥은 텐트를 치기에 딱 알맞았다.

그들은 지붕이 없는 오래된 오두막 한가운데의 폐허 속에서 서로를 마주 보고 섰다. 두 사람의 얼굴에는 똑같은 황홀함이 가득했다.

"여기 괜찮지 않아요?"

조안이 고개를 끄덕였다. 몇 초간의 침묵이 흘렀다. 그들은 경이로운 눈빛으로 말없이 주변 풍경을 바라보았다.

"버너 꺼내야겠는데요….."

"예. 불은 내가 피울게요."

에밀은 몹시 피곤하고 배도 고팠다. 하지만, 이상하게도 그는 한 번도 체험해보지 못한 충만함을 느꼈다. 주위는 완전한 침묵에 잠겨 있었다. 그는 모닥불을 피우기 위해 잔가지와 작은 자갈들을 주워 모았다. 멀리서 조안이 버너 주변에서 분주히 움직이고 있었고, 새로 산 냄비는 위태롭게 균형을 잡고 있었다. 조안은 모자를 벗었고, 그녀의 밤색 머리칼은 저무는 햇살에 물들어 붉은빛이 도는 갈색으로 변해갔다. 멀리서 그녀는 꼭 거의 분홍빛이 감도는 붉은 머리처럼 보였다.

에밀은 티셔츠 자락을 걷어 올려 그 안에 자갈과 나뭇가지를 담았다. 그런 다음 그는 그것들이 쏟아지지 않도록 천천히 걸음을 옮겨 폐허로 향했다.

이번에는 그가 클로에와 함께 개울가에서 불을 붙이려 애썼던 그날 밤보다 불이 훨씬 쉽게 붙었다.

그가 조안에게 물었다.

"뭐 만들고 있어요?"

그녀가 대답했다.

"파스타요."

그는 불 옆에 커다란 납작한 돌 두 개를 가져다 놓아, 그것들을 의자처럼 만들었다. 조안은 그 위에 앉았다. 그녀는 무릎 위에 빵을 올려놓고 자르기 시작했다. 에밀은 치즈를 챙겼다.

그들은 파스타가 다 익기도 전에 먼 풍경을 바라보며 빵과 치즈를 천천히 먹기 시작했다. 두 사람은 아무 말도 하지 않았다. 그러다가 냄비가 바닥에 닿으며 "쨍" 소리를 내자 에밀은 소스라치게 놀라며 말했다.

"파스타가 다 됐어요."

그들은 플라스틱 식기에 담긴 음식을 먹었다. 해가 완전히 넘어갔다. 하늘에는 별들이 하나둘 빛나기 시작했다. 조안은 식기를 내려놓고 일어나 침낭을 가지러 갔다. 그리고 바닥에 자리를 잡았다. 노트와 펜 하나를 함께 들고 온 그녀는 다리를 꼬고 앉아 그에게 등을 돌린 채 산을 마주 보았다. 그녀는 생각에 잠긴 듯했지만, 가끔 몸을 앞으로 숙여 노트에 몇 마디를 적기도 했다.

에밀도 일어나 자신의 커다란 배낭에서 침낭을 꺼냈다.

"우리… 텐트는 안 치는 거예요?"

조안이 돌아서며 어깨를 으쓱했다.

"별 아래서 자도 괜찮잖아요? 하늘이 맑으니까."

"그래요."

그는 침낭 위에 누워, 두 손으로 머리 뒤에 깍지를 낀 채 하늘의 별들을 바라보았다. 불이 바스락거리며 타올랐다. 졸음이 밀려왔다. 그는 오늘 하루를 떠올렸다. 꼭 몇천 년 전부터 이어져 온 하루처럼 느껴지는 날이었다. 스포츠용품점, 노트, 짐을 꾸리던 일, 산을 오르던 일, 오래된 산장, 천문대의 돔….

그는 오늘 떠올랐던 기억들을 되짚었다. 조안이 인용했던 문장들도. 그리고 마지막으로 떠올랐던 기억… 르노와 함께 소파에 앉아, 텔레비전 소리를 줄여둔 채 나누었던 대화. 왜 그 장면이 떠올랐는지는 몰랐다. 그건 아주 평범한 장면이었다. 실연당한 친구를 위로하려던 가장 친한 친구, 그런 순간마다 서로에게 건넸던 상투적인 말들.

"그럴 수도 있지, 알잖아…."

"너 때문에 그런 게 아냐, 친구. 넌 잘했을 거야."

그날 밤, 그는 르노의 말을 제대로 귀 기울여 듣지 않았다. 반쯤은 흘려들었고, 르노의 말 속에 담긴 의미를 온전히 이해하지도 못했다.

"로라는 원래 그런 애잖아. 불같은 성격이야. 가만히 있질 못해."

그는 그 말을 단지 위로의 말, 르노가 자신을 이 이별의 책임에서 조금이나마 벗어나게 해주려는 시도로만 받아들였다. 고통을 조금이라도 덜어주려는 말이라고 생각했다.

"라에시시아는… 뭐랄까… 더 단순하다고 해야 하나… 행복해지기 위해 천 가지가 필요한 사람은 아니지."

르노의 말은 사실이었다. 로라는 충동적인 사람이었다. 뭐든 금세 싫증을 냈다. 언제나 소용돌이 같은 존재였다. 학창 시절엔 자주 밖에 나돌았고, 즉흥적으로 여행을 떠나곤 했다. 졸업 후에는 죽어라 일만 했다. 몇 달 동안 그녀는 열정적이었지만, 그 이상은 아니었다. 그러고 나서 그녀는 둘이 함께 살아야 한다는 생각에 사로잡혔다. 집을 알아보고, 인테리어 스타일을 고르고, 가구를 배치하는 데 온 힘을 쏟았다. 그때쯤 그녀는 더 이상 밖에 나가지 않았고, 사회생활을 접은 채 그들의 관계에만 몰두했다. 그 시기에 에밀은 그녀가 자신에게 완전히 마음을 주었다고 생각했다. 그녀는 그가 늦게 돌아오면 걱정했고, 친구들과 나가면 토라졌으며, 끊임없이 사랑을 요구했다. 그러다… 모든 것이 조금씩 식어갔다. 그녀의 두 친구가 임신을 하면서, 로라는 에밀에게 아기에 대한 이야기를 꺼내기 시작했다. 그녀는 언제나 더 많은 것, 새로운 것, 변화와 자극을 원했다.

르노의 말은 어쩌면 그가 상상한 것 이상으로 옳았던 걸까? 에밀은 아기에 관한 일, 로라를 완전히 사로잡았던 그 갑작스럽고 집요한 생각에 대해 아무것도 몰랐다. 처음엔 단순한 변덕이라 여겼다. 그러다 그녀가 떠났고, 에밀은 자신을 탓했다. 그들의 사랑을 망친 게 자신이라고 자책했다. 하지만 그는 로라는 원래 그런 사람이라는 것을 이해하지 못했다. 르노가 말했듯이, 로라는 충동적이고, 끊임없이 변화를 필요로 하는 사람이었다. 그렇다면, 혹시 그가 처음에 틀리지 않았던 걸까? 혹시 아기 이야기가 정말 단순한 변덕이었던 걸까? 아니면 그저 자기 인생에 변화를 주기 위한 일시적인 열망이었을까? "너든, 다른 누구든 상관없어… 그녀는 금세 지루해하는 여자야. 안정된 걸 견디지 못하지…."

어느 날 저녁, 타파스를 먹던 날이었다. 그녀가 불쑥 그 이야기를 꺼냈다. 하지만 그는 그 화제를 피했다. 어리석고 미숙했다. 그는 아직 그 문제를 진지하게 이야기할 준비가 되어 있지 않았다. 그렇다고 해서 잘못이 그에게만 있었던 건 아니다. 그녀도 잘못을 저질렀다. 그는 사소한 것에 만족하는 사람이 아니었다. 그는 자신의 존재, 그들의 보금자리, 둘만의 시간, 친구들… 이 모든 것이 '아무것도 아닌 것'이라고는 전혀 느끼지 않았다. 그것들이 아무것도 아니라고 생각한 건 오히려 그녀였다.

그는 여전히 침낭에 누워 있었다. 얼굴은 별이 빛나는 하늘을 향해 있었다. 그리고 그는 무언가가 자신 안에서 풀려나간 듯한 감각을, 어깨가 조금 가벼워지고, 심장이 더 빨리 뛰는 것을 느꼈다. 마치 1년 동안 자신을 옥죄고 있던 무언가로부터 막 해방된 사람처럼 말이다.

조안의 말이 옳았다. 기억들이 다시 떠오르지만, 이곳에서는 그것들을 전과는 다르게 새로운 눈으로 바라보게 된다.

그는 모든 잘못의 원인이 자신이라고 생각했었다. 아기 이야기를 몇 달 미루었으니 이별의 책임이 전부 자신에게 있다고 여겼다. 하지만 그는 할 수 있는 만큼 했다. 그녀를 행복하게 하려 애썼다. 하지만... 얼마 동안은 그게 통했지만, 영원히 그럴 수는 없었다. 로라는 채워지지 않는 사람이었다. 그녀가 무엇을 찾고 있었는지, 지금 다른 사람의 품에서 그 답을 찾았는지, 아니면 자신 안에서 찾았는지는 모른다. 하지만 그는 그녀가 그 답을 자신의 내면에서 찾아야 한다고 생각하며 크게 숨을 들이마셨다.

가슴이 규칙적으로 오르내렸다. 그는 오랜 시간 동안 숨을 참았던 사람처럼 탐욕스럽게 공기를 들이마셨다. 신이시여, 이렇게 숨을 쉴 수 있다니 얼마나 좋은가.

결국 그는 운이 좋았다. 로라는 스스로에게서 찾아야 할 것을 그에게서 기대하기보다는 피임약을 계속 먹으면서, 자신이 떠나야 한다는 것을 깨닫고 현명한 결정을 내렸다. 그들은 둘 다 운이 좋았다. 그는 오늘 밤, 돌로 지어진 오두막의 폐허 한가운데에 있다는 사실이 참으로 행운이라고 느꼈다. 그는 이 여행을 하고 있다는 사실이 행운이라고 느꼈다. 어쩌면, 곧 자신이 죽을 거라는 사실을 알고 있다는 것조차도 행운이었다. 그 일이 없었다면 그는 결코 떠날 용기를 내지 못했을 것이다. 자신 안의 깊은 곳으로 여행을 떠나, 세상을 새로운 눈으로 바라볼 시간도 가지지 못했을 것이다.

그는 우주 전체에 대한 충만함과 감사의 감정을 느껴본 적이 결코 없었다. 그렇다, 그는 곧 죽을 것이다. 하지만 지금 오늘 밤, 그는 여기 있고, 많은 것을 깨달았다. 확신할 수는 없지만, 이제 막 자신을 용서한 것 같은 느낌이 들었다.

"조안….”

그는 속삭이듯 조안의 이름을 불렀다. 그의 목소리는 타닥거리는 불소리보다 조금 더 크게 들릴 뿐이었다. 그는 그녀를 놀라게 할까 봐 조심스러웠다. 그녀는 고개를 숙이고 노트를 보며 생각에 몰두한 듯했다. 에밀이 일어나 배낭 쪽으로 가는 것도 눈치채지 못한 것 같았다.

"조안.”

이번에는 조금 더 크게 말했다. 그녀가 천천히 고개를 돌렸다.

"네?”

불빛이 그녀의 얼굴과 머리카락 위에서 춤을 췄다. 그 불빛이 그녀를 약간 미친 듯이, 하지만 아름답게 보이게 했다.

"나도 이제 내 노트를 시작하려고 해요.”

그녀는 그의 말을 들으며, 다리를 꼬고 앉아 무릎 위에 노트를 올려놓은 그를 한참 동안 바라보았다. 그리고 얼굴에 옅은 미소를 띠었다. 모자 속 그림자에 가려져 있을 때와는 달리, 지금의 그녀는 한결 밝고 생기가 느껴졌다.

"아… 좋은 소식이네요.”

그는 목을 한 번 가다듬었다. 입을 여는 순간, 그는 자기가 어린아이처럼 말을 하는 것 같은 기분이 들었다.

"그 인용문이 기억이 안 나요… 여행에 관한 거 말예요… 새로운 눈으로 본다는 그거.”

"그걸 당신 노트 맨 앞에 적으려는 거예요?”

그녀는 좀 믿기지 않는 듯 어린아이 같은 표정을 지었다.

"표지에 쓰려고요. 제목처럼."

그녀는 고개를 끄덕였다.

"좋은 생각이네요."

그녀는 천천히 몸을 일으켜 노트를 덮고, 그에게 좀 더 가까이 다가가 앉았다.

"어떤 걸 쓰고 싶어요?"

"두 개 다 다시 말해줄 수 있어요?"

"물론이죠."

그는 오후에 자신이 어느 문장을 더 좋아했는지 기억나지 않았다. 하지만 지금, 불가의 따뜻한 자리에서, 폐허 아래에 앉아 있으니 두 번째 문장이 더 마음에 와닿았다. 조안은 그가 온전히 적을 수 있도록 천천히 그 문장을 다시 말해주었다. 그는 정성스럽게 예쁜 글씨로 써 내려가려 애썼다.

"가장 위대한 여행자는 자기 자신을 한 번 완전히 돌아본 사람이다."

그는 펜을 들어 올렸고, 조안은 조용히 자리를 떠났다.

"고마워요."

그녀는 조금 떨어진 곳에 다시 앉았다. 이번에는 글을 쓰지 않았다. 그녀는 아무 말 없이 얼굴을 들어 하늘을 올려다보았다. 그는 궁금했다. 그녀는 지금 무엇을 하는 걸까? 왜 그렇게 오랫동안 하늘을 바라보는 걸까? 별자리를 찾으려는 걸까? 아니면 별들에게 말을 거는 걸까?

7월 12일, 밤 10시
노새 몰이꾼들의 산길(미디 봉우리), 돌로 지어진 오두막 폐허 아래에서

맑은 밤, 별이 총총한 하늘.

여기, 이 노트의 첫 장을 연다. (조안의 아이디어다...) 솔직히 이런 걸 쓰는 게 아주 내키지는 않지만, 그래도 한 번 시도해 보려 한다. 여자들의 이상한 습관 같긴 하지만 말이다. 아. 왜 여자들은 그렇게 일기를 쓰고 싶어 하는 걸까?

뭐, 인정하자면 내 경우엔 꽤 괜찮은 생각이다. 기억을 남기는 용도이기도 하고, 편지를 대신 쓸 수 있는 노트이기도 하니까. 우리가 앞으로 가게 될 곳들에서는 편지를 부칠 수 없는 날도 많을 테니까. 그래서 시작해 본다.

오늘로 여행을 떠난 지 닷새째 되는 날이다. 이제 겨우 일주일도 안 됐다. 하지만 벌써 시간이 한참 지난 것처럼 느껴진다. 지나간 나흘은 아무 일도 없는 공백처럼 느껴진다. 진짜 여행이 시작되기 전의 준비 시간, 떠나기 전의 숨 고르기 같았다.

하지만 오늘, 마침내 진짜로 시작했다. 우리는 캠핑카를 세워놓고, 배낭을 메고, 길을 나섰다. 드디어 진짜 여행이 시작된 것이다.

오늘은 정말 힘든 하루였다. 단순히 많이 걸어서가 아니다. 너무 많은 생각을 했기 때문이다. 오늘 밤, 내게 놀라운 일이 일어났다. 한 번도 겪어보지 못한 일이다. 로라와 관련된 모든 일에 대해 나는 나 자신을 용서했다. 그것은 마치 작은 해방 같았다. 나는 스스로에게 관대해지는 일이 얼마나 드문 일인지 깨달았다. 나는 오랫동안 그 사실을 잊고 살았다. 사실, 나는 내가 나 자신을 사랑할 수도 있다는 걸 잊고 있었다. 그 생각을 하자 내가 가족과 친구들에게 쓴 편지가 떠올랐다. 내가 왜 이 여행을 떠나는지, 그 이유를 세 가지로 적었었다. 그런데 오늘, 거기에 네 번째 이유를 더할 수 있을 것 같다. 의식하지는 못했지만, 분명 또 하나의 이유였던 것. 바로 정리하기. 내 삶을 돌아보고 정리함으로써, 마지막을 조금 더 평온히 준비하기 위해서.

사람들은 종종, 마지막 순간이 다가올 때 죽어가는 이들이 자신의 삶을 눈앞에서 다시 본다고, 인생의 가장 강렬했던 순간들을 다시 경험한다고 말한다. 그게 정말 사실인지는 모르겠다. 하지만 나는 우리가 모두 떠나기 전에 그런 '되돌아보기'를 해야 한다고, 지난 일들을 다시 바라보되, 더 지혜로워진 눈으로, 세월의 거리를 두고, 이해하고(진정한 의미의 이해로), 용서하고, 또 자신을 용서해야 한다고 믿는다. 나는 아직 길의 시작에 서 있을 뿐이다. 앞으로 가야 할 길은 여전히 멀다. 그래도 나는 언젠가 그 끝에 닿아, 내 삶의 결론을 찾고, 평온히 떠날 수 있기를 바란다.

조안이라면 인용구를 참 좋아하니까 "자기 삶의 결론을 찾는다"라는 표현을 무척 좋아할 것이다. 이 노트의 표지에 적힌 문장도 그녀가 고른 것이다.

이제 여행 닷새째 되는 날인데 벌써 변화가 느껴진다. 나는 이미 세상을 다르게 보고 있고, 새로운 감정들을 경험하고 있다. 충만함, 감사함, 그리고 어떤 내면의 평화. 어쩌면 조안의 존재가 내 신경을 건드리고 있는지도 모르겠다. 아니면, 그녀가 나를 변화하도록 도와주고 있는 것일 수도 있다. 아니면 그냥 내가 스스로 이 길을 가고 있는 걸지도 모른다.

어찌 되었든, 오늘 밤 나는 행복하다. 하늘은 짙은 남빛으로 아름답고, 별들은 반짝이며, 불은 잔잔히 타오른다. 그리고 나는 완벽하게 평온하다.

8

에밀은 자신이 숨 가빠 하는 소리를 듣지 못했다. 너무나 불안해서 아무 소리도 들리지 않았다. 그는 이제 막 눈을 떴다. 아침 햇살이 잠에서 그를 깨웠기 때문이다. 눈앞에는 풀과 돌, 바닥에 깔린 침낭, 그리고 꺼져버린 모닥불의 잔해가 보였다. 그는 옷을 입고 있었다. 하지만 자신이 왜 거기에 있는지, 어떻게 그곳에 오게 되었는지 전혀 이해가 되지 않았다.

그는 머릿속을 더듬어 보았다. 어젯밤 술을 마셨던가? 너무 많이 마셔서 정신을 잃고, 이렇게 아무 데나 와버린 걸까? 하지만 두통도 없고, 메스꺼움도 느껴지지 않는다.

"젠장, 여긴 대체 뭐지?"

그는 주머니를 뒤져 보지만 아무것도 없었다. 지갑도 없고, 휴대전화도 없다. 그는 침착하려 애쓰지만 숨을 고르는 것조차 두렵다. 그는 아무도 없는 곳 한가운데, 연락할 방법조차 없이 완전히 혼자다.

그는 자신이 뭘 했는지, 누가 자신에게 약이라도 먹인 건 아닌지, 왜 혼자인지를 필사적으로 생각한다. 르노는 어디 있지? 만약 정말 미친 짓이라도 했다면, 르노가 곁에 있어야 한다. 헝클어진 머리에 부은 눈을 한 채, 멍한 얼굴로 나타나 이렇게 말해야 한다.

"야, 이게 뭐야? 우리 대체 뭘 한 거야? 너, 나한테 뭐 먹였냐?"

그는 침착하려 애쓰며 앉았다. 다리와 발이 아팠다. "이게 대체 뭐야, 우리가 뭘 한 거야?" 그는 속으로 중얼거렸다. 불가 근처, 몇 걸음 떨어진 곳에 누워 있는 한 사람의 실루엣이 눈에 들어오자 공포가 한층 더 커졌다. 불 옆에 한 여자가 잠들어 있었다. 얼굴은 보이지 않고, 그저 엉클어진 밝은 갈색 머리칼이 사방으로 흩어져 있는 모습만 보였다. '누구지, 이 여자?' 그는 황급히 자신의 옷매무새를 확인했다. 다행히 그는 옷을 입고 있었다. 하지만… 혹시 정말 그녀와 잠자리를 가진 걸까? '이 여자는 어디서 온 거지? 내가 왜 이 여자랑 자고는 산속 한가운데까지 따라온 거야?' 목구멍이 꽉 막히는 느낌이 들었다. 숨이 막힐 것 같았다. '그럼, 로라는? 내가 도대체 무슨 짓을 한 거지? 내가 이 여자와 떠나는 걸 로라가 봤을까? 그녀에게 이 상황을 어떻게 설명해야 하지?'

그때였다. 그는 숨이 막혀 오기 시작했다. 자신의 거친 숨소리조차 들리지 않았다. 그녀는 절대 그를 용서하지 않을 것이다. 그 순간, 마치 얼음물 한 양동이를 머리 위에 뒤집어쓴 듯한 충격이 그를 덮쳤다. 그 순간 그는 더 이상 로라가 곁에 없다는 사실을 깨달았다. 로라는 떠났다. 둘은 더 이상 같은 길 위에 있지 않았다. 아기… 세상에, 그는 미쳐 가고 있었다. 어떻게 그걸 잊을 수 있었을까? 혹시 약 때문에 헛것을 본 걸까?

그로부터 몇 걸음 떨어진 곳에서, 그 여자가 팔꿈치를 짚고 윗몸을 일으켰다. 그의 거친 숨소리에 놀라 잠에서 깬 것이다. 그녀는 걱정스러운 표정을 짓고 있었다. 그는 그녀의 얼굴을 알아보지 못했다. 아니, 어딘가… 어렴풋이 본 적이 있는 것 같았다. 기억의 끈을 더듬었다. 그녀를 본 적이 있다.

"에밀… 괜찮아요?"

그녀의 목소리는 작고 긴장에 차 있었다. 그는 대답하려 했지만, 입을 벌려도 공기만 헐떡이며 들이마실 뿐이었다.

"에밀?"

그녀가 일어섰다.

"에밀…."

조안. 그녀는 조안이었다. 그녀가 다가와 그의 옆에 쭈그려 앉았다. 그는 필사적으로 머릿속의 조각들을 맞추려 애썼다. 병. 진단 결과. 그 게시글. 그리고 출발. 모든 게 번쩍이며 되살아났다. 그는 숨이 막혔다. 어제의 충만함은 온데간데없고, 공포가 그의 몸을 완전히 집어삼켰다.

"괜찮아요? 당신… 혹시 천식 환자예요?"

그제야 그는 자신이 숨을 헐떡이며, 공기를 제대로 들이마시지 못하고, 가슴이 미친 듯이 뛰며, 손이 떨리고 있다는 사실을 알아차렸다. 정말로 숨이 막히는 것 같았다. 하지만 그건 천식이 아니었다. 그저 불안 발작이었다. 그는 고개를 저으며, 끊어진 숨 사이로 말했다.

"괜찮아요… 아무… 일… 아네요…."

조안은 걱정스러운 표정을 짓고 있었다. 그녀는 에밀의 어깨에 손을 얹고, 시선을 떼지 않았다.

"어디… 어디 아파요?"

에밀은 숨이 조금 가라앉기를 기다렸다가, 겨우 쉰 목소리로 대답했다.

"아니… 그냥… 잠시 정신을 잃었어요…."

조안의 얼굴에 한층 짙은 불안이 스쳐 지나갔다. 그는 그녀가 그렇게 불안해하는 걸 보니 마음이 아팠다.

"기억 때문이에요?"

"예."

"그거… 병 때문이죠?"

"예."

그는 천천히 숨을 고르며 가슴의 두근거림이 조금씩 잦아드는 걸 느졌다. 모든 것이 제자리를 찾아가고 있었다. 퍼즐이 다시 맞춰진 듯, 그는 어제의 일들이 떠올랐다. 산길, 밤의 모닥불, 그리고 일기장.

"이런 일이 예전에도 있었어요?"

"예. 하지만 이 정도는 아니었어요."

조안의 얼굴에는 여전히 걱정이 가득했다. 그녀는 눈썹을 찡그린 채 입술을 악물고 있었다.

"나는… 일상에서 작은 걸 잊는 정도였지 심각한 건 아니었어요."

"그럼 이번엔… 어땠는데요?"

"기억이 완전히… 사라졌어요."

조안은 애써 미소를 지으며 그를 안심시키려 했다.

"그건 그냥 아침이라 그래요. 낯선 데서 자면, 잠깐 어디 있는지 헷갈리기도 하잖아요."

하지만 에밀은 단호히 고개를 저었다.

"아니. 이번엔 달랐어요. 그냥 혼란이 아니었어요. 몇 초의 문제도 아니었고."

"그래요?"

그는 천천히 숨을 고르며 심장이 거의 정상적으로 뛰고 있음을 느꼈다.

"아니, 이번엔… 정말로… 내가 1년, 아니 2년 전으로 돌아간 줄 알았어요. 그냥 헷갈린 게 아니라, 정말로 그때라고 믿었어요…."

조안은 고개를 끄덕이며 조심스레 말했다.

"어쩌면 고도 때문일 수도 있어요."

"아니에요."

그의 단호한 말에 조안은 눈을 내리깔았다.

"그래, 당신 말이 맞아요."

그녀 역시 진실을 피하는 성격은 아니었다. 그녀는 잠시 후 덧붙였다.

"그런 일은… 앞으로 더 자주 일어날 수도 있어요. 점점 더 자주… 그러고 나면 매일 같이…"

그가 고개를 끄덕였다.

"미안해요. 내가 이래서 당신이 불안해할 수도 있겠네요…."

그는 그녀의 반응을 살폈지만, 조안의 얼굴에서는 아까의 걱정스러운 표정이 사라지고, 대신 아무렇지 않은 듯한 표정이 자리 잡았다.

"당신이 올린 글에 답장했을 때 이미 그럴 거라고 각오했어요."

"그래요?"

그 말 한마디가, 지난 이틀 동안 간신히 허물었던 벽을 다시 세워 버렸다. 둘 사이에 거리감이 되살아났다. 조안이 자리에서 일어나며 말했다.

"그냥… 만약 또 그런 일이 생기면, 내가 할 수 있는 일이 있으면 좋겠어요."

그는 어깨를 으쓱했다. 그는 지금 자신 역시 완전히 무표정한 표정을 짓고 있다는 사실을 깨닫지 못했다.

"잘 모르겠어요…."

"생각해봐요."

"그래. 알았어요."

"그게 도움이 될지도 몰라요."

"생각해볼게요."

그도 천천히 일어나 조리기 쪽으로 걸어갔다. 날이 완전히 밝았다. 아마 여섯 시나 일곱 시쯤 되었을 것이다.

“나… 차 끓일 건데 마실래요?”

“예, 좋아요. 고마워요.”

그날 아침, 에밀은 오로지 여정에만 집중하려 애썼다. 그는 아침에 깨어난 순간과 그에 이어진 불안 발작을 떠올리고 싶지 않았다. 그들은 미디 봉우리에서 다른 비탈로 내려가 상쿠르 고개를 지나 투르말레 능선을 따라 걷기 시작했다. 아침 이른 시간의 산은 너무도 조용했다. 지나가는 사람은 거의 없었다. 그들은 거의 쉬지도 않았고, 말도 거의 하지 않았다. 조안은 생각에 잠겨 있는 듯했지만, 에밀은 아무 생각도 하지 않으려 애썼다. 불안이 다시 자신을 삼킬까 두려웠다. 그들은 미디 산봉우리에서 바레즈까지 내려가야 했다. 거리는 약 13킬로미터가 조금 넘고 고도차는 1,600미터 정도였다. 오늘은 오르막이 아니었기에 좀 더 수월했다. 그들은 잠시 멈춰 옹세 호수를 바라보며 물을 몇 모금 마신 뒤 다시 산을 내려갔다. 여정의 초반 대부분은 옹세 시내를 따라 걷는 길이었다. 시냇물 덕분에 더위를 조금 덜 느낄 수 있었지만, 길이 시냇물에서 멀어지자 곧 뜨거운 태양과 배고픔이 그들을 덮쳤다. 그들은 걸음을 멈추고 나무 그늘 아래 풀밭 한쪽에 자리를 잡았다. 조안은 휴대용 버너를 꺼냈고, 에밀은 벤치처럼 쓸 수 있는 넓은 나무조각을 찾아 나섰다.

그들은 밥과, 에밀이 가져온 소시지를 먹으며 지나온 길과 앞으로의 여정, 그리고 얼마 남지 않은 물의 양에 대해 이야기했다. 그리고는 출발하기 전에 잠시 낮잠을 자기로 합의했다.

잠시 후 잠에서 깨어난 그들은 다시 길을 나섰지만 이번에는 물을 적극적으로 찾았다. 시냇물의 물을 정화할 수 있는 필터나 정수 알약을 사야 된다는 생각은 하지 못했었다. 클로에는 그것에 대해 말하는 것을 잊었었다. 그래서 그들은 마실 수 있는 물을 간절히 찾아 헤맸다. 에밀의 안내서에는 그들의 길과 무스케르 개울이 만나는 지점, 몇 킬로미터 앞에 샘이 있다고 나와 있었다. 조안은 속도를 따라가기 힘들어했다. 그녀는 간신히 에밀보다 20미터쯤 뒤에서 그를 따라가려고 애썼다.

"확실해요? 내가 배낭 안 들어줘도 괜찮아요?"

"아니, 난 그냥… 목이 마를 뿐이에요."

"내가 배낭을 들어줄 수 있어요. 그게 도움이 될 겁니다."

그녀는 고집스럽게 고개를 저었다. 무스케르 시내와 길이 만나는 지점에 다다르자, 그들은 더 이상 참지 못하고 신발이나 옷이 젖는 것도 신경 쓰지 않은 채 두 발을 물속에 담갔다. 두 사람은 허벅지까지 물에 잠긴 채 그대로 눈을 감고 움직이지 않았다.

"이 물 마시면 안 된다는 거 확실해요?"

"이 물 마시면 위험해요…."

"그럼 마실 수 있는 물이 있는 곳까지 얼마나 남았어요?"

그들은 하산을 시작한 이후로 마을은 물론 집도 한 채 보지 못했다. 그들은 이번에는 정말로 자연 한가운데 완전히 둘만 남겨져 있었다. 에밀은 안내서를 확인했다.

"2킬로 남아 있다고 돼 있어요."

그는 그녀의 얼굴에서 피로함을 읽었다. 그녀는 물속에서 솟아나온 듯한 큰 바위 위에 앉았는데, 완전히 지쳐 보였다.

"조금만 쉬었다 가요."

"그래요. 괜찮아요?"

그는 걱정스러웠다. 그녀가 자기 이마에 손을 얹었기 때문이다.

"어지러워요…."

"더워서 그래요?"

"아뇨, 탈수 현상인 것 같아요."

"그럼 여기 그냥 있어요. 내가 혼자 가서 물통을 채워올 테니까."

조안은 평소처럼 고집을 부렸다.

"그러지 말아요… 잠깐이면 돼요."

그는 물러서지 않았다. 그녀가 쓰러질까 봐 두려웠다.

"시냇가에 남아서 쉬어요. 알았죠? 가방은 당신이 가지고 있어요. 그게 없으면 더 빨리 다녀올 수 있으니까."

그는 그녀가 망설이는 걸 느꼈다. 혹시 자신이 너무 약해 보이는 게 싫은 걸까? 아니면, 그가 길을 가다가 또다시 기억을 잃어버릴까 봐 두려운 걸까?

"내 배낭은 저 나무 아래 둘게요, 알았죠? 한 시간 안에 돌아올게요."

결국 그녀는 그의 말을 따랐다.

"알겠어요."

그는 사실 자신도 점점 기운이 빠져간다는 말을 하지 않았다. 입안이 바짝 말랐고, 혀는 거칠었으며, 아까 나무 뒤에서 용변을 보려 했을 때 그의 소변은 이상하리만큼 짙은 갈색이었다. 그들은 정말로 물을 찾아야만 했다. 안 그러면 절대 바레주에 도착하지 못할 것이다.

어제와는 전혀 다른 이상한 하루였다. 명상과 황홀함은 사라지고, 그 자리를 육체적인 한계와 고통이 대신했다. 그가 신발을 신은 채로 물속에 들어간 실수는 지금 그에게 큰 대가로 돌아오고 있었다. 물집이 하나둘 터지고 발에서 생살이 드러나자 그의 입에서는 끊임없이 신음이 새어 나왔다. 견딜 수 없을 정도로 무더워서 그는 여러 번 나무 그늘 아래에서 잠시 멈춰 서서 눈을 붙이고 싶은 충동을 느꼈다. 하지만 조안이 있었다. 어지럼증에 시달리며 기다리고 있을 그녀를 생각하면 걸음을 멈출 수 없었다.

지금 그가 겪고 있는 것은 아침의 악몽과는 전혀 다른 종류의 악몽이었다. 기억이 끊기지도 않았고, 숨이 막히는 불안감도 없었다. 대신 공황이 시작되었고 완전히 탈진했다. 그곳에는 물이 없었다. 그는 안내서에 적힌 길을 따라갔고, 표시된 장소에 도착했지만 아무것도 찾지 못했다. 혹시 갈림길에서 길을 잘못 든 걸까 생각하며 되돌아갔다. 다른 길을 따라 2킬로미터 넘게 걸었지만 역시 아무것도 없었다. 그는 이곳에서 그대로 죽는 게 아닐까 하는 생각이 들기 시작했다. 이제는 그 자신도 어지러웠고, 눈앞에 하얀 섬광이 번쩍였다. 긴장과 스트레스가 극에 달해 짧고 끊기게 숨을 몰아쉬었다. 그는 조안을 찾아 다시 길을 되짚었다. 처음 발이 헛디뎠을 때는 단순한 실수라 생각했지만, 두 번 넘어지고 세 번 넘어지자 그것이 실신의 전조임을 깨달았다. 무스케르 개울이 다시 나타나자 그는 땅바닥에 털썩 주저앉아 자갈 위에 손을 짚었다. 그리고 물 위로 고개를 숙여 동물처럼 물을 벌컥벌컥 마셨다. 아메바든 뭐든, 그 어떤 것도 신경 쓰지 않았다. 단지 물을 마시고 싶을 뿐이었다. 그리고 물이 이렇게 맛있다는 걸 그제야 깨달았다.

조안은 아까 그 바위 위에 그대로 앉아 있었다. 그는 지친 표정으로 개울가에 우뚝 섰다.

그녀가 말했다.

"길 잃어버린 줄 알았어요. 거의 두 시간이나 지났잖아요."

그는 말을 꺼낼 힘조차 없어 눈을 마주치지 못하고 말했다.

"물을 못 찾았어요. 표시된 물이 있는 곳도 없었어요. 되돌아가 다른 길도 가봤지만, 물은 그 어디에도 없었어요."

그녀는 어깨를 으쓱했다.

"나, 시냇물 마셨어요, 에밀."

그녀는 마치 작은 잘못을 저지른 아이처럼 고백했다. 어깨를 떨군 채 미안한 듯한 목소리였다.

"어쩔 수가 없었어요."

그러자 에밀이 말했다.

"나도 시냇물 마셨어요."

"아!"

그녀가 살짝 미소를 지으며 말했다.

"우리는 참… 신중하지 못했네요…."

"그러게요. 당신이 내 모습을 봤다면… 개울에서 네 발로 기며… 강아지처럼 물을 혀로 핥았지요."

조안은 이상한 작은 소리를 냈다. 그것은 헛기침 같기도 하고, 웃음 같기도 한 소리, 입술을 겨우 넘어오는, 조금 억눌린 웃음이었다. 그녀는 자주 웃지 않는 듯했다. 그는 처음으로 그녀의 웃음소리를 들었다. 그 웃음이 육체적, 정신적 피로 때문임을 알지만, 상관없었다. 그는 그녀의 웃음이 마음에 들었다.

그는 그녀와 함께 깔깔대며 웃었다.

"오늘 밤엔 웃을 일이 적겠지요. 설사랑 싸워야 할 테니까."

"난 안 무서워요."

"다행이다. 나도 안 무서워요… 그래도 예방 차원에서 쌀밥만 먹으면서 식단 조절을 좀 해야겠어요.”

”네… 도움이 될지도 모르겠네요.”

몇 초가 흐르고 나서야 조안이 힘겹게 몸을 일으켰다.

“이제 다시 길을 가야겠지요, 그렇죠?”

“예. 얼마 안 있으면 도착할 겁니다.”

몇 미터쯤 더 가서 그들은 마침내 도로와 문명의 흔적이 보였다. 최소한 자동차 몇 대는 있었다. 해가 천천히 저물어 가고 있었다. 그들은 세 시간 전에 도착했어야 했지만, 물을 찾느라 시간을 허비했다.

조안이 말했다.

“저기, 지붕이 보여요.”

멀리 바레주 마을이 보였다. 그들은 그것을 알리는 표지판을 지나며 확인했다. 그리고 말없이 발걸음을 재촉하며 계속 걸어갔다.

“배고파 죽겠어요.”

“나도 그래요.”

드디어 첫 번째 건물이 나타났다. 투르말레 공동 관리 사무소였다. 돌과 벽돌로 반반 지어진, 조금은 간결한 건물로, 바로 옆에 리프트 승강장이 있었다. 겨울이면 인기 있는 스키장이겠지만, 지금은 텅 비어 있었다. 넓은 주차장에는 트럭 몇 대와 캠핑카 몇 대가 서 있었으나, 인기척은 전혀 없었다.

“중심가까지는 조금 더 가야 할 것 같네요….”

운 좋게도, 몇 미터쯤 더 가자 작은 돌집들이 보였다. 프랑스 스키 학교, 바-레스토랑, 그리고 공중화장실이었다. 문이 열려 있었고, 그들은 그 틈을 타 물통을 채웠다.

“이제 정말 얼마 안 남았을 거에요.”

조금 더 걸으니, 또 다른 돌집이 나타났다. 이번에는 더 전통적인 형태였다. 돌로만 지어진 집, 그 앞에는 역시 돌로 포장된 작은 길이 이어져 있었다. 간판에는 "쿠켈 식당"이라고 적혀 있었다. 테라스에서 사람들이 저녁을 먹고 있었다. 둘은 발걸음을 재촉했다. 어둠이 완전히 내려앉고 있었다. 그들은 지방 도로를 따라 걸었다. 길이 굽이치자 돌집이 몇 채 더 보였다. 하지만 곧 도로가 소나무 숲속으로 들어가면서, 다시 문명과 단절된 느낌이 들었다. 그들은 끝없이 걸었다. 정말 도착하기는 할 수 있을까 하는 생각이 들 정도로, 마을은 여전히 멀어 보였다.

하늘에 별이 하나둘 떠오르기 시작했다. 그들은 바레주에 들어섰다는 표지판을 보았다. 돌집들이 점점 더 가까워지고, 점점 더 많아졌다. 이 마을은 아르티그와는 전혀 달랐다. 산속에 외따로 떨어진 작은 마을이 아니라, 진짜 도시였다. 스키를 타러 오는 관광객들을 맞이하기 위해 지어진 곳이라는 게 단번에 느껴졌다. 샬레들은 여러 층으로 된 큰 건물이었고, 상점과 은행, 신문과 담배를 파는 가게도 많았다. 이제 그들은 사람들과 마주치기 시작했다. 보행자와 자동차, 그리고 바 테라스에서 울려 퍼지는 사람들의 목소리까지 들려왔다.

"우리 조용한 곳 찾아서 텐트 칠까요?"

"그래요."

하지만 생각보다 쉽지 않았다. 아스팔트 도로가 끝없이 이어졌고, 곳곳에 관광객이 가득했다. 바는 모두 만석이었다. 분명 이 스키장은 여름에도 관광업으로 살아가는 듯했다. 조안은 평소에 불평을 하지 않는 사람이었지만, 오늘은 정말 지쳐버린 듯 입을 열었다.

"더는 못 걷겠어요."

밤 열 시였다. 그들은 아침부터 계속 걷기만 했다. 에밀 역시 이제 금방이라도 쓰러질 것만 같았다.

"저쪽으로 가봐요. 둑을 따라 올라가면….”

바레주의 메인 도로 옆, 주차장 뒤쪽에는 풀로 덮인 둑이 있었다. 그 위로 오르면 숲 가장자리를 따라 난 오솔길이 이어졌다. 더 이상은 까다롭게 고를 기운도 없었다. 에밀은 조안이 오르기 쉽게 그녀의 배낭을 대신 메고 둑을 올랐다. 그들은 보행자용 나무 울타리를 넘어 길을 건넌 뒤 숲 가장자리로 들어갔다. 여기가 딱이었다. 소음도, 관광객도, 시선도 피할 수 있는 곳.

조안은 땅바닥에 털썩 주저앉아, 지친 손놀림으로 배낭에서 휴대용 버너를 꺼냈다.

에밀이 말했다.

"텐트는 내가 칠게요.”

그들은 어떻게 남은 힘을 짜냈는지, 어떻게 텐트를 쳤는지, 또 어떻게 토마토소스 파스타를 끓일 수 있었는지조차 몰랐다. 그들은 무릎 위에 접시를 올리고 앉았을 때에서야, 비로소 자신들이 얼마나 지쳤는지 실감했다. 동시에 깊은 한숨이 터져 나왔다. 에밀은 조안을 바라보았다. 그녀는 음식을 이렇게 허겁지겁 먹어본 적이 단 한 번도 없었다. 그녀는 파스타를 급히 입에 넣고 손가락을 핥았다. 오늘 그녀는 정말 용감했다. 아마 육체적 한계에 다다랐을 것이다. 그렇지만 단 한 번도 불평하지 않았다. 에밀은 생각했다. 이런 여정에 로라를 데려왔다면 어땠을까? 그녀는 틀림없이 투덜대며 불만을 쏟아냈을 것이다. 아니, 아마 협박까지 했을지도 모른다. 지금 이 순간, 그녀의 목소리가 귀에 들려오는 듯했다.

"미리 말해두는데, 에밀… 다음에 또 나를 이렇게 고생시키면, 나,

너랑 끝낼 거야."

그는 아마 그녀를 풀밭 위에 넘어뜨려 그 말을 막았을 것이다.

그 역시 허겁지겁 밥을 먹고 있었다. 정말 긴 하루였다. 멀리서 바 테라스에 앉은 관광객들의 목소리가 들려왔지만, 숲속의 귀뚜라미 소리에 금방 묻혀버렸다. 시원한 바람이 그들 곁을 스쳐 지나갔다.

"아!"

조안의 놀란 외침이 터져 나왔고, 그 직후 폭발음이 들렸다.

"뭐야, 저게…?"

에밀은 처음엔 폭죽이라 생각해 깜짝 놀랐지만, 곧 하늘이 붉게 물들며 빛나는 것을 보았다. 터지며 흩어지는 아름다운 붉은 불꽃. 곧이어 또 한 번의 폭음이 울렸다.

그는 소리쳤다.

"불꽃놀이예요!"

이번에는 파란 불꽃이 하늘에 터졌다. 에밀이 고개를 돌렸을 때, 조안의 얼굴에는 놀람과 경이로움이 가득한 미소가 번져 있었다.

"오늘이 13일이네… 그럼 내일이 프랑스 혁명기념일이니까."

조안은 먹던 손을 멈추고 접시를 바닥에 내려놓았다. 그녀는 얼굴을 하늘로 향한 채 아무 말 없이 황홀한 표정으로 불꽃을 바라보았다. 그녀는 에밀의 말을 듣지도 못했다. 에밀은 다시 하늘로 시선을 돌리고, 천천히, 조용히 파스타를 한 입 더 먹었다. 그 위로 하늘은 수많은 색과 불빛으로 폭발하고 있었다.

7월 13일, 밤 11시 50분
바레주, 숲 가장자리, 산책로 옆에서

너무 피곤해서 손가락 사이에 펜을 쥐는 것조차 힘들다. 오늘은 정말 긴 하루였다. 기억이 끊긴 순간, 한낮의 뙤약볕 아래 수 킬로미터를 걸은 일, 심한 탈수, 물집이 터져 생살이 드러난 발, 그리고 시냇물 마신 탓에 요동치는 장(腸)… 정말 온갖 일을 다 겪었다. 오늘 밤, 우리는 파스타로 만든 '전통 메뉴'를 먹으며 불꽃놀이를 보았다. 그리고 나는 오늘 하루를 피로나 물집, 몸에 달라붙은 이 끔찍한 땀 냄새가 아니라 숲 가장자리에서 본 불꽃놀이로 기억하고 싶다.

모험의 다음 장은 내일 계속된다.

9

7월 15일, 밤 9시 조금 넘음 (시계가 멈춰버렸다)
바레주, 산책로를 따라 난 숲속 조금 더 깊은 곳에서

우리가 바레주에 머문 지 이틀째다. 더 조용히 지내기 위해, 숲 속으로 캠프를 몇 미터 옮겼다. 조안은 토끼를 봤다고 했다.

시냇물은 마실 수 있는 물이 아니었고, 우리의 장(腸)은 그 대가를 톡톡히 치렀다. 조안은 14일 아침에 좀 나아졌지만, 나는 오히려 더 악화됐다. 아무것도 삼킬 수 없었고, 계속 구토를 했다. 조안은 의사를 보러 가자고 했지만, 나는 혹시 저절로 나을지도 모르니까 하루만 기다려보자고 말했다. 그녀는 오후 내내 숲과 텐트를 오가며 산딸기잎을 잔뜩 따왔다. 그리고 그것을 끓는 물에 우려 차를 만들어서는 억지로 나에게 마시게 했다. 그녀 말로는 설사와 장염에 좋다고 했다.

처음엔 그녀의 말을 믿지 않았지만, 다음 날 아침이 되자 정말로 훨씬 나아졌다. 다시 우리의 여정에 대해 생각할 여유가 생겼고, 조안은 오전에 마을에 간다고 나갔다. 그녀는 카페에 앉아 있었다고 했다. 그 다음엔 휴대폰을 충전하려고 그랬다고 덧붙였다. 나는 아무 말도 하지 않았다. 오후에는 장을 좀 보고, 내일 길을 나서기 위해 쉬었다. 나는 바레주가 그리 마음에 들지 않았다. 떠난다고 해도 아쉽지 않을 것이다. 이곳은 그저 스키 리조트일 뿐이다. 아르티그처럼 진짜 매력이나 고유한 분위기는 없다.

오늘 밤 우리는 바레주의 작은 식료품점에서 산 재료로 특별한 만찬을 즐기기로 했다. 나는 잘게 썬 채소와 감자를 함께 볶고, 거기에 생햄을 곁들였다. 조안은 지금 복숭아 콩포트를 만들어 디저트를 준비하고 있다.

복숭아 콩포트는 오늘 하루의 기억으로 남을 것이다.

오늘 그들은 아침 여섯 시 반에 일어났다. 에밀은 조안에게 웃으며 이제 정말 노련한 등산객이 되어가고 있다고 말했다. 야외에서 캠핑을 하다 보니 자연스러운 생체 리듬을 따르게 되는 것이다. 밤 열 시 반쯤 해가 지면 잠자리에 들고, 아침이면 햇살과 새들의 노랫소리에 눈을 뜬다.

오늘은 산길을 따라 라 글레르 호수와 그 근처의 산장에 도착하는 것이 목표다. 피레네 산맥의 명소 중 하나인 그곳은, 면적이 2헥타르에 이르고 깊이는 10미터에 달하는 진정한 산악호수라고 하는데, 이것은 에밀이 안내서에서 읽은 내용이다. 그들은 이 무더운 날씨에 시원한 물가에서 잠시 머물 필요가 있다고 뜻을 모았다. 그 호수는 특히 낚시로 유명하다. 그곳에서는 송어와 곱사연어, 그리고 작은 민물고기를 잡을 수 있다고 한다.

길은 걷기 좋았고, 이미 눈앞의 풍경은 숨이 멎을 만큼 아름다웠다. 그들은 계곡 아래를 따라 난 돌길을 걷고 있었다. 주위를 둘러싼 산비탈은 초록빛으로 물들어 있었고, 부드러운 경사면 사이사이에 회백색의 커다란 바위들이 듬성듬성 흩어져 있었다. 구름이 걷히면, 멀리 그들의 길이 굽이치며 이어지는 것이 보였다. 오르막을 오르고, 내리막을 내려가고, 다시 갈라지며 마치 골짜기 속에서 숨바꼭질이라도 하는 듯한 길이었다.

이틀 동안 꼼짝없이 머물러 있어야 했던 뒤라, 다시 길을 나설 수 있게 되어 그들은 무척 기뻤다. 조안은 언제나처럼 검은색 차림에 모자를 단단히 눌러쓰고 앞장서 걷고 있었다. 그녀는 나뭇가지 하나를 주워 지팡이처럼 쓰고, 자신의 등산용 스틱은 에밀에게 맡겼다. 에밀은 그녀를 가볍게 뒤따르며 발걸음을 옮겼다. 길을 다시 걷게 되어 기뻤고, 야생 그대로의 풍경을 다시 마주할 수 있어서 기뻤다. 시간이 흐를수록 조안과 함께하는 일이 점점 더 수월해지고 있다는 걸 그는 느꼈다. 여전히 말이 많은 편은 아니지만, 그녀의 태도는 한결 부드러워졌고 방어적이지도 않았다. 아니면, 어쩌면 그가 변한 것일지도 모른다. 그녀의 침묵이나 무표정함에 더는 신경 쓰지 않게 된 것이다. 이제는 그녀가 원래 그런 사람이라는 걸 이해했고, 그것이 자신에 대한 거부가 아니라는 것도 알았다. 게다가 그녀는 이제 예전처럼 무표정하지 않았다. 몇 번이나 미소짓는 얼굴을 보았고, 며칠 전에는 웃기까지 했다. 어쩌면 그들은 단지 서로에게 익숙해지고 있는 것일 뿐일지도 모른다.

그들과 비슷한 속도로 걷던 한 관광객 부부가 말을 걸어왔다. 그들은 파리에서 왔다고 했다. 휴가를 보내러 이곳에 왔고, 피레네 산맥을 무척 좋아한다고 했다. 서른 살쯤 되어 보였다. 그들은 에밀과 조안을 연인으로 착각했지만, 굳이 사실을 바로잡을 마음은 들지 않았다. 설명하기엔 너무 길고 복잡했기 때문이다.

그들이 물었다.

"두 분은요?"

에밀은 어물쩍 비슷한 사정이라고 답했다.

남자가 자신을 소개했다.

"저는 앙토니예요. 제 아내는 실비아고요."

그들은 제법 말이 많았고, 그것은 에밀에게 오히려 다행이었다. 조안은 몇 걸음 앞서 걸으며 여전히 말이 없었고, 그 혼자 대화를 이어가고 싶지는 않았기 때문이다.

"우리는 1년에 3주 정도는 정말로 세상과 단절해서, 그 모든 체계 밖에서 스스로를 되찾을 시간이 꼭 필요해요. 평소엔 너무 연결되어 살잖아요. 예를 들어 제 일만 해도… 전 IT 엔지니어인데, 업무용 아이폰만 두 대예요. 실비아도 마찬가지예요. 비서직이라 하루 종일 메시지랑 전화, 이메일이 쏟아져요. 그래서 우리는 과감하게 휴대폰 없이 피레네 산맥 한가운데로 숨어들어요."

한참이 지나도 조안이 끼어들지 않자, 에밀은 결국 뭘 좀 먹어야 해서 잠깐 쉬었다 가겠다는 핑계를 댔다.

"그러세요! 그럼 대피소에서 만나요!"

에밀은 고개를 끄덕였다. 그리고 부부가 멀어져 가는 모습을 보며 안도했다. 조안이 놀란 듯 걸음을 멈췄다.

“그 사람들, 갔어요?”

“예….”

그는 재미있다는 듯 투덜거리며 덧붙였다.

“도와줘서 고마워요.”

“네?”

“당신, 나 혼자 감당하도록 내버려뒀잖아요.”

“잘 하던데요, 뭘.”

그녀가 진심인지, 아니면 그를 놀리는 건지 알 수 없었다. 표정은 여전히 진지했다.

“그건 자기만 힐링하는 방법이네요… 확실한 건, 다른 사람들은 전혀 힐링시켜 주지 않는다는 거죠….”

조안은 여전히 진지한 얼굴로, 생각에 잠긴 듯했다. 그들은 부부가 멀리 모습을 감춘 뒤에야 다시 길을 나섰다.

두 사람은 예상보다 훨씬 일찍 라 글레르 호수와 산장에 도착했다. 아직 정오가 되기 전이었다. 건물 앞에는 관광객들이 몰려 있었다. 3층짜리 건물로, 외벽은 돌과 회반죽이 뒤섞여 있었고, 붉은색 덧칠이 선명한 덧문들, 측면에 나선형으로 내려가는 금속 계단, 층층이 계단처럼 이어진 지붕이 눈에 띄었다. 풍경 속에서 다소 이질적으로 보이는 건물이었지만, 다행히 옆에 호수가 있었다. 깊고 짙은 푸른빛의 물, 잔잔하게 고요한 수면은 그 자체로 깊은 평온함을 느끼게 했다. 호수는 무척 넓어서 사람들로부터 멀리 떨어져 조용히 시간을 보낼 수 있는 장소를 찾을 수 있었다. 그들은 말을 주고받을 필요가 없이 이미 바위 사이로 걸음을 옮기며 사람이 없는 호수 구석을 찾아 나서고 있었다.

16일 7월

르노,

내 오랜 친구, 솔직히 말해서 네 생각이 완전히 틀렸다고 말해주고 싶어…

내가 요즘 어디에 있는지, 어떻게 지내는지 넌 절대 상상 못 할 거야. 네가 내 계획이 엉망이라고 생각하고, 내 공고에 아무도 답하지 않을 거라거나, 심지어 성적으로 이상한 사람일 수도 있다고 했던 거 기억하지? 그런데 기쁘게도 네 생각은 완전히 틀렸어….

답장을 준 사람을 보고 조금 놀랐고, 그 특이한 성격에 적응하는 데 며칠이 걸렸지만, 이제는 확실히 말할 수 있어. 그 사람, 미친 사람 아냐.

지금 나는 해발 2,153미터의 멋진 산악 호수 근처에 있어, 세상과 단절된 느낌이야. 배는 부르고, 펜을 내려놓는 대로 아마 낮잠을 좀 잘 거야. 이렇게 마음이 평온한 건 수년 만이야. 예전에 작은 사무실에 앉아 컴퓨터만 바라보며 의미 없는 이메일에 답하던 시간을 생각하면… 결국 병에 걸린 덕분에 여기, 네우비엘 산악지대에 올 수 있었어. 아니었으면 그럴 용기조차 낼 수 없었을 거야. 로라 말이 맞았어. 나는 조금 수동적인 면이 있었고, 반복되는 일상에 만족하며 살았어. 용기가 조금 부족했지.

하지만 지금 나는 내 자리에서 살아가고 있어. 자연의 리듬에 맞춰 살고 있다는 게 정말 놀라워… 이렇게 잃어버린 걸 깨닫는 건 더더욱 그렇고.

혼자 여행하는 건 아니야, 네가 알다시피. 조금 특별한 여자와 함께 있어. 나보다 세 살 많지만, 때로는 열 살 더 많은 것처럼 보이기도 하고, 때로는 어린아이처럼 보이기도 해. 키는 작고(1미터 57센티), 채식주의자야(참 이상하지!). 아주 조용하고, 불평을 거의 하지 않아. 꽤 용감하고, 자신의 배낭을 메고 몇 킬로미터든 갈 수 있어.

하지만 첫인상으로는 별거 없어 보여. 특별히 예쁘지도 않아(네가 지금 그 여자 예쁘냐고 묻는 거 여기서도 다 들려). 적어도 로라만큼 예쁘지 않아. 흔히 말하는 미의 기준에는 잘 맞지 않아. 머리카락은 매끄럽거나 윤기 나지도 않고, 반쯤 웨이브지고, 완전히 곱슬도 아니지만 항상 엉켜 있어. 조금 말라 보이고, 그냥 평범한 갈색 눈을 가지고 있고, 화장도 하지 않아. 예쁘게 보일 수도 있겠지만, 굳이 그렇게 하려 하지 않아. 그게 뭐 중요해? 그녀는 차분하고, 융통성 있고, 함께 있으면 편해. 그녀는 약초나 옛날식 민간요법 같은 걸 엄청 잘 알아. 할머니한테 배운 게 많대. 명상도 자주 해. 들판이나 물가에 몇 시간이고 가만히 있는 거야. 아, 그리고 하늘이랑 별에 꽂혀 있지 뭐야. 한참 동안 하늘만 멍하니 쳐다보고 있는 걸 보면 신기할 정도야.

이상한 점을 좀 더 말하자면, 천둥을 무서워하고 불꽃놀이를 보면 완전 넋을 잃어. 그래도 같이 있으면 평화롭고 좋아. 우리 그냥 걷고, 요리하고, 텐트 치고, 물 떠오고, 설거지하고… 이런 거 같이 하면서 지내. 말은 별로 안 해도 괜찮아. 아, 그리고 자주 전화를 거는 남자가 있어. 남자친구래. 둘이 잠깐 거리 두는 중인 것 같아. 우연히 통화하는 거 듣고 알았거든. 왜 여행을 왔는지는 아직 잘 모르겠어.

너는 잘 지내고 있지? 라에시시아랑 꼬마도 잘 있고? 일하느라 여전히 바쁘겠지. 너희, 집은 찾았어? 일요일 아침에 정원 손질해보고 싶다고 했던 거 기억나. 벌써 그런 집 찾았으면 좋겠다. 아직 못 찾았어도 포기하지 마, 꼭 찾을 수 있을 거야. 이 편지가 언제 너한테 갈지는 모르겠네. 한참 뒤일 수도 있고, 어쩌면 내가 이미 떠난 뒤일 수도 있겠지. 그래도 내가 항상 너희를 생각하고 있다는 건 알아줘.

세 사람 다 잘 지내고, 안부 전해줘.

에밀.

그는 예전 자취방에서의 르노를 떠올렸다. 창백한 얼굴로 불안해하며 손을 비비던 모습이 아직도 생생하다.

"그녀는 항상 집중한 표정에, 엄숙해 보여."

"엄숙해?"

"응… 그러니까, 입술을 꼭 다물고 있잖아. 그래서 내가 감히 다가가질 못하겠어."

"그럼 공부 끝나고 도서관 나올 때 말을 걸어봐."

"그건 불가능해! 도서관을 엄청 빠른 걸음으로 나가버린다고!"

에밀은 웃음을 참았다. 르노가 도서관에서 그 여자를 처음 본 뒤로, 그는 도무지 앞뒤가 맞지 않는 이야기들을 매일같이 늘어놓았다.

"그녀는 금발에 곱슬머리야. 물을 엄청 많이 마셔. 도서관에서도 항상 물병을 들고 다녀. 법학을 공부하는 것 같아. 민법전을 책상 위에 올려두고 있거든. 운동도 하는 듯해. 오늘은 운동 가방을 가지고 있었어. 왼손잡이야. 아몬드 들어간 시리얼바를 먹더라."

이런 이야기가 몇 주째 계속됐지만, 르노는 아직도 그녀의 이름조차 몰랐다. 에밀은 답답함을 감추지 못했다.

"그녀한테 직접 가서 말 걸어봐. 그냥 자주 도서관에서 본다고 해."

"그리고?"

"그다음은 자연스럽게 흘러갈 거야. 너무 걱정하지 마."

"정말 자연스럽게 흘러갈까…?"

"그럼. 아니면 애초에 그렇게 집착할 가치도 없는 여자야."

르노는 발끈했다.

"야! 나 집착하는 거 아냐!"

"맞거든!"

그가 베개를 집어 던지려던 순간, 로라가 문을 두드리지도 않고 들이닥쳤다. 문이 벽에 쾅 부딪쳤다.

"회의 중이야?"

그녀는 에밀의 책상에 걸터앉으며 르노에게 인사를 건넸다. 에밀은 그녀의 허리를 끌어안고 머리에 입을 맞췄다. 그때 르노의 부러운 눈빛이 스쳤다. 이건 더 이상 안 되겠다고 에밀은 생각했다. 르노는 거의 15킬로를 빼고, 언어치료사 학교에서도 잘 지내고 있는데, 왜 여전히 여자 앞에만 서면 얼어붙는 걸까? 에밀은 자리에서 벌떡 일어나 침대 위에서 웅크리고 있던 친구 앞에 섰다.

"도대체 뭐가 그렇게 무서운 건데?"

"저기… 그… 만약 그 애한테 남자친구가 있으면 어쩌지?"

"그건 직접 물어보기 전엔 알 수 없지."

"남자친구 있으면 나를 헌신짝처럼 차버릴 거야!"

"그래서?"

"그럼 난 다시는 여자한테 말도 못 걸 거야!"

에밀은 꾹 참으며 말했다.

"좋아… 그럼 이렇게 하자. 로라를 보내자. 도서관에서 자연스럽게 말 걸게 하면 되잖아.”

르노는 완전히 혼이 나간 얼굴로 외쳤다.

“뭐라고? 안 돼! 로라가 나랑 있는 거 봤을 수도 있잖아!”

하지만 로라는 벌떡 일어나 말했다.

“좋아! 나 이런 비밀 작전 너무 좋아해! 에밀, 그 여자 어떻게 생겼는지 말해봐. 내일 바로 가볼게!”

르노는 필사적으로 말리려 했지만, 결국 손을 비틀며 도서관 여자에 대한 묘사를 하나하나 다 해줬다.

“로라한테 전화해.”

“지금 수업 중이야.”

“전화하라니까.”

르노는 거의 기절하기 직전이었다. 둘은 대학가의 학생들로 북적이는 작은 카페에 앉아 있었다. 르노는 더블 크림 카푸치노를 한 모금도 마시지 못했다.

“로라가 십 분 안에 올 거야.”

“문자 안 보냈어?”

“로라는 맨날 배터리 없어. 아니면 배터리는 있는데 폰을 집에 두고 오든지.”

르노는 웃지 않았다. 에밀은 한숨을 푹 내쉬고는 그의 초조함을 더 이상 견딜 수가 없어서 노트북을 꺼냈다. 그는 로라가 태연하고 느긋하게, 급한 기색이 전혀 없이 마치 거시경제학 마지막 강의 내용을 정리하는 척했다. 로라가 나타나자 르노는 거의 그녀에게 달려들 듯 외쳤다.

르노가 다급하게 물었다.

“봤어? 말해봤어?”

로라는 눈을 굴리며 말했다.

“아, 진정해, 르노! 그렇게 초조해하지 좀 마!“

르노는 화가 나 얼굴이 벌게졌다.

“제발 그런 식으로 놀리지 마! 일부러 날 애태우지 말라고!“

“나, 커피 좀 시켜도 돼?“

로라는 오만한 미소를 지었지만, 에밀이 눈을 부릅뜨자 그 미소는 순식간에 사라졌다.

“그만 좀 괴롭혀, 로라.”

그녀는 투덜거리며 한숨을 내쉬었다.

“그냥 재수 없더라, 그 여자.”

르노는 몸을 테이블 위로 기울이다가 하마터면 카푸치노를 쏟을 뻔했다.

“그녀랑 얘기했단 말이야?

“응.”

그는 거의 기절할 뻔했다.

“재수 없다니? 왜 재수 없는데?”

“너랑 비교하면, 사실 그 여자가 덜 재수 없는지도 모르겠네.”

“뭐?”

“그래, 너도 만만치 않아.”

로라는 에밀의 매서운 눈길에 말을 멈췄다.

“알았어, 농담이야⋯.”

“그만 장난치고, 말해봐. 뭐 알아낸 거 있어?”

“커피부터 시켜줘.”

“로라….”

“얘기할게. 근데 커피 시켜달라니까.”

에밀은 체념하고 주문을 넣었다. 르노가 테이블에서 패닉에 빠지지 않도록 하기 위해서였다.

“자… 어디서부터 얘기해야 하지… 그녀는 너랑 동갑이고, 이름은 라에시시아.”

“오….”

“뭐가 ‘오’야? 그냥 이름일 뿐이잖아….”

에밀이 으르렁거리듯 말했다.

“로라!”

하지만 로라는 그를 무시하고 말을 이어갔다.

“그 애는 법대생이야. 변호사가 되고 싶대. 공부만 하고 사는 애 같아. 그다지 재미있는 타입은 아니야….”

르노는 그런 말에는 전혀 관심이 없었다. 중요한 건 오직 한 가지뿐이었다.

“남자친구 있어?”

“없어.”

“확실해?”

“응, 내가 물어봤어.”

“뭐라고?!”

“내 친구 중 한 명이 관심 있다고 말했거든.”

이번엔 르노가 비명을 질렀다.

“뭐라고?!”

에밀이 급히 끼어들어 로라가 진짜로 르노를 기절시켜버리기 전에 막았다.

"그렇게 큰일은 아니야. 그녀한테 네가 누군진 말 안 했지?"

로라는 에밀을 안심시키듯 고개를 끄덕였다.

"응, 아무 말도 안 했어."

"그럼 됐잖아. 다음번에 도서관에서 보면 그냥 자연스럽게…."

"이제 그녀가 내가 그 '친구'라는 걸 알 거 아냐!"

"그래서?"

"그래서 내가 관심 있다는 걸 알아버리겠지!"

"그래서? 그게 사실이잖아?"

로라는 눈을 치켜떴다.

"아, 됐다. 나 이젠 못 하겠네… 너희 둘이 알아서 해. 애는 평생 솔로로 늙겠어."

"로라!"

"나, 간다, 얘들아!"

그녀는 자리에서 일어나 에밀의 머리카락을 쓰다듬으며 말했다.

"내 임무는 완수했어. 이제 네가 알아서 해."

"잠깐…."

"뭐?"

"그럼 네 커피는?"

로라는 활짝 웃으며 자리를 떠났다. 르노는 얼굴이 백지장처럼 하얘진 채 테이블에 멍하니 앉아 있었다. 잠시 후, 그가 불안한 목소리로 물었다.

"너… 너 정말 내가 평생 여자도 못 사귀고 혼자 늙을 거라고 생각해?"

에밀은 고개를 저으며 단호하게 말했다.

"아니, 왜냐면 넌 내일 가서 그 여자한테 말을 걸 거니까."

그날 저녁, 로라는 아무런 예고도 없이 에밀의 작은 원룸에 들이닥쳐 말했다.

"나, 거짓말했어."

에밀은 처음엔 무슨 뜻인지 이해하지 못했다.

"무슨 거짓말?"

"그 여자한테 르노가 누군지 말했어."

에밀은 화를 내야 할지 웃어야 할지 종잡을 수가 없었다.

"뭐? 왜 그런 짓을 했어?"

로라는 대답 대신 그의 무릎 위에 걸터앉았다.

"그 애는 평생 말을 못 걸었을 거야. 너도 알잖아."

"그럼 그 여자는? 걔가 대신 말을 걸었단 말이야?"

로라는 그의 목에 입을 대고 살짝 더 가까이 몸을 붙였다. 그리고 입을 맞추며 속삭였다.

"잘 되면 좋은 거고, 안 되면 말고… 뭐, 인샬라지."

에밀은 로라가 그런 짓을 했다는 얘기를 르노에게 하지 않았다. 이틀 뒤, 르노가 그의 집 문을 두드렸다. 얼굴은 여전히 상기되어 있었지만, 예전보다 훨씬 차분해 보였다. 입가엔 희미한 미소가 걸려 있었다.

"그 여자가 내가 로라가 말한 그 친구인 걸 알아챘는지는 모르겠지만… 나한테 다가와서 도서관 커피 자판기에서 잔돈 좀 달래더라. 근데 그 애, 커피 안 마시잖아. 그래서 그냥… 핑계였던 것 같아. 나한테 말 걸려고 한 거지….”

에밀은 정말 그런 것 같다고 르노에게 확신시켜 주었다.

“그래서 그다음은?”

“같이 커피를 마시러 갔어. 그리고 이것저것 별거 아닌 이야기들을 했지… 그러다가 그녀가 제안했어. 도서관까지 같이 다니자고. 같은 캠퍼스에 있거든.”

“와, 대박!”

“흥분하지 마.”

“흥분하지 말라고? 널 좋아하는 게 확실하잖아! 하지만 이제 데이트 신청해야 해! 그녀랑 백 년 동안 도서관만 같이 다닐 순 없잖아!”

“아직은 그런 단계 아냐… 도서관은 아직 한 번도 같이 안 갔어. 내일 처음 같이 갈 거야.”

“좋아… 그럼 내가 일주일 뒤에 와서 압력 좀 넣어야겠네.”

“야, 그건 너무 빨라!”

“그럼, 2주일! 난 네가 엄청 느리다는 거 알 거든.”

“이젠 너한테 아무 얘기도 안 할 거야!”

“그래, 그러든가! 하지만 내 도움 없으면 손해야! 나, 데이트 아이디어 진짜 많다고!”

“그래서?”

“그래서 뭐가?”

“라에시시아 말야. 그다음은?”

르노는 대답 대신 맥주잔에 코를 처박았다. 화제를 피하려는 눈치였다. 그들은 목요일 저녁마다 가던 영국식 펍의 나무 탁자에 앉아 있었다. 르노의 대학 친구들, 에밀의 대학 친구들, 그리고 친구의 친구들까지 섞여 있었다.

"이제 도서관 같이 다닌 지 한 달이나 됐잖아…."

"그래서 뭐 어때? 좋아."

"네가 좋다면 된 거지, 뭐…."

에밀은 데이트 이야기를 꺼내서 르노를 괜히 부담스럽게 만들고 싶지 않았다. 그는 르노가 조금씩 변해가는 걸 지켜봤다. 날이 갈수록 자신감을 얻고, 긴장도 덜하고, 점점 더 자연스러워지는 모습이었다. 그래서 에밀은 괜히 압박하지 않기로 생각을 바꿨다. 그때 르노가 갑자기 말했다.

"라에시시아가 나를 자기 집에 초대했어."

에밀은 맥주를 마시다가 사레가 들렸다. 그러니까 라에시시아가 먼저 움직였다는 뜻이었다. 놀랍긴 했지만, 동시에 멋진 일이었다. 이 여자는 르노를 어떻게 다뤄야 하는지를 정확히 알고 있는 것 같았다.

"그녀가 무사카 요리 전문가래. 지난번에 그 얘기를 하다가… 다음 주에 자기 집에서 만들어 주겠다고 했어."

에밀은 르노가 괜히 긴장할까 봐 흥분을 누르며 말했다.

"그거 정말 잘 됐다!"

르노는 멍청할 만큼 행복해 보이는 미소를 지었다. 그걸 본 에밀은 속으로 절망했다. 그는 이미 사랑에 빠져 있었다.

"넷이서 밥을 먹자고?"

로라는 완전히 질려버린 듯한 표정을 지었다.

"그게 뭐야, 완전 별로잖아!"

에밀은 웃음을 참을 수 없었다.

"그건 르노의 생각이야… 그게 좋다고 하더라고."

"도대체 왜?"

로라는 학생 기숙사에 있는 작은 침대 위에 속옷 차림으로 비스듬히 누워 있었다. 껌을 씹으며 팬티 고무줄을 손가락으로 툭툭 건드렸다.

"드디어 공식적으로 사귀기로 했대."

"그게 무슨 뜻이야?"

"이제 진짜 연인이 된 거야."

"둘이 잠자리도 했어?"

"응."

"와… 이제야 됐네!"

그는 그녀의 장난기 어린 표정을 좋아했다.

"르노가 우리에게 라에시시아를 소개하고 싶대."

"나, 그 여자 이미 봤거든!"

"로라!"

"왜?"

"좀 착하게 굴어… 이건 어느 정도는 네 덕분이잖아. 두 사람이 함께 행복한 모습 보고 싶지 않아?"

로라는 계속해서 한숨을 내쉬었다.

"그 여자 재미없잖아…."

"라에시시아 말이야?"

"응. 우리 분명 지루할 거야."

"그만해. 르노한테 예의가 아니야."

"나, 르노 얘기한 거 아니야. 그 여자 말한 거야."

"넌 가야 해. 그리고 나를 위해서 그렇게 해 줘."

"아, 그래?"

"그래. 결정됐어. 옷 입어."

로라는 그를 약 올렸다. 옷 입는 데만 10분이 걸리더니, 다시 샤워를 하겠다고 나섰다. 옷을 벗고, 샤워를 하고, 다시 옷을 입고, 완벽한 메이크업까지 해야겠다고 했다. 그날 밤 그녀는 정말 작정한 듯 고약하게 굴었다.

그들이 피자 가게에 도착했을 때는 이미 20분이나 늦었다. 라에시시아는 긴장된 듯 보였고, 표정에는 짜증이 묻어 있었다.

에밀이 자리에 앉으며 말했다.

"늦어서 미안해요. 이건 전부 이 아가씨 탓입니다."

로라는 건방진 미소를 지으며 인사했고, 라에시시아는 입술을 더 꼭 다물었다.

"안녕, 라에시시아. 난 에밀이야. 만나서 정말 반가워."

그 말에 라에시시아의 표정이 조금 풀렸다. 에밀은 그녀가 귀엽다고 생각했다. 자기 취향은 아니었지만, 꽤 예뻤다.

"안녕, 나도 만나서 반가워."

로라도 라에시시아에게 볼키스를 하며 말했다.

"우리, 이미 알고 있잖아!"

"그래, 맞아."

남자들은 두 여자 사이에 거의 느껴지지 않는 미묘한 긴장을 감지했다. 에밀과 로라는 테이블에 자리를 잡았다. 에밀은 주문을 기다리며 대화를 이어가려 애썼다. "그래서, 너도 학생이야?", "어디서 왔어?", "학생회 같은 데 속해 있어?", "캠퍼스 마음에 들어?" 같은 질문들을 던졌다. 로라는 메뉴판에 코를 박은 채 입을 다물고 있었다. 에밀은 테이블 아래에서 그녀를 살짝 발로 찼지만 반응을 이끌어내지 못했다. 피자가 도착하자 분위기는 한결 가벼워졌다. 그들은 요리에 대해 이야기하기 시작했고, 로라도 자신은 냉동식품과 통조림만 먹는다고 말하며 끼어들었다. 라에시시아는 요리에 열정적이었고, 남자들은 그녀의 뛰어난 요리 실력에 대해 질문을 퍼부었다. 로라는 라에시시아가 학업과 요리를 동시에 해내는 능력에 대해 칭찬을 하려 애썼다. 에밀은 거의 숨이 막힐 뻔했다. 그는 그녀의 친절이 가짜라는 걸 알고 있었다. 그것은 나중에 분명히 대가를 요구할 '거래' 같은 친절이었다. 하지만 그런데도 그는 그녀의 그 행동에 마음이 조금 흔들렸다. "그렇게 나쁘지 않았지?"라고 에밀이 스튜디오로 돌아오며 로라에게 물었다. "나는 최대치였어. 진심이야… 그녀에게 할 말 없어…."

"알지만, 노력한 거잖아. 네가 해줘서 기뻐." "매주 그럴 순 없어!"

"알아."

한편, 르노는 완전히 좋아했다. 그리고는 정반대로 말했다.

"우리 이런 거 자주 해야 해! 다음 주 목요일… 다음 주 목요일 어때?"

로라를 이런 커플 저녁 모임에 끌고 가려면 수단과 방법을 가리지 않아야 했다. 대신 다른 것을 약속해야 했다. 아무도 보고 싶어 하지 않는 공포 영화 같이 보기, 발톱에 매니큐어 칠해주기, 일주일치 식사 준비해 주기… 그 대가로 그녀는 참석에 동의했고, 라에시시아에게 상냥하게 굴기로 했다. 물론 가끔은 실패하기도 했다. 라라는 시험공부를 해야 된다든지(좀 웃기지 않나?) 감기에 걸렸다든지 하는 핑계를 대며 빠져나가기도 했다. 하지만 아무도 속지 않았다. 어쩌면 르노만 빼고.

그의 얼굴은 행복으로 환하게 빛났다.

"둘이 잘 지내지? 멋지지 않아?"

에밀과 라에시시아는 둘 다 르노의 행복만을 바랐기에, 이 점에 대해서는 계속 그에게 거짓말을 했다.

"응. 정말 최고야."

에밀은 조안이 어디 갔는지 몰랐다. 그녀는 호수 근처를 돌아다니러 간 모양이었다. 벌써 두 시간은 된 것 같았다. 그는 나무 그늘에서 낮잠을 자다가 다가오는 발자국 소리를 들었다. 처음에는 조안인 줄 알았지만, 아니었다. 오늘 아침 만난 남자, 앤서니였다. 그는 손으로 햇빛을 가린 채 활짝 웃으며 다가왔다.

"헤이! 분명 당신인 거 같았어요!"

에밀은 억지로 살짝 웃었다. 남자와 함께 있는 게 나쁘지는 않았다.

"나, 수영하러 갈 건데, 같이 갈래요?"

"좋아요."

앤서니는 선글라스를 발치에 내려놓고 옷을 벗기 시작했다. 체격이 좋고 탄탄한 걸 보니 평소에 운동을 많이 한 듯했다.

"여자친구는 안 보이네요?"

조안을 말하는 것이었다. 에밀은 주위를 둘러보았다.

"아니, 아까 호수 주변을 걷겠다며 갔는데, 좀 됐어요….."

"그래서 지금 어디 있는지 몰라요?"

"예, 내가 낮잠을 잤거든요."

에밀은 조안이 사라진 지 이미 두 시간이나 지났다는 말을 굳이 하지 않았다. 만일 앤서니가 그에게 당신은 어떤 유형의 남자친구냐고 물으면 그녀는 여자친구가 아니라 곧 죽을지도 모르는 자기가 올린 인터넷에 올린 작은 광고를 보고 동행을 수락한 여행 동반자일 뿐이라고 대답할 용기가 나지 않았던 것이다.

"당신 여자친구는… 어디 있어요?"

"실비아요?"

"예."

"실비아는 얘기를 나눌 사람들을 찾았어요. 가끔씩 몇 시간이라도 각자 따로 시간을 보낼 수 있다는 게 우리한테는 좋은 일입니다."

앤서니는 쇼트 팬츠만 남기고 옷을 모두 벗었다. 에밀은 신발과 양말을 벗고 조심조심 물속으로 들어갔다. 물은 차가웠지만 생각보다는 덜했다.

"둘이서 여행하는 게 쉽지 않지요. 하루 24시간 함께 있어야 하니까요. 이런 혼자만의 시간이 필요하지요. 나는 이걸 '감정 해소 밸브'라고 부른답니다."

그들은 이제 허리까지 물속에 들어가 있었다. 에밀이 고개를 끄덕이며 동의했다.

"예, 이해합니다…."

"두 분도 그런가요?"

앤서니가 에밀을 바라보며 대답을 기다렸다.

에밀은 간단하게 답했다.

"뭐, 그렇지요… 우리도 비슷해요…."

그들은 천천히 물속을 걸어 나갔다.

"어쨌든 그 여자분은 혼자 있는 걸 좋아하는 것 같네요…."

"예, 맞아요."

"말도 별로 없고…."

"예."

앤서니가 머리를 헝클어뜨렸다. 에밀은 언제 그가 조안 얘기를 그만할지 궁금해졌다.

그가 말했다.

"자, 이제 물에 들어가야 될 것 같은데요."

"따라갈게요!"

그들은 목덜미에 물을 적시고는 약간 얼굴을 찡그렸다. 그러고 나서 앙토니가 아예 머리부터 풍당 뛰어들었고, 에밀도 그대로 따라 했다. 정말 기분이 상쾌했다. 에밀이 수면 위로 다시 올라왔을 때, 앤서니는 이미 헤엄치며 호숫가에서 점점 멀어지고 있었다.

"자, 자, 날 따라와요!"

그들은 아무 말 없이 수십 미터를 함께 헤엄쳤다. 멀리서 용감한 몇몇 관광객들도 물속에 들어가 있었는데, 여기서 보면 개미만큼 작아 보였다.

앤서니가 몸을 돌리며 말했다.

"이따가 그 여자분을 찾아보는 게 좋을 것 같네요."

"예?"

"당신 여자친구 말예요. 이 호수는 특별히 위험하다고 알려진 곳은 아니지만 꽤 깊어요… 큰 물고기라도 갑자기 나타나서 놀라면, 그게 사고로 이어질 수도 있잖아요…."

에밀은 조금 불편한 기분이 들었다. 그런 생각은 전혀 해보지 못했다. 하지만 어쨌든 그들은 서로를 항상 감시하는 사이는 아니니까… 서로에게 일일이 보고할 필요도 없었다. 그럼에도 불구하고 '익사'라는 단어가 떠오르자 마음이 불안해졌다.

"그 여자분, 수영 잘해요?"

에밀은 조금 지나칠 정도로 자신만만하게 대답했다.

"물론입니다!"

사실 그는 그녀가 수영을 할 줄 아는지조차 몰랐다.

그들은 호숫가에서 너무 멀어지지 않으려고 애쓰면서 약 30분 정도
를 헤엄쳤다. 앤서니는 가끔 거대한 크기의 물고기들을 손가락으로 가
리켰다. 그들은 자연스럽게 스포츠 이야기를 시작했고, 앤서니는 파리
에서의 지치고 고된 일상에 관한 얘기를 한참 동안 늘어놓았다. 그들
은 결국 더위가 한풀 꺾이고 오후가 깊어갈 무렵, 호숫가로 돌아왔다.

햇살이 누그러지고 오후가 한창 무르익을 무렵, 그들은 결국 호숫
가로 돌아왔다.

앤서니가 물었다.

"숙소에서 묵나요?"

"아니, 이 근처에 텐트를 칠 겁니다."

"오! 휴가 내내 텐트를 치면서 여행하는 건가요?"

"아니, 캠핑카를 몰고 다니는데 아르티그에 세워놨어요. 며칠 뒤에
거기로 돌아갈 겁니다."

그들은 모래 위에 쌓아둔 옷가지들과 에밀의 큰 배낭, 그리고 조안
의 배낭을 발견했다. 하지만 여전히 조안의 모습은 보이지 않았다.

앤서니가 말했다.

"그 여자분, 아직 안 왔네요."

"아니, 곧 올 겁니다."

"실비아랑 나는 오늘 밤 숙소에서 잘 겁니다. 당신 여자친구가 돌아

오면, 같이 저녁 먹을까요? 초대할게요. 어때요? 괜찮죠?”

“그럼요, 물론이죠.”

앤서니는 바닥에 놓여 있던 자기 짐을 챙기고, 티셔츠로 대충 몸을 닦은 뒤 머리를 헝클였다.

“그 여자분 이름이 뭐였죠? 우리한테 말 안 했던 것 같은데.”

“조안이에요.”

“좋아요. 난 먼저 가서 샤워할게요. 조안이랑 같이 저녁 먹으러 오세요. 알겠죠?”

“알겠어요.”

앤서니는 멀어져 갔고, 에밀은 조안의 배낭을 불안한 눈빛으로 바라봤다. 그는 결국 호수를 한 바퀴 돌아보기로 했다. 그는 두 사람의 무겁디무거운 배낭을 나무 뒤에 숨겨두고 길을 나섰다. 가다가 몇몇 등산객과 마주쳤다. 어떤 이들은 발을 물에 담근 채 쉬고 있었고, 또 어떤 이들은 그늘 아래서 낮잠을 자고 있었다. 그는 그중 한 사람에게 조심스레 물었다.

“혹시 키가 작고, 검은색 모자를 쓴 젊은 여자를 못 보셨나요?”

그 남자는 고개를 저었다.

“아뇨, 못 봤는데요.”

호수가 너무 넓어서 한 바퀴를 도는 건 무리였다. 그는 결국 20분 만에 포기하고, 처음 출발했던 곳으로 돌아왔다. 그리고 그것은 잘한 선택이었다. 조안이 돌아와 있었던 것이다. 그녀는 그들이 점심을 먹고 낮잠을 잤던 바로 그 자리에서 서 있었는데, 어딘가 약간 멍해 보였다.

그녀가 에밀을 보며 말했다.

“아, 찾고 있었어요.”

“난 반대쪽으로 갔었어요.”

“아, 그렇구나.”

에밀은 그들 둘 다 아무 의미도 없는 “아”만 주고받고 있는 게 참 바보 같다고 생각했다.

“앤서니가 나랑 같이 수영하러 왔었어요.”

“앤서니?”

“아침에 봤던 그 남자 말에요. 파리에서 온 사람.”

“아, 그래. 기억나요.”

“그 사람이 오늘 밤 자기 여자친구 실비아랑 같이 저녁 먹자고 우리를 초대했어요.”

에밀은 불쾌하거나 싫다는 기색이 있을까 봐 조안의 표정을 살피려 했다. 하지만 그녀는 아무런 감정이 드러나지 않는 얼굴로 말했다.

“그래요, 알겠어요.”

그들은 해질 무렵 피난처 쪽으로 함께 걸어갔다. 조안은 저녁 식사에 가기 위해 모자를 벗었다. 둘은 빈손으로 가기 미안해서 꽁치 통조림 몇 개와 까망베르 치즈를 챙겼다. 에밀은 아직도 조안이 앤서니와 실비아의 저녁 초대를 받아들였다는 게 믿기지 않았다. 그는 그녀가 그들과 어떻게 어울릴지 궁금했다. 조안은 종종 이상하게 행동하곤 했고, 에밀은 이제 그 독특함에 익숙해졌지만 다른 사람들은 과연 어떨지 알 수 없었다. 그들 주위의 풍경은 숨이 막힐 만큼 아름다웠다. 석양이 산과 호수를 주황빛으로 물들였다. 마치 세상이 불타오르는 듯했다.

에밀이 주변 풍경을 가리키며 말했다.

“아직도 내가 이런 곳에 있다는 게 믿기지가 않아요.”

조안은 고개를 끄덕였다. 그녀의 표정에는 웃음 같은 게 어렸지만, 확실히 웃고 있는 건 아니었다. 그러고는 조용히 말했다.

"이 풍경들은 내 영혼을 활처럼 울려요."

에밀은 꽁치 통조림을 든 채 멈춰 섰다. 그는 자신을 더 놀라게 하는 게 무엇인지 잘 알 수 없었다. 주변의 아름다운 풍경인지, 아니면 늘 예상치 못한 순간에 조안의 입에서 흘러나오는 그 말인지.

그가 길 한가운데서 멈춰 서서 중얼거렸다.

"이거 참⋯."

조안은 그를 보며 눈썹을 살짝 치켜올렸다. 꼭 "왜 그래?"라고 묻는 듯했다.

"나도 이젠 좀 익숙해져야 할 것 같아요⋯."

"뭐에 익숙해져야 한다는 거에요?"

"당신의 인용문에 익숙해져야 한다는 거죠."

조안이 그 자리에 멈춰 서더니 이번엔 정말로 살짝 만족스러운 미소를 지었다.

"그거 마음에 들어요?"

"진짜 맘에 들어요. 그건 누가 한 말이에요?"

그녀의 얼굴은 황금빛 노을에 잠겨 있었다. 그 빛이 이 상황의 비현실적인 느낌을 더욱 짙게 만들었다. 에밀은 생각했다. 이 여자는 시(詩) 그 자체야.

"스탕달요."

몇 초 동안 그는 할 말을 잃었다. 그녀가 방금 내뱉은 말의 아름다움을 망치지 않고는 무엇을 대답해야 할지 알 수 없었다. 결국 그는 이렇게 말하기로 했다.

“책을 꽤 많이 읽었나 봐요.”

그리고 그는 그 말을 내뱉는 순간, 자신이 정말로 그 순간의 아름다움을 망쳐버렸다고 생각했다. 그는 결코 시가 아니었다. 그는 손에 들고 있는 고등어 통조림처럼 평범하고 투박했다. 조안은 석양처럼 섬세했고, 그는 고등어 통조림처럼 현실적이었다.

“내가 하는 대부분의 인용문은 아버지에게서 들은 거에요.”

“아버지가 책을 많이 읽으셨나 보군요?”

“엄청나게 많이 읽으셨죠.”

그들은 여전히 길 한가운데 멈춰 서 있었다. 그는 손에 고등어 통조림을 들고, 그녀는 카망베르 치즈를 들고, 타는 듯이 붉은 산맥에 서 있었다.

“사람들은 아버지를 마을의 바보라고 불렀어요.”

“정말요?”

“그분은 남들과 너무 달랐거든요. 그래서 사람들은 그냥 바보라고 단정지어 버렸지요.”

그녀는 이렇게 말하면서도 슬퍼 보이지는 않고 그저 담담하게 사실을 말하는 듯했다.

“하지만 사실은, 책도 많이 읽고, 많은 걸 알고 계셨던 거잖아요?”

“맞아요. 사람들은 그분에게서 정말 많은 걸 배울 수 있었을 거에요.”

에밀은 고개를 끄덕였다. 그는 자신이 마을 사람들처럼 그녀를 대할 뻔했다고 생각했다. 그는 너무 성급하게 그녀를 ‘이상한 여자’로 분류해버렸다. 그녀는 지금까지 그가 만나온 여자들과는 확실히 달랐다. 그녀에게서 배울 것이 이렇게 많을 줄은 미처 몰랐다.

“그래, 우리는 가끔 바보 같아요… 겉모습에만 집착하니까….”

조안은 아무 대답도 하지 않았고, 두 사람은 천천히 다시 길을 걸었다. 에밀은 이 순간을 함께할 수 있어서 기뻤다. 오늘의 추억으로 남겨서, 밤에 일기장에 적어둘 것이다.

“아, 여기 있군요!”

산장 안 공용 식당은 사람들의 대화와 웃음소리로 가득했다. 내부는 숨 막히게 더웠다. 기다란 나무 식탁에는 백 명은 족히 넘는 관광객들이 앉아 있었다. 한창 성수기였다. 앤서니와 실비아가 차지한 테이블에는 시끄럽게 떠들고 웃는 이탈리아인 관광객 무리가 함께 앉아 있었다.

“여기 앉아요, 자리를 비워줄게요.”

그 둘은 에밀과 조안을 보자 반가운 기색이었다. 그들은 옆자리 이탈리아인들과 몇 마디 나누더니, 모두 자리를 조금씩 옮겨 두 사람을 위한 자리를 만들어 주었다. 에밀과 조안은 앤서니와 실비아 맞은편에 앉았다.

앤서니가 말했다.

“뭘 이렇게 들고 왔어요?”

에밀이 대답했다.

“빈손으로 오긴 좀 그래서요.”

그는 조안이 벤치와 테이블 사이로 자리를 비집고 들어가는 걸 기다렸다가 그녀 옆에 앉았다.

“결국 찾았군요?”

앤서니가 와인 플라스틱 컵 두 개를 그들 쪽으로 밀며 물었다.

“조안 말이죠?”

“예.”

“맞아요, 보시다시피 찾았습니다.”

“텐트는 쳤어요?”

“예, 호숫가에 바람 덜 타는 좋은 자리를 찾았죠.”

실비아가 물었다.

“여기서 텐트를 쳐도 되나요?”

“글쎄… 아마 아닐걸요? 우리는 그다지 신경 안 써요.”

그녀는 입을 살짝 삐죽이며 마치 아이 같은 표정을 지었다.

“난 못 할 것 같아요… 샤워도 못 하고, 제대로 된 화장실도 없는 건 제 체질이 아니라서요….”

실비아는 조안을 바라보며 여성들끼리의 공감 섞인 미소를 기대했지만, 조안은 평소처럼 무심하게 어깨만 한 번 으쓱했을 뿐이었다.

“전 호수나 시냇물에서 씻어요.”

그녀의 대답은 언제나처럼 명확하고 너무도 당연하게 들렸다.

“하지만 그건 좀 다르잖아요….”

“아?”

“예… 예를 들어 샤워젤 같은 건?”

“알렙 비누 써요. 다용도예요.”

실비아는 여전히 의심스러운 표정을 지었다.

“어쨌든 두 사람은 정말 잘 만난 것 같아요. 그렇게 여행할 수 있는 여자는 많지 않거든요.”

에밀은 서둘러 화제를 돌렸다. 자신들이 연인 행세를 하는 가짜 커플임을 들킬까 봐서였다.

“이 산장은 꽤 특이하네요… 외관만 보면 거의 기상 관측소 같아요.

그런데 안에 이렇게 많은 사람이 있을 줄은….”

그는 앤서니가 그 말에 관심을 가져주길 바랐다. 다행히 통했다.

“맞아요. 여긴 항상 만실이라는군요. 수용 인원이 90명인데, 빨리 예약하지 않으면 자리가 없대요. 우리는 2월부터 알아봤거든요.”

실비아도 대화에 끼어들었다.

“맞아요, 전 연초에 다 예약했어요. 미리 해두는 걸 좋아하거든요. 직업병이에요.”

식당 안은 여러 나라 언어로 떠드는 소리로 가득했다. 여기저기서 이탈리아어, 스페인어, 영어, 독일어가 섞여 흘러나왔다. 그들은 와인 한 병을 땄고, 조안은 가끔 고개를 끄덕이며 대화의 흐름 속에 머물러 있을 뿐 여전히 말이 없었다. 앤서니와 실비아, 그리고 에밀은 여행 경로와 등산 장비, 꼭 가봐야 할 장소들, 일상의 사소한 걱정거리에 대해 계속 이야기를 나누었다.

“물집이 생기면 점토를 발라봐요. 실비아가 내 상처에 발라줬는데 훨씬 나아졌어요.”

“점토요?”

“살균도 되고, 상처도 아물게 하고, 출혈도 멎게 하고, 항염 효과도 있어요. 게다가 피부 재생까지 돕는다니까요.”

에밀은 조안이 이미 그런 걸 다 알고 있을 거라고 확신했다. 하지만 그녀는 아무 말도 하지 않았다.

“실비아가 솔기 없는 특수 양말도 사줬는데 진짜 좋아요!”

“그래요?”

그들은 맛있게 식사를 했다. 실내가 너무 더워서 평소보다 술도 더 마셨다. 앤서니는 카메라를 꺼내 비스코스와 사시, 피레네의 전형적인 작은 마을 두 곳, 리우 고개 등 그동안 지나온 장소들의 사진을 화면에 띄웠다… 그러고 나서는 네우비에유 봉우리와 캅 드 롱 호수로 가고 싶어 했다.

늦은 밤, 두 사람은 소란스럽고 무더운 산장을 벗어나 자기들의 텐트로 돌아왔다. 앤서니와 실비아는 아주 친절했지만, 말이 너무 많았다. 에밀은 조용한 사람과 여행한다는 게 사실은 행운이라는 걸 새삼 깨달았다. 그들이 텐트 앞에 도착하자 조안은 그에게 등을 돌린 채 쭈그리고 앉아 지퍼를 열었다. 그리고 안으로 들어가 뭔가를 뒤적였다.

"뭐 해요?"

그녀는 이불을 품에 안고 다시 모습을 드러낼 때에야 대답했다.

"호숫가에서 잘 거에요."

그녀는 천천히 호수 쪽으로 걸어가며 말했다.

"잘 자요."

"예, 잘 자요…."

그는 텐트 안에서 침낭을 덮고 누워보려 했지만 잠이 오지 않았다. 텐트 입구 천막이 열려 있는 사이로 조안이 호수 가장자리에 앉아 있는 모습이 보였다. 그녀는 여전히 그 빌어먹을 하늘을 바라보고 있었다. 젠장, 그녀 머릿속엔 뭐가 들어 있는 걸까? 그는 정말로 알고 싶었다… 그는 천천히 텐트 밖으로 나와 그녀에게 다가갔다.

"앉아도 돼요?"

그는 이렇게 말하며 그녀 옆 잔디를 가리켰다. 그녀는 고개를 끄덕였고, 그는 그녀 옆에 자리를 잡았다. 그는 무슨 말을 해야 할지 잘 모르면서 잔디를 가지고 장난을 치기 시작했다. 둘이 더 많은 대화를 하지 못하는 것이 안타까웠다. 그는 목을 가다듬어 속삭이듯 말했다.

"우리 두 사람은 대화를 많이 하는 것 같지 않아요."

조안은 어깨만 한번 으쓱할 뿐이었다. 그는 그녀가 분명히 어깨만 한번 으쓱하고 말 것이라고 확신했다.

"꼭 해야 될 얘기만 하는 거죠, 뭐…"

그는 그녀의 말과 달리 부드러운 어조에 놀라서 말을 이어갈지 망설였다

"그렇지만… 그냥… 당신이 여기 있는 이유를 알면 마음이 놓일 것 같아서…."

그녀는 여전히 잔잔한 개울물만 바라보고 있었다.

"그게 어떻게 당신을 안심시켜준다는 거죠?"

"글쎄… 그럼 적어도 당신이 어느 날 갑자기 떠날지도 모른다는 걸 미리 알 수 있을 테니까… 그러면 마음의 준비라도 할 수 있잖아요."

그는 농담하는 척 해보려 했지만, 조안은 차분하게 대답했다.

"나는 떠나지 않을 거예요."

"글쎄…."

"떠나지 않는다니까요."

그는 조안이 시냇가의 큰 바위 위에 앉아 있던 모습을 떠올렸다. 그녀가 전화로 말하던 목소리도 들려왔다. '나… 잘 모르겠어. 이미 말했잖아… 한 달, 여섯 달, 일 년… 난 이 정도 시간이 필요해….'

그가 물었다.

"그러면 당신을 기다리고 있는 사람이 아무도 없어요?"

그는 그렇게 의심스러운 어조로 말하려던 게 아니었다. 조안은 갑

자기 시선을 돌렸다. 그는 모든 걸 망쳐버린 게 아닐까 두려워졌다.

"나, 떠나지 않을 거에요. 약속할게."

그녀는 그의 질문에 제대로 대답하지 않았다. 조금 전까지만 해도 그는 그게 자신을 얼마나 신경 쓰이게 하는지 몰랐다. 하지만 사실이다. 그는 그녀가 떠날까 봐 두려웠다. 확실히 알고 싶었다.

"그리고… 레옹은?"

조안의 얼굴이 단숨에 굳어버렸다. 마치 검은 장막이 드리운 듯했다.

"뭐라고요?"

하지만 그녀의 목소리는 이미 감정의 동요를 드러내고 있었다.

그녀가 더듬거리며 물었다.

"어떻게… 그걸 알아요…?"

그는 자신이 그녀의 전화 통화를 몰래 엿들었다고 털어놓을 수 없었다. 그러면 그녀는 그가 자기를 몰래 감시했다고 생각할 것이다. 그러면 그가 쌓아온 신뢰는 한순간에 무너지고, 그녀는 바로 떠나버릴지도 몰랐다. 그래서 그는 다른 쪽으로 돌려 말했다.

"그날 밤… 당신이 열이 있었을 때… 그 이름을 중얼거렸어요."

그녀의 얼굴에서는 아무런 감정도 읽히지 않았다. 그녀는 안도하지도 않았고, 당황하지도 않았다. 그녀는 이미 자신의 감정을 완전히 통제하고 있었다.

"레옹에 대해선 걱정 안 해도 돼요. 나는 여행이 끝날 때까지 함께 있을 테니까요."

그녀는 또 다시 질문을 피했다. 그는 답답함을 느꼈다.

"그 사람… 남자친구였어요?"

그녀의 턱 근육이 굳어지는 걸 보니 곧 인내심이 바닥날 것 같았다. 그는 자신이 너무 멀리 나가고 있음을 느꼈다.

"전 남자친구예요."

"헤어졌어요?"

"네."

"완전히?"

그녀는 잠시 망설였다. 그는 진실을 알고 있었다. 이제 그녀가 거짓말을 할지 안 할지 궁금했다.

"네."

그는 안도감을 느꼈다. 앞으로 그녀가 어떤 결정을 내리든(약속을 지키든, 떠나든) 이제 그는 한 가지는 확신할 수 있었다. 그녀는 결코 거짓말하지 않을 것이다. 그녀는 정말 솔직한 사람이다.

"그러니까… 그 남자가 당신을 기다리고 있지만… 당신은 여기에 남겠다는 거죠…?"

다시 찾아온 침묵과 망설임. 그는 그녀에게서 억지로 말을 끄집어내는 듯한 불편한 느낌을 받았다.

"네. 그 남자가 용서받을 수 없는 일을 했어요."

그녀가 이렇게 고백하자, 그는 너무 놀라 아무 말도 할 수 없었다. 그는 그녀가 얘기를 계속하도록 조용히 기다렸다.

"당신은 그 정도만 알면 돼요. 내가 떠난 이유는, 그가 그런 일을 저지른 후엔 더 이상 그와 함께 살 수 없었기 때문이에요."

에밀은 아무 말 없이 고개를 끄덕였다. 지금이 너무나 조심스러운 순간이라서 괜히 말을 꺼냈다가 분위기를 깨고 싶지 않았던 것이다.

"어쩌면 언젠가 돌아갈지도 몰라요. 하지만 아닐 수도 있어요. 만약 돌아가게 된다면… 몇 년은 걸릴 거에요.”

그는 또다시 고개를 끄덕였다. 그 이후로 둘 다 아무 말도 하지 않았다. 그들은 달빛이 호수 위에 비치는 모습을 바라보며 가만히 앉아 있었다. 그 남자가 용서받을 수 없는 일을 했다. 나는 그와 더는 함께 살 수 없어서 떠났다. 정말이지, 그녀 말대로 그것만 알면 충분했다.

전날 밤의 대화는 그들 사이에 약간의 온기를 남겼다. 그날 밤, 그녀는 처음으로 텐트 안에서 에밀과 나란히 잠들었다. 지금까지 그녀는 항상 밖에서 잤다. 별 아래에서 자는 게 더 좋다고, 머리 위에 천장이 있는 게 싫다고 말하곤 했다. 그것이 사실이었을지도 모른다. 하지만 그게 전부는 아니었다. 그 증거가 바로 이날 밤이었다. 그녀는 그의 곁에서 잠들었다.

그들은 아침 식사를 하며 태양이 풍경을 비추는 모습을 바라보았다. 눈 덮인 산봉우리, 끝없이 펼쳐진 호수, 물 위에서 반짝이는 아침 햇살, 장밋빛과 주황빛이 섞인 여명, 그리고 매끄럽게 닳은 둥근 돌. 그야말로 초현실적인 장면이었다. 새소리와 나뭇잎 사이로 스며드는 바람소리 외에는 아무 소리도 들리지 않았다. 풍경은 내 영혼 위를 활처럼 스쳐 지나갔다. 에밀은 전날 밤 조안이 한 고백을 떠올렸다. 용서받을 수 없는 일. 단순한 배신 이상의 무언가였다. 정말로 심각한 일. 조안은 항상 말조심을 하는 사람이었다. 웬만한 일에는 놀라지도 않았다. 심지어 ‘죽음’조차 삶의 일부로 받아들였다. 그녀는 모든 일을 철학적으로 생각했다. 그렇다면 그 남자는 도대체 무슨 일을 저질렀던 걸까? 그녀의 아버지와 관련된 일일까? 조안에게 아버지는 매우 중요한 존재였던 것 같다. 에밀은 그녀가 식사하는 모습을 바라보며 생각을 이어갔다. 왜 조안은 한 번도 화를 내지 않을까? 그가 레옹과 통화하는 걸 엿들었을 때도 그녀는 소리치지 않았다. 차분했다. 하지만 그 남자는 용서받을 수 없는 일을 했다. 그녀가 수년 동안 도망쳐야 할 만큼의…

조안이 그릇에서 얼굴을 들며 물었다.

"오늘 아침에 다시 출발할 거에요?"

그는 빵 한 조각을 먹고 난 뒤에야 대답했다.

"예, 그럴 생각이에요… 당신 생각은 어때요?"

"좋아요."

"그럼 준비하고 텐트 접을까요?"

"네."

10

"에밀… 에밀, 제 말 들리세요?"

삐. 삐. 삐. 규칙적이고 듣기에 꽤나 기분좋은 소리였다. 마치 숨소리 같기도 하고, 심장 박동 같기도 했다. 다만 그것은 '삐' 하는 소리였다. 왼쪽에서 무언가 움직였다. 천이 바스락거렸다. 멀리서 혹은 속삭이듯 들리는 목소리들이 있었다.

"…얼마나 됐죠?"

"…오늘 아침에 실려 왔어요… 한 시간째 의식이 없어요… 젊은 여자가 복도에…."

"…올 수 있대요?"

"…신분증을 찾아야 한대요…."

아무 의미가 없었다. 이 꿈은 완전히 앞뒤가 맞지 않았다. 그는 깨어나기가 힘들었다. 완전히 정신을 차리기가 힘들었다. 몸이 무겁고 온몸이 아픈 듯했지만, 아마 잠에서 막 깨어나는 중이라 그런 것 같았다.

"에밀… 에밀… 제 말 들리세요?"

"그가 깨어나는 건가요?"

"그런 것 같아요… 눈꺼풀 좀 봐요."

눈이 번쩍였다. 강렬한 섬광 같았다. 그는 눈을 뜨려고 애썼다. 하얀 벽. 강한 조명. 하얀 가운을 입은 사람들. 눈이 다시 뒤집히며 닫혔다. 나는 지금 다시 어둠 속으로 떨어지려 했다. 이미 몸이 가라앉고 있었다. 하지만 가슴이 조여 왔다. 이게 뭐지? 하얀색. 가운. 맥박이 빨라졌다. 그는 어디에 있는 걸까? 왜 여기에 있는 걸까? 여기에 있으면 안 되는데… 그는 몸을 짓누르는 무거움에 저항하려 애썼다. 철제 수레가 움직이는 소리, 금속 기구가 부딪히는 소리에 집중했다. 깨어 있어야 했다. 여기에 있으면 안 된다. 그들이 뭘 하고 있는 거지? 맥박은 점점 더 빨라졌다. 숨이 막혔다. 설마 꿈은 아니겠지… 그는 분명 산에 있었다. 분명히 피레네 산맥에 있었다. 출발도, 그 이후의 일들도… 전부 상상은 아니었다. 캠핑카… 배낭… 호수… 그를 덮친 완전한 공포가 서서히 그를 무거움과 어둠 속에서 끌어올렸다. 소리들이 점점 더 또렷해졌다. 다시, 목소리들이 들리기 시작했다.

"…실신한 것 같아요…."

"…심장 박동이 빨라지고 있어요…."

"…그 젊은 여자에게 알려야 해요…."

두 번째 섬광. 두 번째 눈부심. 이번에도 그는 너무 빨리 눈꺼풀을 열었다. 하지만 이번에는 덜 놀라고, 덜 거칠게 빛에 공격당했다. 그는 무언가 말을 하려 애쓰지만, 아무 소리도 나오지 않는다. 방 안에는 두 사람이 있다. 흰 가운을 입은 남자 한 명, 그리고 복도로 나가는 여자 한 명. 그는 침대 시트를 꽉 움켜쥔다. 자신이 침대에 누워 있고, 이상한 옷을 입고 있으며, 누군가가 자기 옷을 벗겼다는 사실을 깨닫는다.

"진정하세요, 괜찮습니다. 지금은 병원에 계십니다. 저희가 돌보고 있어요."

의사의 목소리는 느리게 들린다. 에밀은 다시 입을 열지만, 너무 무서워서 소리가 나오지 않는다. 그는 이런 공포를 거의 느껴본 적이 없다. 그는 분명 거부했었다. 이렇게 기계에 연결된 채로 죽는 건 싫다고 했었다. 그런데 대체 무슨 일이 일어난 거지? 이런 일이 생기지 않도록 모든 조치를 취했었는데. 그의 손이 시트를 잡아당기려 하자, 의사가 그를 침대에 가만히 눕혔다.

"당황스러우시겠지만 걱정마세요. 저희가 알아서 잘 할 테니 걱정 안 하셔도 됩니다. 곧 의료 기록을 찾을 겁니다. 제 동료가 지금 선생님 친구를 데리러 갔어요."

문이 열리고, 흰 가운을 입은 여자가 더 작은 체구의 사람과 함께 돌아왔다. 에밀은 다시 말을 하려 하지만 아무 소리도 나오지 않았다. 마치 악몽 속에 있는 것 같다. 너무 두려워서, 온몸이 마비된 것처럼 아무것도 할 수 없다.

"당신 친구가 우리에게 전화를 했어요. 기억나시나요? 당신은 쓰러지면서 발작을 일으켰습니다."

그의 눈동자가 왼쪽에서 오른쪽으로 빠르게 움직였다. 시선을 한곳에 고정하기가 힘들었다. 간호사 옆의 작은 실루엣, 검은 옷을 입은 형체. 그는 온 힘을 다해 그쪽에 시선을 모으려 했다. 그리고 그 형체가 누구인지 알아보는 순간, 그가 조안이라는 사실을 깨달았을 때, 그는 더더욱 혼란스러워졌다. 꿈이 아니었다. 그는 자신의 출발이 상상이나 환상이 아니었다는 걸 깨달았다. 지금 일어나는 모든 일은 현실이었다. 그는 정말 조안과 함께 여행을 떠났고, 지금은 병원에 있었다.

"에밀? 에밀, 진정하세요. 잠시 기억이 끊긴 걸 거예요. 아무 일 아니에요. 실신 후엔 아주 흔한 일입니다."

조안이 침대 쪽으로 다가왔다. 그녀는 불안해 보였다. 그리고 의사들이 듣지 못하게 조심스럽게 속삭였다.

"나 기억나요?"

그는 간신히 고개를 끄덕였고, 조안은 안도의 숨을 내쉬며 쓰러질 듯한 표정을 지었다.

의사가 그녀에게 말했다.

"이분 신분증이 필요합니다…."

조안은 팔을 축 늘어진 채로 잠시 멍하니 서 있었다. 간호사가 끼어들었다.

"그의 배낭이 있어요. 그 안을 확인해 보세요."

그는 사람들이 분주하게 움직이는 걸 보았지만, 이유를 이해할 수 없었다. 자신의 심장이 여전히 정상적인 리듬을 되찾지 못하고 있는 게 느껴졌다. 그가 기억하는 마지막 장면은 라 글레르 호수였다. 그 흉한 산장 근처, 그곳에서였다. 그는 조안의 시선을 붙잡으려 애썼다. 그는 소리 내지 않고 입모양으로만 질문을 던졌다.

"무슨 일이 있었던 거죠?"

의사가 그의 지갑에서 노란색과 초록색이 섞인 카드, 즉 프랑스 건강보험 카드를 꺼내 들었다. 그는 차분하게 말했다.

"당신의 의료기록을 찾아보겠습니다."

그는 방을 나갔고, 간호사가 말했다.

"진정제를 조금 드릴게요. 그러면 훨씬 나아질 거예요."

그는 고개를 저으며 일어나려 했지만, 간호사가 그를 다시 침대에 눕혔다.

"움직이지 마세요, 안 그러면 묶을 수밖에 없습니다."

그는 조안을 향해 몸을 돌리며 다시 물으려 했다.

"내가… 왜 여기 있는 거야?"

하지만 아무 소리도 나오지 않았다. 그 순간, 바늘이 그의 팔에 꽂혔다.

"조안…."

그가 겨우 입 밖으로 낸 첫 번째 말이었다. 그의 몸이 거의 즉시 풀리며 힘이 빠졌다. 동시에 말이 다시 나왔다.

"조안…."

"그래, 나에요."

조안이 침대 위로 몸을 숙였다. 그녀의 뒤에서는 간호사가 의료기구가 가득한 작은 카트를 정리하고 있었다.

"우리… 호수에 있었잖아…."

조안이 눈살을 찌푸렸다.

"뭐라고요?"

"호수에 있었잖아."

"어떤 호수?"

그의 위장이 쪼그라드는 듯했다. 진정제가 아니었다면 아마 또다시 숨이 막혔을 것이다. 그는 스스로에게 물었다. 호수는 꿈이었나?

"라 글레르 호수…."

"뭐라구요? 아네요⋯."

조안의 얼굴빛이 한층 더 하얘졌다.

"우리, 호수를 떠난 지 벌써 사흘 됐어요."

그는 갑자기 어지러움을 느꼈고, 다시 이불을 움켜쥐며 몸을 일으키려 했지만, 몸이 전혀 말을 듣지 않았다. 피로가 파도처럼 밀려왔다.

"아냐⋯."

"맞아요, 에밀. 우리 호수를 떠나서 계속 걸었어요⋯."

그녀는 에밀이 애써 이해하려 애쓰는 걸 보았다. 그는 정신이 흐려지지 않으려 필사적으로 버티고 있었다. 그래서 그녀는 아주 부드럽게 덧붙였다.

"괜찮아요, 기억이 곧 돌아올 거에요. 우리⋯ 걸었고. 뤼즈-생-소뵈르랑 제드르에도 들렀어요. 기억 안 나요?"

그는 다시 고개를 저었다.

"제드르에는 물레방아가 있었어요. 오래된 돌로 만든 예쁜 물레방아지요⋯ 그리고 계곡이 있었고."

그는 계속해서 고개를 저었다. 그녀는 거짓말을 하고 있다. 그럴 리가 없었다. 그들은 호수를 떠나지 않았다. 떠날 수 없었다.

그때 간호사가 나서며 말했다.

"질문은 이제 그만하세요. 기억은 나중에 돌아올 겁니다. 지금은 쉬게 해 주세요."

간호사가 조안의 어깨에 손을 올렸다.

"잠깐 복도로 나가서 걸으시는 게 어떨까요?"

조안이 고개를 세차게 저었다. 간호사는 못마땅한 표정을 지었다.

"그럼 여기에 계시되, 이 분이 휴식을 취할 수 있게 해 주세요. 질문에는 더 이상 대답하지 마시고요. 그걸로 많이 혼란스러워하니까요.
깨어났을 때처럼 다시 심장이 빨라지는 일이 생기면 안 됩니다.”

“알겠어요.”

“전 멀리 안 가고 근처에 있을 겁니다.”

간호사는 문을 반쯤 열어두고 방을 나갔다. 그는 조안의 눈을 바라
보며 시선을 마주쳤다.

“노트… ”

그의 목소리는 거의 속삭임이었지만, 조안은 곧바로 알아들었다. 그
녀는 고개를 숙여 배낭을 뒤지기 시작했다. 그는 확신이 필요했다. 그
녀가 한 말이 사실이라면, 르노에게 쓴 편지 이후에도 노트에 무언가
를 적었을 것이다. 조안이 몸을 일으키며 노트를 손에 들었다. 그는 팔
을 뻗어 그것을 잡으려 했다. 그 순간, 팔꿈치에 커다란 붕대가 감겨
있는 걸 깨달았다.

“이건 뭐야….”

“당신, 길 한가운데서 쓰러졌어요… 돌투성이 길에서….”

그는 다른 팔을 바라보았다. 조안이 그 시선을 따라가며 낮은 목소
리로 말했다.

“팔꿈치랑 머리에 몇 바늘 꿰맸어요.”

그는 손을 들어 머리를 더듬었다. 진통제 때문인지, 아무 감각도 느
껴지지 않았다.

“머리 뒤쪽도 꿰맸어요. 그냥 내버려둬요. 피가 많이 났어요. 지혈될
때까지 그냥 내버려둬요.”

그녀는 그의 배 위에 수첩을 올려주었고, 그는 급히 펼쳐보았다. 완
전히 미쳐가고 있다는 사실을 확인하게 될까 봐 두려웠지만, 그래도

알아야 했다. 그는 첫 페이지를 훑어보았다. *7월 13일, 23시 30분, 바레주, 숲 가장자리, 보행자 길을 따라.* 그다음 *7월 15일, 21시경(시계가 멈췄다), 바레주, 보행자 길 옆쪽 숲속 조금 더 안쪽. 7월 16일 자, 르노에게 보내는 편지.* 그리고 글은 계속 이어진다.

7월 17일, 18시, 뤼즈-생-소뵈르, 산책로 가장자리, 생트마리 성 아래.

글레르 호수를 떠날 때 날이 흐려졌다. 하지만 일출은 눈부시게 아름다웠다… 우리는 금세 큰 구름 아래로 들어갔고, 비를 피하기 위해 소나무 아래 숲속에서 거의 두 시간쯤 머물러야 했다. 우리는 30분 전부터 다시 내리기 시작한 소나기를 맞으며 뤼즈-생트-소뵈르에 도착했고, 서둘러 텐트를 쳤다. 옷은 젖었고, 배낭은 비를 잘 견디지 못했다. 다행히 수첩은 온전했다. 마이크로파이버 수건에 싸두기 잘했다.

비는 점점 더 거세지고 있다. 텐트가 견뎌주길 바란다… 조안은 텐트 안에서 모기장만 닫았다. 이렇게 하면 생트마리 성을 바로 볼 수 있다. 번개가 치면, 장관일 것이다… 그는 조안을 올려다보았다. 그녀는 미안하다는 듯한 표정을 지었다.

"아무것도 기억이 안 나요…."

"괜찮아요."

그녀는 안심시키려는 어조를 취했지만, 그는 숨이 막히는 느낌을 받았다. 페이지를 넘겼다. 다음 날에도 자신이 쓴 글을 다시 발견했다. 자신이 쓴 글임에도 전혀 기억이 없다는 사실이 무서웠다. 그는 미쳐

가는 것 같은 기분이 들었다.

이 마을은 정말 아름다웠다.

밤새도록 젖은 침낭 속에서 덜덜 떨며 밤을 보내고 아침에 다시 출발했다. 무더위 속에서 12km를 걸으려니 무척 힘들었다. 조안은 지쳐 보였다. 하지만 해질 무렵 제드르에 도착하자 하루의 고생은 모두 잊었다. 나는 이곳이 좋았다. 나는 제드르의 교회가 좋았고, 한 여인이 늑대를 쓰다듬는 조각상이 서 있는 마을 광장의 분수도 좋았고, 마을을 가로지르는 개울도 좋았다. 그리고 무엇보다 오래된 돌로 지어진 작은 물레방앗간이 좋았다.

우리는 물레방앗간 근처 개울가에 텐트를 쳤다. 물소리를 들으며 잠들 수 있을 것 같았다. 다음 날은 가바르니 원곡과 폭포로 향할 예정이었다.

에밀은 갑자기 고개를 들어, 공황 상태에 빠지지 않으려 애썼다.

"지금 우리는 어디예요, 조안?"

그녀는 그의 질문을 제대로 이해했는지 확신이 없었다.

"우리는… 지금… 병원에 있죠…."

"알겠어요. 근데 우리가 가바르니 원곡에 갔던가요?"

"거기로 가려던 참이었어요."

"그럼 내가 원곡으로 가던 길에서 쓰러진 건가요?"

그녀는 고개를 끄덕이고 잠시 망설이며 입술을 축였다.

"정말 아무것도 기억나지 않아요?"

그는 목이 꽉 메어와서 대답을 할 수가 없었다. 그 순간, 간호사가 다시 방으로 들어왔다. 표정이 아까와는 달랐다. 이제는 뭔가 의심스러워 하는 것 같았다.

"아가씨, 잠깐 얘기 좀 나눌 수 있을까요?"

에밀은 맥박이 빨라지는 것을 느꼈다. 그는 조안이 망설이는 모습을 보았고, 간호사가 그녀를 병실 밖으로 데려가려는 것도 보았다. 그는 가까스로 외쳤다.

"무슨 일이에요?"

그는 자신이 소리치고 있다는 걸 알고 있었다. 진정제가 그의 목소리를 흐릿하고 느리게 만들었다. 간호사는 대답하지 않았다. 그녀는 조안을 데리고 병실 밖으로 나가 문을 닫았다. 에밀은 다시 외쳤다.

"무슨 일이에요?"

그는 공포에 휩싸이지 않으려고 무진 애를 썼다. 이 사람들이 왜 이러는 걸까? 의사는 왜 그의 건강보험 카드를 가지고 나간 걸까? 왜 간호사는 그렇게 의심스러운 표정을 짓고 있었을까?

그는 몸을 일으키려 했다. 몸이 여러 개의 선에 붙잡혀 있다는 게 느껴졌다. 가슴에는 전극들이 붙어 있었다. 그는 병원 가운을 들추고 떨리는 손으로 전극을 하나씩 떼어냈다. 대체 무슨 일이야, 젠장… 그는 머리가 빙빙 도는 걸 느끼면서도 천천히, 조심스럽게 문 쪽으로 걸어갔다. 그는 문손잡이를 돌리다가 반대편에서 들려오는 대화의 편린들을 들었다.

"저 남자분이 지금 어떤 상태인지 알고 있었나요?"

조안은 망설이며 대답했다.

"네… 그가 자신의 병에 대해 말해줬어요…."

"당신은 법적으로 처벌받을 수도 있어요. 그가 치료받던 센터의 보고에 따르면, 그는 무슨 결정을 내릴 수 있는 상태가 아닙니다. 그의 병 때문에요."

에밀은 온몸에 차가운 전율이 퍼지는 걸 느꼈다. 그는 자신도 모르게 문을 열고, 간호사와 마주 섰다. 그는 무엇을 말해야 할지도 몰랐다.

"나는…."

간호사는 그가 말을 잇기도 전에 그의 팔을 잡아끌며, 끔찍할 만큼 달콤한 목소리로 말했다.

"자, 자, 자! 뭐라고 했죠? 가만히 있지 않으면 침대에 묶어야겠어요."

간호사는 그를 바보나 완전히 치매에 걸린 사람 대하듯 말했다. 에밀은 조안의 시선을 붙잡으려 애썼다. 그녀는 천천히 고개를 끄덕였다. '지금은 문제를 일으키지 말라'는 뜻이었다.

그가 힘겹게 변명했다.

"나는 멀쩡해요. 그냥 기억이 조금 비어 있을 뿐이에요."

진정제를 복용한 탓인지 그의 말이 느려져서 마치 술에 취한 사람처럼 들렸다. 그 바람에 그의 상황은 더 악화되었을 뿐이었다.

"지금 환자분은 휴식을 취하셔야 해요. 얘기는 나중에 해요."

간호사는 그를 침대로 끌었다. 그는 저항하려 했다.

"당신들 얘기 들었어요! 다 틀렸어요! 그들이 뭐라고 했는지 모르겠지만, 나는 완전히 제정신이에요! 내 결정은 내가 할 수 있다고요!"

그의 목소리가 점점 커졌다. 뒤에서 조안이 눈을 크게 뜨며 그를 말리고 있었지만, 그는 이미 통제할 수 없었다.

"놓으라고요! 날 그냥 가만 내버려 두라고요!"

간호사가 약간 당황하기 시작한 게 느껴졌다.

"환자분, 제발 진정하세요!"

그녀는 그를 붙잡을 힘이 없다는 걸 알고 있었다. 에밀은 망설였다. '가방을 집어 들고 뛰어야 하나? 조안에게 같이 도망치자고 해야 하나?' 하지만 문제는, 그가 맨발에, 환자복 차림이고, 진정제를 복용해서 몸이 무거워서 움직임이 너무 느리다는 사실이었다.

"무슨 일이죠?"

의사가 전화기를 귀에 댄 채 방으로 들어왔다. 간호사가 그를 돌아보며 말했다.

"괜찮아요. 제가 알아서 할게요."

그제야 에밀은 자신의 손목에 가죽 끈이 감겨 있다는 걸 깨달았다. 그는 침대의 금속 난간에 묶여 있었다. 그가 도망칠 방법을 생각하는 사이, 그녀는 이미 그를 묶어버린 것이다. 진정제가 그의 몸을 완전히 굳게 만들어 버렸다. 그의 예감은 맞아떨어졌다.

"이 조치로도 진정이 안 되면, 다른 손도 묶어버릴 거예요!"

그녀는 그를 어린아이처럼 꾸짖었다. 의사는 다시 전화 통화를 이어 갔다. 조안은 문 가까이에 서 있었다. 그는 자신이 정말 미친 게 아닐까 생각했다. 그냥 깨어나고 싶었다.

"네… 네… 임상 시험을 받기로 되어 있었죠… 1차 임상시험에 참여하지 않았다고요?"

의사는 그를 힐끗거리며 전화로 말했다.

"네, 환자분은 실신한 상태에서 실려 왔습니다… 아뇨, 심각한 건 아닙니다만… 제가 확인해 볼까요?"

의사는 마치 그가 방 안에 없다는 듯 간호사에게 물었다.

"넘어지기 전의 기억은 있나요?"

간호사는 고개를 저었다.

"그럼 그 전날의 기억은요?"

"없어요. 꽤 혼란스러워하고 있어요."

에밀은 말을 꺼내려 했지만 조안이 침대 쪽으로 다가오는 게 보였다. 간호사와 의사는 여전히 속삭이듯 대화를 나누고 있었다. 조안은 그의 위로 몸을 숙였다.

"그만해요. 계속 이러면 저들이 당신을 완전히 묶어버릴 거예요. 그러면 당신을 꺼내줄 수가 없어요."

그는 뭐라고 대답해야 할지 알 수가 없었다.

"나, 미친 것 같아요."

"미친 거 아내요. 그냥 기억이 잘못되었을 뿐이고, 그게 전부예요."

"정말요?"

이제 그는 확신이 서지 않았다. 정말 미친 걸까? 아까 왜 그렇게 소리를 질렀을까?

"예, 진정하세요. 그 사람들은 당신 건강보험 카드로 의료 기록을 확인했어요. 당신이 임상 시험을 했던 센터에 전화도 했고."

"그래서요?"

"그리고 그 사람들이 당신을 센터로 긴급 이송해야 한다고 했어요. 그들은 당신이 초기 알츠하이머를 앓고 있어서, 스스로 결정을 내릴 수 없는 상태라고 말했대요. 그래서 법적 보호자가 당신을 대신해서 결정해야 한대요."

"뭐라고요? 내… 뭐라고요?"

“당신 부모님이요.”

에밀은 침대 위에서 다시 몸부림치기 시작했다. 그녀는 그를 눈으로 꾸짖었다.

“그 사람들이 우리 부모님께 전화했어요?”

“아니요, 아직은 아닌 것 같아요. 아직 센터와 통화 중이예요.” 그들은 간호사와 의사가 말을 멈춘 걸 보고 조용해졌다. 주목받고 싶지 않았기 때문이다. 간호사가 다가왔다. 그녀는 여전히 의심스러운 표정을 짓고 있었다.

“자, 환자분, 이제 좀 나아졌나요?”

조안이 대신 대답했다.

“네, 괜찮아요. 이제 진정됐어요.”

간호사는 침대 주변을 정리하며 그의 가슴에 전극을 다시 붙였다.

“도대체 무슨 짓을 한 거예요, 환자분?”

그녀가 투덜거렸다. 간호사가 조금 떨어지자 에밀은 재빨리 속삭였다.

“이제 어떻게 하죠?”

조안은 거의 입술만 움직이며 대답했다.

“도망쳐야 해요.”

에밀이 물었다.

“정말이예요?”

그는 아까 간호사가 한 말을 분명히 들었다. “법적 조치를 당할 수도 있어요.” 그는 그녀가 그 정도까지 할 준비가 되어 있는지, 레옹과의 이별이 이 위험을 감수할 만큼 정당한지 확신하지 못했다.

그녀는 이를 악물고 말했다.

“나는 혼자 도망칠 수 있어요.”

“난 당신이 시키는 대로 하겠다고 약속했어요.”

그녀는 시냇가 근처에서 나눴던 그 얘기를 떠올리고 있었다.

“나를 다시 데려가지 마요. 내가 무슨 짓을 하든… 설령 내가 빌어도 말예요. 알겠지요?”

그들은 더 이상 아무 말도 하지 않았다. 간호사가 다시 다가왔기 때문이다.

그는 의사가 임상 시험 센터와 통화하는 동안 침묵을 지켰다. 그들은 그의 이송에 대해 얘기하고 있었다. 부모에게 연락을 해야 한다는 말도 오갔다. 간호사는 그가 진정이 되었는지 여러 번이나 확인하러 왔고, 그는 그녀가 귀찮아 하지 않도록 잠든 척했다. 몇 분 후 간호사가 방을 나가자 그는 눈을 떴다. 의사는 이미 모습을 보이지 않았다. 방에는 조안만 남아 있었다. 그녀는 초조하게 한쪽 발에서 다른 발로 몸을 옮기며 서 있었다. 그는 상체를 일으켰다. 몸이 조금은 덜 굳은 느낌이었다.

“어떻게 하죠?”

그는 문에서 눈을 떼지 않은 채 속삭였다.

“그 사람들이 곧 돌아올 거에요… 의사는 그냥 자기 사무실에서 당신 부모님께 전화를 하러 간 거예요.”

“그럼 간호사는?”

“모르겠어요.”

조안의 표정에는 불안이 가득했다.

“당신 먼저 가요.”

"뭐라고요?"

그는 이를 악물고 반복해서 말했다.

"당신 먼저 가요. 우리가 따로 움직이면 눈에 덜 띌 거에요. 당신이 먼저 나가고, 나는 가능한 한 빨리 따라갈게요."

"하지만…."

그녀의 시선이 그의 손목에 묶인 끈으로 향했다.

"그걸 느슨하게 풀되, 완전히 풀지는 마요. 혹시 간호사가 돌아오면… 눈치챌 수도 있으니까."

조안은 망설였다. 에밀은 단호하게 말했다.

"조안, 그거 풀어주고 어서 나가요."

"우리 어떻게 다시 만나요?"

"모르겠어요… 근처에 카페 같은 거 없나? 아니면 공중화장실이라도, 뭐든 좋으니까 거기서 만나기로 하죠."

그는 여전히 문을 뚫어지게 바라보고 있었다. 조안이 속삭였다.

"예, 병원 맞은편에 작은 공원이 있어요."

"완벽해요. 가능한 한 빨리 거기서 만나요."

그녀는 여전히 망설였다. 그녀는 불안한 손길로 끈을 느슨하게 풀었다.

"당신이 먼저 가는 게 나을지도…."

그는 단호하게 고개를 저었다. 이제 그는 완전히 정신을 차린 상태였다.

"아니요. 내가 먼저 사라지고 당신이 거기 있으면, 그들이 당신을 잡아갈 수도 있어요."

"정말 그래요?"

"당신이 먼저 가면, 나는 당신이 먹을 걸 사러 갔다거나… 커피 마시러 갔다고 하면 돼요. 그다음에 나는 몰래 빠져나갈 수 있어요."

복도에서 발소리가 들리자 조안은 몸을 곧게 세웠다.

"알겠어요."

발소리가 멀어졌다. 그들은 잠시 기다렸다가 다시 속삭이기 시작했다.

조안이 말했다.

"당신 가방 가져갈게요."

"뭐라고? 안 돼요…."

"가방 없으면 더 빨리 걸을 수 있어요."

그는 항의하고 싶었지만, 말을 하며 시간을 낭비하고 있음을 깨달았다.

"좋아요. 하지만 옷 한 벌은 남겨둬요. 잠옷 차림으로는 나갈 수가 없으니까."

그녀는 고개를 끄덕였다. 그녀는 무릎을 꿇고, 백팩 속을 뒤져 검은 티셔츠와 베이지색 반바지를 꺼냈다.

"이걸로 괜찮아요?"

"예."

"신발은 거기 있어요…."

"고마워요. 내 노트북 좀 다시 가방에 넣어 줘요."

그녀는 그가 시키는 대로 했다.

"그런데 당신 가방은 어디 있어요?"

그녀는 잠시 생각하는 듯했다.

"대기실, 아래층에 두고 온 것 같아요."

그는 약간 불편한 기분이 들었다.

"정말 괜찮겠어요? 내 가방은 내가 챙겨도 돼요. 당신은 먼저 가서 당신 가방 찾아봐요. 그게 더 급해요⋯."

"아니, 괜찮아요."

그녀는 일어나서 가방을 등에 메었다.

"난 이제 갈게요."

"예. 빨리 가요."

"공원에서 만나요, 에밀⋯."

아마 그가 잊을까 봐 걱정하는 듯했다.

"예, 공원에서⋯."

그는 그녀가 커다란 가방을 등에 메고 병실을 나가는 것을 바라보았다. 공원. 공원. 공원. 그는 약속 장소를 잊어버릴까 봐 겁에 질렸다. 끊임없이 자신에게 되뇌었다. 공원. 공원. 공원. 만약 약속 장소를 잊어버리면 어떻게 될까? 자신이 도망가야 한다는 사실을 잊어버리면? 아니, 그럴 리 없다. 기억이 잠시 오류가 났지만, 이제 그는 정신을 완전히 되찾았다. 그의 정신은 맑았다. 잊지 않을 것이다. 그럼에도 그는 계속 공원, 공원,이라고 되뇌었다. 간호사가 방에 들어오자 그는 눈을 꼭 감았다. 천천히, 안정된 호흡을 하려고 노력했다. 그녀가 느슨해진 끈이나 이불 아래 쌓인 옷더미를 보지 않기를 바랐다. 그녀는 침대 주위를 돌며 그의 가슴에 전극 하나를 다시 붙였다. 그는 복도에서 의사가 부르는 소리를 들었다.

"알리스?"

"네!"

"이리 잠깐 오세요."

그녀가 한숨을 쉬었다.

"가요."

의사의 목소리가 덧붙였다.

"그 환자 부모님이 환자 상태가 어떤지 알고 싶으시답니다."

심장이 목구멍으로 올라오는 듯한 느낌이 들었다. 지금이야! 공황의 파도가 그를 삼켰다. 부모님이 전화기 너머에 있다. 간호사는 곧 돌아올 것이다. 그들은 분명히 그와 이야기하려 할 것이다. 안 돼. 지금 아니면 영원히 못 나간다. 공원. 공원. 공원. 그는 전극을 뜯어내고, 이불 아래에서 옷가지를 움켜쥐었다. 공원. 옷을 다 입을 시간은 없었다. 그는 반바지를 입고 운동화를 신었다. 잠옷은 어쩔 수 없다. 밖에 나가서 벗으면 된다. 공원. 그의 심장은 미친 듯이 뛰었다. 손에는 땀이 배어 있었다. 살짝 열린 문틈으로 고개를 내밀었다. 어쨌든 나가야 한다. 복도 끝에 무언가가 보였다. 간호사일까? 알 수 없었다. 그는 달렸다. 공원. 복도, 엘리베이터 안내 표지판. 그는 도망치는 사람처럼 보이지 않으려 애쓰며 걷기 시작했다. 침착하고 느긋하게, 자연스러워야 했다. 복도 끝의 그 형체가 병실 안으로 사라졌다. 그는 발걸음을 재촉했다. 공원. 엘리베이터는 오지 않았다. 시간이 멈춘 듯했다. 몸이 달아올랐다. 어지럽기까지 했다. 딸깍. 엘리베이터 문이 열렸다. 안은 비어 있었다. 그는 1층 버튼을 여러 번 눌렀다. 문이 닫혔다. 그 사이 그는 검은 티셔츠를 잠옷 위로 급히 꿰어 입었다. 떨리는 손으로 반바지 안에 옷자락을 쑤셔 넣었다. 딸깍. 엘리베이터 문이 열렸다. 2층. 그는 한 쌍의 부부와 마주쳤다. 당황한 표정을 짓지 않으려 애썼다.

"올라가세요, 아니면 내려가세요?"

"내려가요. 1층으로요."

“저도요.”

부부가 엘리베이터 안으로 들어왔다. 문이 닫혔다. 거울 속에 비친 그의 얼굴은 창백했다. 머리의 큰 부분을 덮은 흰 붕대가 눈에 띄었다. 딸깍. 드디어 1층. 로비는 시끌벅적했다. 사람들이 오가며 분주했다. 그는 성큼성큼 유리문 쪽으로 걸음을 재촉했다. 공원. 공원. 공원. 바깥의 더운 공기가 숨을 막았다. 햇빛이 너무 부셔서 눈을 제대로 뜰 수가 없었다. 아마 정오쯤일 것이다. 태양은 하늘 한가운데 떠 있었다. 그는 택시 앞을 가로질러 지나가며 주위를 둘러보려 애썼다. 도로, 신호등, 맞은편 식당, 병원 주차장… 하지만 공원은 보이지 않았다. 차 한 대가 빵 소리를 내며 경적을 울렸다. 한 남자가 소리쳤다.

“길 좀 보고 다니세요!”

그는 간신히 맞은편 인도에 다다랐고, 그제야 멀리 초록빛 한 점이 눈에 들어왔다. 저기 나무들이 있다… 그가 공원의 철문에 이르렀을 때, 등 뒤에서 조안의 목소리가 들렸다.

“에밀!”

그는 깜짝 놀라 몸을 돌렸다. 조안이 등에 큰 가방 하나, 가슴 앞에도 또 하나를 멘 채 달려오고 있었다.

“당신 바로 뒤에 있었어요.”

“그동안 뭐 했어요?”

“분실물 보관소에 들러서 내 가방을 찾아야 했어요.”

“젠장!”

두 개의 가방을 멘 채 눈앞에 서 있는 그녀를 보자 그는 거의 안도의 한숨과 함께 쓰러질 뻔했다. 둘 다 성공했다. 하지만 여기서 멈춰 있을 수는 없었다. 얼른 이곳을 벗어나야 했다. 그는 그녀에게서 가방을 받아 다시 메었다.

"갑시다. 좀 더 멀리 가서 이야기합시다."

두 사람은 목적지도 없이 도시를 빠르게 걸었다. 목표는 병원에서 최대한 멀어지는 것뿐이었다. 나머지는 전혀 계획이 없었다.

"여기가 어디죠?"

"정확히는 잘 모르겠어요…."

"무슨 뜻이에요?"

"우리가 헬리콥터로 이송됐거든요."

"농담이죠?"

"아니야. 산속 한가운데 있었잖아요…."

그는 정신이 아득해지는 것을 억눌렀다. 그동안 내내 의식을 잃었던 것이다. 두세 시간은 족히 지났을 것이다. 헬리콥터로 옮겨졌다는 것도 전혀 몰랐다. 도저히 믿기지 않았다. 그는 뒤돌아 병원 정면을 바라보려 했다. 다행히 시력이 좋아 간판이 눈에 들어왔다. 바네르드비고르 병원.

"우린 처음 출발했던 곳으로 돌아온 것 같아요."

조안이 의아한 표정으로 고개를 돌렸다.

"무슨 뜻이에요?"

"아르티그랑 캠핑카에서 한 20킬로미터 정도 떨어진 곳이에요."

그는 그녀의 얼굴을 살폈지만, 그녀가 그 소식을 듣고 안도하는 건지, 아니면 실망한 건지 알 수 없었다. 그는 덧붙였다.

"미안해요. 이렇게 갑자기 우리의 배낭 여행을 끝내고 싶진 않았어요."

"농담하지 마세요, 괜찮아요."

“다시 떠납시다.”

하지만 그녀는 고개를 저었다.

“지금은 안 돼요. 당신은 이제 좀 쉬어야 해요.”

그들은 미국식 햄버거를 파는 그릴 식당 앞을 지나쳤다. 구운 고기와 튀김 냄새가 진동했고, 식당 안의 에어컨 바람이 인도 쪽까지 흘러나와 그들의 발목을 스쳤다. 에밀의 얼굴은 여전히 창백했다. 조안은 그가 이 큰 배낭을 멘 채 아무것도 먹지 않고는 오래 버티지 못할 것 같았다. 두 사람은 눈빛을 교환했고, 서로 같은 생각이라는 걸 바로 알았다.

“들어갈까요?”

“네.”

그들은 식당 안쪽, 가림막 뒤쪽의 자리로 가서 앉았다. 감자튀김을 2인분 주문했고, 조안은 채소 크로크무슈[햄샌드위치에 치즈를 얹어 구운 음식]를, 에밀은 더블버거를 시켰다. 음식이 나오기 전까지 그들은 아무 말도 하지 않았다. 둘 다 완전히 지쳐 있었다. 에밀은 지난 며칠 동안 너무 많이 걸은 게 아닐까 생각했다. 음식이 도착하자 두 사람은 허겁지겁 먹기 시작했다. 입 안 가득 음식을 물고서야 대화를 이어갔다.

“내가 왜 쓰러졌는지 의사들이 얘기했어요?”

“고도 때문이래요. 피로도 쌓였고… 하지만 병에 대해서는 몰랐어요. 혹시 그 병 때문일까요?”

“그럴 수도 있죠.”

“전에도 이런 일이 있었어요?”

“예.”

그는 몇 번이나 이런 일을 겪은 적이 있었다. 어머니가 병원에 억지로 데려가기 전에도 그랬다. 하지만 이번처럼 심하진 않았다. 몇 분이면 의식을 되찾곤 했다.

"이렇게 오래 의식을 잃은 건 처음이에요."

"피로 때문에 더 심해졌을 수도 있겠네요."

"그럴지도 모르죠."

"그럼 당분간은 한곳에 머물러야겠지요?"

그는 그녀가 열심히 먹는 모습을 바라보았다. 조안은 손가락까지 핥아 먹었다. 며칠 동안 굶은 사람 같았다. 어쩌면 그동안 제대로 먹지 못했던 것일지도 모른다.

"그래요, 그럴 수도 있겠네요…."

"당신이 좀 쉴 때까지는요."

"예, 당신 말이 맞아요."

종업원이 접시를 치웠다. 둘 다 마치 굶주린 사람처럼 먹어치웠지만, 디저트 메뉴판을 받아 들었다. 아이스크림을 고르기로 했다.

"내 봉합 자국은 어떨까요?"

에밀이 아이스크림 컵에 숟가락을 꽂으며 물었다.

"네?"

그녀의 입가에는 딸기 아이스크림 자국이 살짝 묻어 있었다. "봉합 자국이 많아요? 나중에 실밥은 직접 빼야 할까요?"

그녀는 냅킨으로 입을 닦았다.

"팔꿈치 쪽은 심하지 않아서 세 개나 네 개 정도래요. 머리는 좀 더 심하고요."

그는 불안한 눈빛으로 그녀를 바라보았다.

"그거, 좀 봐줄 수 있겠어요?"

그녀는 어깨를 으쓱하더니 고개를 끄덕였다.

"아마도."

그는 분위기를 조금 가볍게 만들며 물었다.

"당신은 분명 약초로 만든 치료법 몇 가지는 알고 있겠죠?"

그 말에 조안이 미소를 지었다.

"물론이에요. 그리고… 실밥은 꽤 여러 번 뽑아본 적도 있어요."

그는 그게 무슨 경우였는지 묻지 못했다. 두 사람은 배가 불렀지만 마음은 한결 가벼워진 상태에서 다시 길을 나섰다. 조안은 에밀에게 모자를 씌워 머리를 보호하고 붕대를 가리게 했다. 식당에서 몇 미터 벗어나자마자 에밀은 병원 환자복을 벗어 쓰레기통에 던져 넣었다. 그리고는 피레네 산맥 안내서를 꺼냈다.

"어디로 가는지 알아요?"

조안이 물었다.

"예, 알고 있으니 걱정 마요."

그들은 약 20킬로미터를 가야 했지만, 이미 오후가 한참 지난 데다 에밀의 상태를 고려해 오늘 밤은 보데앙이라는 작은 마을에서 묵기로 했다. 안내서에는 인구가 392명이고, 해발 600미터 이하라고 적혀 있었다. 회복하기에 딱 좋을 것 같았다.

길은 내리막이고 그늘이 많아 걷기 좋았다. 작은 마을과 촌락들을 지나며 두 사람은 물통도 다시 채웠다. 그러나 두 시간쯤 지나 보데앙에 도착했을 때, 에밀은 완전히 지쳐 있었다.

보데앙은 계곡 한가운데 자리한 아주 작은 마을로, 초록빛 자연에 둘러싸여 있었다. 대부분의 집은 돌로 지어져 있었고, 마을 위쪽에는 작은 교회가 하나 있었다. 고딕 양식의 교회였는데, 그들이 한 번도 본 적 없는 독특한 모습이었다. 석판으로 된 종탑은 네 개의 작은 탑으로 둘러싸여 있었고, 꼭대기에는 뾰족한 첨탑이 솟아 있어서 꼭 동화 속의 작은 성 같았다.

그들은 마을을 지나 조금 벗어난 숲속으로 들어가 조용히 쉴 만한 곳을 찾아 나섰다. 그들은 나무 그늘 아래 자리를 잡고 빠르게 텐트를 쳤다. 그러자 조안은 에밀의 상처에 쓸 약초를 구하러 근처를 둘러보기로 했다.

그는 나무에 등을 기대고 검은색 공책을 펼쳤다.

7월 17일, 오후 6시
뤼즈-생-소뵈르, 생트마리 성 아래, 산길 가장자리에서.

라 글레르 호수를 떠날 때쯤 날씨가 흐려졌다. 하지만 일출은 정말 장관이었다...

그는 여전히 지난 사흘간의 기억이 전혀 없다. 오후가 되면, 정신이 좀 더 맑아지면, 깨어났을 때의 공포가 가라앉고 진정제가 몸에서 빠져나가면 기억이 돌아올 줄 알았다. 하지만 아니다. 아무것도 생각나지 않고 여전히 새까만 공백뿐이다. 호숫가에 앉아 있었고, 짐을 정리해 떠나려 했던 것까지는 기억난다. 그다음은 아무것도 없다.

7월 18일, 밤 9시

제드르, 개울가에 마련한 임시 야영지에서.

이 마을은 정말 아름답다.
축축한 침낭 속에서 덜덜 떨며 보낸 밤이 지나고, 다시 길을 나서니 정말 기분이 좋았다.

도대체 왜 그의 기억은 그날 아침, 호숫가에서 멈춰버린 걸까? 그 후에 무슨 일이 있었던 걸까?

그는 제드르의 교회를 좋아한다. 마을 광장의 분수도 좋아한다. 거기엔 늑대를 어루만지는 여인의 조각상이 있다. 마을을 가로지르는 시냇물도, 그리고 무엇보다도 낡은 돌로 지어진 작은 물레방아들을 좋아한다.

그는 자신이 직접 쓴 이 글들을 아무리 다시 읽어도, 아무것도 떠오르지 않았다. 이런 일이 앞으로 더 자주 일어날 수도 있다. 더 심해질 수도 있다. 어떻게 해서든 이 일기를 계속 써야 한다. 반드시. 부모님에게, 마르조에게, 르노에게 쓸 작은 편지들도 다 잊어버리기 전에 써야 한다.

그는 자신이 울고 싶어 한다는 사실을 바로 깨닫지 못했다. 그에게 울고 싶다는 감정은 너무 낯설었다. 아마도 피로 때문일 것이다. 이 나무에 기대어 앉아, 이 빌어먹을 공책을 들고, 사라진 기억을 아무리 더듬어도 찾을 수 없는 그 상황 때문일 것이다. 아이러니하기도 했다. 그는 몇 달 동안 신에게, 천사들에게, 보이지 않는 어떤 힘들에게, 모든 이에게 수많은 침묵의 기도를 올려왔던 것이다. 그는 모든 걸 잊게 해주세요. 내가 누군지 잊게 해주세요, 라고 빌었다. 로라가 떠났을 때, 그는 자신의 삶이 끝났다고 느꼈다. 계속 살아가기 위해선 오직 하나의 방법만 있다고 믿었는데, 그것은 그녀를 잊는 것. 그녀를 사랑했던 자신을 잊는 것이었다. 그래서 그는 계속해서 기도했다. "모든 걸 다 잊게 해주세요." 하지만 지금, 그는 아이처럼 나무에 기대 혼자서 울고 싶었다. 이제 그는 더 이상 잊고 싶지 않았다. 하지만 이미 너무 늦어버렸다.

11

누군가가 그의 이마에 살짝 손을 얹는 순간 에밀은 깨어났다. 처음에는 꿈을 꾸고 있다고 생각했다. 눈을 떴을 때, 그가 본 것은 온통 초록빛과 아름다운 황금빛이었다. 사실 그것은 풀잎과 나뭇잎, 그리고 나무가지 사이로 춤추는 햇살이었다. 그는 잠시 잠들었던 모양이었다. 그의 곁에는 공책이 놓여 있었다. 그 손은 조안의 손이었다. 그녀는 그의 이마에 차갑고 축축한 무언가를 대고 있었다.

"조안?"

그녀가 조금 몸을 움직였는지, 이제 그녀의 얼굴이 그의 시야에 나타났다.

"움직이지 마요. 찜질을 했어요."

그녀는 다시 그의 시야에서 사라졌다. 에밀은 머리를 움직이지 않은 채 팔꿈치를 힐끔 내려다봤다. 조안이 이미 그 상처도 처리한 듯했다. 병원에서 붙여준 흰 거즈 대신 초록빛 죽 같은 것이 발라져 있었다.

"이건 뭐죠?"

그녀는 바로 대답하지 않았다. 너무 집중하고 있어서였다. 에밀은 머리에서 시작해 온몸으로 퍼져 나가는 그 시원한 감각을 음미했다.

"쐐기풀 찜질이에요."

그녀가 다시 몸을 움직이는 소리가 들렸고, 에밀은 다시 그녀의 얼굴을 올려다 볼 수 있었다.

"쐐기풀밖에 못 찾았어요."

"쐐기풀은 약효가 떨어져요?"

"박하를 찾았으면 더 좋았을 텐데… 소독 효과가 있으니까요…."

"아…."

"그래도, 어쨌든 다시 피가 나지는 않을 거예요."

그녀는 잠시 생각에 잠긴 듯했다.

"소독하려면 식초가 좀 있으면 좋겠는데…."

에밀은 저도 모르게 웃음이 났다. 그런데 그 미소가 머리의 봉합 부위를 살짝 당기며 아릿한 통증을 불러왔다.

조안이 물었다.

"뭐가 그렇게 웃겨요?"

그는 그녀가 자신을 보고 있었다는 사실에 놀랐다.

"당신이 나를 박하랑 식초로 덮어버리면, 내가 무슨 냄새가 날까 생각했어요."

그녀도 미소를 지었다는 걸 알아차리자, 에밀은 괜히 마음이 따뜻해졌다.

"당신은 완벽한 벌레 퇴치제가 될 거예요."

그녀는 가볍게 웃음을 터뜨렸다. 그녀가 웃는 소리를 듣는 건 언제나 낯설고 놀라운 일이었다. 에밀은 그 순간을 더 오래 느끼고 싶어 눈을 반쯤 감았다. 그녀와 함께 농담을 주고받는 이 평화로운 시간, 몸 아래 느껴지는 풀의 감촉, 이마를 스치는 햇살, 다리를 간지럽히는 서늘한 바람.

그녀가 말했다.

"조금 더 쉬어요."

그녀가 일어서는 기척이 느껴졌다. 잔디 위로 멀어져가는 발소리가 들렸다.

"지금 몇 시쯤 됐어요?"

하지만 그녀는 이미 멀리 가 있었다.

그가 다시 눈을 떴을 때는 어둠이 내려앉아 있었다. 그는 팔꿈치의 통증에 얼굴을 찡그리며 몸을 일으켰다. 여전히 초록빛 죽이 그 위에 발라져 있었다. 머리에도 아직 남아 있겠지. 조안은 가까운 곳에 앉아 있었다. 희미하게 깜박이는 불빛이 그녀 곁을 비추고 있었다. 에밀은 눈이 어둠에 익숙해지는 데 몇 초가 걸렸다. 그제야 그녀가 작은 버너 위에 몸을 숙이고 있다는 사실을 알아차렸다.

그가 몸을 움직이자, 조안이 고개를 돌렸다.

"아, 깼네요."

"미안… 완전 아기처럼 자버렸네요… 많이 늦었어요?"

그의 시계는 며칠 전부터 고장 나 있었다. 시간을 정하지 않고 사는 데에는 아직 익숙하지 않았다. 조안은 어깨를 으쓱했다.

"글쎄… 아마 열 시쯤?"

그는 천천히 몸을 일으켜 앉았다가, 느린 동작으로 일어섰다. 아까

보다 훨씬 나아졌다. 휴식 덕분인지 마음도 한결 가라앉았다. 그는 조안이 있는 버너 곁으로 다가갔다.

그는 미안하다는 듯한 어조로 말했다.

"배고파 죽겠죠?"

"괜찮아요."

"뭐 맛있는 거 만들고 있어요?"

그녀는 발치에 놓인 통조림 두 개를 가리켰다. 하나는 강낭콩, 다른 하나는 옥수수였다.

"고기 없는 칠리콘카르네 비슷한 거에요."

"흥미롭네요."

그는 그녀 옆에 앉아 다리를 쭉 뻗으며 몸을 풀었다.

"도와줄까요?"

"아니. 거의 다 됐어요."

"예."

잠시 침묵이 흘렀다. 그는 그녀가 천천히 냄비 안을 젓는 모습을 바라보았다.

"이거… 언제쯤 떼면 돼요?"

"찜질 말예요?"

"예…."

"곧 마를 거에요. 그럼 저절로 떨어질 거에요."

"그렇구나…."

"가려워요?"

"아뇨."

그녀가 다시 어깨를 으쓱했다.

“그럼 그냥 두면 돼요.”

다시 고요가 내려앉았다. 들리는 건 귀뚜라미 소리와 냄비를 긁는 숟가락 소리뿐이었다. 몇 분이 흘렀다. 조안은 버너의 불을 끄고, 플라스틱 접시 두 개를 꺼내 그녀가 요리한 ‘칠리 신 카르네’를 담았다.

“자, 드세요.”

“고마워요.”

그들은 야영할 때 포크 대신 쓰는 큰 숟가락을 집어 들고 식사를 시작했다. 마을은 완전히 고요했다. 조금 전 그들이 마을을 가로질러 걸을 때에도, 사람 그림자 하나 보지 못했다. 지금 이 순간, 그들은 플라스틱 접시를 앞에 둔 채, 마치 세상에 그들만 있는 것 같은 기분이 들었다.

“나….”

에밀은 입 안의 음식을 삼킨 뒤에 말을 이었다.

“아까 일기장을 다시 읽어봤어요… 그런데 아무 기억도 돌아오지 않았어요.”

“아직도요?”

그는 고개를 저었다. 조안은 불안해 보이지 않았다. 오늘 아침까지만 해도 그녀는 몹시 걱정스러워했지만, 지금은 오히려 차분하고 안정된 표정이었다.

“언젠가는 돌아올 거에요.”

“돌아오지 않을 수도 있고요.”

“그렇지, 안 돌아올 수도 있죠.”

“그 3일 동안 무슨 일이 있었는지 말해줄래요?”

그의 질문에 조안은 잠시 말문이 막혔다. 그녀는 접시를 바닥에 내려놓고 어깨를 으쓱했다.

"별일 없었어요… 늘 그렇듯이…."

"그게 무슨 뜻이죠?"

"우린 걸었고, 텐트를 쳤고, 밥을 먹고 잤어요… 매일 하던 대로."

"아…."

그는 실망했다. 그는 그녀의 말 속에서 무언가 더 특별한 이야기를 듣고 싶었다. 머릿속의 까만 공백을 그녀의 목소리로, 풍경으로, 소리와 냄새로 채워주길 바랐다. 그녀도 그의 표정을 보고 어쩌면 그 짧은 "아"라는 한마디에서 그 마음을 눈치챈 듯했다.

결국 그녀는 몸을 약간 일으키며 말했다.

"우리가 뤼즈-생-소뵈르에 도착했던 그날은, 세상의 끝이 온 것 같은 날이었어요… 하늘은 낮게 드리워져 있고 어둑했죠. 밤새 천둥이 쳤고. 당신은 행복해 보였어요. 몇 시간이나 모기장에 얼굴을 대고 번개를 바라봤잖아요?"

그는 그녀에게 감사한 미소를 지었다. 그녀는 자신이 얼마나 큰 위로를 주었는지 짐작도 못 하고 있을 것이다.

에밀이 물었다.

"그리고 당신은?"

"나요?"

"당신도 무서웠을 텐데."

조안은 이제는 거의 사라진, 그 특유의 무표정한 표정을 지으며 어깨를 으쓱했다.

"그렇게 무섭진 않았어요."

"그래요?"

“번개를 보면, 천둥소리가 덜 무섭게 느껴지거든요.”

“아… 그건 좋은 소식이네.”

그녀는 고개를 끄덕이고, 말을 고르려는 듯 눈을 살짝 찡그렸다.

“그다음 날은… 폭풍이 지나간 다음 날 아침 같았어요.”

“무슨 뜻이죠?”

그녀는 잠시 생각하더니 천천히 말했다.

“어둠과 바람이 지나가고 나면, 모든 게 더 선명해 보여요. 색깔도, 공기도, 마음도… 알겠죠?”

“예.”

“하늘이 더 파랗게 느껴지고, 구름도 더 부드러웠어요….”

에밀은 자신이 그녀를 넋 놓고 바라보고 있다는 걸 깨닫지 못했다. 입술이 조금 벌어진 채, 그저 생각했을 뿐이었다. ‘세상에… 그녀 머릿속엔 시가 흐르고 있구나.’

“내가 길가에서 꽃을 몇 송이 꺾었어요. 당신은 그게 뭐냐고 물었죠. 그건 늑대독초라는 꽃이었어요.”

그가 물어보기도 전에 그녀는 대답을 이어갔다.

“긴 줄기에 작은 종 모양의 보랏빛 꽃이 잔뜩 달린 꽃이었어요. 당신은 그 꽃이 예쁘다고 말했죠. 그날 오후 우리는 제드르에 도착했고, 당신은 방앗간을 보러 가자고 했어요. 그 오래된 돌 방앗간이 마음에 든다고 했죠. 정말 아름다웠어요.”

그녀가 말을 마쳤는지 잠시 기다린 뒤, 에밀이 조용히 말했다.

“고마워요.”

조안은 아무렇지 않다는 듯 어깨를 으쓱했지만, 그건 그에게 큰 의미를 띠었다. 그는 진심으로 그녀에게 감사했다. 그다음 일은 그도 알고 있었다. 그들은 그날 아침 가바르니 원곡으로 향했고, 그가 쓰러졌다. 헬리콥터로 바뉴르드비고르 병원으로 이송되었고, 지금은 이렇게 버려진 듯한 작은 마을에 와 있다. 그들은 다시 말없이 식사를 이어갔다. 잠시 후 플라스틱 접시를 풀밭 위에 내려놓자, 조안은 다리를 포개 앉고는 입을 몇 번 열었다 닫았다. 무언가 말하고 싶지만 망설이는 모습이었다.

에밀이 물었다.

"무슨 일이에요?"

그녀는 고개를 저었다.

"아니, 별일 아네요. 바보 같은 생각이에요."

그가 조금 더 기다리자, 그녀는 낮게 중얼거렸다.

"잘 모르겠어요….."

그녀의 시선은 멀리, 생각 속 어딘가로 향해 있었다. 그는 그것이 자신에게 한 말인지조차 확신할 수 없었다.

에밀이 천천히 일어나며 말했다.

"마을 한 바퀴 돌고 올게요. 좀 걷고 싶어요. 같이 갈래요?"

그녀는 잠시도 망설이지 않고 고개를 끄덕였다.

"그래요."

그들의 발소리가 조용한 돌길 위로 울렸다. 손을 주머니 속에 넣은 채, 느린 걸음으로 걸었다. 교회 앞에서 잠시 멈추었을 때 조안이 목을 가볍게 가다듬었다.

"아까 전에 문득 이런 생각을 했어요…."

그녀는 잠시 주저했다. 에밀은 고개를 끄덕이며 계속하라는 신호를 보냈지만, 그녀는 여전히 망설였다.

“다음에… 당신이 또 쓰러지면, 그땐 어떻게 해야 할까… 그런 생각.”

에밀은 조용히 고개를 끄덕였다.

“당신 말이 맞아요. 우리, 이 얘기는 해야 해요.”

그는 교회 현관 계단에 털썩 앉았다. 조안은 앉지 않았다. 대신 한쪽 발에서 다른 쪽 발로 천천히 무게를 옮기며 서 있었다.

“그… 당신이 또 그런 발작을 일으키면, 결국은 당신을 병원에 데려가야 할 거에요….”

그는 그녀가 무슨 말을 하려는지 이미 짐작했다. 오늘 오후에는 애써 그 생각을 밀어냈지만, 결국 피할 수 없는 문제였다.

“모든 병원이 의료 기록에 그렇게 쉽게 접근할 수 있는지는 모르겠지만요….”

그가 그녀의 말을 끊었다.

“아마 다 그럴 거에요. 그리고… 이런 일은 다시 생길 거에요.”

그의 얼굴에는 고통스러운 표정이 떠올랐다.

“뭐라고 해야 할지 모르겠어… 해결책이 있을지도 모르겠고….

나는… 당신이 법적으로 곤란해지는 건 원치 않아. 그러니까… 만약 또 그런 일이 생기면, 내가 깨어날 때까지, 그냥 길가에 날 두고 가줬으면 해요.”

“그만해요.”

“난 그들이 날 부모님한테 데려가는 게 싫어요.”

“알아요.”

“차라리 길가에서 죽는 게 나아요.”

“알아요, 에밀. 하지만 방법이 있어요.”

“뭐라고요?”

그는 놀란 눈으로 그녀를 바라보았다. 조안은 여전히 그 앞에 서 있었다. 그녀는 확신에 찬 얼굴로 고개를 단호히 끄덕였다.

"그래요. 오늘 오후 내내 생각했어요. 그리고… 저녁 먹을 때도."

"무슨… 뜻이죠?"

그는 말을 잇지 못했다. 불안과 기대가 동시에 가슴 속에서 뒤엉켰다.

"당신이 법적으로 스스로 결정할 수 없는 사람으로 판정받은 건 바꿀 수 없어요. 그건 불가능해요. 하지만…."

"하지만?"

"하지만 당신 부모님만이 법적 보호자가 아니게 할 수는 있어요."

그는 이해하지 못했다. 조안은 여전히 확신에 차 있었고, 결국 그녀가 그 말의 의미를 알려주었다.

"우리 결혼해야 해요."

그는 긴장한 나머지 헛기침을 해댔다. 그제야 그는 왜 그녀가 아까 식사 중에 망설였는지, 왜 "아니, 별일 아네요.바보같은 생각이에요"라고 말했는지를 이해했다. 그녀의 생각은 완전히 미친 것이었다. 그는 그 논리를 전혀 이해할 수 없었다.

"알아… 이건 당신에게 완전히 부적절하게 들릴 수도 있어요. 하지만 내가 설명할게요."

그녀가 폭탄을 터뜨린 지금, 그녀는 그가 아는 조안으로, 차분하고, 감정을 완벽히 통제하며, 거의 냉정하기까지 한 조안으로 다시 돌아왔다. 그녀는 마치 갑자기 이 문제와 더 이상 직접적으로 관련이 없는 사람처럼 보였다.

"결혼하면, 법적으로 내가 당신 보호자가 돼요. 그러면… 당신이 센터나 부모님 집으로 끌려가는 걸 막을 수 있어요."

그녀는 말을 멈췄다. 그에게 그 의미를 곱씹을 시간을 주기 위해서였다. 하지만 그는 팔짱을 낀 채, 여전히 감정 하나 드러내지 않고 서 있었다.

"당장 대답하라는 게 아네요. 꼭 진지하게 생각하라는 것도 아니고… 그냥, 방법이 있다는 걸 알려주고 싶었어요."

에밀의 놀람은 서서히 잦아들었다. 그는 천천히 고개를 들어 "당신 말이 맞아요. 그건… 하나의 방법이 될 수도 있겠네요."

그는 이제야 왜 그녀가 그 얘기를 교회 앞에서 꺼냈는지 이해됐다. 그는 정신을 다잡으려 고개를 저었다.

"시간은 많아요. 천천히 생각해보세요."

"예, 알겠어요."

조안은 한 걸음 물러나며 길을 가리켰다.

"이제 돌아갈래요? 산책 계속할 수도 있고. 오늘 밤엔 더 이상 얘기 안 해도 돼요."

그는 천천히 일어섰다. 몸이 무겁게 느려진 것 같았다. 둘은 다시 걸음을 옮겼다. 빈 마을의 돌길 위로 가로등 불빛이 길게 그림자를 늘어뜨리고 있었다. 그림자가 길게 흔들리며, 마치 두 유령이 걷는 것처럼 보였다. '결혼하면, 내가 당신의 법적 보호자가 돼요. 그럼 당신이 센터나 부모님 집으로 돌아가는 걸 막을 수 있어요.' 그녀는 정말로 그럴 각오가 되어 있는 걸까? 그날 밤, 그들은 한마디 말도 없이 잠자리에 들었다. 교회 앞에서의 대화가 두 사람 사이에 냉기를 남겼다. 둘 다 그걸 원하지 않았지만, 이제는 피할 수 없었다. 서로를 '잠재적인 배우자'로 의식하지 않을 수 없게 되어버렸기 때문이다. 설령 그게 단지 서류상의 이야기일지라도, 그건 묘한 떨림과 혼란을 남겼다. '넌 결혼하고 싶어?' 그의 머릿속에 오래전 기억이 떠올랐다. 대학생 시절, 그의 작은 원룸. 로라의 얼굴이 떠올랐다. 장난기 가득한 미소로 그를 바라보던 얼굴. 둘은 그 작은 침대 위에 누워 있었다. 사랑을 나눌 때면 늘 옆방 이웃이 벽을 두드렸고, 가끔은 그 소리조차 재미있어서 더 크게 웃었다.

"그게 무슨 질문이야?"

로라의 익숙한 비웃음 섞인 목소리. 에밀은 당황하지 않고 차분히 말했다.

"그냥, 평범한 질문이야."

"흠…."

그녀는 시선을 피했다.

"그래서… 넌 결혼하고 싶어?"

"모르겠어."

"그만해. 그걸 하고 싶을지 아닐지는, 우리 스스로가 이미 다 알고 있잖아."

"난… 다 끝난 다음에 후회하게 될까 봐 겁나."

그가 팔꿈치를 짚고 몸을 일으켰다.

"뭐라고? 제단 앞에서라도 말이야?"

"아니, 당장은 아니고… 결혼하고 나서, 몇 달, 몇 년이 지나면."

"아…."

그녀는 멍한 눈으로 천장을 올려다보았다.

"그래서 한 가지는 확실해."

"뭔데?"

"결혼을 한다면, 난 내 의지로 할 거야."

“무슨 뜻이야?“

“결혼하겠다고 결정하는 것도, 프러포즈하는 것도 내가 할 거야.”

그녀는 가슴을 펴고, 당당한 표정을 지었다.

“그게 내가 준비됐다는 뜻이니까. 그때가 바로 알게 되는 순간일 거야.”

그는 약간 난처하고도 씁쓸한 표정을 지었다.

“그럼 내가 지금 바로 프러포즈하려고 하면….”

“그럼 난 바로 ‘아니오!’라고 할 거야! 망설이지도 않고!“

그가 일부러 화난 척하며 그녀를 침대 밖으로 밀쳤다. 조금은 진짜로 상처받기도 했다.

“야!”

그녀는 다시 침대로 올라와 그의 팔을 평평한 손바닥으로 툭툭 때렸다.

“문제는 말이지, 나중엔 너무 늦을 수도 있다는 거야….”

“뭐가?”

“네가 무릎 꿇고 내 앞에서 프로포즈할 때쯤엔, 내가 이미 마음을 바꿨을 수도 있잖아….”

그녀는 일부러 콧대를 높이며 경멸스러운 표정을 짓는다.

“나한테 무릎 꿇는다고? 절대 안 그래!”

그가 발끈해 반박했다.

“어차피 너랑 결혼 안 해! 난 금발 여자랑 결혼할 거야!”

그녀는 팔짱을 끼고 말했다.

“그렇다 이거지.”

“뭐가 그렇다는 건데?”

“네가 삐졌다는 거야. 그래서 나한테 상처 주려는 거잖아.”

“아니거든. 난 원래 금발 여자가 취향이야. 좀 더 기품 있는 여자들 말이야.”

이번엔 진짜로 그녀의 얼굴이 굳었다.

“그게 무슨 뜻이야?”

“글쎄….”

“아니, 네가 말했잖아. 내가 기품이 없다는 뜻이지?”

“조금은… 넌 참 입이 거칠잖아, 로라.”

그는 그녀의 얼굴이 일그러지는 걸 보았다. 그녀는 벌떡 일어나 옷과 가방을 집었다.

그가 일어나며 외쳤다.

“야!”

그가 팔을 잡아보지만, 그녀는 듣지 않았다.

“야, 진정해! 별거 아니었잖아! 그냥….”

그녀는 가방을 어깨에 메고, 속옷 차림으로 옷과 구두를 손에 든 채 말했다.

“로, 로라! 그렇게 나가지 마!”

“로?”

그녀는 냉소적으로 변했다. 상처받을 때마다 늘 그랬다. 그녀가 문 손잡이에 손을 얹었다. 그는 말하고 싶었다. 그만해, 사랑해. 내가 멍청했어. 그래, 나 지금 삐쳤어. 네 말이 맞아. 그래서 그런 바보 같은 말을 한 거야. 그러나 그녀는 손잡이를 돌리고 말했다.

“좋은 밤 되길!”

문이 쾅 하고 닫혔다. 그는 진실을 말하고 싶었지만 그러지 못했다.

언젠가 그녀와 결혼할 수 있기를 꿈꾼다는 말을 하고 싶었지만, 끝내 하지 못했다. 물론 그들은 결국 화해했다. 하지만 그는 그 말만큼은 끝내 하지 않았다. 조안이 잠결에 몸을 뒤척였다. 제대로 잠을 이루지 못하는 듯했다.

그리고 또 다른 기억이 밀려왔다.

"안녕하세요."

"안녕하세요."

"혹시… 카렌 씨?"

그 여자는 느리고 요염한 동작으로 몸을 돌렸다. 키가 컸다. 아주 컸다. 아마 그보다 몇 센티는 더 컸을 것이다. 그녀는 흑발이었다. 아주 짙은 흑발.

"그래요, 내가 카렌이에요. 에밀, 맞죠?"

그는 고개를 끄덕였다. 끔찍할 만큼 불편했다. 왜 여기에 있는지조차 알 수 없었다. 손바닥에는 땀이 차고, 가슴속에는 분노가 들끓었다. 로라를 빼앗겼다. 어떤 남자가 로라를 데려갔다. 잠 못 이루던 어느 밤, 그는 충동적으로 기혼 여성을 위한 만남 사이트에 계정을 만들었다. 프로필을 하나씩 넘기다 카렌의 사진에서 멈췄다. 마흔 살. 결혼한 지 10년. 자극이 필요함. 칵테일 바에서만 만남 가능. 마음이 통하면 상대의 집이나 호텔에서 원나잇 가능. 선호 타입은 30세 이하의 젊은 남자. 그는 그녀의 자기소개를 읽으며 역겨움을 느꼈지만, 동시에 이상하게 강렬한 욕망이 치밀어 올랐다. 로라에게 느낀 분노를 세상에 쏟아붓고 싶은 마음 때문이었다. 두 사람은 서로 연락이 닿아 이 조용한 칵테일 바에서 만나기로 했다. 이곳은 그녀가 아는 사람을 마주칠 걱정이 없는 곳이었다. (여자의 남편은 공증인이라 도시 곳곳에

아는 사람이 아주 많았다.)

"너무 긴장하지 말아요, 앉아요."

그녀는 높은 바 의자를 가리켰고, 그는 마치 겁먹은 아이처럼 그 위에 올라앉았다.

"당신 오기 전에 이미 시작했어요."

샴페인 잔이 그녀 앞에 놓여 있었다. 그녀는 주인인 듯한 태도로 그의 무릎 위에 손을 올렸다.

"뭐 마실래요?"

그는 당황해서, 떠오르는 대로 대답했다.

"당신이 마시는 걸로요."

그녀가 그를 위해 주문을 마치고 나서, 천천히 몸을 돌려 그를 위아래로 훑어보았다.

"말해 봐요, 당신, 이제 막 요람에서 나온 거 아녜요?"

그는 더듬거리며 "아… 어….” 하고 대답했고, 그녀는 크게 웃었다.

"세상에, 당신 정말 귀여워요! 나 이런 어린 남자들 정말 좋아해요. 아직 순수하고 깨끗하잖아!"

그녀는 너무도 자연스러웠다. 시끄럽게 웃고, 여유가 넘쳤다. 이런 젊고 수줍은 남자들을 수도 없이 만났을 것이다. 그녀는 이미 상황을 완벽히 통제하고 있었다.

"그래서 말예요… 당신 같은 젊은 남자가 그런 사이트에 왜 있는 거예요? 여자친구는 없어요?"

샴페인 잔이 도착하자 그는 한 모금 마시고 짧게 대답했다.

"지금은 없어요."

그녀는 그의 눈을 깊게 들여다보았다. 마치 그의 생각을 꿰뚫는 듯한 시선이었다.

"사랑했는데, 여자가 떠났죠?"

그는 거짓말을 하지 못했다. 무너진 표정이 모든 걸 말해줬다.

"그럴 줄 알았어,"

카렌이 말했다.

"당신 같이 상처 입은 새끼 새들, 내가 꽤 많이 주워왔거든요."

그녀의 표정은 담담했다.

"뭐, 내가 조금이라도 위로가 될 수 있다면 좋잖아요."

그 말을 듣고 그는 정신을 추스르려 애썼다. 상황을 다시 장악하려고, 그도 그녀에게 질문을 던졌다. 그러나 그는 그녀를 존칭으로 불렀다. 그 순간 이미 스스로를 들켜버렸다.

"그… 당신 남편은요?"

그녀는 연민 어린 미소를 지으며, 그가 아직 세상을 모른다는 듯한 표정으로 말했다.

"글쎄… 곧 알게 될 거예요. 결혼이라는 건 말이지, 요즘엔 별 의미가 없는 단어에요."

그리고 잠시 침묵 후, 약간 상처 입은 듯한 얼굴로 덧붙였다.

"내 남편은 공증인이에요. 그게 문제지… 결혼이라는 게 그 사람한테는 그냥 서류와 재산 분할의 문제일 뿐이거든요."

그들은 몇 잔의 샴페인을 더 마셨다. 그리고 그녀는 다시 그의 무릎 위에 손을 올리며 속삭였다.

"올라갈까?"

칵테일 바는 호텔 1층에 있었다. 우연이 아니었다. 카렌은 자신의 사냥터를 잘 알고 있었다. 그들은 '에밀'의 이름으로 방을 잡았다. 문을 잠그자마자 서로에게 달려들었다. 카렌은 고급스러운 란제리를 입고 있었다. 자극적이지만 세련된 디자인, 비싸 보였다. 에밀은 그런 속옷을 한 번도 본 적이 없었다. 하지만 그녀는 그가 상상했던 것만큼 능숙하지 않았다. 아니면, 문제는 그 자신일지도 몰랐다. 아마 그는 이 낯선 여자의 품에서 '로라'를 다시 찾으려 했던 걸지도 모른다. 그날 밤, 그는 실망했다. 쾌락은 있었지만, 기쁨은 없었다. 그리고 그는 맹세했다 다시는 이런 짓을 하지 않겠다고. 그녀는 의도하지 않았겠지만, 모든 걸 더럽혔다.

"결혼이란 건 요즘 별 의미 없는 단어에요."

그는 그녀의 말에 동의할 수 없었다. 그가 로라와 결혼했다면, 그것은 세상에서 가장 의미 있는 일이 되었을 것이다. 그녀는 정말로 모든 것을 더럽혔다.

"잘 잤어요?"

"얘, 잘 잤어요. 당신은요?"

둘 다 거짓말이었다. 서로 알고 있었다. 그는 밤새 그녀가 뒤척이는 소리를 들었고, 그녀는 눈 밑에 짙은 다크서클을 숨기지도 못했다.

"이제 아르티그로 돌아갑시다…."

"그래요."

그녀는 검은색 헐렁한 바지와 민소매 셔츠를 입고 있었다. 에밀은 눈을 가이드북에 고정한 채, 오늘의 경로를 손가락으로 짚었다.

"출발하기 전에 봉합 부위 좀 확인할게요."

밤사이 찜질약은 저절로 말라 떨어졌다. 그의 팔꿈치와 머리카락에는 말라붙은 쐐기풀 조각이 남아 있었다. 조안이 조심스레 숨을 불어 그것들을 털어냈다.

그가 조심스럽게 물었다.

"어때 보여요?"

그녀는 잠시 입을 굳게 다물더니 애매한 표정을 지었다.

"진물이 조금 나와요."

"심각한 거에요?"

그녀는 곧바로 대답하지 않았다. 대신 말했다.

"오늘 밤이면 캠핑카에 도착할 건데, 거기 소독약 있을 거에요."

그들은 소독약을 배낭에 챙기지 않은 걸 깨달았다. 초보 같은 실수였다. 그래도 붕대는 몇 개 있었다. 조안은 그의 팔꿈치를 붕대로 감고, 머리에는 하얀 천을 둘러주었다.

"나 지금 완전 바보 같죠?"

그가 투덜거리며 웃었다. 사실, 그녀가 없었다면 어떻게 버텼을지 모르겠다.

그들은 여러 작은 마을을 지나며 걷고, 들판 옆에 앉아 점심을 먹었다. 옆에는 호기심 가득한 눈으로 그들을 바라보는 말 두 마리가 있었다. 조안은 한참 동안 말들을 쓰다듬었다. 그 사이 에밀은 나무 그늘 아래서 잠이 들었다. 그는 피레네에 들어온 뒤 이렇게 오래 잔 적이 없었다는 사실을 깨달았다. 이상할 정도로 편안했다.

해가 서서히 기울 무렵, 그들은 마침내 아르티그에 도착했다. 머리가 다시 지끈거리기 시작했다. 붕대 아래 상처가 진물로 젖는 듯한 느낌이 들었다. 감염이 아닌가 걱정이 됐다. 조안은 앞장서서 걸었다. 그녀는 서둘러 도착하려는 듯 보였다. 작은 시냇가 옆의 주차장으로 돌아오자 그에게는 강렬한 행복감이 밀려왔다. 마치 집에 돌아온 것처럼, 마치 그곳이 자신의 집인 것처럼 느껴졌다. 그는 한곳에 머무는 안정감과 익숙함이 이렇게 그리울 줄은 미처 몰랐다. 그럼에도 불구하고 그는 캠핑카로 돌아온 것이 행복했다. 그 안에 밴 약간의 눅눅한 냄새, 시냇물이 흐르는 특별한 소리, 그리고 등산객들의 발밑에서 들리는 자갈 소리까지 모두가 반가웠다.

그는 캠핑카 안으로 들어가면서 말했다.

"아…."

조안은 곧장 벽장 쪽으로 가서, 그 안에서 접이식 탁자 하나와 의자 두 개를 꺼냈다. 오늘 밤 그들은 탁자에 둘러앉아 식사를 할 것이다. 그것만으로도 진짜 사치였다.

"자, 앉아요. 상처 소독해 줄게요."

탁자와 의자가 놓였다. 조안은 구급상자를 꺼냈다. 그녀는 능숙한 표정으로 상자 안을 뒤졌다. 그는 90도 알코올의 톡 쏘는 냄새를 맡았다. 그 냄새는 어린 시절 자전거를 타다 자주 넘어졌던 기억을 떠올리게 했다. 그때마다 어머니는 투덜거리며 그를 놀라게 하는 걸 즐겼다. 어머니는 눈을 부릅뜨고는 이렇게 말하곤 했다.

"조심해, 에밀. 그렇게 계속 빨리 달리면 피가 다 말라버릴 거야." 처음엔 그는 정말 그 말을 믿고 겁에 질렸다. 그럴 때마다 그는 "아직 피가 좀 남아 있어요?" 하고 묻곤 했다. 그러면 어머니는 '이제 끝났구나' 하는 표정을 지었다. 그 덕분에 잠시 조심했지만, 금세 다시 속도를 냈다. 그는 그런 얘기를 조안에게 해 주었다. 조안은 그의 머리에 알코올 솜을 톡톡 두드리며 듣고 있었다.

그 이야기가 재미있는 듯 그녀가 말했다.

"남자애들은 정말 사고뭉치야! 한눈팔면 안 된다니까요."

그는 문득 그녀가 그런 '남자애들'을 많이 봤을까 궁금해졌다.

그녀는 남동생이 없었다. 그러다 그녀가 학교의 관리인으로 일했었다는 걸 떠올렸다. 그렇다면 까진 무릎과 터진 입술, 찢어진 눈썹을 수도 없이 봤을 것이다. 또 짧은 반바지에 하얀 양말을 신은 장난꾸러기 아이들을 수도 없이 혼냈겠지.

진짜 샤워를 하는 건 오늘의 두 번째 행복이었다. 세 번째 행복은, 잠자리에 들 때 좋은 매트리스를 만나는 일일 것이다. 그들은 아직 배낭을 풀지 않았다. 내일 하기로 했다. 그들은 캠핑카 싱크대 아래에서 찾아낸 통조림으로 진짜 식사를 준비했다. 토마토와 야자순 샐러드, 맛없는 양송이 버섯, 그리고 렌틸콩과 당근이 들어간 반찬.

"내일은 장을 좀 봐야겠네…."

그들은 식탁을 차리고, 어두워지기 시작하자 촛불을 켰다.

그리고 마주 앉았다.

조안이 말했다.

"자…."

그는 그녀가 자신이 두려워하는 그 주제를 꺼낼까 봐 걱정했다. 하지만 그러지 않았다.

"내일은 어디로 갈까요?"

"좋은 질문이네요."

그들은 잠시 조용히 식사를 이어갔다. 그러다 에밀이 제안했다.

"이번엔 당신이 한번 골라보는 게 어때요?"

"흠…."

"오늘 밤에 내가 피레네 안내서를 빌려줄테니 한번 골라봐요."
그녀는 고개를 끄덕이며 렌틸콩을 한입 삼켰다.
"그래, 좋아요."

식사 후에 둘은 작은 탁자에 마주 앉아 차를 마셨다. 주변은 여전히 고요했다. 귀뚜라미 소리, 바위 사이로 흐르는 물소리, 가끔 들려오는 올빼미의 울음소리. 조안은 앞에 피레네 가이드북을 펼쳐놓고 페이지를 넘겼다. 손끝으로 줄을 따라가며 읽고, 생각하듯 코를 찡그리고, 차를 한 모금 마시기 위해 고개를 들었다. 에밀은 말없이 검은 수첩에 펜을 놀렸다. 오늘 하루, 주차장을 되찾은 기쁨, 캠핑카를 다시 만난 행복에 대해 몇 줄을 썼다. 그가 고개를 들었을 때, 조안은 이미 안내서를 덮고 있었다. 두 손으로 찻잔을 감싸 쥔 채 그가 글을 마칠 때까지 기다렸던 듯했다.
"그래서, 어디로 가기로 했어요?"
"예, 모세로 갈 거에요."
그 이름은 그에게 낯설었다. 아직 안내서를 다 읽지 못했기 때문이다.
"모세는 왜요?"
그는 그녀가 특정한 장소에 끌린 이유가 궁금했다.
"중세 시대 마을이에요. 바위 언덕 위에 지어졌대요."
"좋은데요."
"주변에 꽃이랑 식물이 아주 아름답다는군요."
"그럼 더 좋죠."
다시 고요가 내려앉았다. 조안이 하품을 하더니 말했다.
"이제 자야겠어요… 아래쪽 긴 의자에서 잘게요."

그녀가 일어서려 하자, 그는 결심한 듯 입을 열었다.

"조안….”

그는 어젯밤부터 그것만 생각하고 있었다. 이제는 말해야 했다.

"그 결혼 얘기 말에요….”

그녀는 천천히 다시 자리에 앉았다. 두 팔꿈치를 탁자 위에 올리고, 손바닥을 가지런히 폈다.

"네?”

그녀는 조용히 그를 바라보고만 있었다. 재촉하지 않았다. 그는 의자에 몸을 기대며 말을 골랐다.

"그게… 방법일 수도 있지요. 당신 말이 맞아요. 하지만….”

"하지만?”

촛불이 그녀의 얼굴 위에서 춤추었다. 그 불빛이 평소엔 흐릿해 보이던 그녀의 눈에 작은 빛을 비췄다. 그 눈은 생각보다 밝았다. 그녀는 충분히 예쁠 수 있었다. 결혼식 날, 그녀는 아름다운 신부가 될 수도 있을 것이다. 하지만 이렇게는 안 된다. 이런 이유로는 안 된다.

"당신에게 그렇게 해달라고 할 수는 없어요.”

그녀는 미동도 하지 않았다. 얼굴에는 아무런 표정도 드러나지 않았다.

"당신이 부탁한 게 아니에요. 내가 먼저 그러자고 한 거지.”

"내가 무슨 말을 하려는지 알잖아요….”

"아니, 몰라요….”

그는 한숨을 내쉬며 의자에 더 깊이 몸을 묻었다.

"내 입장에서는 간단해요. 그냥 서류에 서명만 하면 돼요. 그러면 나는 끝까지 자유로울 수 있겠죠, 당신 덕분에. 그리고 나서 죽으면, 그걸로 끝이예요. 당신은 큰 도움을 준 거고, 나는 죽은 뒤에도 영원히 고마워할 겁니다. 적어도 저 세상에서는.”

그는 몇 초 동안 침을 삼키며 말을 골랐다.

“하지만 당신한테는 다르죠. 당신 인생은 계속될 거에요. 내가 어떻게 될진 모르지만, 어쩌면 레옹에게 돌아갈 수도 있고, 아니면 언젠가 다른 남자를 만날 수도 있잖아요.”

그녀는 여전히 눈 하나 깜박이지 않았다.

“그래서요…?”

“그래서, 당신은 나랑 결혼하면 안 돼요. 스물아홉 살에 과부가 되는 건 말이 안 되잖아요.”

그녀는 여전히 팔꿈치를 탁자에 올리고, 곧은 시선으로 그를 바라보다가 단호하게 말했다.

“내가 제안한 거에요. 난 그럴 준비가 돼 있어요.”

그는 고개를 저었다. 그는 그녀가 아무것도 이해하지 못한다고 느꼈다.

“당신, 그런 소중한 걸 낯선 사람에게 써버리면 안 돼요.”

“소중한 거 뭐요?”

“그건 인생에서 단 한 번만 하는 일이에요… 단 한 번뿐이라고요.”

그녀는 꿈쩍도 하지 않았다. 정말 아무렇지도 않은 걸까? 이 모든 게 그녀에게는 아무 의미도 없는 걸까?

그녀가 다시 말했다.

“난 괜찮아요. 할 준비가 돼 있어요.”

“레옹이 있는데도?”

“레옹이 자리를 잡았다. 그는 표정 하나 없는 그녀의 얼굴을 바라봤다. 그 얼굴 뒤에 숨겨진 게 무엇인지, 레옹이 그녀에게 무슨 짓을 했는지 알고 싶었다.

그녀가 말했다.

"이 얘긴 나중에 해요. 지금은 너무 피곤해요."

그는 고개를 끄덕였다. 조안이 일어나더니 촛불을 후 불어서 껐다.

"야, 나 혼자 두지 마! 경고한다! 나 지금 진짜 무서워 죽겠어!"

르노는 식은땀을 줄줄 흘리며 이미 젖은 손수건으로 이마의 땀을 계속 닦아내고 있었다.

에밀이 중얼거렸다.

"그러니까 옷을 너무 일찍 입지 말랬잖아."

기온은 섭씨 30도였고, 르노는 너무 긴장한 나머지 결혼식 한 시간 전부터 이미 예복을 입어버린 상태였다. 그들은 지금 르노의 어린 시절 방에 있었다. 그 방에서 처음 밤새 수다를 떨고, 처음 비밀을 나누고, 처음 함께 영화를 봤다. 때로는 그 방을 자전거 작업실로, 때로는 유도 도장처럼 바꿔가며 놀았다. 침대에는 아직도 인형이 남아 있었고, 벽에는 학창 시절 사진들이 걸려 있었다. 그렇게 크고 멋진 모습으로, 결혼을 앞둔 르노를 어린 시절의 흔적들 사이에서 보니 묘한 기분이 들었다. 에밀은 르노의 들러리로, 그의 사촌과 함께 서기로 되어 있었다. 신부 들러리는 라에시시아가 직접 골랐는데, 그녀의 여동생과 친구였다.

"에밀, 창문 좀 열어줘."

르노가 부탁했다. 에밀은 순순히 따랐다. 르노는 거의 실신 직전이었다.

“그렇게 긴장할 일은 뭐야? 그녀가 ‘네’라고 대답할 거라는 거, 알지?”

“닥쳐.”

르노는 농담할 기분이 아니었다. 한 시간 후면 모든 시선이 자신에게 쏠릴 것이고, 그는 라에시시아와 결혼하게 될 테니까.

“꽃은 챙겼어?”

그가 창가에 앉으며 물었다.

“응?”

에밀은 일부러 모른 척하며 그를 더 긴장시켰다.

“꽃! 단추 구멍에 꽃을 꽂 말야! 설마 잊은 건 아니겠지?”

에밀은 셔츠 주머니에서 빨간 꽃을 꺼내 보였다.

“여기 있잖아. 진정해.”

라에시시아는 결혼식의 모든 세부 사항을 완벽하게 관리했다. 그녀는 사진이 아름답게 나오도록 손님 전원에게 드레스 코드를 지정했다. 남자들은 검은 정장을 입고, 여자들은 검은 드레스를 입어야 했다. 단, 흰색 무늬는 약간 허용했지만 너무 눈에 띄면 안 됐다. 그리고 모두 빨간색 액세서리를 더해야 했다. 르노는 남자 하객들에게 단추 구멍에 빨간 꽃을 꽂으라고 부탁했다. 그 자신은 빨간 나비넥타이에, 양복 재킷 가장자리에 양귀비빛 라인을 넣었다. 에밀은 로라의 차림새를 보는 게 기대됐다. 그녀는 드레스 코드가 마음에 안 들어서 투덜댔지만, 결국 따랐다. 무릎 위까지 오는 튜튜 스타일의 검은 드레스에 옆으로 큰 리본이 달린 붉은 허리띠를 매기로 한 것이다. 에밀은 그녀가 분명 아름다울 거라고 확신했다.

그때 르노의 어머니가 방문을 두드리고 들어와 그의 예복 차림을 보자마자 울음을 터뜨렸다.

"너무 멋지다⋯."

교회 앞 광장에서 에밀은 검정과 붉은색의 물결 속에 묻혔다. 모두가 약속대로 드레스 코드를 지켰다. 그는 계단 위에서 친구들을 만나, 로라를 찾아 두리번거렸다. 잠시 후 라에시시아가 나타났다. 그녀는 마치 공주처럼 꾸며져 있었다. 새하얀 어깨 드러난 드레스가 폭포처럼 발끝까지 흘러내렸고, 단정한 올림머리에는 빨간 나비 장식이 달려 있었다. 에밀은 웃음을 터뜨렸다. 로라가 그걸 보면 뭐라고 할지 상상됐기 때문이다. '패션 테러다!'라며 눈살을 찌푸릴 게 뻔했다. 나비 장식을 보면 기절할지도 몰랐다.

"로라는 안 왔어?"

그가 둘러보며 물었다. 모두가 모여 있었지만, 로라만 보이지 않았다. 르노의 대학 친구 하나가 대답했다.

"왔었는데, 다시 갔어."

"뭐라고? 무슨 소리야, 로라가 돌아갔다고?"

그때 마침 르노가 가족 차를 타고 교회 앞에 도착했다. 그의 등장에 모두의 시선이 쏠렸다. 부모님은 사람들의 환호와 박수 속에서 그를 교회 계단 위까지 데려다주었다. 그곳엔 라에시시아가 그를 기다리고 있었다.

"로라 어디 간 거야?"

에밀은 또다시 물었다. 모두가 교회 안으로 들어가고 있었지만, 아무도 대답하지 못했다. 그는 급히 전화를 걸었다.

"여보세요?"

그녀는 운전 중이었는지, 전화기 너머로 방향지시등의 '딸깍딸깍' 소리가 들렸다.

"지금 뭐 하는 거야? 어디야?"

"말도 마! 그 여자가 나한테 인사했다가 면박 줬다니까."

"뭐? 누구?"

"라에시시아! 완전 신경질 덩어리야, 결혼식 스트레스로 미쳐서 사람들한테 소리나 지르고, 나한테는 인사도 못 하게 했어!"

"뭐라고? 언제?"

"바로 지금, 교회 앞에서! 이대로는 안 넘어갈 거야."

"지금 어디야? 뭐 하는 거야? 설마 그것 때문에 결혼식 안 오려는 건 아니지?"

그녀의 대답을 듣고서야 그는 안도했다.

"아니야. 곧 가. 그냥 옷 좀 갈아입고 있어."

그는 그녀의 마지막 말을 이해하지 못했다. 그도 너무 긴장해 있었으니까. 이미 하객들은 모두 자리에 앉았고, 르노는 안에서 그에게 손짓하고 있었다. 이제 모두가 그만 기다리고 있었다. 결혼행진곡이 울려 퍼졌다. 하객들이 모두 자리에 앉자, 에밀은 라에시시아가 아버지의 팔에 기대어 중앙 복도를 천천히 걸어 들어오는 모습을 바라보았다. 르노의 눈빛은 행복으로 반짝였다.

"네, 그렇게 하겠습니다."

그의 목소리는 감정에 복받쳐 거의 속삭임에 가까웠다. 에밀은 그 순간 로라를 찾았다. 신랑신부의 입맞춤, "두 사람을 부부로 선포합니다"라는 말이 울려 퍼질 때, 그는 로라와 눈이 마주치면 이렇게 말하고 싶었다. 언젠가 우리도 저 자리에 설 거야. 하지만 그녀는 없었다. 그녀를 다시 본 건 예식이 끝난 뒤였다. 결혼한 두 사람이 붉은 장미꽃잎을 맞으며 교회 밖으로 나올 때였다. 로라는 특유의 도도한 표정으로, 밝은 청록색 드레스를 입고 서 있었다. 검정과 붉은색의 하객들 사이에서 그 옷은 눈부시게 튀었다.

"로라… 설마 진짜 저 옷을 입고 온 거야?"

그의 사랑스러운 장난꾸러기. 그는 웃음을 터뜨리며 그녀의 허리를 감쌌다.

"너 진짜 못 말리겠다."

그녀는 새하얀 이를 드러내며 웃었다.

"사진 찍는 게 벌써 기대돼!"

그리고 정말로 그녀는 모든 사진을 망쳤다. 교회 앞에서 찍은 사진에서도, 공원에서 찍은 사진에서도, 리셉션 천막 밑에서 찍은 사진에서도, 시청 계단 위에서 찍은 사진에서도 푸른 얼룩처럼 그녀만 보였다. 검정과 붉은색의 바다 한가운데, 모든 시선은 오직 그녀에게 쏠렸다. 결국 라에시시아의 어머니와 여동생들이 참지 못하고 부탁했다.

"제발 뒤쪽으로 가 주시겠어요?"

로라는 미소를 지은 채 순순히 뒤로 물러섰다. 그녀는 라에시시아 얼굴에 떠오른 분노의 기색을 보고 그걸로 충분히 만족했다. 그 후 에밀은 억지로 로라를 집까지 데려가 엄하게 말했다.

"당장 옷 갈아입어."

그녀는 불평 한마디 없이 그대로 따랐다. 로라는 본래 나쁜 사람이 아니었다. 그저 귀엽고 사랑스러운 말썽꾸러기일 뿐이었다.

"그래서, 어때? 어떤 기분이야?"

두 사람은 신랑 테이블에 나란히 앉아 있었다. 라에시시아는 동생들과 춤을 추러 나갔고, 로라는 저쪽 테이블에서 친구들과 웃으며 얘기하고 있었다.

"믿기지가 않아."

르노는 왼손의 결혼반지를 바라보며 말했다.

"내 손 같지가 않아."

"뭔가… 어른이 된 느낌이지?"

르노는 자랑스레 가슴을 폈다.

"그래."

그의 볼은 아직도 붉게 달아올라 있었다. 에밀은 미소를 지었다.

"나도 믿기지가 않아."

"나도 마찬가지야."

"교회에서 널 봤어. 꼿꼿하게 서 있는 너, 라에시시아가 천천히 걸어오고… 그때 생각했지. 우리가 여기까지 왔구나."

"어릴 적 뚱뚱하던 내가 이 자리에 있을 거라면, 그땐 절대 믿지 못했을 거야."

"봐, 그래서 믿음이 중요한 거야."

르노는 눈가를 살짝 훔쳤다. 눈물이 몇 방울 번졌다.

"이건 다 너희 덕분이야. 그때 너희가 나를 밀어붙이지 않았더라면…."

"헛소리 마! 우리가 라에시시아를 소개해 준 건 맞지만, 그다음은 네 몫이었어. 그리고 잘했잖아, 아주 잘했어."

르노는 울먹이며 웃었다. 하지만 그는 석 달이 채 안 되어 라에시시아의 배가 불러오고 자신이 아버지가 될 거라는 사실까지는 알지 못했다.

카렌은 틀렸다. 결혼은 여전히 의미가 있다. 그리고 이제 에밀은 확신했다. 그는 조안과도, 그 누구와도 결혼할 수 없다. 그는 르노와 같은 부류의 사람이다. 만약 언젠가 결혼을 한다면, 그는 아주 뜨겁고 아름다운 결혼을 하고 싶었다. 그래서 그는 아무리 큰 대가를 치르더라도 조안이 주는 선물을 받지 않기로 했다.

12

7월 21일, 오후 1시쯤
모세, 마을 아래의 라벤더 밭가에서

조안은 더 자주 여행지를 골라야만 했다. 아직 마을 안으로 들어가진 않았지만, 저 아래에서 보이는 풍경만으로도 충분했다. 거대한 바위 위에 자리 잡은 성벽과 집들이 한눈에 들어온다.

우린 잠시 멈춰 점심을 먹고, 이 절경을 즐기기로 했다. 볼거리는 마을만이 아니다. 거기엔 오래된 교회 하나가 있다. 노트르담 드 코르비악 예배당. 로마네스크 시대의 고풍스러운 폐허. 입구의 안내문에는, 한 영국인 부부가 이곳을 사들여 복원 작업을 진행 중이라고 쓰여 있었다.

식사가 끝나면 마을에 들어가서 캠핑카를 세울 주차장을 찾아볼 생각이었다.

그들은 캠핑카를 주차할 수 있도록 허용된 주차장을 찾지 못했다. 그래서 근처의 작은 슈퍼에서 장을 보고, 마을 아래쪽 시골길에 차를 세웠다. 그리고 배낭을 메고, 걸어서 모세 마을로 올라갔다. 햇살이 조금 누그러진 시간이었다. 그들은 세 개의 문 중 하나인 산타 마델레이나 문을 지나 마을 안으로 들어섰다. 모세는 아직도 중세 산촌 마을의 모습을 간직하고 있었다.

영주의 성을 지키던 성벽이 남아 있고, 다른 두 개의 문, 쿠므 젤라다와 프랑사 문도 그대로였다. 그리고 놀랍게도, 교회 종탑 꼭대기에는 수백 년 된 소나무 한 그루가 자라고 있었다. 관광객들의 관심을 끄는 명물이었다. 그들은 햇빛이 닿지 않는 골목길을 따라 걸으며, 곡식 창고 앞에서, 또 석재로 조각된 목수의 간판 앞에서 걸음을 멈췄다. 간판에는 대패 모양의 문양이 새겨져 있었다. 오래된 화덕 앞에서는 경이로움에 말을 잃었다. 잠시 후, 마을의 오래된 빨래터 앞에서 쉬어가며 에밀은 조안이 시원한 물에 발을 담그는 모습을 바라봤다.

“마음에 들어요?”

밤이 내리고, 오랜 시간 마을을 거닐다가 캠핑카로 돌아왔을 때 그가 물었다.

“예. 이 마을 너무 좋아요.”

그들은 늘 그렇듯, 캠핑카 앞 접이식 테이블에 마주 앉았다. 지나는 차도 거의 없는 조용한 길. 정말 좋은 자리를 택했다.

“우리 좀 덜 걸어야 해요.”

조안이 그들의 접시에 당근 스튜를 덜며 말했다.

“왜요?”

“당신, 이틀 전에 쓰러졌잖아요.”

그는 숟가락을 들어 한입 먹으며 대답했다.

"예, 맞아요. 당신 말이 맞아요."

그가 먹는 건 스튜인지, 퓌레인지, 수프인지 모르겠지만 맛은 괜찮았다. 슈퍼에서 산 당근 덕분일 것이다.

"다음번엔… 당신이 또 쓰러져도, 병원엔 절대 데려가지 않을 거에요."

그녀의 말에 에밀은 숟가락을 멈췄다.

"뭐라고요?"

그는 음식을 천천히 삼켰다.

"나, 생각해봤는데… 우리… 결혼하지 맙시다."

조안은 잠시 멈추더니, 어깨를 으쓱하며 대답했다.

"그래요."

그녀의 얼굴에는 아무런 감정도 읽히지 않았다. 실망도, 놀람도 없었다. 당연했다. 그녀에게 그건 단지 '도와주는 일'에 불과했으니까. 그들은 말없이 식사를 이어갔다. 숟가락이 그릇을 긁는 소리만이 정적을 채웠다.

"그럼… 만약 당신이 또 쓰러지면 어쩌려고요?"

그는 대답하지 못했다.

"나 혼자 당신을 돌보라는 거에요?"

그 말에 그는 자신이 얼마나 이기적인 사람인지 깨달았다. 그녀에게 너무 무거운 짐을 지우고 있었다. 그는 그녀에게 간병인이 되어 달라고, 혼자서 그를 차로 끌어가고 치료해 달라고 차마 요구할 수 없었다. 하지만 그렇다고 그냥 길가에 버려질 수도 없다. 누군가 발견하면 그는 다시 병원으로, 임상시험 센터로, 그리고 결국 부모의 집으로 돌아가게 될 것이다. 그건 그가 가장 두려워하는 일이다. 조안은 대답을 기다리고 있었다.

그는 더듬거리며 말했다.

"다른 방법이 있을지도 몰라요… 내가… 다른 신분으로 살면 어떨까? 그럼 병원에도 들킬 걱정 없이 갈 수 있잖아."

그녀는 놀라지도, 비웃지도 않았다. 그저 조용히 그를 바라보기만 할 뿐이었다.

"내일 알아볼게요. 진짜 가능할지도 모르니까."

그녀는 천천히 고개를 끄덕였다.

"그래요."

물론, 그녀는 믿지 않았다. 무슨 서류로? 어떻게? 그 자신도 몰랐다. 그들은 다시 말없이 식기를 닦았다. 그는 씻고, 그녀는 물기를 닦았다. 긴장된 침묵 속에서, 그가 먼저 말을 꺼냈다.

"결혼 얘기… 그건 당신 때문이 아니에요."

그는 그녀의 표정을 보기 위해 몸을 돌렸다. 조안은 여전히 차분했다.

"알아요."

그는 다시 고개를 돌려 냄비를 문질렀다.

"그냥… 나는 의미 없는 결혼은 상상할 수 없어요. 좀 바보 같을지 모르지만, 난 그런 사람이에요. 결혼은… 나한테 '의미'가 있어야 해요."

그녀가 뒤에서 고개를 끄덕였다. 잠시의 정적 후, 아주 부드럽고 조용한 목소리가 들려왔다.

"당신은 그게 아무 의미도 없다고 생각했어요?"

그는 손을 멈추고, 수도꼭지를 잠갔다. 돌아서서 그녀를 바라봤다.

"무슨 뜻이에요?"

조안은 살짝 미간을 찌푸렸다.

"우리가 사랑하지 않는다고 해서 이 결혼이 '무의미'한 건 아니에요. 나도 의미 없는 일은 안 해요."

그녀의 목소리는 낮지만 단호했다.

"이건… 약속이에요. 당신에게 하는 약속. 아니, 맹세에 가까워요. 나는 끝까지 당신 뜻을 따를 거라는 약속, 당신의 자유를 지켜주겠다는 약속, 마지막 순간까지 당신 곁을 지키겠다는 약속이에요. 사랑의 결혼은 아니지만, 그래도 완전히 의미 없는 건 아니죠?"

그는 천천히 고개를 저었다.

"아니… 그렇지 않아요."

그녀가 옳았다. 그는 착각하고 있었다. 이 결혼은 의미 없는 것이 아니었다. 잠시 후, 그가 물었다.

"그럼… 당신한테는 어떤 의미인가요? 이 모든 게… 당신에겐 뭐가 되는 거에요?"

그녀의 얼굴에 처음으로 고통의 그림자가 스쳤다. 그는 그제야 그녀가 냉정하게 굴었던 이유를 알았다. 그녀 안에는 너무 많은 아픔이 있어서였다. 조금이라도 새어나오면, 그 고통이 폭풍처럼 그녀를 휩쓸고 갈 것이기에.

조안은 낮고 깊은 목소리로 대답했다.

"다시… 앞으로 나아갈 이유가 생겼어요."

그는 그녀가 말을 꺼내기도 전에 이미 그 뜻을 이해했다. 며칠이 흘렀다. 시간은 빠르면서도 느리게 지나갔다. 에밀은 대부분의 시간을 캠핑카 앞의 작은 탁자나 가로수 그늘 아래서 보냈다. 잠을 자고, 노트에 몇 줄을 적고, 조안이 시장에서 사온 채소로 가스파초를 만들어보기도 했다. 조안은 긴 시간을 혼자 보냈다. 마을 골목을 걸으며, 라벤더 밭 사이를 헤맸다. 그리고 말린 라벤더를 묶어와 캠핑카 안을 장식했다. 그들은 다시는 결혼 이야기를 꺼내지 않았다. 그러다 이틀째 저녁, 조용한 길가에서 차를 마시며 에밀이 말했다.

"내일, 시청에 갑시다."

조안은 고개를 끄덕였다. 그녀는 이해했다. 다음 날, 두 사람은 눈부신 태양 아래를 걸었다. 성벽으로 둘러싸인 마을을 향해. 운 좋게도 시청은 열려 있었다. 그들은 오늘이 무슨 요일인지도 잊을 만큼 시간의 감각을 잃은 상태였다. 혹시 일요일일까 봐 걱정했지만, 아니었다. 조안은 로비에 들어서자 홍보용 전단지 진열대 앞에서 한참을 멈춰섰다. 직원은 그들이 오지 않자 목을 가다듬었다.

"안녕하세요. 뭘 도와드릴까요?"

조안이 놀라 고개를 들었다. 에밀이 그녀에게 다가오라 손짓했다. 둘은 함께 창구 앞으로 갔다.

"안녕하세요."

에밀의 목소리는 평소보다 조금 거칠었다.

"저희… 결혼하려고 왔습니다."

그의 목소리는 낮고 낯설었다. 직원은 그들의 등산복 차림을 흘끗 보고 물었다.

"두 분은 이 마을 주민이신가요?"

이번엔 조안이 대신 대답했다.

"아니요. 여행 중이에요."

직원은 혀를 차며 말했다.

"그럼 안 되겠네요."

차가운 공기가 로비를 메웠다.

"아…."

에밀은 작게 중얼거렸다. 직원은 고개를 저으며 덧붙였다.

"결혼은 반드시, 신랑이나 신부 중 한 명이라도 거주 중인 지자체의 시청에서만 가능합니다."

그들은 서로 곤란한 듯한 눈길을 잠깐 주고받았다. 이게 문제가 될 거라고는 전혀 생각하지 못했다. 에밀은 뭐라고 대답해야 할지 몰랐다. 조안은 발을 이리저리 옮기며 망설였다. 그녀가 설명을 시도했다.

"저희는 여행을 많이 다녀요… 그래서… 사실 일정한 거처가 없어요."

직원은 의미심장한 표정으로 의자에 등을 기댔다.

"그렇군요. 그럼… 확인해볼게요."

그녀는 의자에서 몸을 돌려 벽 쪽의 커다란 캐비닛으로 가서, 두꺼운 서류철을 꺼내 카운터 위에 올려놓았다.

"잠시만 기다려 주세요…."

그들은 급히 고개를 끄덕이며 기다렸다. 직원이 파일에서 비닐 커버에 꽂힌 서류 한 장을 꺼내 눈으로 빠르게 줄을 훑었다. 입술이 오므라들었다가, 만족한 미소로 바뀌었다.

"네, 찾았어요. 이제 알겠네요."

그들은 숨을 죽인 채 그녀의 입술만 바라봤다.

"결혼식은 신랑이나 신부 중 한 사람의 거주지 또는 실제 거주지가 있는 지방자치단체에서만 가능해요."

그들은 서로 불확실한 시선을 주고받았다. 둘 다 그 차이를 정확히 이해하지 못했다.

"만약 실제 거주지일 경우에는, 적어도 두 사람 중 한 명이 한 달 이상 그곳에 머물러 있어야 합니다."

직원은 서류를 다시 책상 위에 내려놓고 두 사람을 바라봤다. 조안은 코를 찡그리고 생각에 잠겼고, 에밀은 턱을 긁었다. 긴장할 때마다 그가 하는 버릇이었다.

"머물러 있다는 게… 무슨 뜻이죠?"

"그곳에서 사는 거죠."

직원은 그를 다소 둔한 사람이라도 보는 듯한 표정이었다.

"저희는 캠핑카에 살아요."

"그렇다면 아쉽지만 불가능할 것 같네요."

직원은 그들의 반응을 기다렸다. 에밀이 머뭇거리며 어색하게 말했다.

"아… 그렇군요… 그럼… 방법을 좀 찾아봐야겠네요…."

직원은 고개를 끄덕였다.

"혹시 여기 정착해서 결혼하시기로 하면, 미리 시청에 알려주세요. 결혼 신청 서류를 제출해야 하고, 필요한 증빙서류도 있습니다. 저희는 결혼 예고문을 열흘간 게시해야 해요. 따라서 결혼식은 열한 번째 날 이후에만 가능합니다. 그 점을 고려해 주세요."

에밀이 다시 턱을 긁었다.

"증빙서류라면… 어떤 게 필요하죠?"

직원이 서류를 확인했다.

"신분증 원본과 사본, 거주증명서(공과금 청구서 등), 증인 두 명의 인적 사항과 신분증 사본, 그리고 두 분의 출생증명서 원본이에요. 그게 전부입니다."

에밀이 또 턱을 긁었다.

“그럼… 증인은요…?”

직원은 곧바로 눈치를 챘다.

“없으신가요?”

두 사람은 동시에 고개를 저었다. 이쯤 되자, 직원은 더 이상 놀라지도 않았다. 그녀 눈에는 이들이 조금은 세상과 동떨어진 사람들로 보였을 것이다.

“최소 두 명의 증인이 필요합니다. 필요하시면 시청 직원들이 증인을 서 드릴 수도 있어요.”

그 말에 두 사람의 얼굴에 안도감이 비쳤다. 바로 그때, 유리문이 열리며 따뜻한 바람이 들어왔다. 허리가 굽은 노부인이 느릿하게 다가왔다.

“이제 다 되셨나요?”

직원이 물었다.

“네, 감사합니다.”

“감사합니다. 안녕히 가세요.”

“안녕히 계세요.”

그들은 올라올 때보다 훨씬 느린 걸음으로 골목을 내려갔다. 방금 들은 이야기들 때문에 약간 기운이 빠져 있었다.

“이걸 어떻게 해야 하죠?”

에밀이 물었다.

조안은 챙 넓은 모자 밑에서 얼굴을 들어 그를 올려다봤다.

“어딘가 한 달 동안 머물러야 할 것 같아요. 가구 딸린 스튜디오든 뭐든 하나 구해서.”

"그렇겠네요…."

"여기 아니면 다른 곳이라도."

에밀은 여전히 의욕이 없었다. 모든 게 너무 복잡하게 느껴졌다. 조안은 훨씬 가볍게 받아들이는 듯했다. 걸음도 가볍고, 마음도 평온해 보였다.

"한 달이나 머물러야 한다면, 적어도 우리가 편히 지낼 수 있는 곳이어야겠지요."

"맞아요…."

"봐요, 시청 홀에서 이걸 가져왔어요."

그녀는 그에게 전단지를 내밀었다. 제목에는 이렇게 적혀 있었다. 〈에우스 — 프랑스에서 가장 아름다운 마을 중 하나 (역사 기념물 지정)〉. 사진에는 산비탈 위에 자리한 고대 마을이, 화려하고 무성한 식물로 둘러싸여 있었다. 모셋보다도 훨씬 아름다워 보였다.

"그게 어디에요?"

"여기서 15킬로미터 거리에요."

"거기서 지내고 싶어요?"

"글쎄, 아직은 몰라요. 그래도 어떤 느낌인진 보고 싶어요."

"좋아요. 그럼 가봅시다."

7월 24일, 에밀의 편지

르노,

우리 여행의 새로운 단계야. 오늘 오후 우리는 모셋을 떠나 에우스라는 마을로 갈 거야. 이번 여정은 놀라울 만큼 평화롭고 고요해. 이렇게 마음이 잔잔해질 줄은 몰랐어. 넌 지금의 나를 못 알아볼지도 몰라! 봐, 나 지금 "내면의 평화" 같은 말을 하고 있잖아! 조안이 들으면 웃겠지.

그런데 이상하게도 요즘은 그저 나무 그늘 아래 누워 있거나, 별이나 구름을 바라보는 것만으로도 즐거워. 심지어 조안을 위해 라벤더 젤리를 만들면서도 행복했어! 지금 식히는 중인데 꽤 괜찮아 보이더라. 이제 난 변했어. 아마 더 나은 쪽으로.

사소한 일상에서도 즐거움을 찾게 된다는 게 신기해. 하지만 이 편지를 쓴 진짜 이유는 그게 아니야. 네가 깜짝놀랄 소식을 전하려고 해. 르노, 나… 결혼해.

놀라지 마. 농담이 아니야. 그렇다고 네 결혼처럼 사랑의 결혼도 아니야. 이건 조안의 아이디어야. 그녀는 내가 병원에 실려 갔을 때 법적 보호자 역할을 하려고 이 결혼을 제안했어. 그래서 내가 다시 실험센터로 보내지지 않게 하려고 말이야. 아마 그녀가 나를 사랑하지 않기 때문에, 가장 이성적으로 결정할 수 있을 거라 생각해.

우린 이제 결혼 준비에 들어가겠지만, 드레스를 고르거나 예식을 준비하는 건 아니야. 단지 행정적인 절차를 처리하는 일일 뿐이지.

너 기억하지? 네 결혼식 날, 정장 입은 네 모습이 믿기지 않았잖아. 그때 네가 말했지. "어릴 적의 나에게 말해도 절대 믿지 않았을 거야. 내가 언젠가 이렇게 결혼식장에 서게 될 줄은." 나도 지금 그 기분이야.

어릴 때 상상했던 결혼은 석조 교회, 하얀 드레스, 하객, 축제였는데, 지금은 그저 서류 복사하고 빨리 끝내고 싶은 일일 뿐이야. 신부는 이미 사랑하는 사람이 있고, 그는 멀리 생말로 근처에서 그녀를 기다리고 있지.

뭐랄까... 인생엔 참 생각지도 못한 일들이 기다리고 있나 봐. 예를 들어 이번 여행이나, 지금 느끼는 이 평온함 같은 거 말야. 이건 정말 기분 좋은 놀라움이야. 이제 편지를 마칠게.

조안이 준비를 마쳤어. 우린 다시 길을 떠나려 해. 에우스에 도착하면 소식 전할게.

너희 가족에게 내 마음을 전해 줘. 늘 생각하고 있어.

에밀

그들은 오후 무렵, 숨이 턱 막힐 듯한 더위 속에 에우스에 도착했다. 프랑스에서 가장 햇살이 많은 마을이 바로 에우스라고들 한다. 어쨌든, 열기는 숨이 턱턱 막힐 정도였다. 그들은 성벽 바로 앞 주차장에 캠핑카를 세웠다. 모세에서처럼 이번에도 마을을 걸어서 둘러볼 생각이었다. 차에서 내리자마자, 두 사람은 잠시 동안 꼼짝도 하지 못했다. 에우스가 그들 앞에, 맞은편의 바위 능선 위에 자리 잡고 있었다. 그것은 옛날에 만들어진 요새 마을로, 산 남쪽 비탈에 붙어 있고, 콩피앵 골짜기와 카니구 산 사이의 덤불 많은 언덕에 층층이 자리 잡고 있는 마을이었다. 마을에서 가장 높은 지점은 성당의 종탑이었다. 에밀은 넋을 잃은 채 바라보다가 겨우 말을 꺼냈다.
"배낭 챙겨서 가볼까요?"
조안이 고개를 끄덕였다.

성벽을 막 지나자 한 노인이 그들을 불러 세웠다.
"당신들, 관광객인가요?"

그 노인은 듬성듬성한 흰머리에 오래된 양치기 조끼와 베레모를 쓰고 있었는데 좀 괴짜처럼 보였다. 조안이 뜻밖에도 먼저 대답했다.

"안녕하세요, 네. 저희들은 관광객이에요."

노인은 힘겨운 듯 아주 종종걸음으로 다가오더니 이빨이 거의 없는 입으로 활짝 웃으며 말했다.

"환영하요."

조안이 고개를 숙여 인사했고, 에밀은 약간 뒤에서 경계하듯 지켜봤다. 노인이 손을 내밀었다. 두 사람은 망설이며 악수를 했다.

"내가 마을 구경시켜줄 수도 있지요. 여긴 내가 손바닥처럼 잘 아니까."

조안이 에밀을 바라봤다. 그의 허락을 기다리는 눈빛이었다. 에밀은 여전히 조심스러웠다. 하지만 그녀는 이번엔 그렇지 않았다.

"저기….."

그가 말을 꺼내려는 순간, 왼쪽의 한 창문이 열리고, 노란 앞치마를 두른 오십대 여인이 얼굴을 내밀었다.

"걱정하지 마세요, 젊은이들! 저분은 장이에요. 이 마을의 산 증인이죠."

그녀는 웃으며 덧붙였다.

"수년째, 이 마을에 오는 관광객이면 누구나 저분의 안내를 받아요."

두 사람은 예의 바르게 미소 지었다.

"아… 그렇군요."

여자가 말했다.

"책에서 배우는 것보다 훨씬 많은 걸 배우게 될 거예요."

노인은 손을 등 뒤로 깍지 낀 채 기다리고 있었다.

"그럼… 가볼까요?"

에밀이 마침내 고개를 끄덕였다.

"좋아요. 따라가겠습니다."

결과적으로 잘한 선택이었다. 가파른 자갈길을 오를 때마다 노인이 힘들어 보일까 걱정됐지만, 정작 그는 전혀 지치지 않았다. 말도 많았다. 생뱅상 성당의 역사, 마을의 구조, 옛 성터의 흔적까지 그는 모든 것을 알고 있었다. 성당은 옛 성의 폐허 위에 지어졌다고 했다. 부자들은 돈을, 가난한 사람들은 일손을 도왔다.

"남자들은 벽을 쌓고, 여자들은 돌을 날랐지요. 돌 한 덩이가 무려 150킬로그램이나 됐답니다."

노인의 말에 조안은 놀란 눈으로 귀를 기울였다. 생뱅상 성당은 마을 위쪽의 '높은 성당', 마을 아래쪽의 '낮은 성당'과 대비되는 존재였다. 그들은 좁고 가파른 골목길을 돌며 아치 아래를 지나고, 옛 성벽의 흔적 앞에 멈춰 섰다. 둥글고 움푹한 벽이 있는 집들도 있었다. 노인이 설명했다.

"그건 옛날 개인 화덕이에요. 지금도 가끔 사용하지요."

그들은 예술가들이 문을 연 열어놓고 있는 작은 가게들을 지났다. 대리석 조각가, 유리화 화가, 보석 세공사, 칼 제작자, 삽화가들… 조안은 마치 아이처럼 눈을 반짝였다. 마침내 마을의 가장 높은 곳, 생뱅상 성당에 도착했다. 노인은 마을 아래쪽의 식물을 가리켰다.

"선인장과 미모사가 이렇게 함께 자라는 곳은, 세상 어디에도 없을 거요."

그리고 북쪽을 가리켰다.

“저쪽으로 가면 콤므라고 불린 옛 마을이 있어요. 이젠 돌무더기와 오래된 교회 하나만 남았지요.”

그 말이 끝나기도 전에 노인은 처음 나타났던 것처럼, 홀연 모습을 감추었다. 그의 베레모와 조끼만이 눈에 아른거렸다. 가게 앞에서 담배를 피우던 남자가 웃으며 말했다.

“그 사람, 전설이에요.”

에밀이 물었다.

“오래 전부터 여기 계셨나요?”

남자가 고개를 끄덕였다.

“그런 셈이죠. 원래는 양치기였죠. 이사 와서는 마을의 노인들을 찾아다니며 역사와 옛이야기를 수없이 들었다네요.”

“그럼… 아무 보수도 없이요?”

남자는 웃었다.

“그렇죠. 순전히 마음으로 하는 거예요.”

두 사람은 성당 앞에 앉아 석양이 천천히 에우스를 덮어가는 모습을 바라봤다. 돌담이 황금빛으로 물들고, 지붕은 붉게 타올랐다. 하늘 끝에는 분홍빛이 섞인 주황색 띠가 생겨났다. 그들은 아무 말도 할 수 없었다. 시간이 멈춘 듯한 하루였다.

조안이 속삭였다.

“에밀….”

“예?”

“우리… 여기서 살아요.”

그녀의 얼굴은 빛에 물들어 있었다. 마치 오랜 잠에서 깨어난 사람처럼, 따뜻하고 살아 있었다.

"그럽시다."

에밀은 짧게 대답했다. 그는 오늘 본 풍경을 어떻게 글로 옮길 수 있을지 감히 상상조차 할 수 없었다. 그들은 라벤더 젤리를 손가락으로 퍼먹었다. 조심스레 병 가장자리를 긁어 마지막 한 방울까지 아껴 먹으며 눈을 감고 달콤함을 느꼈다. 젤리는 이미 반쯤 비어 있었다. 오늘 밤엔 다 먹어버릴지도 몰랐다. 캠핑카 옆에 접이식 의자와 테이블을 펴고 성벽이 보이는 주차장에 자리를 잡았다. 지금껏 묵은 곳 중 가장 좋은 자리는 아니었지만, 중요하지 않았다. 내일이면 한 달간 머물 집을 구할 테니까. 캠핑카는 여기 두고, 계약을 하고, 함께 살게 될 것이다. 한 달 전, 에밀은 시한부 판정을 받았다. 남은 2년을 임상시험 센터에서 보내야 한다고 했다. 하지만 지금 그는, 인생에서 가장 아름다운 마을 앞에서 라벤더 젤리를 먹고 있다. 그리고 내일, 그는 조안과 함께 새로운 집으로 들어간다. 인생은 끝나지 않는다. 그는 이제 확실히 깨달았다.

"내가 아직 죽지 않았다고 믿는 한, 삶은 계속해서 놀라운 일을 보여줄 것이다."

그리고 그는 아직 죽지 않았다. 오히려 그 어느 때보다 살아 있었다.

조안은 오늘 아침 완전히 회오리바람 같다. 캠핑카 안팎을 들락날락하면서 정신없이 움직이고, 그동안 에밀은 간신히 잠을 청하려 애썼다. 그는 조안이 문을 열고 들어왔다 나가는 소리, 싱크대 아래에서 컵을 꺼내고, 물을 데우고, 숟가락을 씻는 소리를 들으며 뒤척였다. 잠시 후, 조안은 한참 동안 나가 있었다. 거의 한 시간쯤 된 것 같다. 그제야 에밀은 겨우 다시 잠이 들 만해졌다. 하지만 곧 조안이 돌아와 또 물을 틀고, 찬장을 뒤적이다가 뭔가를 떨어뜨렸다. 결국 에밀은 체념하듯 일어났다. 이 소란 속에서는 도저히 더 잘 수가 없었다.

"무슨 일이에요? 벌써 이사라도 가는 건가요?"

그는 줄사다리를 타고 아래로 내려갔다. 조안은 아래층에서 자기 침대를 겸한 긴 의자를 접고 있었다.

"안녕."

그녀가 몸을 일으키며 말했다.

"나 때문에 일어났죠?"

"조금."

"에우스 입구에서 장을 만났어요. 마을 골목이랑 임대할 만한 집을 미리 좀 알아보려 했거든요."

에밀은 눈을 비비며 하품을 참았다. 지금 몇 시인지도 모르겠다. 얼마 안 잔 것 같았는데, 햇살을 보니 거의 정오가 다 된 듯하다.

"그 사람 아직도 마을 입구에 서 있어요?"

"예, 그 노란 앞치마 입은 여자랑 같이 있었어요. 어제도 그랬잖아요."

에밀은 어제 창문 너머로 말을 걸어오던 오십대쯤의 여자를 떠올렸다. 그는 고개를 끄덕이며 차를 끓이려 주방 쪽으로 갔다.

"그 여자가 인사를 하더니, 얼마나 머물 거냐고 묻더라고요. 내가 마을에 한동안 머물 집을 구하고 있다고 했더니, 자기 어머니 집 위층이 비어 있다고 말했어요."

에밀은 주전자를 들고 있다가 조안을 돌아보았다.

"뭐라고요?"

"사실은 한 집이긴 한데, 2층짜리에요. 그 여자의 어머니가 여든넷인데 거동이 불편해서, 1층만 쓰게 집을 개조했대요. 욕조랑 화장실도 아래층에 새로 만들고. 그래서 2층은 2년째 비어 있디네요."

“아.”

에밀은 우연치곤 참 신기하다고 생각했다.

“2년 동안 아무도 안 빌려 갔다고?”

조안은 조금 난처한 표정을 지었다.

“그게… 반값에 빌려주는 대신 조건이 하나 있대요.”

에밀이 눈살을 찌푸렸다.

“무슨 조건?”

“진지한 사람을 원한대요. 어머니를 가끔 살펴드리고, 말벗이 되어주는 대신에 월세 절반을 깎아주는 거에요.”

“그거 사기 아네요?”

“아네요. 하루에 몇 번 들러서 잘 계신지 보고, 말동무가 되어주면 된대요. 이미 가정부도 있대요. 그냥 지켜봐주는 정도에요.”

조안은 불안한 눈빛으로 그의 반응을 기다렸다.

“어때요?”

에밀은 주전자를 내려놓는다.

“글쎄… 우리 그분이랑 같이 살아야 하는 거에요?”

“그렇다기보다… 위층에 따로 사는 거에요. 계단도 따로 있대.”

“흠… 노인을 돌보는 건 내 취향이 아닌데….”

조안은 조심스레 말을 이어갔다.

“그런데 그 집에 안뜰이 있대요. 그 여자의 어머니는 잘 안 나가서, 우리가 써도 된다는군요. 큰 플라타너스 나무가 그늘을 만들어주는 예쁜 마당이랍니다.”

“음.”

에밀은 다시 차를 준비했다. 조안의 머릿속에 무슨 생각이 자리 잡은 건지 모르겠지만, 꽤 진지한 듯하다. 조안은 잠시 조용히 그를 바라보다가, 그가 찻물을 따르고 티백을 넣는 모습을 보고 있다가 밖으로 나갔다.

"우리 이름도 임대 계약서에 들어가는 거죠?"

결국 그게 가장 중요한 이유다. 마을에 방을 구하려는 건 결혼 서류를 위해서였다.

"응, 분명히 그렇게 된대요. 그런데 그게 다가 아네요…."

조안이 진지한 얼굴로 몸을 앞으로 숙였다.

"보증인도 필요없고, 근로계약서도 필요 없다네요."

에밀은 잠시 멈칫했다.

"어제는 그 생각을 못 했네. 그게 문제 될 수도 있겠군요."

그녀 말이 맞다. 어제는 너무 성급했다. 집을 빌리려면 조건이 필요한데, 그들에게는 보증인도 없고, 일자리도, 일정한 수입도 없었다.

"젠장."

에밀이 짜증 섞인 목소리로 중얼거렸다.

"왜 그래?"

"맞아… 우리로선 선택의 여지가 없네요."

조안이 고개를 끄덕였다. 그녀가 그 제안을 마음에 들어 한 줄 알았는데, 사실은 그게 아니라 그들에겐 선택지가 없다는 걸 이해한 것이다.

"그거, 사기 같진 않았어요?"

"아니, 딱히 그런 것 같지는 않아요."

"그럼 집 볼 수 있어요?"

"네, 오늘 오후에 보여준대요."

"좋아요…."

조안이 잠시 뜸을 들이다가 물었다.

"그럼 그렇게 하자고 할까요?"

에밀은 마음 한켠이 불편했지만, 이건 차선책으로 괜찮을지도 모른다고 생각했다. 결혼 서류 문제만 해결된다면, 한 달 정도는 참을 수 있을 테니까.

"그래. 일단 가서 봅시다."

"보고 나서 결정하자고요?"

"그래, 보고 나서."

조금 뒤, 어제 봤던 노란 앞치마 여자가 그들을 맞았다. 이번엔 앞치마 대신 흰색과 분홍색 꽃무늬 여름 원피스를 입고, 작은 금빛 가방을 메고 있었다.

"안녕하세요!"

그녀는 아침에 이미 조안을 봤기 때문에, 이번엔 에밀에게만 손을 내밀었다.

"다시 만나서 반가워요."

"저도요."

"전 아니라고 해요."

"저는 에밀입니다."

아니는 가방 끈을 어깨에 고쳐 메며 말했다.

"당신 여자친구한테 들었는데, 우리 예쁜 마을에 한동안 머무르실 계획이라면서요?"

에밀은 조심스럽게 고개를 끄덕였다.

"아직 확실히는 모르지만, 잠깐은 있을 것 같아요."

그는 조심스럽게 행동하려 애썼다. 조안이 무슨 말을 했는지 모르는 데다가 이 여자가 단 한 달만 머물다 갈 뜨내기 관광객에게 아파트를 빌려줄 마음이 있는지도 알 수 없었던 것이다.

"한 달 정도라고 들었어요."

"맞아요."

그는 안도하듯 대답했다. 아니는 그들을 데리고 왼쪽 골목으로 들어섰다.

"이 집은 잘 안 나가요. 대부분 사람들이 잠깐 들렀다가 가거든요."

그들의 발소리가 돌바닥 위에서 울렸다. 외국인 관광객들이 확성기를 든 가이드를 따라 지나갔다.

"여긴 휴가용 숙소로는 별로예요. 엄마는 낯선 사람들이 들락거리는 걸 싫어하시거든요. 나이도 많고, 조용히 지내길 바라시죠."

잠시 후, 그녀는 발걸음을 멈추고 가방을 뒤적이며 열쇠를 꺼냈다.

"바로 이 집이에요. 엄마 집에서 멀지 않아요. 저는 하루에 한 번쯤 들릴 수 있어요. 물론 손주들을 봐줘야 할 때는 좀 힘들지만요."

그들은 아주 좁은 돌길에 서 있었다. 길 양쪽으로 작은 돌집들이 늘어서 있는데, 그중 하나를 아니가 가리켰다. 진한 빨간색 문 위에는 파란 도자기 타일로 '6'이라 적혀 있다. 집은 작고 아담했다. 창문에는 제라늄 화분이 걸려 있고, 속이 보이지 않게 레이스 커튼이 쳐져 있었다. 위층에는 두꺼운 나무 덧문이 닫혀 있고, 그곳이 바로 비어 있는 층인 듯했다. 집 너비는 4 미터 남짓, 꼭 인형의 집 같았다. 아니가 작은 계단을 올라가 열쇠를 꽂고 문을 열었다.

"엄마! 나야, 아니야! 젊은 사람들한테 위층을 보여주러 왔어!"

그들은 어두운 복도로 들어섰다. 복도 끝에는 빛이 새어 나오는 문이 있고, 왼쪽에는 2층으로 이어지는 나무 계단이 놓여 있었다. 그때 안쪽에서 늙은 여자의 목소리가 들려왔다.

"그래, 다 보고 나서 오려무나."

"응, 엄마. 잠시만 다녀올게."

"그래."

아니는 왼쪽의 계단을 가리켰다.

"올라가요, 내가 뒤따라갈게요."

조안이 앞장서고, 에밀이 그 뒤를 따랐다. 그들은 계단을 올라 어둑한 방 안으로 들어섰다. 어두워서 방의 윤곽조차 잘 보이지 않았다.

"아, 미안해요!"

아니가 외쳤다.

"내가 먼저 올라왔어야 했는데. 덧문을 열어야 하거든요."

그녀가 카펫이 깔린 바닥 위를 조용히 걸었다. 잠시 후, 창문이 열리고 덧문이 삐걱거리는 소리가 났다. 곧 거리에서 쏟아져 들어오는 햇살이 방 안을 환하게 비추었다. 에밀과 조안은 놀랐다. 그는 어두컴컴하고 낡은 할머니 집을 상상했는데, 눈앞에 펼쳐진 공간은 넓고 밝고, 의외로 현대적이었다. 아니는 그들의 표정을 보고 미소 지었다.

"남편이랑 어머니를 1층에 모시기로 했을 때, 위층 내부를 새로 고쳤어요. 벽을 허물고 큰 스튜디오로 만들고, 인테리어도 조금 현대적으로 바꿨죠."

정말 그랬다. 오직 베이지색 카펫만이 예전 모습을 간직한 채, 나머지는 완전히 새로 단장되어 있었다. 벽면에는 돌조각이 드러나 있었고, 천장은 새로 흰색 페인트로 칠해져 조명이 매립되어 있었다. 방 안에는 흰색 코너 소파와 낮은 탁자, 책으로 가득 찬 선반이 있었다. 맞은편 벽에는 작은 주방이 붙어 있었고, 조리대 위로 난 작은 창문 하나가 안뜰 쪽을 향해 열려 있었다. 아니는 벽장 옆으로 그들을 데려갔다. 소파 뒤, 책장에 가려 있던 작은 문을 열자 욕실이 나타났다.

"여기가 욕실이에요."

그곳 역시 새것처럼 깔끔했다. 새하얀 타일의 샤워부스, 조약돌 모양의 수도꼭지, 그리고 천창이 달려 있었다. 작지만 아기자기하고 세심하게 꾸며진 공간이었다.

"엄마가 여기 두고 간 물건들이 조금 있어요. 수건이랑 책 몇 권, 스크래블 게임도요. 이제는 TV만 보시거든요."

그들은 다시 거실로 돌아왔다.

아니가 말했다.

"아까 친구분께도 말씀드렸지만, 월세는 절반만 받을 거예요. 대신 엄마를 조금만 챙겨주세요. 청소나 씻기는 일은 신경 안 쓰셔도 돼요. 도우미 아주머니가 매일 아침 일찍, 일곱 시쯤 오거든요. 그냥 가끔 말동무가 되어드리고, 밖에 나가고 싶을 때 손 좀 잡아드리고, 고양이 밥 챙겨주고, 밤에는 인사 정도만 해주시면 돼요."

조안은 고개를 끄덕였지만, 에밀은 여전히 망설였다. 집은 꽤 괜찮았다. 편안한 느낌마저 들었다. 하지만 그만한 가치가 있을까, 그는 생각했다.

"엄마도 만나보고, 안뜰도 보시겠어요?" 그들은 다시 계단을 내려가 어두운 복도를 통과했다. 아니가 닫힌 문들을 가리켰다.

"여기가 엄마 방이고, 화장실, 욕실이에요."

복도의 끝 문을 열자 햇살이 쏟아졌다. 그곳은 정말 '할머니의 거실' 같았다. 초록빛 바탕에 금빛 무늬가 들어간 벽지, 벨벳 안락의자, 술이 달린 카펫, 자그마한 레이스 덮개들. 그 안락의자 하나에, 머리를 단정히 틀어 올린 백발의 노부인이 앉아 있었다. 무릎 위에는 커다란 주황빛 고양이 한 마리가 올려져 있었다.

"엄마, 이분들이 위층 방을 보러 오셨어요."

고양이는 놀라서 후다닥 뛰어내리더니, 문가의 유리문을 통해 안뜰로 도망쳤다.

"아이고, 까나유가 놀랐네." 할머니가 웃으며 말했다.

조안과 에밀은 다가가 인사했다.

"안녕하세요."

노부인은 눈빛이 여전히 또렷했다. 손을 내밀어 악수를 청하자, 아니가 재빨리 말렸다.

"엄마, 그냥 앉아 계세요!"

할머니는 딸의 말을 못 들은 척하며 미소를 지었다. TV에서는 시골의 샬레를 배경으로 한 드라마가 흘러나오고 있었다. 방 안쪽에는 위층에 있는 것과 아주 똑같은 작은 주방이 하나 있었다. 다만 여기는 말린 꽃들로 가득했는데, 벽지와 같은 색인 촌스러운 초록색과 금색 화병들에 담겨 놓여 있었다.

"이리 와요."

아니는 그들을 안뜰로 안내했다. 그들은 문을 통해 밖으로 나가, 몇 개의 계단을 내려갔다. 작은 마당이 눈앞에 펼쳐졌다. 그곳은 정말 아름다웠다. 주변은 이웃집 벽으로 둘러싸여 있었지만, 어떤 창문도 이쪽을 향하지 않아 완전히 사적인 공간이었다. 바닥은 돌로 포장되어 있었고, 가운데에는 오래된 키큰 플라타너스 나무가 서 있었다. 그늘이 시원하고 공기가 맑았다. 문 근처 양옆에는 화분들이 빽빽하게 놓여 있었고, 색색의 꽃들이 피어 있었다. 그늘 아래에는 작은 나무 탁자와 의자 두 개가 있었고, 아까의 고양이가 그 밑에서 그들을 경계하듯 바라보고 있었다.

"이게 말씀드린 안뜰이에요. 엄마를 통해서 오가야 하지만, 별 문제는 없을 거예요. 엄마는 여름엔 덥다고 거의 나가지 않거든요. 까나유가 좀 경계심이 많긴 한데, 곧 익숙해질 거예요."

아니가 고양이 쪽으로 손을 내밀었지만, 고양이는 미동도 하지 않았다.

"오늘은 기분이 별로인가 보네요. 자기 새끼를 빼앗아가는 줄 아는 모양이에요…."

조안이 물었다.

"새끼요?"

아니가 고개를 들었다.

"예, 까나유가 얼마 전에 새끼를 낳았는데, 세 마리 중 한 마리만 살아남았어요. 작은 수컷이에요. 그런데 엄마가 나이도 많고, 고양이 두 마리는 감당이 안 되거든요. 게다가 커가면 싸우게 될 테고."

조안은 얼굴을 찌푸렸다.

"그럼 그 새끼는 어떻게 할 건데요?"

"아직 줄 사람을 못 찾았어요."

"죽이려는 건 아니죠?"

조안의 목소리는 어린아이가 놀란 듯 떨렸다. 아니는 난처한 표정을 지으며 말했다.

"그래야 할지도 몰라요. 입양할 사람을 못 찾으면요."

"어디 있어요?"

아니가 거실 쪽으로 걸음을 옮겼다.

"안에 있어요. 보시겠어요?"

"네."

조안은 바로 대답하고 따라 들어갔다. 에밀은 잠시 안뜰에 남아 있었다. 그곳이 이상하게 마음에 들었다. 플라타너스 아래 그늘진 탁자에 앉아 있는 자신이 그려졌다. 게다가 노부인은 생각보다 건강해 보였다. 이 정도면 함께 지내는 것도 나쁘지 않겠다고 그는 생각했다. 거실로 들어가보니 조안이 고양이 바구니 앞에 쪼그리고 앉아 있었다. 작은 주황빛 새끼 고양이가 눈을 겨우 뜬 채로 잠들어 있었다.

"몇 달 됐어요?"

이번엔 노부인이 대답했다. 그녀는 힘겹게 일어나 조안 곁으로 다가왔다.

"두 달 됐어요. 이제 막 젖을 뗐어요."

"엄마! 좀 쉬세요!"

아니가 소리쳤지만, 노부인은 딸을 무시했다.

"아니는 입양할 사람이 없으면 이 애를 죽이겠대요."

"엄마!"

아니가 반박했다.

"바로 죽이자고 한 건 아니야. 젖을 떼길 기다리자고 했잖아. 그래도 결국 아무도 안 데려가면 어쩌겠어? 이제 겨우 생후 8주 된 새끼 고양이를 우리 손으로 죽여야 할 판이야!"

조안은 고양이를 바라보다가 천천히 일어섰다. 그녀의 눈빛에는 결심이 서 있었다.

"제가 돌볼게요. 위층에 있으면 엄마 고양이랑도 가깝고, 입양할 사람도 찾아볼게요. 마을에 전단도 붙이고요. 꼭 새 집을 찾아줄 수 있을 거예요.”

아니의 표정이 금세 밝아졌다.

“그럼… 방을 빌리시겠다는 뜻으로 들어도 될까요?”

조안은 놀란 듯 에밀을 쳐다봤다. 순간 자신이 너무 앞서 말했다는 걸 깨달았다.

“저….”

아니가 부드럽게 말을 받았다.

“물론 천천히 생각하셔도 돼요. 하루든 며칠이든요.”

하지만 에밀은 이미 마음을 정했다. 결혼 서류 문제를 해결하려면 더 고민할 시간조차 없었다.

“난 결정했어요.”

조안의 눈이 빛났다. 놀람과 기쁨이 뒤섞인 표정이었다.

“우리, 그 방을 빌릴게요.”

아니는 두 손을 마주치며 환하게 웃었다.

“정말 잘됐네요! 엄마를 맡길 사람이 당신들이라니 마음이 놓여요. 이제 계약 얘기 좀 할까요?”

그들은 플라타너스 나무 그늘 아래 작은 나무 탁자에 둘러앉았다. 조안의 말대로, 아니는 보증인도, 계약금도, 소득 증명도 요구하지 않았다. 그저 어머니에게 말벗이 되어줄 누군가를 원했을 뿐이었다. 이름이 ‘미르티유’라는 할머니는 남편을 10년 전에 잃었다고 했다. 아니는 서류를 꺼내 볼펜을 물고 하나씩 작성했다.

“그런데 두 분은 왜 이 마을에 오신 거예요?”

조안이 말이 없자, 에밀이 대신 대답했다.

“결혼하려고요.”

아니의 얼굴이 환해졌다.

"아! 축하드려요! 정말 멋지네요!"

그들은 억지로 미소를 지으며 고개를 끄덕였다.

"결혼 후엔 다른 집으로 옮기실 거죠?"

"아마도요."

아니는 서류를 그들 쪽으로 밀며 말했다.

"좋아요. 이 마을은 정말 평화롭답니다. 작성해 주세요."

서류 작성을 마쳤다. 신분증 사본만 내일 가져오기로 했다. 거실에서는 미르티유 할머니가 의자에 앉은 채 조용히 잠들어 있었다. 그들은 그녀를 깨우지 않고, 현관 앞에서 아니와 인사를 나눈 뒤 내일 정오에 다시 만나기로 했다. 마을 성벽 밖의 주차장으로 돌아오는 길, 조안이 에밀에게 조용히 말했다.

"이제 이름을 지어줘야겠네요."

13

에밀은 지쳐서 흰색 코너 소파에 쓰러져 있었다. 옮길 짐이 많지는 않았지만, 불볕더위 아래 가파른 골목을 올라가는 것만으로도 그는 완전히 탈진해 버렸다. 조안은 아침에 에우스 마을의 한 가게에서 서류 복사를 해 왔고, 그동안 에밀은 새 집, 카레로 델 마사도르 6번지로 이사할 짐을 챙기고 있었다. 정오 무렵, 그들은 상자들을 들고 새 보금자리로 향했다. 아니가 한 번은 도와줬고, 장도 가벼운 짐 몇 개를 나르는 데 함께했다. 이사는 한 시간도 채 걸리지 않았다. 아니는 안뜰에서 시원한 레모네이드를 건네며, 그들의 캠핑카 이야기를 물었다.

"신혼여행 미리 떠나는 거예요?"

조안이 대답을 피하자 에밀이 대신 말했다.

"네, 그런 셈이에요. 둘이서 여행을 시작해서 길 위에서 결혼하려고요."

아니는 그 말에 눈을 반짝였다.

"정말 낭만적이네요!"

하지만 그녀는 너무 흥분해서 끝없는 질문을 퍼부었다.

"결혼식 장소는 미리 정해두신 거예요?"

"아뇨. 장소도, 날짜도 아직요."

"그럼 여행하면서 정할 생각이었군요?"

"네, 그렇죠… 이 마을이 마음에 쏙 들었어요."

"그럼 결혼하고 나면 다시 떠나실 거예요?"

"아마요. 아직은 몰라요."

"어딘가에 정착할 생각도 있어요?"

"그럴 수도 있죠."

그는 아니에게 에우스에 오기 전 들렀던 곳들과 조안과의 인연을 간단히 이야기했다. 젊은 시절 친구를 통해 알게 된 사이라는 정도만. 조안은 새끼 고양이를 데리고 자리를 피했고, 에밀은 혼자서 대충 이야기를 꾸며냈다.

7월 26일

마르조리,

이번엔 누나가 내 편지를 받을 차례야.

지금 나는 누나가 정말 좋아할 만한 곳에 머물고 있어. 잠시 동안만

머물 예정이지. 여긴 정말 아름다운 마을이야. 내가 막 이사한 아파트를 누나가 보면 질투가 날 거야. 누나가 좋아하는 돌벽, 누나가 좋아하는 이탈리아식 샤워실, 누나네 거실에 딱 어울릴 만한 흰색 코너 소파까지. 아주 밝고 깔끔한 인테리어야.

나, 여자랑 같이 살고 있어. 놀랐지? 새끼 고양이도 입양했어. 하얗고 주황빛이 섞인 고양이야. 이름은 아직 안 정했지만, 조안이 정하면 알려줄게. (그래, 그녀 이름은 조안이야.)

그러니까, 난 잘 지내고 있어. 로라가 떠났을 때 누나가 많이 걱정했지만 괜찮아. 사람은 결국 뭐든 이겨내고 다시 일어서잖아. 나, 정말 행복해. 엄마한테도 꼭 그렇게 전해줘. 더 이상 걱정하지 말라고. 나는 떠나기 전에 백 가지 인생을 살기로 했어. 하지만 여러분들을 잊은 건 아니야. 매일 생각하고 있어.

아빠, 엄마, 바스티앵, 쌍둥이들에게 안부 전해줘.

에밀

이 편지는 꼭 부칠 생각이었다. 에우스에서 추적당하지 않도록 먼 마을로 캠핑카를 몰고 가 하루 종일 달려가서 부치기로 했다. 편지 끝에는 이렇게 덧붙일 생각이었다. "이 편지는 내가 사는 곳과 전혀 관계 없는 마을에서 부쳤어. 나를 찾으러 오느라 시간 낭비하지 마. 나는 잘 지내고 있으니까, 누나 인생을 살아."

그는 행복하다는 걸 보여주고 싶었다. 완전히 사실은 아니었지만, 그렇다고 거짓도 아니었다. 그는 정말 행복했다.

그날 저녁, 그들은 식사를 하는 동안 말이 없었다. 미르티유는 이미 TV 앞에서 저녁을 먹었다. 조안은 그녀의 식사를 데워주려 했지만, 미르티유는 스스로 할 수 있다고 고집했다. 다리에 힘이 없지만, 그래도 할 수 있는 일을 하며 스스로 약해지지 않으려 했다.

조안과 에밀은 원래 위층 스튜디오에서 먹으려 했지만, 미르티유가 열 번이나 안뜰에서 먹으라고 권했다. 결국 접시와 샐러드를 들고 내려왔고, 미르티유는 투덜거렸다.

"다음엔 이럴 필요 없어요! 내 부엌에서 요리해도 되잖아요! 딸이 도시락을 보내줘서 이제는 불판도 안 쓰는데!"

잠시 후, 미르티유는 TV 앞에서 잠들었다.

에밀과 조안은 플라타너스 나무 아래서 조용히 식사를 했다. 에밀은 자신이 미르티유처럼 가까운 사람들에게 둘러싸여, 숨이 막히고 세심한 배려를 받지 못한 채 삶을 끝낼 수도 있었을 것이라고 생각했다. 다시 한번, 그는 떠나기를 잘했다고 스스로를 칭찬했다. 그는 아니와 그녀의 행동이 미르티유를 실제 나이보다 더 늙게 만든다는 사실을 떠올렸다. 그리고 그의 부모와 여동생도 자신에게 똑같이 했을 것이라고 생각했다. 그들은 자신을 지금보다 더 아프고 연약하게 만들었을 것이다. 조안과 함께 있을 때 그는 아프지도, 치매에 걸리지도 않았다. 조안과 함께 있으면 그는 병자가 아니었다. 그는 여전히 결정하고, 여행하고, 한 여자와 함께 살며, 고양이에게 밥을 주는 젊은 남자였다.

"이름 정했어요?"

그가 물었다.

조안은 잠시 생각하다 고개를 들었다.

"아직… 두 개 생각 중이에요. '포크', 키스라는 뜻이랑, '스피', 희망이라는 뜻."

그는 그녀가 사랑스럽다는 말을 차마 꺼내지 못했다. 대신에 그는 이렇게 말했다.

"그럼 포크로 하고, 스피를 두 번째 이름으로 하면 되겠네요."

조안은 활짝 웃으며 고개를 끄덕였다.

"좋아요. 세상에서 두 번째 이름이 있는 최초의 고양이가 되겠네요!"

그러자 그녀는 무척 행복해하는 것 같았다.

저녁에 이렇게 아무것도 할 일이 없는 건 그들에겐 처음이었다. 피레네 안내서를 찾아볼 필요도 없었고, 일정표를 짤 필요도, 캠핑 준비를 할 필요도 없었다. 앞으로 한 달 동안 그들은 천천히, 여유롭게 결혼 준비를 하며 돌아다닐 수 있었다. 한 달 동안 앞으로의 일들을 생각할 시간도 있었다. 가만히 한곳에 머무는 것도 나쁘지 않았다. 그래도 그들은 약간 어색한 기분이 들었다. 그때 조안이 스크래블 게임을 꺼내자고 제안했고, 에밀은 별로 내키지 않으면서도 그 제안을 받아들였다.

그들은 작은 탁자 위에 스크래블을 펼쳐놓고, 조안이 아틀리에에서 가져온 초를 켰다. 둘 다 각자의 생각에 잠긴 채 말없이 게임을 했다. 조안은 테이블 밑에 있던 새끼 고양이 포크를 무릎 위에 올려놓았다. 에밀은 문득, 만약 로라에게 스크래블을 하자고 했다면 어떤 얼굴을 했을까 상상했다. 아마 비웃었겠지. 그는 그게 바보 같다고 생각했지만, 사실 나쁘지 않았다. 스크래블 한 판 하는 게 그렇게 나쁜 일은 아니었다.

조금 뒤, 그들은 미르티유의 거실을 지나며 그녀를 깨웠다.

"침대까지 모셔다드릴게요⋯."

이번엔 에밀이 미르티유를 방까지 데려다주었다. 그는 조안이 노인을 업다가 허리를 다칠까 봐 겁이 났다. 그래서 말했다.

"당신은 가서 자요. 내가 할 테니까."

그는 미르티유를 침대까지 데려다주고 덧문을 닫았다. 창밖으로 보이는 거리는 인적이 완전히 끊겼다. 그 창문에는 레이스 커튼이 달려 있고 제라늄 화분이 놓여 있었다.

"내일 저 화분에 물을 줘야 하니까, 나한테 잊지 말고 말해줘야 해요⋯."

노부인이 이렇게 말했다. 그는 고개를 끄덕이고, 침대에 똑바로 앉아 머리를 빗는 그녀를 바라보았다. 길고 은빛이 감도는 흰 머리카락이었다. 젊었을 땐 꽤 예뻤겠구나,라는 생각이 들었다.

"당신 약혼녀, 참 매력적이네요."

그녀가 나지막한 목소리로 말했다. 그녀의 파란 눈빛이 너무 날카로워서, 그는 자신의 속마음이 그대로 드러난 것 같은 기분이 들었다.

"네⋯."

"두 사람이 우리 집에 와서 정말 기뻐요."

그는 시선을 피하며 웃었다. 그녀가 조안과 자신 사이를 알아차렸을까? 진짜 약혼한 사이가 아니라는 걸 느꼈을지도 몰랐다. 아마 그들이 유지하는 거리감이나 그들이 하는 행동을 보면 누구라도 눈치챌 수 있었을 것이다.

"저희도요."

그가 대답했다.

미르티유가 잠자리에 든 뒤, 조안은 에밀의 상처를 다시 살펴봤다. 팔꿈치와 머리의 상처는 잘 아물고 있었다. 실밥이 저절로 떨어지고 있어서, 조안은 제거할 필요가 없다고 말했다. 그녀는 상처를 소독했고, 에밀은 찡그리며 약을 덧발랐다. 그리고 불을 끄고, 둘은 펼쳐놓은 소파 침대 위에 누웠다. 하지만 에밀은 잠이 오지 않았다. 조용히 뭔가 긁히는 소리가 들렸기 때문이다.

"조안?"

그녀는 자는 듯 미동도 없었다.

"조안? 들려요? 이 소리?"

그 순간, 뭔가 따뜻하고 가벼운 게 그의 발 위로 뛰어올랐다. 그는 놀라서 벌떡 일어났다.

"안 돼요, 안 돼, 조안! 절대 안 돼! 포크는 밑에 있는 바구니에서 자야 해요!"

조안의 졸린 목소리가 들렸다.

"근데 얘 혼자 있으면 무섭잖아요….."

"농담이죠? 아래에 고양이 엄마도 있잖아요! 지금쯤 얘 찾고 있을 걸요!?"

"엄마는 사냥하러 갔어요….."

"그래도 안 돼요!"

조안은 불을 켜고, 아쉬운 얼굴로 포크를 안은 채 계단으로 내려갔다. 너무 커서 헐렁한 검은 반바지에 민소매 차림이었다. 그 모습을 본 에밀은 자기들이 꼭 처음으로 부부 싸움을 하는 신혼부부 같다는 생각이 들어 웃음이 났다.

조안이 그걸 보고 말했다.

“에밀….”

“안 돼요.”

“포크는….”

“안 돼요.”

그녀는 극적인 분위기를 풍기며 계단을 올라가 사라졌다. 그는 웃음을 감추려 했지만, 도무지 그럴 수가 없었다. 너무나 즐거웠기 때문이다. 그는 거의 잊고 있었던 연인 간의 다툼이 그리웠다는 사실을 깨달았다.

에우스에서의 처음 며칠은 세 사람 중 누구도 제대로 의식하지 못한 채 흘러갔다. 그것은 평온하고 부드러운 날들이었고, 함께 적응하며 작은 일상의 리듬을 만들어가는 시간이었다.

첫날 아침, 에밀이 눈을 떴을 때 스튜디오는 텅 비어 있었다. 그녀는 극적인 분위기를 풍기며 계단을 올라가 사라졌다. 고양이는 원래 낯을 많이 가리는 편인데, 이미 조안을 받아들인 모양이었다. 에밀은 별로 놀라지 않았다. 조안은 조용하고 부드럽고, 말도 많지 않았다. 그래서 동물들이 쉽게 마음을 놓는 것 같았다.

조안은 어젯밤 일로 화를 내지 않았다. 에밀이 포크를 스튜디오에서 내쫓았을 때도 그저 웃어넘겼다. 로라였다면 하루 종일 삐졌을 텐데, 조안은 달랐다. 그들은 안뜰에서 아침을 먹었다. 두 사람은 고양이들이 햇빛 아래에서 몸단장을 하는 걸 보며 빵을 씹었다. 그 후 에밀은 미르티유가 키우는 꽃에 물을 주었고, 조안은 장을 보러 마을로 내려갔다. 오후엔 둘이 결혼 서류를 정리했다. 미르티유는 그 사이에 안락

의자에 앉아 낮잠을 잤다.

"아, 젠장…."

조안이 난감한 표정을 지었다.

"왜요?"

"출생증명서를 안 가져왔어요."

"아…."

에밀은 떠날 때 집에 있던 출생증명서부터, 오래전에 딴 운전 안전 자격증까지 모든 서류를 전부 다 챙겼다. 그는 그때 그걸 잘했다고 생각했다.

"필요할 거라고는 생각도 못 했어요."

"태어난 도시의 시청에 전화해봐요. 우편으로 받을 수 있을지도 몰라요."

조안은 바로 전화를 걸었다. 잠시 후, 전화기 너머에서 좋은 소식이 들려왔다.

"운이 좋네요. 내가 태어난 곳은 온라인으로도 증명서 신청이 된대요."

다음 날 아침, 조안은 인터넷을 쓸 수 있는 곳을 찾아 마을을 돌아다녔다. 에밀은 그동안 미르티유에게 차라도 끓여주기로 했다. 그날은 하늘이 흐렸고, 금방이라도 비가 올 것 같았다. 그래서 미르티유는 에밀의 제안을 받아들였다.

"차 드실래요? 저는 하루 종일 차를 마시는 게 습관이라…."

"그래요, 그럼 좋죠."

그들은 차 상자를 아래층 거실로 옮겼다. 그게 훨씬 편했다. 에밀은 플라타너스 아래에 자리를 잡고, 김이 나는 찻잔을 올려놓은 다음 검은색 노트를 꺼내 펜을 들었다. 미르티유는 다리를 쭉 뻗고 앉았다. 까니유가 그녀의 무릎 위로 올라와 몸을 말았다.

"그 노트는 뭐예요?"

"아… 일종의 여행 일지 같은 겁니다."

미르티유는 그를 똑바로 응시했다.

"내 딸이 그러던데, 당신들 여기서 결혼한다면서요?"

"네, 맞습니다."

"언제요?"

"서류 다 모으면 할 생각입니다."

미르티유는 마치 뭔가를 눈치챈 사람처럼 살짝 고개를 끄덕였다.

"처음부터 계획된 건 아니죠?"

"네?"

"그 결혼 말이에요."

에밀은 솔직히 인정했다.

"네, 원래는 계획이 없었어요."

그제서야 미르티유는 의미심장하게 웃었다. 그리고 배 위에 손을 올렸다. 에밀은 바로 눈치챘다.

"아, 아니요! 그건 아니에요!"

하지만 미르티유는 믿지 않는 눈치였다.

"정말이에요. 그건 진짜 전혀 상관없는 일이에요…."

그가 설명을 하면 할수록 미르티유의 웃음소리는 점점 커졌다.

"조안이 임신했다고요? 말도 안 돼요!"

그는 결국 포기했다. 어차피 한 달 뒤면 여길 떠날 텐데 뭐. 미르티유가 혀를 딱 소리 내며 입천장에 댔다.

"나한테는 그런 얄팍한 수작 안 통해요! 조안이 하는 행동만 봐도 알 수 있잖아요. 그 고양이 새끼랑 있을 때 말에요….."

"뭐라고요?"

"조안은 그냥 아기를 돌보고 싶어 안달이잖아요!"

그는 고개를 다시 저으며, 노부인에게 그건 정말 사실이 아니라고 말하듯 했다.

"자, 당신 항해일지에나 계속 쓰세요."

"미르티유, 오해하시는 거예요…."

"쯧쯧! 어서 쓰세요. 나한테 신경 쓰지 말고."

"정말 잘못 생각하고 계세요…."

"쓰라니까요!"

그는 미르티유의 고집 앞에서 그냥 포기하기로 했다. 조안과 자신이 아기를 기다리고 있다니… 미르티유가 진실을 알게 되면…

비가 살짝 내리기 시작했지만, 나무 아래라 비는 한 방울도 맞지 않았다. 그는 차를 한 모금 마시고, 노트에 에우스 마을의 골목을 묘사하는 글을 썼다. 그때, 현관문이 쾅 닫히는 소리가 났다. 조안이 머리부터 발끝까지 젖은 채 들어왔다.

에밀이 물었다.

"어떻게 됐어요?"

"찾았어요. 교회 맞은편에 작은 카페가 있더라구요. 거기서 인터넷 했어요."

"출생증명서 신청은요?"

"네, 이메일로 보내준대요. 가끔 확인하러 가야 해요."

미르티유는 혀를 차며 말했다.

“이 결혼, 정말 급한가 보네요?”

조안은 무슨 뜻인지 몰라서, 의아한 얼굴로 에밀을 바라봤다. 에밀은 ‘나중에 설명할게’ 하는 의미의 눈짓을 했다.

조안이 물었다.

“포크는요?”

미르티유가 되물었다.

“포크?”

“고양이요. 제가 포크라고 이름 지었어요.”

“아하.”

그녀는 또 의미심장한 미소를 지었다.

“지금 어디 있나요?”

“바구니에 있지요. 자기 바구니에.”

그날 저녁, 미르티유는 자신이 살아온 이야기를 들려줬다. 에우스에서의 삶, 남편이었던 으젠, 그리고 네 딸들에 관한 이야기였다. 그녀와 으젠은 둘 다 이 마을에서 태어났다. 남편은 칼을 만드는 장인이었고, 그녀는 딸들을 키우면서 살림을 맡았다. 세 딸은 다 다른 도시로 떠났고, 오직 큰딸 아니만이 에우스에 남아 어머니 곁을 지켰다. 딸들이 집을 떠난 뒤엔 남편의 가게를 도우며 살았다. 칼집 냄새가 배인 그 작은 가게에서 그녀는 평생의 반을 보냈다.

에밀과 조안은 조용히 귀를 기울였다. 미르티유는 멈추지 않았다. 그녀는 오랜 기억들을 더듬으며, 마치 그 시절을 다시 살아보듯이 이야기했다. 주말마다 가족이 함께 산책을 나갔던 일, 피크닉 바구니를 들고 에우스 근처의 숲과 시냇가를 돌아다니던 일, 아이들이 물에서 뛰놀고, 으젠이 거친 손을 물에 담그던 모습. 그녀는 그 모든 걸 아주 선명하게 기억하고 있었다. 그녀의 삶은 단순했지만, 그만큼 평온했다.

"으젠은 내가 고른 사람이 아니었어요."

미르티유가 말했다.

"우리 결혼은 부모님이 정하신 거였죠. 우린 둘 다 이 마을에서 오래된 집안이었거든요."

조안이 조심스레 물었다.

"그럼… 불행하셨나요?"

미르티유는 고개를 저었다.

"아니. 난 다른 누구도 남편으로 원하지 않았어요."

그녀의 눈동자가 맑게 빛났다. 그건 후회 없는 삶의 눈빛이었다.

다음 날 아침, 에밀은 편지를 부치러 마을 아래로 내려갔다. 그가 떠나기 전, 조안은 우체국에서 포크 입양 전단을 인쇄하겠다고 했다. 에밀은 속으로 웃었다. 그녀가 그런 전단 따위를 진짜로 만들 리가 없다는 걸 알고 있었던 것이다. 그는 천천히 언덕길을 내려갔다. 마을 입구에서 장터를 지키던 장에게 인사를 건넸다.

"오늘도 관광객이 좀 오겠지요."

그는 웃으며 손을 흔들었다. 에밀은 마을 성벽을 지나 주차장으로 내려갔다. 캠핑카는 여전히 그 자리에 세워져 있었다. 그는 조안과 미르티유에게 "저녁 전에 돌아올게요."라고 말하고 떠났지만, 실은 어디로 가야 할지 정하지 못한 상태였다. '그냥 도로를 따라가보자.' 그는 그렇게 생각하고 운전대를 잡았다. 오전 내내 그는 운전만 했다. 정오쯤, 고속도로 휴게소에 들러 통조림 완두콩을 데워 먹고 난 그는 바나나 퓌레를 후식으로 골랐다. 그 뒤엔 잠시 낮잠을 잤다. 오후 세 시쯤, 그는 아무 생각 없이 고속도로 출구 하나를 택했다. 그리고 그때서야 깨달았다. '지금… 어디로 가고 있는 거지?' 도로 표지판을 봐도, 낯선 이름뿐이었다. 그는 점점 혼란스러워졌다. 기억이 하얗게 비어버린 듯했다. '왜 내가 이 길에 있는 거지? 어디를 향해 가고 있었지?' 잠시 후에야 기억이 돌아왔다. 아침에 미르티유의 집을 나섰던 일, 조안이 스튜디오에 남아 있던 모습… 그제야 안도의 한숨이 나왔다. 이번엔 기억의 공백 상태가 오래 가지 않았다. 요즘 들어 자주 있는 일이었다. 이번엔 운이 좋았다. 더 위험할 수도 있었으니까.

그는 교회 근처에 있는 작은 우체국을 찾아갔다. 창구가 아직 열려 있어서 다음 편지들에 붙일 우표 한 묶음도 샀다. 캠핑카로 돌아왔을 때, 그는 기진맥진했고, 하루를 허비해버린 듯한 불쾌한 기분이 들었다. '빨리 돌아가서 조안을 보고 싶다.' 그는 그렇게 생각했다. 아마 그녀는 포크를 무릎 위에 올려놓고 있을 것이다. 해가 기울 무렵, 그는 커피를 마시고 연료를 채웠다. 계기판에는 '20시'가 표시되어 있었다. 저녁식사 시간은 이미 한참 지났다. '미르티유와 조안이 같이 저녁을 먹고 있겠군. 설마 걱정하진 않겠지.'

그는 밤 10시가 되어서야 에우스 주차장에 도착했다. 그는 하루 종일 운전만 했다. 그 긴 시간 동안 무슨 생각을 했는지조차 기억이 나지 않았다.

집은 캄캄했다. 미르티유는 이미 잠든 듯했다. 스튜디오에는 불빛 하나만이 희미하게 새어나왔다. 조안이 소파에 앉아 있었다. 미르티유의 책을 읽고 있었고, 그 옆에는 포크와 까니유가 나란히 웅크리고 있었다. 에밀은 문득 미소를 지었다. 그녀를 보니 하루의 피로가 사라지는 것 같았다. 조안이 고개를 들었다.

"왔어요?"

조금 불안한 기색이 얼굴에 비쳤다.

"예. 너무 멀리 갔어요. 그걸 알아챘을 땐 이미 늦었죠."

그녀는 책을 내려놓고 몸을 일으켰다. 까니유가 다가오더니 그의 냄새를 맡았다.

"편지는요?"

"예, 부쳤어요."

그는 신발을 벗고 그녀 옆에 앉았다.

"오늘 뭐 했어요?"

"미르티유랑 거실 정리했어요."

"아, 그랬어요?"

"예. 미르티유가 밖으로 나가지 않아도 바람을 즐길 수 있도록 창문 근처에 낮잠 공간을 마련해 주었어요."

"미안해요, 나 때문에 저녁도 못 먹고 기다렸죠?"

"미르티유가 피곤해해서 식사 전에 침대에 눕혔어요."

"그럴 만하죠. 거실을 다 옮겼잖아요."

"직접 옮긴 건 나예요. 미르티유는 구경만 했어요."

에밀은 웃었다. 조안은 아직 그의 농담을 완전히 알아듣지 못했지만, 이런 사소한 대화가 점점 편해지고 있었다.

"포크는?"

"왜요?"

"입양 전단 만들었다면서요."

조안이 그의 눈을 피했다. 그녀는 아무렇지 않은 척 대답하려 했지만, 거짓말한다는 게 너무 티가 났다.

"그게… 시간이 없어서 못 했어요."

그는 웃음을 참고 고개를 숙였다. 조안은 부끄러운 듯 일어나며 말했다.

"고양이들, 밑으로 데려다줄게요."

"그래요. 난 침대 펼칠게요."

그녀가 다시 올라왔을 땐 방은 어두웠다. 둘 다 누웠지만, 잠이 오지 않았다.

조안이 속삭였다.

"있잖아요…."

"예?"

"내일… 콤므 마을 가볼래요? 폐허 마을 있잖아요. 미르티유가 그러는데, 정말 예쁘대요. 슬프고 아름답대요."

"슬프고 아름답다고요?"

"예, 그렇게 말했어요."

"그 분 말은 반만 믿어야 해요."

"에밀!"

"진짜예요. 그 분은 당신이 임신했다고 믿어요."

"뭐라고요?"

조안이 벌떡 일어났다.

"농담이죠?"

"아녜요. 그래서 우리가 급하게 결혼한다고 생각했대요."

“그럼 그게 아니라고 말해줬어요?”

“했죠. 근데 안 믿더라고요.”

조안은 어이없어하며 웃었다.

“그래서 오늘 아침에 내가 무거운 가구 옮길 때 계속 ‘그거 안 돼, 조심해’ 하셨구나.”

“가구를 옮겼다고요?”

“예. 별거 아니었어요. 근데 계속 나를 걱정하시더라고요.”

“당연하죠. 당신은 체구도 작잖아요.”

“그래서 뭐요? 부서지기라도 할까 봐요?”

“그럴 수도 있죠.”

“그럼 당신은요? 하루 종일 운전하고 기억 잃을 뻔했잖아요.”

그 말에 에밀은 아무 대답도 할 수 없었다. 그녀 말이 맞았다. 그는 무모했다. 조안은 연락할 방법도 없었을 텐데.

“그래도 갔잖아요.”

“그랬죠.”

잠시 침묵이 흘렀다. 그녀가 다시 속삭였다.

“그럼 내일, 콤므 가는 거죠?”

“그래요, 내일 가요.”

그가 다음에 편지를 부칠 때는, 그녀를 데려갈 것이다.

“오늘 저녁에는 두 사람 모두 정말 말이 없네요.”

미르티유는 번갈아가며 그들을 바라보았다. 그들은 햇볕에 얼굴이 그을려 있었다. 조안의 코는 새빨갛게 달아올랐고, 에밀의 눈 주변에는 선글라스 자국이 남아 있었다.

"콤므에 다녀오고 이런 기분이 된 건가요?"

"네⋯ 아마도요."

그들은 타오르는 태양 아래, 폐허가 된 마을에 도착했다. 그곳에는 오직 그들만 있었다. 돌무더기 속에 홀로 남겨진, 재난 후 버려진 도시처럼, 더 이상 생명이 살 수 없을 것 같은 열기에 휩싸인 마을이었다. 그제야 그들은 미르티유가 말한 '슬프고 아름답다'라는 말의 의미를 이해했다.

마을 한가운데에는 교회가 있었다. 문은 열려 있었다. 조안은 안으로 들어가 한참 동안 묵상에 잠겼다. 에밀은 부서진 벽의 그늘에 남아 있었다. 그는 교회를 보고 넋을 잃었다. 폐허 속 돌로 지어진 이 아름다운 교회. 그는 만약 다른 삶을 살았고, 사랑하는 여인과 결혼할 수 있었다면, 바로 이곳에서 결혼식을 하고 싶었겠다고 생각했다. 그는 이곳에서 결혼식이 어떻게 진행될지 상상해 보았다. 자유로운 모습의 로라를 떠올렸다. 맨발에 머리를 풀고, 히피 스타일의 흰 드레스를 입고 걸어가는 모습. 그는 그녀의 머리 위에 얹어진 가느다란 하얀 화관과, 부케 대신 손에 든 단 한 송이의 하얀 장미를 상상했다. 그는 어머니가 연한 분홍색 정장을 입고 눈물을 글썽이며 서 있는 모습도 떠올렸다. 아버지는 단정한 정장을 입고 어머니 곁에 서 있었다. 마조리에는 여름 꽃무늬 드레스를 입고, 바스티앙은 청바지에 흰 셔츠를 입었다. 쌍둥이의 목에는 나비넥타이를 매달았다. 르노는 라에시시아에게 셔츠 주름 때문에 꾸중을 들었고, 티반은 돌무더기 속으로 네 발로 달아나기도 했다. 행복한 장면이었다. 그는 반쯤 무너진 벽에 기대어 혼자 미소 지었다. 교회에서 나오는 조안의 얼굴 표정이 슬퍼 보였다. 그는 그녀가 무슨 생각을 하고 있는지 궁금했다. 두 사람은 뜨거운 태양 아래 조용히 에우스로 돌아왔다.

"정말 아름다운 곳이네요."

그들은 아무 말 없이 고개를 끄덕였다. 미르티유는 더 이상 묻지 않았다. 그녀는 그곳에서 무슨 일인가가 있었고, 그들이 침묵을 지켜야 한다는 사실을 이해한 듯했다.

조안은 다음 날 아침, 이메일로 출생 증명서를 받았다. 에밀은 스튜디오 안을 서성거리기 시작했다. 그는 미르티유에게 자신이 무엇을 도와줄 수 있는지 물었다. 그녀는 자신의 방에 있는 선반의 볼트를 조여야 하고, 딸 아니네 집에 굴러다니는 오래된 자전거를 수리하면 좋을 것 같다고 말했다. 에밀은 자전거를 고쳐서 마을을 돌아다니거나, 만약 이곳에서 일자리를 구한다면 출퇴근용으로 사용할 수도 있었다. 그는 그날 바로 선반 수리에 착수했다. 저녁이 되자, 아니가 어머니를 보러 왔고, 두 사람은 안뜰에서 함께 저녁을 먹었다.

조안은 에밀의 상처를 확인하고 소독하며 걱정스러운 표정을 지었다.

"내일 자전거를 고치려거든 그늘에서 고쳐요."

"왜요?"

"어제 코모에서 햇볕을 쬐는 바람에 당신 머리에 생긴 흉터가 아물지를 못했어요."

"진물이 나요?"

"아뇨. 하지만 계속 햇볕에 노출되면, 흉터는 절대 사라지지 않아요. 그렇게 되면 붉은 흉터가 평생 눈에 띄게 남을 거에요."

에밀은 어깨를 으쓱할 수밖에 없었다. 그는 평생 흉터가 남든 말든 전혀 신경 쓰지 않았다.

14

에우스에서 시간은 계속 흘러갔다. 상처는 천천히 아물어가고 있었으며, 내리쬐는 햇볕에 풀들이 다 말라 죽어가고 있었다. 에밀은 사흘 동안 아니의 자전거 수리에 매달렸다. 그는 아니와 남편의 집 앞, 작은 집 그늘 아래 포장길에 앉아 여유롭게 시간을 보내며 마음이 멍하니 떠돌도록 내버려 두었다. 아니는 매 시간마다 레모네이드를 가져다주었다. 그녀는 여름에는 일을 하지 않았다. 나머지 시기에는 자신이 만든 보석을 팔았고, 여름이면 긴 방학에 들어간 손주들을 돌보았다. 아이들은 에밀 주변을 돌며, 그의 도구와 기름투성이 손을 몇 시간이고 지켜보며 놀았다.

낮 동안 조안은 에우스 주변을 탐험하러 나갔다. 그녀는 손에 긁힌 상처를 안고 미모사나 다른 다채로운 꽃들을 들고 돌아왔다.

저녁이면 그들은 늦게까지 스크래블을 했다. 다음 날 갈 길도, 정해야 할 경로도, 시간에 대한 제약도 없었다. 스크래블 게임을 하는 동안 그들은 말을 하지 않았다. 그들은 책으로 가득한 선반에서 작은 라디오를 하나 찾아내서 음악을 배경으로 틀어 놓고 말을 옮기며 게임을 계속했다.

어느 날 밤, 조안이 물었다.

"만일 당신이 죽으면 당신은 당신 몸을 어떻게 하고 싶어요?"

그 질문에 에밀은 너무 놀라 몇 초간 말문이 막혔다.

"뭐라고요?"

그는 겨우 입을 열었다.

"화장하라고 할 거에요, 아니면 매장하라고 할 거에요?"

“나는….”

왜 그는 이 질문을 한 번도 생각해 본 적이 없을까? 그는 조안 앞에서 자신이 바보처럼 느껴졌다.

“글쎄… 어떻게 하든지 상관없어요.”

그들은 다시 게임을 시작했다. 에밀은 조안이 ‘실로폰’이라는 단어를 놓는 모습을 아무렇지 않게 바라보았다.

“당신은?”

조안은 망설임 없이 대답했다.

“나는 화장을 해주었으면 좋겠어요. 그러면 날아갈 수 있으니까요”

그녀는 게임판을 뒤집었다. 말을 모두 썼고, 게임에서 이겼다.

자전거는 수리되었다. 에밀은 다시 스튜디오 안에서 서성거리며 시간을 보냈다. 8월의 기온은 견딜 수 없을 정도로 높았다. 폭염 경보가 발령되었다. 미르티유는 더 이상 안뜰로 나가지 않고, 거실 안에서 웅크리고 지냈다. 그녀는 잠을 많이 잤고, 몸을 조금만 움직여도 힘들어했다. 조안은 포크를 입양 보내기 위해 마을에 포스터를 붙이려던 계획을 완전히 포기했다. 에밀은 떠날 때가 오면 이별이 얼마나 힘들지 상상했다. 새끼 고양이는 어떻게 될까? 어쩌면 아니가 고양이를 맡아 키우는 데 동의할지도 모르고, 어쩌면 손주들에게 주려 할지도 모른다. 그녀는 고양이를 죽이지는 못할 것이다. 그때쯤이면 이미 한창 장난도 잘 치고제 앞가림도 하는 상태가 되어 있을 테니까.

8월 15일 이전, 그들은 결혼 서류를 제출하기 위해 시청에 갔다. 서류는 모두 갖추어져 있었다. 그러나 직원은 서류가 그들이 에우스로 이사 온 날인 8월 26일까지 보류될 것이라고 말했다. 그들은 아직 2

주 더 기다려야 했다. 그러나 결혼 공고는 그 전에 미리 게시될 것이라고 했다. 그들은 그 말을 듣고 만족하여 에우스의 작은 돌길을 걸어 집으로 돌아갔다.

에밀이 말했다.

"기다리는 동안 잠깐이라도 할 일을 찾아봐야겠어요, ."

조안은 고개를 끄덕였다.

"아니가 도와줄지도 몰라요. 그녀는 이 마을 사람들을 많이 알거든요."

미르티유는 그날 저녁, 에밀이 일을 찾겠다는 소식을 듣고 만족스러워했다.

"아이를 먹여 살려야지요."

그녀가 매서운 눈빛으로 말했다.

그러자 조안이 깜짝 놀라 외쳤다.

"아기는 없어요, 미르티유!"

하지만 그녀의 말은 노인의 마음을 바꾸지 못했다.

에우스에서 예술 축제가 열렸다. 미르티유는 매년 열리는 이 행사에 많은 사람들이 몰린다고 알려주었다. 수십 명의 예술가들이 골목을 가득 메웠다. 배우, 화가, 삽화가, 음악가, 마임 아티스트들이 모였다. 골목길에 발걸음과 웃음소리, 박수 소리가 울려 퍼졌다. 미르티유가 거실 안에서 시원하게 지내는 동안 조안은 아침부터 저녁까지 축제장을 이리저리 돌아다녔다. 에밀은 아니에게 일을 하고 싶다고 말했고, 그녀는 이렇게 대답했다.

"내가 알아서 할게요."

아니는 그를 마을 여기저기로 보내 다락방을 비우거나, 타이어를 갈

거나, 선반을 고치거나, 장을 나르는 등 사람들을 돕도록 했다. 사람들은 그에게 돈을 주고 식사를 제공했다. 에밀은 건망증이 점점 줄어드는 것을 느끼고 새로운 삶의 안정과 평온이 그러는 데 한몫한다고 생각했다. 그는 너무 바빠서 조안과는 잠시 스쳐 지나갈 뿐이었다. 미르티유는 그가 돌아올 때쯤이면 이미 잠들어 있는 경우가 많았다.

"시청 앞에서 결혼 공고를 봤어요. 이름이 적혀 있더군요. 결혼식은 언제예요?"

아니가 하루 일과를 마치고 도구 상자를 돌려주러 온 에밀에게 물었다.

"이달 말입니다. 날짜를 두 개 제안받았어요. 8월 30일 아니면 31일. 빨리 답을 줘야 해요."

아니는 당근을 자르며 손주 한 명을 무릎에 앉혔다.

"가족 중에서는 누가 올 거예요?"

그는 고개를 저었다.

"아무도 안 옵니다. 이건 그냥 법적 결혼일 뿐이에요."

"증인은요?"

"시청 직원 중에서 골랐어요."

"아, 그래요?"

아니는 실망한 듯했다. 진짜 결혼식을 기대했기 때문이다.

"드레스나 반지는 없어요?"

"네, 아무것도 없어요."

어느 날 아침, 미르티유는 그들이 스튜디오 계단을 내려올 때 그들을 매우 불편하게 만들었다. 그녀는 계단 아래에서 그들을 기다리고 있었고, 발밑에는 까니유가 있었으며, 넓은 흰 레이스 천 조각을 들고 있었다. 조안이 가장 먼저 알아차렸다. 그녀는 "오" 하고 놀라며 당황스러워했다. 에밀은 이해하는 데 몇 초가 더 필요했다.

"웨딩드레스 없죠?"

조안은 말문이 막혔다. 에밀은 그녀에게 전혀 도움이 되지 않았다. 그는 입을 약간 벌리고 있었으며, 미르티유는 이것을 감정 표현으로 받아들였다.

"이건 내 결혼식 드레스에요. 60년 된 것이지만 잘 관리했고 유행에 뒤떨어지지도 않았어요. 최악의 경우, 빈티지 느낌이 날 거예요."

그들은 점점 더 마음이 불편해졌다. 이 난처한 상황에서 어떻게 벗어나야 할지 알 수가 없었다. 조안은 이 발에서 저 발로 무게 중심을 옮기며 안절부절 못했고, 에밀은 계단 두 칸 사이에 가만히 서 있었다.

"한번 입어봐요. 예전엔 나도 당신처럼 날씬했었는데…."

그들은 서로 당황한 시선을 주고받았다. 결혼식 날까지 가짜 연극을 계속해야 할 상황이었다. 조안은 잠시 머뭇거리며, 떨리는 손으로 드레스를 향해 손을 뻗었다가 다시 에밀을 바라보며 도움을 기대했지만, 미르티유는 단호하게 그를 내보냈다.

"거기 서 있지 말고 나가 있어요! 결혼식 전에 신부가 드레스 입는 걸 보면 불행이 찾아오는 거 몰라요?"

에밀은 조안을 레이스 드레스와 함께 두고 가야 한다는 데 대해 죄책감을 느꼈다.

"어떻게 해결했어요?"

그가 저녁에 돌아와 물었다.

"입지 않을 수 없었어요. 심지어는 미르티유가 수선을 해주기로 했는 걸요.”

그는 그녀에게 미안해했다.

“그냥 사실대로 말해야 할까요?”

하지만 조안은 단호히 고개를 저었다.

“절대 안 돼요! 그럼 미르티유가 마음 상해 할 거에요!”

“그럼 당신은 어떻게 할 거에요? 입을 겁니까?”

그녀는 어깨를 으쓱했다.

“집에서 나가면 바로 다른 옷으로 갈아입고 드레스는 처리하면 돼요.”

“알았어요.”

그는 그녀가 이 모든 일에 대해 어떻게 생각하는지 정확히 알 수가 없었다. 그녀는 다시 소설에 몰두했고, 포크는 그녀의 무릎 위에서 갸르릉거리고 있었다.

8월 30일

르노,

결혼식은 내일이야. 나는 그냥 조금 공허한 느낌이야.

지난 몇 주간 결혼식이 제대로 진행되도록 모든 걸 다 했어. 절차를 올바른 순서대로 진행했고, 서류를 모았으며, 주민으로 간주되기 위해 임시로 마을에 이사까지 했어. 시간을 죽이며 그날이 오기를 기다렸지. 이제 그날이 왔고, 난 그냥 공허해. 아마도 서류에 서명을 하고 나면 괜찮아질 거야.

좀 더 가벼운 이야기로 넘어가자면, 말 안 했지만 우리는 미르티유라는 노부인 집에 이사했어. 그녀는 1층에, 우리는 2층에 살고 있어. 그녀의 딸이 우리에게 아파트를 거의 공짜로 빌려주고, 대신 우리는 그녀를 돌봐주기로 했지. 처음에는 노부인과 함께 사는 게 꺼려졌지만, 마음이 바뀌었어. 이 공동생활은 정말 좋았어. 미르티유가 우리에게 신경을 써주는 것 만큼 우리도 그녀에게 신경을 쓰지. 나는 마을 사람들을 위해 이런저런 일을 해주며 시간을 보내. 그리고 용돈도 조금 벌 수 있어. 어제는 자동차 오일도 갈았어!

여기서의 내 삶은 로안에서 살던 시절과는 완전히 달라. 너는 나를 보면 깜짝 놀랄 거야!

혼란스러울 때도 있기는 하지만, 이 삶은 나를 평온하게 해. 그것은 단순하고 조용한 행복이야.

곧 다시 소식 전할게, 친구.

세 사람 모두 건강하게 지내.

포옹을 담아.

에밀

"자, 됐어요."

조안이 고개를 끄덕였다. 그들은 이날 밤 위층 스튜디오에서 식사를 했다. 미르티유는 그 다음 날 하게 될 결혼식을 앞두고 그들에게 조금 은밀한 시간을 주고 싶어 했고, 두 사람은 그녀의 배려에 감사했다. 사실 그들은 그들의 가식적인 연극을 계속하는 데 조금 지쳐 있었다. 그래서 미르티유의 호기심 어린 시선에서 벗어나 잠시 쉴 수 있다는 사실에 안도했다. 식사 도중, 조안은 포크를 내려놓고 자리에서 일어났다.

그는 그녀가 빨간 배낭 쪽으로 걸어가 그것을 뒤지는 모습을 지켜보았다.

"오늘 오후에 이걸 샀어요."

"이게 뭔가요?"

"상자를 열어보세요."

그녀가 상자를 열라는 신호를 보내자, 그는 상자를 열었다. 그는 상자 안에 작은 붉은색 쿠션 위에 놓인 두 개의 반지가 들어 있는 것을 보고 놀랐다.

"왜 이걸 샀어요?"

"미르티유가 계속 캐묻지 못하게 하려고요. 스테인리스 스틸이 비싸지도 않아요. 평화를 위해 필요한 비용이라고 생각했어요."

"잘했네요."

그들은 천천히 다시 식사를 시작했다. 에밀은 고양이가 보이지 않는다는 것을 알아차렸다. 평소에 조안은 에밀이 원할 때, 잠자리에 들 시간쯤 되어야만 그를 내려보냈다. 그 외의 시간에는 그가 항상 그녀의 발치나 무릎 위에 있다는 걸 확신할 수 있었다. 하지만 오늘 밤은 아니다. 그녀가 긴장한 게 분명했다… 게다가 에밀은 그녀가 꽤 조용하다는 걸 느꼈다.

"괜찮아요?"

그가 한입 입에 음식을 집어넣은 다음 물었다. 그녀는 고개를 끄덕이며 대답했다.

"네, 괜찮아요."

"조금 긴장되요?"

"아뇨… 긴장되는 건 아니고… 그냥 기분이 이상해요."

“만약 마음이 바뀌었다면, 취소해도 괜찮아요….”

“그런 건 아녜요.”

“우리가 꼭 해야 하는 건 아니죠. 사실… 여기 온 이후로, 나는 건망증이 거의 없어졌어요.”

“나는 할 거예요, 에밀. 결혼할 거라구요.”

“만약….”

“난 내일 결혼할 거예요. 그냥 이상한 기분이 드는 것뿐이에요. 당신도 그렇겠죠?”

“예, 맞아요. 조금 허전한 느낌이 들어요.”

“나는 조금 혼란스럽고… 믿기지 않아요.”

“내일이면 괜찮아질 거예요. 결국 종잇조각일 뿐이잖아요.”

“알겠어요.”

잠시 정적이 흘렀다. 그들은 다시 식사를 시작하지 않았다. 몇 초가 지난 후, 조안이 두 손을 테이블에 올리며 말했다.

“당신은 사랑에 빠져본 적 있나요?”

“예, 있어요.”

“자주요?”

“아뇨, 한 번밖에 없어요.”

“오래 갔어요?”

“4년….”

“그거… 당신이 예전에 얘기했던 로라?”

그는 아르티그 주차장에서 나눈 대화를 떠올렸다. 이제 그 모든 것이 이상하리만큼 멀게 느껴졌다.

“예, 맞아요.”

그는 짜증이 났다기보다 놀라서 눈살을 찌푸렸다.

"왜 그걸 나한테 물어보는 거죠?"

"우린 곧 결혼할 거잖아요?"

"예…."

"우린 서로에 대해 그런 것쯤은 알 수 있잖아요."

그는 보일듯말듯 미소를 지으며 대답했다.

"예, 아마도요."

"아직도 그녀를 사랑해요?"

그는 불편한 듯 의자에 몸을 깊숙이 파묻었다. 그는 차라리 아무 말도 하지 않고 무심하던, 질문 하나 하지 않던 그 조안이 훨씬 더 나았다고 생각했다.

"그녀는 떠났어요. 1년 전 일이에요."

"그래서요? 아직도 그녀를 사랑해요?"

"나는… 아마 아닐 거예요."

"아마 아닐 거라구요?"

"아마 내 마음 한켠에는 여전히 그녀를 사랑하는 부분이 있을 거예요."

그는 자신의 대답이 조안과 그녀의 갑작스러운 호기심을 만족시킬 거라고 생각했지만, 그건 잘못된 생각이었다.

"로라랑 결혼하려고 했나요?"

"조안…."

"그냥 물어보는 거에요."

"예, 예, 나도 원했을 거예요… 언젠가는."

그는 의자에서 몸을 바로 세웠다. 그녀의 질문이 이제 지겹게 느껴졌다.

"그냥 알고 싶었어요."

"왜죠?"

그녀는 어깨를 으쓱했다.

"그냥 궁금했어요. 내일 우리가 시청에 가서 어쩔 수 없이 서로에게 '그래요'라고 말해야 할 때, 당신이 무슨 생각을 할까 싶어서… 이제 알겠어요. 당신은 로라를 생각하겠죠. 그리고 그게 당신을 불행하게 만들 거예요. 미안해요."

"나한테 미안해할 필요 없어요… 당신은 오히려 나한테 큰 도움을 주고 있어요."

"그럴지도 모르지만, 당신 옆에서 시장을 마주보고 서 있는 건 로라가 아니라 나예요. 내 얼굴을 보는 것만으로도 힘들 거예요."

"당신도 마찬가지일 거예요. 당신은 레옹을 생각하겠죠."

그녀는 놀라울 만큼 단호하게 고개를 저었다.

"아뇨. 내일은 그를 생각하지 않을 거예요. 시청에서도, 그 이후에도."

그는 입을 약간 벌린 채 멍하니 서 있었다. 더 이상 할 말이 없었다. 그는 결혼을 몇 시간 앞두고 이런 이야기를 꺼낸 게 정말 잘못된 일이었다고 느꼈다.

그날 밤, 그들은 아주 조용히 잠자리에 들었다.

다음 날 아침, 1층에서 들려오는 미르티유의 외침이 그들을 깨웠다.

"조안! 조안! 지금 몇 시인지 알아요? 꼭 드레스를 입어 봐야 해요!"

그들은 왜 이렇게 미르티유가 당황해하는지 이해하지 못했다. 시청 약속은 오후 2시로 예정되어 있었다. 그럼에도 조안은 일어나서 어둠 속에서 더듬거렸었다. 외침은 점점 더 커졌다.

"조안! 에밀! 덧문 좀 열어봐요! 벌써 정오예요!"

에밀이 갑자기 몸을 일으켰다.

"뭐라고요?"

그는 조안에게 낮게 속삭였다.

"미르티유가 장난치는 거 아니겠죠?"

"금방 갑니다!"

조안이 외쳤다. 그 순간 미르티유는 다시 집 안을 울리듯 소리를 질렀다.

에밀은 천천히 옷을 입었다. 이런 경우 입을 옷은 많지 않았다. 결국 그는 남색 바지와 오래된 흰 셔츠를 찾아 입었다. 그 정도면 충분할 것 같았다. 그 후 샤워를 하고 홍차를 우렸다. 그는 아무것도 먹을 수 없다는 사실을 알고 있었다. 한 시간 후, 머리를 땋아 올린 조안이 미안하다는 표정을 지으며 나타났다.

"머리는 만져야 했어요….."

"드레스는요?"

"드레스도 입어야겠죠….."

에밀은 웃음을 참을 수가 없었다. 그들은 그들 자신의 꾀에 넘어간 것이다. 처음부터 정직했더라면 일이 더 쉬어졌을 수도 있다.

"가방에서 옷 하나 가져가세요… 가면서 갈아입으면 돼요. 미르티유가 안 보는 곳에서요."

"예… 그렇게 할게요."

"이리 와요, 내가 옷 갈아입을 조용한 골목을 찾아보자구요. 당신,

날 숨겨줘야 해요."

조안은 빨리 끝내고 싶어 하는 듯했다. 그러나 에밀은 움직이지 않고 그녀를 살펴보았다. 미르티유의 드레스는 발끝까지 내려오는 넉넉하고 직선적인 옛날 스타일 드레스였다. 그녀의 드레스는 레이스가 조안의 가슴 부분과 어깨, 그리고 팔을 지나 손목까지 감싸고 있었다. 미르티유는 V자형 목선을 너무 넓지 않게 손질하여 예쁜 쇄골선이 드러나게 했다.

조안이 다급하게 말했다.

"출발할까요?"

그가 묘한 표정으로 빤히 쳐다보자 그녀는 쑥스러운 기분이 들었다.

"네. 출발합시다."

그들은 조금 어색하게 골목을 걸었다.

"당신은… 드레스가 정말 예쁘네요."

에밀이 목을 긁으며 말했다.

그는 그녀의 눈을 바라볼 용기가 없었다. 그녀에게 그 드레스가 잘 어울린다고 말할 용기도 없었다. 그러면 상황이 훨씬 더 어색해질 테니까. 그럼에도 그녀가 오늘 정말 아름답다는 건 사실이었다.

"신발도 예쁘네요!"

그는 어색한 분위기를 깨보려고 이렇게 농담조로 말했다.

드레스 아래 드러난 맨발과 햇볕에 바랜 금빛 샌들은, 결국 이 모든 것이 크게 중요하지 않음을 보여주었다. 예술 축제 중이라 한적한 골목을 찾는 것은 쉽지 않았다. 마을은 관광객으로 붐볐다. 모든 길과 안뜰에서 사람들이 몰려와 그들을 바라보고 사진을 찍었다.

"오! 저기! 신랑신부다!"

"축하합니다, 연인들!"

조안은 이를 악물고 중얼거렸다.

"갈아입을 수 없을 것 같아요!"

"미안해요. 결혼식이 끝날 때까지 드레스를 입고 있어야 할 것 같네요."

"괜찮아요."

"식이 끝나면 바로 벗을 수 있을 거예요. 시청에 화장실이 있을 테니까."

"걱정말아요. 괜찮아요."

그녀는 평소처럼 차분했다. 차분하면서도 약간 무심한 듯했다. 그는 긴장감을 느꼈다. 지나가는 사람들이 감탄하며 손으로 가리키는 대상은 그가 아니었지만, 그럼에도 가장 당황하는 사람은 바로 그였다. 그들은 시청에 최대한 빨리 도착하기 위해 발걸음을 재촉했다. 조안은 달리기 위해 무릎 위로 드레스를 걷어 올렸다. 그녀의 바랜 샌들이 포장길 위에서 딱딱 소리를 냈다. 그들은 거친 숨을 몰아쉬며 시청 로비에 도착했다. 카운터 뒤에 있던 직원이 활짝 웃으며 그들을 맞이했다.

"오늘 신랑신부가 정말 아름답군요!"

그녀는 '시장님'과 증인 역할을 하는 직원들에게 전화를 걸 시간을 벌기 위해 그들을 한쪽 구석에 앉혔다. 그녀는 전화를 들어 모두에게 알렸다. 조안은 꼿꼿이 등을 세우고 가만히 앉아 있었다. 전날의 걱정스러운 기색은 완전히 사라지고, 다시 평온해 보였다. 한편 에밀은 가만히 있기가 힘들었다. 그는 그녀를 남몰래 흘끔흘끔 바라보았다. 이 순간의 모습을 마음에 새기고 싶었다. 시대풍 웨딩드레스를 입은 조안, 한쪽 어깨 위로 내려온 땋은 머리, 팔과 가냘픈 손목을 감싼 레이스, V자로 내려간 흰 천이 드러내는 목과 가슴 선. 15분 후, 서류에 서명하면 그녀는 로비 화장실로 사라져, 다시 변형된 검은 드레스 중 하나를 입을 것이다. 그는 다시는 이런 그녀의 모습을 볼 기회를 갖지 못할 것이다. 그래서 그는 지금 이 순간을 마음껏 즐겼다. 이제 그의 마음속에는 항상 두 명의 조안이 존재할 것이다. 검은색 옷을 입고, 말이 없고, 자신의 운명에 무심하며, 헐렁한 옷과 넓은 모자 뒤에 숨은 조안. 그리고 흰색 드레스를 입고, 아름답고 여성스러운 조안, 잠깐 나타난 한 장면, 만약 삶이 달랐고, 레옹이 용서할 수 없는 일을 하지 않았다면 그녀가 될 수 있었던 모습의 한 조각. 그는 레옹과 그 미스터리한 비극 이전의 조안이 색색의 옷을 입고, 머리를 땋으며, 더 많이 웃었을 것이라고 확신했다. 하지만 그는 결코 그것을 확실히 알 수 없을 것이다.

"조안 마리 트로니에 씨, 여기 계신 에밀 마르셀 베르제 씨와 결혼할 의사가 있으신가요?"

그녀가 그를 바라보았다. 시선의 교환은 단 1초에 불과했지만, 많은 것을 말하는 듯했다. 걱정할 필요 없다는 것, 그녀가 그의 자유를 지켜주겠다고 약속했으며, 그 약속을 확실히 다짐한다고 말하는 듯했다. 대답하는 그녀의 목소리는 매우 또렷했다.

"네."

시장이 그를 향해 몸을 돌렸다. 에밀은 그가 하는 말을 거의 알아듣지 못했다.

"에밀 마르셀 베르제 씨, 이 자리에 있는 조안 마리 트로니에 양을 아내로 맞이하는 것에 동의하십니까?"

그는 시장의 말이 다 끝나기도 전에 대답했다.

"네."

그 모습을 보고 증인인 대머리 시청 직원은 에밀이 너무 좋아서 서둘러 대답한 것이라고 생각했다.

"법에 따라, 에밀 마르셀 베르제 씨와 조안 마리 트로니에 씨가 부부가 되었음을 선언합니다."

다시 침묵이 내려앉았다. 두 사람은 안도하면서도 약간 어색한 눈길을 주고받았다.

"반지를 준비하셨습니까?"

시장이 물었다. 이제 반지를 교환할 차례였다.

조안은 깜짝 놀랐다.

"아, 맞아요!"

그녀는 주머니를 뒤지려다, 지금 자신이 미르티유의 웨딩드레스를 입고 있어서 주머니가 없다는 것을 깨달았다. 에밀이 그녀에게 물었다.

"가방 속에 있는 거 아네요?"

그녀는 주위를 둘러보다가 마침내 미르티유가 이번 일을 위해 빌려준 끈 달린 검은색 파우치가 자기 발치에 놓여 있는 것을 발견했다. 증인들이 미소 지었다. '아, 감동적인 순간이야…'라고 생각했을 것이다. 조안은 파우치 안을 더듬어 작은 검은 상자를 꺼냈다.

"이제 반지를 교환하세요."

그녀는 상자를 열고 반지를 에밀에게 건넸다.

"내 손가락에 끼워주면 돼요."

"아!"

"이제 혼인신고서에 서명하여 결혼을 인증하겠습니다. 먼저 신랑 신부, 그다음 증인 차례입니다."

에밀은 손에 땀이 났지만, 이제는 괜찮았다. 모든 것이 끝났다. 서명만 하면 그 다음부터는 자유였다. 조안이 그의 운명을 결정할 차례였다. 그는 그녀가 자신의 뜻을 따르리라는 걸 알고 있었다.

"좋습니다. 이제 가족관계등록부를 드리겠습니다."

에밀의 손은 땀에 젖어 있었지만, 이제 좀 나아졌다. 모든 게 끝났다. 서명만 하면 그들은 떠날 수 있다. 그는 자유로워지는 것이다. 이제 무슨 일이 일어나든, 자신의 운명을 결정하는 건 조안의 몫이다. 그는 그녀가 자신의 뜻을 따라줄 거라는 것을 알고 있었다.

"여기서 기다리세요. 화장실에 가서 갈아입고 올게요."

에밀은 혼자 로비에서 기다렸다. 시청 직원이 들뜬 목소리로 물었다.

"자, 다 잘 됐나요?"

그는 고개를 끄덕였다. 모든 일이 끝났다는 사실에 안도했지만, 입 안에는 씁쓸한 맛이 남았다. 모든 것이 슬프고, 무미건조했다. 물론 그것은 그가 수없이 되뇌었던 것처럼 단지 서명에 불과할 뿐이었다. 그러나 그렇다고 해서 마음속에 내려앉은 무거움과 슬픔이 사라지는 것은 아니었다. 그는 다른 방식으로 이 순간을 맞이할 수 있었다면 좋았을 것이라고 생각했다. 목구멍에 맺힌 이 덩어리를 어떻게 해도 떨쳐 낼 수 없었다.

그들은 이제 숨막히는 더위 속에, 하얀 드레스 없이 서 있었다. 모든 것이 가라앉았다. 두려움도, 긴장도. 남은 것은 거대한 공허함뿐이었다.

조안이 조심스레 물었다.

"그… 그럼, 이제 뭐 할까요?"

그들은 어쩔 줄 몰랐다. 에밀은 그저 혼자 조금 걷고 싶었다. 바람을 쐬고, 자신이 굳게 믿어왔던 무언가를 방금 망쳐버렸다는 사실을 잊고 싶었다.

"잘 모르겠어요. 그냥 좀 걸어야 할 것 같아요…."

그녀는 그의 목소리에 담긴 무거움을 느낀 듯했다. 미안한 눈빛이었다. 그녀에게는 별일 아니었지만, 그에게는 달랐다는 것을 알고 있었다.

"저는 축제 구경할게요. 저녁에 스튜디오에서 만나요…."

그는 잠시 정신이 번쩍 들었다.

"미르티유에게 뭐라고 할 거죠? 우리가 각자 따로 돌아오면 이상하게 생각할 거예요."

조안은 어깨를 으쓱했다.

"내가… 글쎄… 오늘 저녁 마실 샴페인을 사러 갔다고 하면 돼요."

"네…."

그는 풀이 죽었다. 그들은 몇 초 동안 서로를 마주보았다. 그러다 조안이 말했다.

"그럼… 조금 있다 봐요."

그리고 드레스를 팔에 끼고 조심스레 걸어가다가 잠깐 돌아서며 말했다.

"같이 갈까요?… 그러니까… 당신이 원한다면 우리 같이 가도 돼요."

그러나 그녀는 그가 지쳐 있다는 것을 알아차렸다.

"알았어요… 이따 봐요."

8월 31일

로라에게, 이 메일을 받으면 놀랄 거야.

난 네 주소를 몰라. 지금 네가 어디 사는지도 모르겠어. 네게 연락할 수 있는 건 이 이메일 주소뿐이야. 심지어 네가 아직 이 메일함을 확인하는지도 모르겠어.

나는 지금 인터넷이 되는 카페에 앉아 컴퓨터로 너에게 편지를 쓰고 있어. 기온은 40도야. 난 땀을 뻘뻘 흘리게 만드는 짜증나는 셔츠를 입고 있지.

나는 막 시청에서 나왔어. 방금 결혼식을 마쳤거든. 난 옳지 않은 이유로 "예"라고 말했어. 조안은 정말 좋은 여자야. 웨딩드레스 차림의 그녀는 아주 아름다웠지. 하지만 그녀도 나처럼 옳지 않은 이유로 결혼한 거야. 우린 서로 모르는 두 증인 앞에서, 그리고 시장 앞에서 "예"라고 말했어. 서류에 서명하고 시청 문을 나서자마자, 나는 인터넷 카페를 찾아 헤매다가 이렇게 너에게 편지를 쓰고 있어.

그 순간 내가 가장 하고 싶었던 일은 너에게 결혼하고 싶었던 사람은 너였다고 하는 거였어. 이제야 그 말을 하네. 우린 항상 너무 조심스러웠고, 솔직히 말해 너무 멍청했지. 서로에게 솔직해지는 걸 늘 두려워했어. 그래, 널 사랑했어. 미치도록 사랑했지. 그건 너도 알고 있었을 거야. 하지만 나는 한 번도 네게 결혼하고 싶다고 말하지 않았어. 언젠가 그럴 시간이 있을 거라 생각했거든. 르노와 라에시시아의 결혼식 날, 난 교회 안에서 네 눈을 찾았어. 그 눈빛으로 내 마음을 전하고 싶었는데, 넌 거기 없었지. 그걸로 이미 징조를 알아챘어야 했는데… 넌 그때 라에시시아에게 복수하러 간 거였잖아. 난 너의 그런 '작은 악마' 같은 면도 좋아했어.

네가 떠난 뒤, 난 꽤 오랫동안 힘들었어. 솔직히 완전히 회복됐는지도 모르겠어. 하지만 난 최선을 다해서 앞으로 나아가고, 더 이상 생각하지 않으려 노력 중이야. 오늘 시청에서 넌 내 곁에 없었어. 오늘 아침, 널 생각하지 않으려고 억지로 마음을 다잡았어. 하지만 시청 현관문을 나서는 순간, 넌 다시 내 마음속에 나타났어. 난 인생에서 진심으로 사랑할 수 있는 사람은 단 한 명뿐이라고 생각해. 내게 그 사람은 너였어. 그리고 앞으로도 다른 사람은 없을 거야. 이건 슬픈 게 아니야. 진심으로 사랑할 수 있었다는 건 누구에게나 주어지는 행운이 아니니까. 나는 그걸 가졌고, 그 사실에 감사해.

이제 이 빌어먹을 PC방의 더위에 쓰러지기 전에 이제 메일을 마무리해야겠어.

네가 행복하길 바란다. 네가 너 자신답게, 활기차고, 그 장난스럽고 건방진 모습 그대로 남아 있길 바란다. 그런 너의 모습이 그리울 거야. 난 여전히 예전의 나야.

그럼, 잘 지내.

에밀

그는 바로 아파트로 돌아가지 않았다. 밖은 숨 막히게 더웠지만, 그는 당장 돌아가고 싶지 않았다. 그는 관광객들로 붐비는 시끄러운 거리들을 피해 가파른 골목길의 그늘을 따라 마을을 내려와 북쪽으로 향했다. 어디로 가야 할지 어렴풋이 알고 있었다. 이런 더위에 그곳으로 가는 게 좋은 선택은 아니라는 걸 알았지만, 그에게는 그것이 필요했다. 그는 한 시간 동안 쉬지 않고 걸었고, 마침내 돌무더기와 폐허의 첫 자락이 보이자 안도감을 느꼈다. 그곳은 그가 있고 싶었던 유일한 곳이었고, 그의 마음을 가장 잘 비추는 장소였다. 콩므, 폐허의 마을. 사람들은 그곳을 '잃어버린 마을'이라 불렀다. 이제 그 존재를 알리는 표지판조차 남아 있지 않았다. 그곳은 오직 황폐한 풍경만이 남은 자리였고, 그 한가운데에 작은 교회 하나가 고요히 서 있었다. 생테티엔 드 코마 교회였다. 종탑도, 조각도, 스테인드글라스도 없는, 단순하고 소박한 교회. 돌로 지어진 벽만이 남아 있었다. 에밀은 무겁고 낡은 나무 문을 밀어 열었다. 끔찍한 삐걱거림과 함께 문이 열렸다. 내부는 역시나 극도로 단순했다. 흰 벽, 두꺼운 참나무 벤치들이 제단을 향해 줄지어 있었고, 제단 또한 견고한 나무로 만들어져 있었으며 붉고 금빛의 제단보가 덮여 있었다. 안은 서늘했고 훨씬 어두웠다. 에밀은 제일 앞줄 벤치에 털썩 앉아 눈을 감았다. 그는 아무 생각 없이, 그저 시간만 흘러가게 내버려 두고 싶었다. 잃어버린 마을 한가운데에서.

"아!"

그는 미르티유를 마주치지 않고 카레로 델 마사도르 6번지로 돌아왔다. 현관문을 지나자마자 왼쪽에 있는 계단으로 곧장 올라갔다. 그는 무엇보다도 그 노부인을 마주치고 싶지 않았다. 계단을 다 오른 그는 깜짝 놀라며 탄성을 내뱉었다. 조안이 차려놓은 식탁이 눈앞에 있었던 것이다. 촛불이 켜져 있고, 황금빛 식탁 장식이 곱게 놓여 있었다. 미니 오븐에서는 맛있는 냄새가 풍겨 나와 방 안을 가득 채웠다. 조안은 조리대 앞에 서 있었다. 그녀는 앞치마를 두르고 있었고, 그가 들어오는 소리를 듣자 뒤돌아섰다.

"왔어요?."

그녀는 자신을 한층 더 여성스럽게 보이게 하는 땋은 머리를 그대로 하고 있었다. 스튜디오 반대편 벽에는 미르티유의 웨딩드레스가 옷걸이에 걸린 채, 못에 매달려 있었다.

“결혼 축하 디너를 준비한 거예요?”

“예… 그냥….”

그녀는 조금 머뭇거렸다.

“결혼식 디너… 비슷한 걸 해보고 싶었어요. 당신이 꿈꾸던 그런 결혼식 디너는 아니겠지만… 그래도 작은 의미로라도….”

에밀은 그녀의 배려에 마음이 울렸다. 그녀가 준비한 건 결코 ‘작은 것’이 아니었다. 그에게는 너무나 큰 의미였다. 하지만 뭐라 표현해야 할지 몰라, 그는 헛기침을 했다.

“고마워요, 조안. 정말… 정말 멋져요. 진심이예요… 진짜 고마워요.”

그녀는 쑥스러운 듯 코끝을 찡그렸다.

“마음에 들면 좋겠네요.”

“틀림없이 그럴 거예요.”

그녀는 약간 긴장한 듯 앞치마에 손을 닦으며 말했다.

“와인은 안 샀어요… 난 술을 전혀 안 마셔서요… 뭘 골라야 할지도 모르겠더라고요.”

“그럼 내가 나가서 샴페인을 사올 게요.”

“샴페인요?”

“샴페인 한잔 해야죠! 우리 방금 결혼했으니까... 안 그래요?”

그녀는 그가 농담을 던지며 분위기를 풀자 안도한 듯 미소를 지었다. 그녀가 수줍게 웃으며 말했다.

“맞아요.”

“그리고 당신도 꼭 한 잔은 마셔야 해요! 결혼식 날인데 그건 기본이에요. 금방 다녀올게요! 십 분이면 돼요!”

“빨리 와요!”

밤 8시가 넘어서인지 문을 연 가게를 찾을 수가 없었다. 그는 그녀의 남편이 가지고 있는 와인 저장고에 샴페인이 있기를 바라면서 어쩔 수 없이 아니의 집으로 향했다. 아니는 그를 보자 놀란 눈치였다.

"결혼한 새신랑이 여기 웬일이에요?"

에밀은 머쓱하게 웃으며 말했다.

"샴페인이 떨어졌어요… 마을 가게는 다 닫았고요. 혹시 한 병만 빌릴 수 있을까 해서요."

아니의 얼굴에 미소가 번졌다.

"물론이죠!"

그녀는 다가와 따뜻하게 볼에 입을 맞췄다.

"결혼 축하해요!"

잠시 후, 그는 팔에 샴페인 한 병을 끼고 아니의 집을 나왔다. 뒤에서 아니가 외쳤다.

"기쁜 마음으로 주는 거예요! 우리 부부의 결혼 선물이라고 생각해요! 즐거운 저녁 보내요!"

그는 스튜디오로 돌아와 들어서다가 무언가에 걸려 넘어질 뻔했고, 바닥에 떨어지려던 샴페인을 간신히 붙잡았다. 아래를 보니, 흰색과 주황색 털이 섞인 작은 고양이 포크가 발치에 있었다. 조안이 소리쳤다.

"포크! 얌전히 있어야지!"

그리고 곧바로 에밀을 향해 말했다.

"지금 바로 내려다 놓을게요! 당신 오기 전에 그러려고 했는데!"

하지만 에밀은 고양이 옆에 쭈그려 앉았다. 그는 지금까지 포크에게 큰 관심을 두지 않고. 조안이 아끼는 인형 같은 존재로만 여겼다. 그러나 가까이서 보니 작고 둥근 눈이 사랑스러웠다. 조안이 포크를 들어 품에 안았다.

"자, 가자. 왜 자꾸 우리 발밑에 있어?"

그녀가 억지로 단호한 척하는 모습이 너무 귀여웠다. 진심으로 혼내고 싶은 마음은 전혀 없어 보였다.

에밀이 말했다.

"그냥 둬요."

"뭐라고요?"

"같이 있어도 돼요. 방해 안 해요."

그녀는 놀란 표정을 감추지 못했다.

"방금 당신 넘어질 뻔했잖아요…."

"이제부터는 조심할게요. 발밑을 잘 살피며 걸을게요."

"당신은 포크를 별로 안 좋아하는 줄 알았어요. 내려놓을게요. 괜찮아요."

"그런 말 한 적 없어요. 안 좋아하는 게 아니라…."

그가 어색하게 대답했다.

"그런데…."

그녀는 포크를 꼭 안은 채 망설였다.

"포크를 그냥 두자고요?"

"오늘 밤만요. 고양이들은 장난꾸러기잖아요. 자다가 배 위로 뛰어오르거나 발가락을 깨물면 싫으니까요."

그들은 마주 섰다. 포크는 여전히 조안의 품에 안겨 있었다.

"정말 그것뿐이에요?"

"물론이에요."

"당신이 포크를 싫어하는 줄 알았어요. 빨리 다른 집 찾아주고 싶어

하는 줄 알고….”

그는 미소를 지었다.

“그게 재미있었어요. 당신이 포크를 절대 못 보내는 거 다 알고 있었거든요.”

조안은 웃어야 할지, 화내야 할지 알 수가 없었다.

“그럼… 혹시….”

“예?”

“혹시 우리랑 계속 같이 지내도 된다고 생각해요?”

그녀의 눈이 동그래졌다.

“그래요, 아마도.”

“캠핑카에서도요? 다시 떠나면?”

“그럴 수도 있죠.”

“정말요?”

“정말이에요.”

그때였다. 바로 그 순간, 그녀의 표정이 달라졌다. 미간이 풀리고, 눈이 반짝이며, 입가가 살짝 떨렸다. 행복이 그대로 얼굴에 비쳤다.

“정말 고마워요, 에밀. 진짜 기뻐요.”

그는 마음속으로 다짐했다. 그녀는 그럴 자격이 있었다.

그는 조안이 조용히 식사하는 모습을 바라봤다. 그게 좋았다. 조안은 침묵을 불편해하지 않았다. 그 고요함을 자연스럽게 받아들이는 사람이었다.

그녀가 일어서는 걸 보고 그가 물었다.

“이제 뭐가 나와요?”

“마음에 들지 모르겠어요….”

“그 말 좀 그만해요.”

“단짠 타르트예요.”

“단짠? 나 그거 좋아해요. 뭐예요, 정확히?”

그녀가 타르트 접시를 그들 앞에 내려놓았다. 아직 김이 모락모락 나고 냄새가 기가 막히게 좋았다.

“카라멜 양파랑 크랜베리, 그리고 신선한 염소 치즈 타르트예요.”

그는 놀라움과 감탄이 섞인 눈길로 그녀를 바라봤고, 그녀는 얼굴을 붉혔다.

“그렇게 뚫어지게 보지 마요.”

“방금 ‘결혼해야겠네’라고 말하려 했는데… 이미 결혼했네요.”

농담은 그리 잘 통하지 않았다. 조안은 수줍은 미소만 지었다.

“맛있어요?”

“너무 맛있어요.”

그들은 포크 소리와 함께 식사를 이어갔고, 스튜디오 안에는 재즈 음악이 잔잔히 흘렀다. 촛불이 일렁이며 부드러운 빛을 발했다. 포크는 조안의 발치에 누워 있었고, 카니이유는 멀리서 에밀을 지켜보고 있었다.

에밀이 물었다.

“오늘 오후 축제는 어땠어요?”

“아… 아주 좋았어요. 오늘이 마지막 날이었거든요. 예술가들이 모두 생뱅상 교회 앞에서 전시를 했어요.”

“멋지네요.”

다시 침묵이 흘렀고, 그들은 조용히 식사를 이어갔다.

“집에 돌아오면서 미르티유를 만났어요?”

“아니요. 당신은요?”

“나도 못 봤어요.”

“아마 숨은 것 같아요.”

그는 고개를 끄덕이며 물을 한 모금 마셨다.

“우리 둘이 신혼 저녁 보내게 하려고 일부러 피한 거겠지요. 자기 집 거실 어딘가에 숨어 있을 거예요.”

“저런, 세상에….”

에밀은 식탁을 치웠고, 조안은 흰색 무스 위에 라즈베리가 얹힌 디저트를 두 개 가져왔다. 조리대 위에는 하나가 더 있었다.

“저건 안 먹어요?”

“그건 미르티유 거예요.”

“그분은 당신 덕분에 참 행복하겠네요.”

그녀는 고개를 저었다.

“아뇨, 우리가 그분 덕분에 행복한 거예요.”

“그건 맞는 말이네요.”

방 한쪽 끝 옷걸이에 걸려 살짝 흔들리고 있는 웨딩드레스가 그 사실을 말해주고 있었다. 그것 역시 결코 쉬운 일이 아니었다.

조안이 말했다.

“그분 보고 싶을 거예요.”

“예… 나도 그럴 줄 몰랐는데, 왠지 그래요.”

“이제 결혼식도 끝났으니, 다시 떠나야겠죠?”

그녀는 별로 그러고 싶지 않은 눈치였다. 사실 그도 마찬가지였다.

그들은 이미 에우스의 일상에 익숙해져 있었다. 돌담 스튜디오, 안뜰, 플라타너스 아래서 마시던 차, 밤 늦게까지 미르티유와 했던 스크래블, 자갈길… 당장은 떠날 준비가 되지 않았다.

"서두를 필요 없어요. 잠깐 더 머물러도 돼요."

그 말에 그녀의 얼굴이 환해졌다. 그가 그렇게 말해주길 바랐던 것 같았다.

"그래요, 급할 거 없어요."

두 사람은 같은 마음이었다.

에밀이 숟가락을 꽂으며 물었다.

"근데… 이건 뭐예요?"

"라즈베리랑 화이트초콜릿 티라미수예요."

그는 그걸 한입에 삼켜버렸다. 그녀가 좋아하냐고 물을 필요도 없었다.

그는 주방 찬장에서 찾아낸 와인잔을 꺼내고, 샴페인을 따며 말했다.

"이거 아니랑 그녀의 남편이 선물로 줬어요."

"정말 친절하시네요."

그는 잔에 샴페인을 따랐고, 조안은 며칠 전 미르티유의 거실에서 찾아낸 모노폴리 게임판을 테이블에 올려놓았다.

"새로운 규칙을 한 가지 제안할게요."

"어떤 규칙요?"

"오늘은 우리 결혼 첫날이니까, 게임을 조금 특별하게 해보는 거죠. 서로에 대해 조금 더 알아가는 걸로요."

그는 그녀가 망설이는 것을 느꼈지만, 그래도 말을 이어갔다.

“예를 들어, 감옥에 간 사람은 질문 하나에 대답해야 나올 수 있는 거예요. 어때요?”

그녀는 대답하기까지 몇 초간 머뭇거렸다. 아마 자신이 곤란한 상황에 처할 가능성을 계산하고 있는 듯했다.

그가 다그치듯 말했다.

“자, 별로 어려운 거 아네요. 그냥 서로를 좀 더 알아가기 위한 거예요… 그 바보 같은 ‘진실 혹은 행동’ 게임처럼 말예요.”

그는 문득 그녀가 그런 십대들이 하는 게임을 해본 적이 있을까 궁금해졌다. 외딴 시골 마을에서라면… 아마 없었을지도 모른다.

결국 그녀가 대답했다.

“좋아요.”

그들은 샴페인을 마시며 게임을 시작했다.

에밀이 물었다.

“맛있어요?”

“예. 시원하고 좋아요.”

조안은 은행을 맡았다. 오래된 세트라 지폐는 아직 프랑으로 되어 있었다. 레이 찰스의 목소리 대신 루이 암스트롱의 노래가 흘렀다. 그녀는 작게 “오직 당신뿐”의 가사를 따라 불렀다.

그가 놀라워하며 말했다.

“재즈를 좋아할 줄은 몰랐네요.”

그녀는 지폐를 정리하며 말했다.

“아버지가 마일스 데이비스 같은 재즈를 좋아하셔서 그런 음악을 들으며 자랐어요.”

“정말 놀랍네요….”

그녀는 놀란 듯 지폐를 정리하다가 멈추고 고개를 들고 물었다.

"뭐가요?"

샴페인 거품이 머리로 올라와서 그런 말을 한 걸까? 알 수 없었다. 이런 폭염 속에서는 샴페인 두 잔만으로도 완전히 취해버릴 수 있을 것이다.

"그냥… 당신은 참 놀라운 사람이예요."

"왜요?"

"모르겠어요. 당신이 당신의 삶을 둘러싸고 지키는 그 신비로움… 당신의 존재 방식… 당신의 침묵… 당신의 평온함… 마치 세상에서 잊혀지려는 사람처럼… 그런데 그러다가 갑자기 아주 오래된 재즈 노래를 흥얼거리거나 명언 한 구절을 외워버리잖아요…."

그는 그녀의 놀란 표정을 보며 미소 지었다. 그렇다, 그녀는 정말 독특한 인물이었다. 그가 방금 말한 것은 모두 사실이었다. 게다가 그는 아직 그녀의 검은 모자나 헐렁한 옷차림, 때때로 세상과 완전히 단절된 듯한 태도, 그리고 그녀의 할머니식 치료법들에 대해서는 말하지도 않았다…

"난 그냥 아버지의 거울일 뿐이에요."

그녀가 어깨를 으쓱하며 말했다.

그는 조금 슬픈 미소를 지었다. 그녀가 그녀에게 본보기가 되어주었을 그 아버지를 잃었기 때문이었다. 어쩌면 그래서 그녀는 이제 검은색 옷만 입고 있는 걸지도 모른다….

"좋은 분이셨겠네요."

"그랬지요."

조안은 분위기를 바꾸려는 듯 지폐를 건넸다.

"여기, 이걸 가운데 넣어야 해요. 이건 공동 기금 상자에 들어가는 거예요.."

그들은 다시 게임에 집중했다. 첫 번째로 감옥에 간 건 에밀이었다. 조안은 오랫동안 고민하더니 말했다.

"음… 뭘 물어봐야 하지?…."

"뭐든 괜찮아요. 궁금했는데 못 물어본 거 있잖아요."

그녀는 잠시 더 망설이다가 손가락으로 테이블을 두드리더니, 또랑또랑한 목소리로 물었다.

"오늘 낮에 결혼식 끝나고… 어디 갔었어요?"

그는 잠시 멈칫했다. 예상치 못한 질문이었다. 그는 잠시 망설이다가 대답했다.

"콤므까지 걸어가서 교회에 앉아 있다가… 돌아왔어요."

그녀는 고개를 끄덕였다. 그는 로라에게 메일을 보냈다는 말은 하지 않았다. 조안은 아무 잘못이 없었다. 그저 돕고 싶었을 뿐이니까. 그 말을 해서 그녀에게 상처를 줄 필요는 없었다.

"좋아요. 이제 감옥에서 나와도 돼요."

그는 주사위를 다시 굴렸다. 몇 분 후, 이번에는 조안이 감옥 칸에 걸리게 되었고, 그는 그녀가 의자에서 몸을 뒤척이며 불편해하는 모습을 보았다. 그가 몹시 궁금해하는 것이 하나 있었다… 왜 그녀는 검은색, 즉 상복의 색깔 옷만 입는 걸까? 하지만 그는 그녀를 슬프게 하거나, 아버지 이야기를 강요하며 무거운 분위기를 만들고 싶지 않았다. 그래서 좀 더 가벼운 질문을 하기로 했다.

그가 물었다.

"한 가지 궁금한 게 있어요."

"뭔데요?"

"저녁에 밖에 앉아서 하늘을 오래 바라보잖아요. 왜 그래요?"

그는 조금 늦게야 자신이 실수를 했을지도 모른다는 걸 깨달았다. 검은 옷에 대한 질문이 아마 더 나았을지도 모른다. 그녀는 아무렇지 않은 척하려고 정말 노력했지만, 그는 그녀의 얼굴이 흔들리는 걸 보았다. 특히 입가 근처가 실룩거리는 것까지 다 보고 말았다.

"조안, 원하지 않으면….'"

그가 급히 말을 덧붙였다.

하지만 그녀는 이미 대답을 하고 있었다.

"하늘을 몇 시간이고 바라보던 남자아이가 있었어요. 톰이라는 아이였죠. 다른 아이들과는 좀 달랐어요. 늘 자기만의 세상에 살았어요. 가까워지기 어려운 아이였죠."

그녀가 슬픈 미소를 지었다. 그는 그녀 눈가에 눈물이 고이는 것을 알아차렸지만, 그녀는 말을 이어갔다.

"정말 흥미로운 아이였어요. 그 아이는 하루종일 그림만 그렸죠…."

그녀는 침을 삼키기 위해 잠시 말을 멈춰야 했다.

"…그 애는 파란 색으로만 그림을 그렸어요. 수많은 페이지를 파란색으로 채웠죠. 오직 파란색뿐이었어요. 그 애가 하늘을 그린 건지, 아니면 바다를 그린 건지 알 수가 없었어요. 그 아이는 거기 대해 아무 말 하지 않았어요. 그리고… 더 심한 건… 그림을 다 그리자마자 구겨 버렸어요. 마음에 들지 않는 듯, 올바른 색조, 완벽한 파랑의 조합을 찾지 못했다며 실망한 듯이요. 그리고 나서 마당으로 나가 하늘을 몇 시간씩 바라보며 다시 시작했죠. 다음 날이면 또 다시 파란색 그림을 그릴 게 분명했어요."

그녀의 그런 모습을 보고 있으니 혼란스러웠다. 그녀는 눈물을 글썽이면서도 미소 짓고, 빠르게 말하며, 열정과 감정을 담아 말하고 있었다. 그는 그녀의 이런 모습을 한 번도 본 적이 없었다. 그는 더 이상 그녀를 막을 수 없었다.

"선생님들은 그 아이를 톰 블루라고 불렀어요. 다른 아이들은 파란색을 쓰지 못하게 했죠… 제 요청으로요. 파란색은 톰 블루의 색이었어요."

그녀는 마음이 벅차오르는지, 어색하게 살짝 웃음을 터뜨렸다. 그는 그녀가 이렇게 진심으로 웃는 걸 처음 보았다. 그 작은 남자아이를 그녀가 정말 사랑했음이 분명하다. 그는 감동하여 물었다.

"그 아이가 당신이 일하던 학교를 다녔나요?"

그녀는 감정이 북받쳐 고개를 끄덕였다.

"네. 학교에 다녔어요. 하지만 떠났죠."

"오래됐나요?"

"조금 됐어요."

그녀는 샴페인을 길게 한 모금 마셨다. 조안은 항상 그렇다. 가장 약하고, 가장 연약하며, 다른 사람들과 다른 이들, 자기만의 세계에 갇힌 사람들, 혹은 누군가에게 해를 입을지도 모르는 이들을 챙긴다… 어린 톰 블루, 포크… 아까 그가 말한 게 맞았다. 그녀는 놀라운 사람이었다.

"그럼 당신도 하늘을 바라보는 거군요?"

그녀는 고개를 끄덕였다. 눈에서 눈물은 사라졌다.

"네. 언젠가 그에게 보여줄 완벽한 파랑의 조합을 찾을 수 있을지 궁금해요. 그림으로 그려서 그를 다시 만나는 날 주고 싶어요…."

그도 감정을 숨기려 샴페인을 한 모금 마신 다음 말했다.

"그 아이가 정말 좋아할 거예요."

"정말 그렇게 생각해요?"

"틀림없어요."

두 사람은 떨리는 미소를 교환했다. 그들은 방금 둘만의 친밀한 순간을 공유한 것이다. 에밀은 그걸 느꼈고, 조안도 느낄 거라 확신했다.

"그 아이가 어디로 갔는지 알아요? 그 아이를 다시 찾으려면 어떻게 할 건가요?"

그녀가 침을 삼켰다.

"아이디어가 있어요."

그녀는 주사위를 들고 목을 가다듬으며 물었다.

"다시 해도 될까요?"

"물론이죠. 던져요."

그들은 남은 게임을 하는 동안 감옥 칸을 피했다. 일부러 그런 건 아니었지만, 주사위가 남은 시간 동안 그들을 방해하지 않기로 한 것 같았다. 자정을 넘기자 그들은 식탁을 치우고 소파를 펼쳤다. 불을 끄자 에밀은 포크와 까니유가 침대로 뛰어올라 그들의 발치에 자리 잡는 것을 느꼈지만 아무 말도 하지 않았다. 그는 오늘이 축하할 날이고, 오늘 밤만은 예외를 둬도 되겠다고 생각했다.

"잘 자요, 조안."

"잘 자요."

"오늘 저녁 정말 즐거웠어요."

"저도요."

고요가 다시 내려앉았다. 포크의 만족스러운 그르렁거림만이 그 침묵을 살짝 깨트렸다. 아마도 어둠 속에서 조안이 그의 배를 긁어주고 있는 모양이었다. 에밀은 파란색 물감으로 종이를 가득 채우던 어린 톰 블루를 떠올렸다… 그리고 자신을 떠올렸다. 그녀는 자신도 받아들였다. 그의 마지막 여행에 동행하기로, 그리고 결혼을 통해 그의 자유를 보장해 주기로 한 여자. 그는 그 무리 중 하나였다. 톰 블루, 포크, 그리고 자신. 그녀는 그 셋 모두에게 두 번째 기회를 주기로 한 것이다. 조안은 꼭 그 작은 교회 같았다. 폐허 속에서도 굳건히 서 있는, 강하고 온전한 생명. 그녀는 바로 그런 사람이었다. 황폐한 땅 한가운데 피어난 희망의 상징.

15

다음 날, 미르티유가 더 이상 참지 못하고 다시 나타났다. 아마 그녀에게는 거실에 숨어 있는 시간이 무척 길게 느껴졌을 것이다.

"자, 결혼식은 어땠어요?"

마르티유가 환한 미소를 지었다. 그녀는 두 사람을 위해 팬케이크와 홍차를 준비해 두었고, 그걸 본 조안은 깜짝 놀라며 말했다.

"아니, 뭘 힘들게 이런 걸 준비하셨어요?"

미르티유가 날카로운 어조로 되받았다.

"아, 아네요! 당신까지 우리 딸처럼 굴지는 마요! 아니 하나로도 난 이미 진절머리가 난다니까!"

그 후 그녀는 두 사람을 안뜰의 플라타너스 나무 아래에 앉혔다. 에밀은 작은 계단을 내려가 그녀를 도와 함께 자리를 잡았다.

"결혼식은 어땠어요? 다들 신비주의라 말을 안 해요, 글쎄!"

“좋았어요.”

“좋았다고? 그게 다예요? 아니가 그러던데, 샴페인까지 부탁했다며. 축하 만찬 준비했어요?”

에밀이 고개를 끄덕였다.

“네. 조안이 우리를 위해 멋진 식사를 준비했어요. 드실 디저트도 가져왔습니다!”

잠시 동안은 화제가 전환되어 분위기가 이어졌다. 미르티유는 식사에 대해 이것저것 질문했고, 조안이 디저트를 내놓자 맛있다고 칭찬했다. 하지만 곧 본론으로 돌아갔다. 시청에서의 결혼식과 드레스 이야기였다.

“사진 찍었어요?”

둘이 고개를 저으며 대답하자 그녀는 놀랐다.

“사진이 없다고? 결혼식인데 사진을 안 찍다니, 말도 안 돼! 아이에게 뭐 보여줄 거예요?”

두 사람이 동시에 외쳤다.

“미르티유! 아기는 없어요!”

그녀는 혀를 입천장에 차며 쯧 소리를 냈다.

“아니에게 전화해야겠어요. 우리 사위가 사진작가거든. 마을의 좁은 골목에서 멋진 사진을 찍어줄 거예요.”

에밀은 너무나 화가 난 나머지, 대답할 때 자신의 목소리에 힘이 실린 것도 알아차리지 못했다.

“미르티유, 그만하세요! 사진은 없어요! 아기도 없고요! 결혼식은 끝났어요. 이제 그만 우리를 좀 내버려 두세요!”

조안은 의자 위에서 몸을 잔뜩 웅크렸다. 약간 무거운 침묵이 안뜰에 내려앉았다. 미르티유는 경직된 동작으로 찻잔을 내려놓았다. 침묵이 계속 이어졌다. 에밀은 분위기를 수습하려고 말했다.

"팬케이크 정말 맛있네요."

하지만 그의 말은 공허하게 허공에 떨어질 뿐이었다. 결국 그는 일어나 안뜰을 떠났다.

결혼에 대해 거짓말을 하고, 몇 주나 계속 아무렇지 않은 척해야 했다. 그는 오늘 아침이면 모든 것이 끝나고 정상적인 생활로 돌아갈 수 있기를 바랐다. 하지만 미르티유는 항상 일을 크게 만들고, 그들의 삶에 사사건건 끼어들어야만 했다. 평소라면 에밀은 그런 모습을 정겹게 여겼을 것이다. 하지만 그날 아침만큼은 아니었다. 그는 그저 잠시 숨을 고르고, 새로 얻은 자유를 만끽하고 싶었다. 에밀은 아니가 고쳐준 자전거에 올라타고 마을로 향했다.

그는 또 다시 블랙아웃을 겪었다. 오늘 아침, 그는 분노 속에서 집을 떠나 매우 빠르게 페달을 밟아 감정을 해소하려 했다. 그후에 무슨 일을 했는지 기억나지 않았다. 예술가들은 이미 에우스를 떠났고, 축제도 끝났다. 그는 위쪽 교회 근처 작은 광장에 앉아 있었다. 손에는 탄산음료 캔, 머리에는 햇볕에 탄 자국. 흉터가 화끈거렸다. 그는 어제의 일과 그전의 일들, 그리고 오늘 아침에 일어나 플라타너스 나무 아래에서 아침을 먹고 미르티유와 말다툼을 한 것까지 아주 또렷하게 기억하고 있었다. 그후로는 아무것도 떠오르지 않았다. 교회 첨탑은 저녁 6시를 가리키고 있었다. 그렇게 오래 나가 있을 생각은 전혀 없었다. 조안은 분명 크게 걱정하고 있을 것이다. 그는 그녀를 미르티유와 남겨두고, 난처한 상황 속에 두었다.

젠장, 오늘 하루 어디로 간 거지? 자전거는 어디로 갔고, 손에는 왜 탄산음료를 들고 있는 거지?

최근 며칠간의 감정 폭발 때문에 뇌가 멈춘 걸까? 결혼식의 긴장 때문일까? 아니면 단지 마음을 비우고 압박을 풀기 위해 몸이 스스로 선택한 방법일까? 혹은 이제 조안이 법적 보호자가 되어 안전하다는 안도감 때문일까? 임상 실험의 그림자는 더 이상 머리 위에 없고, 이제 무슨 일이 있어도 조안이 모든 것을 지켜줄 것이다. 압박은 사라지고, 병은 다시 그의 몸을 장악했다. 그는 지쳐 햇볕에 달아오른 몸을 이끌고 벤치에서 일어나 집으로 돌아가려 했다. 하지만 막상 일어서자 그는 한 발자국도 움직일 수 없었다. 길을 잃은 기분이었다. 더위 때문일까? 일사병일까? 어디로 가야 할지 모르겠다. 어느 골목으로 들어가야 할지 알 수가 없다. 젠장, 오늘은 끝이야… 망했어.

"처음 증상은 업무 수행 곤란, 어지럼, 기억 상실이었죠."
그러자 엄마가 물었다.
"그러고 나서는요?"
의사들은 답했다.
"병의 진행 정도에 따라, 더 많고 빠르거나 느린 다른 증상들이 뒤따를 겁니다. 물건을 자주 잃어버리거나, 기분의 급격한 변동, 혹은 사회적이거나 정신적으로 힘든 상황에서 나타나는 혼란, 과거와 관련된 기억의 상실, 얼굴과 이름을 연결하지 못하는 어려움, 시간과 공간에 대한 방향 감각의 상실 등이 일어날 수도 있어요."
시간적, 공간적으로 방향 감각을 잃는 것이다. 지금 그에게 일어나고 있는 일이 바로 그것이다. 그는 오늘 무엇을 했는지 전혀 알 수 없었다. 집을 떠난 뒤 얼마나 시간이 흘렀는지도 전혀 감이 오지 않았다. 10분? 한 시간? 하루? 교회 종탑이 아니었다면, 지금이 하루 중 어느 때인지조차 가늠할 수 없었을 것이다. 아침일까? 오후일까? 그리고 지금 가장 시급한 문제는 집에 돌아가는 길을 전혀 알 수 없다는 사실이었다. 주소는 분명 기억하고 있었다. 카레로 델 마사도르 거리 6번지. 아직, 그걸 잊지는 않았다.

그는 무작정 걷기 시작했다. 걷다 보면 기억이 돌아올지도 몰랐다. 가게들이 낯익었다. 작은 돌길 하나하나도 익숙했다. 그런데도 그는 점점 더 의심이 들고, 확신을 잃기 시작했다. 결국 그는 방향을 바꾸어 위쪽의 교회로 돌아가기로 했다. 거기서라면 마을이 한눈에 내려다보이니, 길을 찾기가 좀 더 쉬울 것 같았다. 꼭대기에 다다르자 그는 한 건물의 벽에 몸을 기대고 섰다. 지쳐 있었고, 신경이 완전히 곤두서 있었다. 그것은 끔찍한 감각이었다. 지금껏 그가 느껴본 것 중 가장 견디기 힘든 감정, 아니, 로라가 떠났을 때 느꼈던 그 감정 다음으로 가장 고통스러운 감정이었다. 미쳐버릴 것 같았다. 모든 걸 잃어버리고 있는 듯한, 자기 자신이 무너져 내리는 감각이었다.

그는 몇 초 동안 숨을 고르며 상황의 아이러니를 생각했다. 최근에 괜찮아졌다고 믿었고, 병이 멈췄거나 느리게 진행 중이라고 생각했다. 에우스에서의 안정된 생활이 기억력을 유지하게 도와준다고 믿었다. 그러나 착각이었다. 결혼식이 그를 버티게 했고, 이제 선택의 여지가 없음을 깨달아야 했다. 더 이상 실신하지 않고, 서류가 모두 처리될 때까지, 조안이 공식적으로 유일한 보호자가 될 때까지 버텨야 했다. 정신이 몸과 병의 진행에 큰 영향을 미친다는 사실을 오늘 깨달았다. 그는 벽에 기대어 서 있었다. 이제 몸이 기억을 유지하던 힘은 끝나고, 병이 다시 시작되었다. 그는 그곳에서, 마치 길을 잃은 노인처럼, 집으로 가는 길조차 모른 채 서 있었다. 울고 싶을 정도로 한심했고, 화를 내고 싶기도 했다. 하지만 화를 내지 않았다. 오늘 아침 이미 미르티유에게, 간접적으로는 조안에게 상처를 줬다. 그는 자신의 상태를 받아들이고 분노를 억누르기로 했다. 아무도, 심지어 자신도 책임이 없었다.

몇 번의 망설임 끝에 골목을 찾아냈다. 미르티유의 집 창문은 이미 닫혀 있었다. 조안은 위쪽 계단에서 봄맞이 대청소를 하는 중이었다. 그녀는 머리를 높게 묶고 반바지를 허리까지 올린 채 먼지를 털며 바쁘게 움직였다. 빗자루와 걸레가 한쪽에 놓여 있었다. 고양이들은 놀라서 도망간 듯, 보이지 않았다. 그는 말 없이 다가가 곧바로 사과했다.

"조안, 미안해요. 내가 무슨 일을 한 건지 모르겠어요. 블랙아웃이 또 왔어요. 시간도 깨닫지 못했고, 아니의 자전거도 잃어버렸어요…."

처음에는 조금 화난 듯한 표정이었지만, 그의 목소리에서 절망을 느낀 조안은 빗자루를 내려놓고 다가왔다.

"괜찮아요? 햇볕에 타진 않았나요?"

그는 대답하지 않았다. 다른 걱정이 더 앞섰다.

"미르티유는? 오늘 아침 일 때문에 화났겠죠…."

조안의 머리카락 몇 가닥이 흘러내렸다. 그녀의 이마는 땀으로 번들거렸다.

"그녀가 묻더라고요. 우리가 떠나고 싶어하는 건 아닌지, 이제 자기가 지긋지긋하게 느껴지는 건 아닌지를요."

그녀는 당황한 표정을 지으며 이렇게 말했다.

"아니라고 했지만 믿지 않는 듯했어요⋯."

조안은 잠시 숨을 고르고 이마를 닦았다.

"직접 가서 얘기해야 될 것 같아요."

그는 고개를 끄덕였다.

"바로 갈게요."

미르티유는 텔레비전이 켜져 있는 거실에서 잠들어 있었고, 까니유는 그녀의 무릎 위에 몸을 웅크린 채 경계를 서고 있었다. 녀석은 에밀을 집의 적, 미르티유와 조안에게 해를 끼치는 사람으로 인식한 듯, 사나운 눈빛으로 그를 노려보았다. 에밀은 미르티유를 깨워야 할지 망설이며 헛기침을 했고, 그 소리만으로도 가벼운 잠에 빠져 있던 노부인은 깨어났다. 그녀는 몸을 일으키며 카니이유를 떨어뜨렸고, 고양이는 항의하듯 야옹 소리를 냈다.

"잠깐 졸았어요⋯."

그녀는 조용히 입가의 침을 닦았다. 에밀은 어색한 표정으로 그녀 앞에 섰다. 어떻게 말을 꺼내야 할지 막막했지만, 사실대로 거의 다 말해주는 게 제일 낫겠다고 그는 생각했다.

"미르티유, 오늘 아침 일 미안해요. 즐겁게 해주고 싶어 하시는 거 알아요. 하지만⋯."

그는 땀에 젖은 손을 반바지에 문질렀다. 미르티유는 꿈쩍도 하지 않았다. 분명 그녀는 설명을 기다리고 있었다. 그녀는 그의 설명을 거부하지 않고, 주의 깊게 들었다. 그는 침을 삼켰다.

"아기는 없어요, 미르티유⋯ 우리가 서두른 결혼식은 단지 조안이 나를 돌볼 수 있도록 한 거예요. 제가 병이 있으니까요."

노부인의 선명한 파란 눈이 크게 뜨였다. 그녀는 이런 종류의 설명은 예상하지 못했다.

“조기 알츠하이머… 다소 드문 병입니다… 맞아요. 그 결혼은 형식적인 거였어요… 조안이 내 건강에 대한 모든 결정을 내릴 수 있도록 하기 위해 결혼을 한 겁니다.”

미르티유의 파란 눈에 슬픔이 스며들었다. 그는 그저 그녀에게 말해주고 싶었을 뿐이다. 그녀는 잘못이 없으며, 그들은 지금 당장 떠나거나 그녀를 혼자 둘 생각이 전혀 없다고 말이다. 적어도 지금 당장은 아니었다. 그녀가 입을 열었을 때 흘러나온 목소리는 세월에 닳고 닳은 아주 노쇠한 여인의 것처럼 들렸다.

“미안해요, 에밀… 몰랐어요….”

그는 고개를 저으며 답했다.

“알아요, 모르시는 게 당연하죠….”

하지만 미르티유의 얼굴에는 여전히 슬픔이 흐르고 있었다. 그래서 그런지 그녀는 더 나이가 들어 보였다.

“최근 실수도 많았어요. 웨딩드레스 때문에… 내가 바보 같은 짓을 했어요….”

“아니에요, 그건 아니에요.”

“하지만….”

“드레스를 입은 조안은 정말 아름다웠어요.”

그녀는 침통한 미소를 지었다.

“정말요?”

그는 고개를 끄덕였다.

“네, 정말이에요. 당신이 해준 땋은 머리도 참 예뻤고요.”

미르티유는 슬픈 눈으로 고개를 떨구었다.

"난 그냥 조안의 얼굴을 좀 밝게 해주고 싶었어요. 근데 조안은 항상 검은색만 입더라고요. 조안이 왜 그랬는지 이제는 알 것 같아요…."

그는 침을 삼켰다. 그는 이런 일이 생기길 바란 게 아니었다. 그저 그녀 잘못이 아니라고, 당장 그녀를 떠나버릴 생각은 전혀 없다고 말해주고 싶었을 뿐이었다. 적어도 지금 당장은 말이다. 그녀가 입을 열었는데, 목소리가 마치 나이를 아주 많이 먹어 힘없는 할머니처럼 들렸다.

그녀가 코를 훌쩍인다. 눈물을 흘린 걸까? 그는 거실이 어두워서 그녀의 얼굴을 분간할 수 없었다. 그녀는 냉기를 유지하려고 덧문을 다 닫았다.

그녀가 이상하게 멀리 들리는 목소리로 물었다.

"당신은 이 상황에서 벗어날 수 없겠죠?"

그는 그녀가 병에 대해 말한다는 것을 알고 있었다. 거짓말을 할까 망설였지만 하지 않기로 했다.

"아니… 그렇습니다."

그녀가 다시 코를 훌쩍였다.

"조안은 어떻게 될까요?"

그는 목에 걸린 덩어리를 없애려 애쓰며 침을 삼켰다. 미르티유를 보면 마음이 우울해진다. 왜 우는 걸까?

그는 자신 없는 목소리로 대답했다.

"모르겠어요,"

"생각해봐야겠네요… 생각해볼 거예요?"

"네. 생각해볼게요."

미르티유는 카나유가 텔레비전 옆 바구니에 있는 포크에게 다가가 몸을 웅크리고 착 달라붙는 모습을 지켜보았다.

"그래서 이 여행을 시작한 거군요?"

"네."

그들은 둘 다 잠시 침묵했다. 텔레비전은 여전히 켜져 있어서 배경 소음을 내고 있었다.

"그러면 결국 떠날 건가요?"

그녀는 그를 올려다보았고, 그는 이상하게 촉촉한 그녀의 푸른 눈을 볼 수 있었다.

"네. 결국은 떠날 겁니다… 당장 떠나진 않겠지만, 언젠가는."

그녀는 고개를 끄덕이며 주름진 손가락 끝으로 드레스에서 나온 실을 가지고 장난을 치며 당기고 꼬았다.

"겨울에 다시 오면 되겠네요… 너무 추워서 캠핑카나 텐트를 쓸 수 없으면, 다시 와요."

그 생각만으로도 그의 마음이 조금 놓였다. 그는 고개를 끄덕였다.

"좋은 생각이네요."

"조안에게도 말해줄래요?…."

"그녀도 좋아할 거예요."

"나도요, 그렇게 되면 좋을 것 같네요."

그들은 서로를 보며 살짝 미소 지었다. 텔레비전에서는 저녁 프로그램이 시작되었다. 10개의 질문에 답하면 만 유로를 따는 내용이었다. 미르티유는 잠시 정신을 다른 데로 돌렸다가 다시 그를 바라보았다.

그가 물었다.

"오늘 저녁 저희랑 같이 식사하시겠어요?"

그는 그녀가 거절할 시간을 주지 않았다.

"제가 요리할 거예요. 스튜디오에서 저녁 식사에 초대할게요. 7시 30분에 계단 아래로 모시러 올 거예요. 준비하세요."

미르티유의 미소는 세상의 모든 눈물보다 값졌다.

에밀은 소고기 라자냐를 태워버렸지만, 조안은 자기가 알아서 할 테니 가서 샤워를 하라고 했다. 그녀는 고기 없는 작은 라자냐 접시, 야채와 페스토가 들어간 미니 라자냐를 준비했다. 그녀는 만족스러워 하는 것 같았다.

그녀가 말했다.

"가서 샤워해요. 벌써 7시예요. 라자냐는 내가 알아서 할게요."

"오… 미르티유, 립스틱과 숄도 챙겼네요!"

그녀는 근사한 파티 복장을 차려입고 계단 아래에서 그를 기다리고 있었다. 검은 드레스와 연보라색 숄, 금 귀걸이. 입술은 카민 레드로 칠했다. 정말 우아했다. 그녀는 당황하지 않고 되받았다.

"어? 수염 어디 갔어요?"

조안도 그가 욕실에서 나온 모습을 보고 비슷한 반응을 보였다. 조금 더 절제된 표현으로.

"오… 수염을 깎았네요."

그는 자기가 왜 그런 행동을 했는지 정확히 알지 못했다. 1년 전, 로라가 떠난 뒤부터 머리를 기르기 시작했다. 마치 그것이 얼굴을 숨기고, 자신을 감추고, 보호할 수 있는 방법인 것처럼. 하지만 그날 저녁 거울 속 자신을 보면서, 최근 그들의 외출 때문에 머리를 소홀히 다뤘다는 것을 깨달았다. 머리카락이 얼굴 대부분을 덮었고, 이제는 너무 많았다. 그는 다듬기 시작했다. 처음에는 단지 머리를 정리하려는 생각뿐이었지만, 멈출 수 없었다. 결국 모두 잘라내고 자신의 얼굴을 다시 발견했다. 그는 벌거벗은 듯하고 연약하게 느껴졌지만, 동시에 훨씬 젊어진 기분이 들었다. 슬픔도 덜했다. 이렇게 하자 완전히 새로워 보였고, 더 생기 있어 보였다. 그를 본 조안의 눈이 휘둥그레졌다.

그가 물었다.

"마음에 들어요?"

그녀는 고개를 끄덕였고, 그는 그녀의 눈빛에서 자신을 치켜세워 주는 듯한 기색을 읽어냈다. 그 시선에 그는 얼굴이 조금 붉어졌다.

"네, 미르티유, 다 잘랐어요,"

그가 마지막 계단을 내려가며 말했다.

"저는 새사람이 되었어요."

그녀가 미소 지으며 대답했다.

"결혼한 남자죠."

그가 그녀의 팔을 잡았다.

"허락해 주시겠어요?"

미르티유가 소녀처럼 웃었다.

"예의가 참 바르시네요, 젊은이."

"언제나 그렇죠!"

그녀는 그의 팔에 기대어 계단을 올라갔다. 그녀가 뭐라고 말하든, 겉으로 어떻게 보이든 간에, 그녀는 삶에 지쳐버린 노부인일 뿐이었다. 그들은 계단 중간쯤에서 잠시 멈췄다.

그녀가 숨을 헐떡이며 말했다.

"늙는다는 건 참 서글픈 일이에요."

"그럴 거 같네요."

"그래도 정신은 멀쩡해요. 사실 정신을 잃을까 봐 가장 두려웠거든요."

자신이 그에게 무슨 말을 하고 있는지 깨닫자, 그녀는 부끄러움에 말을 멈췄다. 그는 그 어색한 순간에서 벗어나기 위해 재빨리 말했다.

"저도 전적으로 동의합니다!"

그들은 계단을 계속 올라갔다.

에밀은 식탁을 차렸고, 조안은 라디오를 켰다. 스튜디오에 재즈가 흘렀다. 카니유와 포크는 소파와 조리대 사이에서 뛰어다니며 에밀의 발에 걸리기도 했다. 미르티유는 어깨에 숄을 걸치고, (어제 마시다 남은) 샴페인 잔을 손에 든 채 소파에 앉아 있었다. 그녀는 이곳에 있는 게 정말 즐거운 듯 어린 소녀처럼 계속 낄낄거리며 웃었다. 조안은 그녀 옆에 앉았다. 평소처럼 검은 옷을 입었지만, 미르티유는 조안에게 오래된 골동품 빗을 빌려주었고, 자주 얽히는 머리에 보라색 자수정 장식의 금빛 빗을 꽂았다. 그것은 낡고 오래된 물건이었지만 조안에게는 기가 막히게 잘 어울렸다. 조안은 마치 1930년대에서 막 걸어 나온 듯한, 시대를 타지 않는 분위기를 가진 여성이었기 때문이다. *조안의 얼굴을 조금 밝게 해주고 싶었어요. 조안은 항상 검은색으로 자신을 숨기거든요.*

성공했다. 오늘 밤 조안은 수염이 없는 에밀처럼 더 젊어 보였다.

"식사합시다!" 그가 뜨거운 라자냐 접시를 내놓으며 말했다.

두 사람은 여전히 작은 소리로 웃고 속삭였다. 에밀은 옆눈으로 그들을 보며 즐거워했다. 조안이 웃는 모습을 보는 것은 여전히 경이로웠다. 언젠가, 몇 달 후에는 일상이 되어 더 이상 신경 쓰지 않을 수도 있겠지만, 지금은 여전히 경이로웠다.

그는 목을 가다듬고 다시 말했다.

"식사합시다!"

미르티유는 식사 도중에 다시 진짜 소녀로 돌아왔다. 그녀는 가볍고 수다스럽고, 웃음이 많으며 마을에 관한 이야기를 끝없이 늘어놓았다. 그들이 딸기 샐러드로 이루어진 디저트를 먹기 시작했을 때, 그녀가 갑자기 진지한 표정으로 물었다.

"그럼 포크는요?"

"무슨 포크요?"

"조안이 가족을 찾아주겠다고 했잖아요….."

그녀는 걱정스러운 얼굴이었다. 조안은 대답을 망설였다. 조안은 확실하게 말해도 될지 확인하려고 에밀의 눈치를 슬쩍 살폈다.

"입양할 거예요."

미르티유는 믿기 어려워했다.

"하지만…."

"하지만?"

"금방 떠날 거라고 하지 않았나요?…."

조안은 다시 한 번 에밀을 바라보며 그의 눈빛을 살폈다. 그가 미소를 지으며 고개를 끄덕였고, 그녀는 말했다.

"캠핑카로 데려갈 거예요,"

미르티유의 눈이 반짝였다.

"정말요?"

"네, 정말요!"

"포기하지 않을 거죠?"

조안이 목소리를 높였다.

"네!"

에밀이 덧붙였다.

"이제 가족관계증명서도 있어요, 미르티유!"

이 나이든 여성은 이해할 수 없다는 듯 고개를 저었다.

"이제 새끼 고양이도 입양할 자격이 있는 거군요….."

세 사람은 함께 웃었다. 정말 아름다운 저녁이었다. 재즈, 입안 가득 맴도는 딸기의 산뜻하고 시큼한 풍미, 미르티유의 입가에 묻은 토마토 소스 자국, 조안의 오래된 빗, 그리고 세 사람이 짓는 미소. 정말 아름다운 저녁이었다.

2021년 9월 2일

엄마,

저에게 큰 소식이 있어요. 이틀 전부터 저는 유부남이 되었어요. 눈을 크게 뜨고 머리를 감싸며 놀라지 마세요. 아니요, 제가 미쳐버린 건 아니에요. 조안은 매우 좋은 사람이고, 제 뜻을 존중하며 다시는 임상 시험 센터로 저를 데려가지 않겠다고 약속했어요. 네, 사실 그 때문에 결혼을 한 것은 맞지만, 그래도 저는 이제 결혼한 남자입니다.

앞으로 무슨 일이 있더라도 조안이 저의 유일한 법적 보호자가 될 거예요. 이제 더 이상 병원에서 제 실신과 기억 상실 때문에 귀찮게 하지 못할 거예요.

엄마가 원하던 건 아니란 걸 알아요. 하지만 이건 내가 원하는 거예요. 전. 스물여섯 살이고 결혼했어요. 게다가 앞으로 2년밖에 못 살겠지만, 적어도 그 2년 동안 저는 제 삶을 스스로 결정할 수 있어요.

마르조리 누나가 제 편지를 받아서 엄마에게 보여줬을 거예요(어쨌든 제가 부탁했으니까요). 이 편지도 가능한 한 빨리 보내겠지만, 이번 이 마지막 편지가 될 거예요. 앞으로는 작은 검은 노트에 계속 기록할 거예요. 제가 떠나고 나면 조안이 이걸 엄마에게 전해주기로 했어요. 틈틈이 소식을 전하고 싶지 않은 건 아니지만, 계속 숨어 지내려다 보니 편지 한 통 보내는 게 이제는 너무 힘든 모험이 되어버렸네요. 그래도 이 마지막 두 편지를 보고 엄마가 마음을 놓았으면 좋겠어요. 저는 지금 정말 행복하고, 저에게 딱 맞는 인생을 살고 있거든요.

저의 검은색 수첩이랑 앞으로 제가 쓸 글들이 엄마에게 도착할 때까지, 부디 저를 조금만이라도 용서하려고 노력해 주세요. 제가 엄마에게 안겨드린 상처 때문에 절 너무 미워하지는 말았으면 해요. 제가 이렇게 도망치고 이런 부탁까지 하는 게 이기적이라는 건 잘 알아요. 하지만 저를 그저 힘 없는 노인처럼 여기고 엄마 곁에 두려 했던 엄마의 마음도, 사실은 제 마음만큼이나 이기적이었답니다.

전 이미 엄마를 다 용서했어요. 그러니까 엄마도 절 좀 너그럽게 이해해 주시길 바랄게요. 죽는 날까지 엄마를 사랑해요. 우리가 떨어져 지낸 이 2년이라는 시간도 저의 사랑을 바꾸지는 못했어요. 아니, 오히려 그 반대지요… 원래 멀리 떨어져 봐야 그 사람을 얼마나 사랑하는지 알게 된다고 하잖아요. 우리 이 시간을 서로가 얼마나 소중한지 깨닫는 기회라고 생각하기로 해요.

엄마, 아빠, 마지막으로 조금 더 기분 좋은 이야기를 하자면요, 저 그날 아주 멋진 신랑이었답니다(적어도 제 생각에는요!) 엄마는 자랑스러워했을 거예요. 면도도 안 한 상태였지만, 하얀 셔츠를 챙겨 입고 시장님 앞에 서니 얼마나 떨리고 긴장되던지요. 조안은 정말 아름다웠어요. 엄마, 아빠가 조안을 평생 직접 보실 수 없다는 게 참 속상해요. 조안은 살면서 단 한 번 만날까 말까 한 그런 소중한 사람이거든요.

조안은 소매가 손목까지 내려오고 레이스가 가득 달린 아주 오래된 스타일의 웨딩드레스를 입었어요. 미르티유라고 지금 저희가 같이 지내는 할머니가 계시는데, 그분이 조안의 머리를 아주 예쁘게 땋아주셨답니다. 면사포만 써도 영락없는 진짜 신부 같았을 거예요. 아, 제대로 된 구두만 한 켤레 더 있었어도 완벽했을 텐데 말이에요!
엄마, 아빠, 사랑을 담아 안부를 전해요. 두 분은 제가 어디에 있든 제 마음속에서 한 번도 멀어진 적이 없어요. 두 분은 언제나 제 곁에 계세요.

당신의 아들, 에밀

16

"에밀?"
미르티유가 텔레비전 앞에 앉아 불렀다.
그는 바로 근처, 안뜰로 이어지는 작은 계단 위에서 식물에 물을 주고 있었다.
"네, 저, 여기 있어요."
"앉으세요."
그는 놀랐지만 그녀의 말을 순순히 따랐다. 그는 광고지가 잔뜩 쌓

인 의자를 끌어당기더니, 그걸 손등으로 쓱 밀어 바닥에 떨어뜨리고
는 그 자리에 앉았다.

"아니가 방금 떠났어요…."

"알고 있습니다."

"아니가 말하길, 장이 당신에게 맡겼던 그 자전거를 에우스에서 다
시 찾았다네요. 그 자전거는 어떤 골목에 있었는데, 보아하니… 며칠
동안이나 거기에 있었던 것 같다고 하는군요."

에밀은 난처했다. 미르티유의 걱정스러운 표정이 자전거를 잃어버
린 것 때문인지, 아니면 그의 침묵 때문인지 알 수 없었다. 그는 중얼
거리듯 사과했고, 필요하다면 자전거를 고쳐놓겠다고 말하려 했지만,
미르티유가 그의 말을 끊었다.

"무슨 일이 있었어요? 넘어졌어요?"

그는 고개를 저었다.

"아니요! 아니요, 그런 게 아니었어요….

"길을 잃었어요?"

그녀는 별생각 없이 카니유를 쓰다듬었다. 모든 시선은 에밀에게 집
중되어 있었다.

"네, 길을 잃었어요. 그날 말이에요, 당신이 결혼 사진을 찍어주겠다
고 하신 날, 제가 집을 좀 급히 나갔던…."

미르티유는 고개를 끄덕였다. 그녀의 깊은 눈빛이 모든 것을 꿰뚫
어 보았다.

"하루 종일 모습을 보이지 않았지요?"

"네… 제가… 도대체 뭘 했는지 전혀 기억이 나지 않았어요. 정신
을 차렸을 때, 자전거는 사라졌고… 집으로 돌아가는 길을 찾느라 애

를 먹었어요. 정말 죄송합니다. 자전거를 잃을 생각은 없었어요…."

"난 자전거 같은 건 신경 쓰지 않아요, 젊은이! 그래서 이제 밖에 나가지 않는 거예요?"

"저는…."

그는 인정하기 부끄러웠지만 사실이었다. 그 사건 이후, 그는 혼자 마을에 가지 않으려고 갖가지 변명을 만들어냈다. 처음에는 그냥 조안이 산책을 나갈 때 그녀와 잠시 나가고 싶어서였지만, 지금은 아니의 친구를 돕느라 조안이 하루 종일 아이스크림 가게에 있으니, 더 이상 집밖으로 나가고 싶지 않았다.

"네… 저는 밖에 나가려 하지 않았어요… 이제 길을 잃을 일은 없죠. 나가지 않으니까요."

"그럼 다른 건요?"

"혼란이요?"

"그래요, 혼란…."

그는 잘 몰랐다. 에우스 골목에서 캔을 들고 길을 잃었던 그 날만큼 혼란스러운 상황은 없었지만, 짧게 혼란스러운 경험을 한 적은 있었다. 어느 날은 아침에 칫솔을 냉장고에 넣어두었고, 또 다른 날에는 샤워기 물을 틀어놓은 채로 한 시간 전에 끄는 걸 깜빡했다는 사실을 깨닫기도 했다. 오늘 아침엔 조안을 '마르조리'라고 부르기도 했다. 하지만 그때는 그냥 좀 깜빡했던 것뿐이라고 생각했다. 물론, 이것이 병의 정상적인 과정이라는 것을 알고 있었지만, 실수와 이상한 행동으로만 끝난다면 크게 문제되지 않는다고 스스로를 안심시켰다. 그가 가장 두려워하는 것은 블랙아웃이었다.

"심각한 일은 아니지만, 몇 차례 실수가 있었어요."

미르티유가 갑자기 걱정스러운 표정을 지었다.

"왜? 조안이 무슨 말을 했나요?"

미르티유는 고개를 저었다.

"아니요… 아무 말도 안 했어요."

에밀이 미르티유를 바라보며 물었다.

"아이스크림 가게에서 일하게 돼서 조안이 행복해 하는 것 같지 않나요?"

그녀는 고개를 끄덕였다.

"맞아요, 여기서 나가서 조금 돌아다니는 게 좋나 봐요."

그녀는 혀를 입천장에 톡 하고 튕겼다.

"그러니 당신도 조안처럼 해야 해요."

그의 시선이 자꾸 미르티유의 시선을 피했다. 그는 텔레비전을 보는 척했지만, 미르티유는 눈치챘다.

"여기에 틀어박혀 있다고 해서 이 병의 진행을 늦출 수 있는 게 아네요. 오히려 반대죠. 조금이라도 바깥 공기를 쐬야 해요."

그는 심술난 표정으로 대답했다.

"전 앞으로 사흘간 밖에 안 나갈 거예요. 골목에서 길을 잃을 수도 있으니까요."

"그럼 조안에게 같이 나가 달라고 해요."

"조안은 일을 하고 있어요."

"일을 하는 게 아니라, 도움을 주는 거죠. 조안은 한나절 정도는 당신이랑 같이 산책을 나가줄 수도 있어요."

"그녀가 그러고 싶어 할지 모르겠네요."

미르티유는 어린 소년을 꾸짖듯 혼냈다.

"정신 차려요, 에밀! 무슨 말도 안 되는 소리예요! 날씨 좀 봐요! 맑고 시원한 바람도 불어요. 조안을 보러 아이스크림 가게에 한 번 가보지 그래요? 조안이 분명 좋아할 거예요. 길을 잃을지도 모른다고 말하지 마요! 여기서 4분 거리밖에 안 돼요! 만일 당신이 한 시간 안에 돌아오지 않으면 헬리콥터를 보내서 찾아보도록 할 거예요!"

그녀는 무릎 위의 카니유를 들어 바닥에 내려놓았다.

"자, 어서 가요!"

그녀는 에밀과 고양이 모두에게 말하며 손짓으로 얼른 나가라는 신호를 보냈다.

"날씨가 참 좋아요! 나 대신 바람 좀 쐬고 오세요!"

2주 전, 조안은 코코 아이스크림 판매점으로 첫 출근을 하고 나서 몹시 들떠 있었다. 그날 이후로 그녀는 아침 일찍 나가서 저녁이 되어서야 돌아왔다. 에밀은 의아해하며 물었다.

"그렇게 일이 많아요?"

조안은 어깨를 으쓱했다.

"아니요, 그냥 계산대 뒤에서 마을 사람들의 오고 가는 모습을 보는 게 좋아요. 그럼 마음이 편해져요."

에밀은 햇살 아래로 나와 돌길 위를 걷는 순간, 마치 10년은 젊어진 듯한 기분이 들었다. 미르티유는 잘못 말하지 않았다. 그녀의 말을 듣길 잘했다. 몸을 움직이고, 햇살을 느끼는 것만으로도 기분이 너무 좋았다. 마치 몇 년 만에 다시 생기를 되찾은 기분이었다.

왁자지껄했던 8월이 지나고 9월 중순이 되니, 에우스의 골목길이 에밀에게는 아주 텅 빈 것처럼 느껴졌다. 여기저기 관광객 몇 명과 학생 단체 한 팀 정도뿐이었다. 갑자기 몸이 너무나 가뿐해진 그는 미르티유가 알려준 아이스크림 가게로 가기 전에 화랑에 들르는 여유까지 부렸다. 그곳은 분홍빛 외관에 하얀 글씨로 "코코 아이스크림 판매점. 수제 & 독창적인 아이스크림"이라고 적힌 작은 가게였다. 가게는 골목으로 활짝 열려 있었고, 몇 개의 플라스틱 테이블과 의자가 놓여 있어 한 쌍의 관광객이 느긋하게 쉬고 있었다. 냉장 진열대 안에는 온갖 색깔의 아이스크림 통이 줄지어 놓여 있었고, 그 뒤 계산대에는 커다란 검은 모자를 쓴 조안이 있었다. 그녀는 에밀을 보자 기분좋게 놀란 표정을 지었다.

"에밀!"

에밀은 약간 어색하게 계산대 앞에 멈춰 섰다.

"네, 나, 집에서 나왔어요."

"잘했어요. 오늘은 날씨가 화창하잖아요."

가게 안에는 조안 혼자 있는 것 같았지만, 안쪽에서 들려오는 소리를 보니 주인 코린이 창고나 냉장실 같은 곳에서 정리를 하는 모양이었다.

"요즘은 어때요, 잘 지내요?"

조안은 고개를 끄덕였다.

"네. 이제 모든 맛을 다 외웠고, 매일 오는 단골손님들도 생겼어요."

그때 조안의 뒤에서 문이 쾅 닫히더니, 머리에 파란 머리띠를 두른 오십대 금발 여자가 플라스틱 통을 들고 나타났다. 그녀는 참으로 싹싹하고 친근해 보였다. 그를 반기면서 얼굴 가득 환한 미소를 띠었고, 목소리에는 다정한 온기가 감돌았다.

“안녕하세요. 조안이 도와드리고 있나요?”

에밀이 대답하려 했지만 조안이 먼저 나섰다.

“아니에요, 코린. 이분은 에밀이에요….”

여자는 눈치를 채지 못한 듯했고, 조안이 덧붙였다.

“제 남편이에요.”

‘제 남편’이라는 말을 듣자 에밀은 얼굴이 살짝 경직되는 걸 애써 참았다. 코린이 눈치채지 않았길 바랐고, 다행히 그녀는 눈치를 못 챈 것 같았다. 오히려 그녀는 더 환하게 미소 지었다.

“오! 만나 뵙게 되어 반가워요, 에밀 씨! 자, 마음껏 주문하세요. 오늘은 제가 대접할게요.”

“아, 너무 친절하시네요. 하지만….”

“괜찮아요. 새로 나온 맛이 있는데, 의견 좀 듣고 싶어요.”

코린은 여전히 따뜻하고 다정한 미소를 짓고 있었다. 에밀은 조안이 왜 이곳에서 시간을 보내는 걸 좋아하는지 이해할 수 있을 것 같았다. 그녀는 함께 있으면 기분이 좋아지는 사람이었다.

“새로운 맛이요?”

“서양딱총나무꽃 맛이에요.”

“오… 그건… 특이하네요.”

“조안은 별로 안 좋아하지만, 다른 분의 의견도 들어보고 싶어요.”

에밀은 어깨를 으쓱하며 웃었다.

“뭐, 그럼 먹어봐야죠.”

코린이 조안을 향해 돌아섰다.

“그럼 네 남편은 네가 서빙해 줘. 난 아직 씻을 통이 좀 남았어.”

“알겠어요.”

코린은 재빠르게 사라졌고, 조안은 카운터 뒤에서 멍하니 서 있었다. 에밀은 냉동 진열대의 통들을 훑으며 맛 이름을 읽어 내려갔다.

"혹시 술 들어간 맛 있어요? 오늘은 '제 남편'이란 단어를 여러 번 들은 충격을 좀 달래야겠어요."

조안은 얼굴이 빨개졌고, 그 모습에 에밀은 웃음을 터뜨렸다.

"뭐라고 해야 할지 몰랐어요… 그냥 그 말밖에 생각이 안 났어요…."

그녀가 정말 당황한 듯 보이자, 에밀은 더 크게 웃었다.

"괜찮아요. 사실 그게 맞는 말이잖아요. 저도 익숙해져야죠."

조안은 얼굴이 붉어진 채로 얼른 서양딱총나무 맛 아이스크림을 퍼서 콘 위에 올렸다.

"그리고… 그다음은 어떤 맛으로 하실래요?"

"아직 술 들어간 거 말 안 했잖아요."

조안은 여전히 붉어진 얼굴로, 하지만 차분한 목소리로 말했다.

"레몬 리몬첼로, 바바 오 럼, 헤이즐넛 아마레토, 아이리시 커피요."

"헤이즐넛 아마레토로 할게요."

"헤이즐넛 아마레토, 알겠습니다."

그녀는 정성스럽게 동그란 스쿱을 만들어 콘 위에 얹고, 시선을 피한 채 내밀었다.

"얼마예요, 사모님?"

에밀은 그녀의 진지하고도 어색한 모습에 웃음을 참았다.

"아니죠. 코린이 공짜라고 했잖아요."

"그랬죠… 고마워요."

그는 아이스크림을 받아 들고 카운터 앞에 멈춰 섰다. 바로 나가야 할지, 아니면 그녀 앞에서 먹어야 할지 몰랐다. 조안이 작은 테이블을 가리켰다.

“저기 앉으세요. 오늘은 손님도 별로 없어요. 햇볕도 좋고요.”

마침 관광객 부부 한 쌍이 자리에서 일어났다. 에밀은 카운터 근처 테이블에 앉아 다리를 쭉 뻗고 천천히 아이스크림을 먹기 시작했다.

“하루 종일 여기 있으면 지루하지 않아요?”

조안은 고개를 저었다.

“아니요. 전에는 창고에서 통을 씻고 라벨을 새로 붙였거든요. 지금은 카운터에 설 수 있어서 좋아요.”

“손님 기다리면서 명상이라도 해요?”

조안은 하늘을 올려다보았다.

“놀리는 거예요?”

“아니에요.”

에밀은 아이스크림을 한입 베어 물었다.

“명상 좋아한다고 했잖아요. 처음 메일에서요.”

그들은 강아지를 데리고 골목을 건너는 여자를 바라봤다.

“전 명상하면 가부좌 틀고 눈 감고 앉아 있어야 하는 건 줄 알았어요.”

조안은 아주 진지한 얼굴로 말했다.

“꼭 그래야 하는 건 아니에요.”

“아, 그래요.”

“저는 마음챙김 명상을 해요.”

에밀은 그녀가 하는 말이 마치 외국어처럼 느껴져 눈을 굴렸다.

“미안해요. 명상의 세세한 부분까지는 잘 몰라요.”

조안이 어깨를 으쓱했다. 그때 코린이 다시 가게를 지나가며 손바닥으로 이마의 땀을 닦았다.

"맛이 어때요?"

"정말 맛있어요."

코린은 만족스러운 듯 엄지를 치켜세웠다.

"내일 또 오세요. 다른 맛도 맛보게 해드릴게요."

"여기서 무슨 일이라도 해보는 게 좋을 것 같은데, 어떻게 생각해요?"

"잘 모르겠어요… 생각해볼게요."

이제 에밀에게는 아르바이트 같은 일은 의미가 없었다. 미르티유에게는 말하지 않았지만, 그는 늙은 바보처럼 실수나 저지르는 자기가 도대체 누구에게 쓸모가 있을지 도무지 궁금했다. 오늘 아침에도 칫솔이 베개 밑에서 나왔다. 조안이 눈살을 찌푸리며 쳐다보는 바람에 웃어넘겼지만, 사실은 웃을 일이 아니었다. 그는 자신이 점점 망가져 가는 건 아닌가 두려웠다. 의사들의 예측이 맞는지, 아니면 더 빨리 진행되고 있는 건지 알 수 없었다. 요즘 들어 모든 게 더 빠르게 흘러가는 것처럼 느껴졌다. 아니면, 고요한 생활이 오히려 그의 혼란스러움을 더 드러내는지도 몰랐다. 그것은 분명 치매의 초기 증상이었다.

이제 그의 일상은 달라졌다. 일은 하지 않았다. 아침엔 천천히 일어나 스튜디오 안에서 조금 빈둥거리다 미르티유와 잠깐 이야기했다. 그 다음엔 강아지 포크를 돌보고 골목이나 안뜰에서 함께 놀았다. 그는 점심을 먹고 낮잠을 잔 후, 진한 홍차 한 잔을 마시고 밖으로 나갔다. 마을을 잠깐 산책했지만 멀리는 가지 않았다. 다시 길을 잃을까 봐 두려워서였다. 그리고 늘 '코코 아이스크림 판매점'에 들러 아이스크림을 먹으며 오가는 사람들을 바라봤다. 조안은 팔꿈치를 카운터에 올리고 턱을 괴고 앉아 그와 함께 이런저런 이야기를 나눴다. 곧 내릴 비,

포크의 장난감, 아이스크림 맛 순위 같은 사소한 이야기였다. 에밀은 이제 열 가지 넘는 맛을 시도했지만, 마음에 드는 순위는 계속 바뀌었다. 엘더플라워는 파인애플 바질 맛에게 밀렸고, 그 맛은 다시 땅콩 맛에게 밀렸다. 조안은 언제나 단순했다. 그녀가 가장 좋아하는 건 여전히 사과 맛이었다. 에밀은 늘 그녀를 놀렸다.

“이 많은 맛 중에서, 하필 사과 맛이라니. 여기서 일하는 보람이 없네요.”

조안은 대꾸하지 않고 눈만 굴렸다. 저녁이 되면 둘은 스튜디오로 돌아와 라디오를 들으며 저녁을 먹었다. 마치 오래된 부부 같았지만, 그게 그들에게는 잘 어울렸다.

“나, 살찐 것 같지 않아요?”

에밀은 거울 앞에 서 있었고, 조안은 세면대 앞에서 양치 중이었다.

“네? 뭐라고요?”

“나, 살찐 것 같다고요.”

조안은 어깨를 으쓱했다. 그 반응은 별로 긍정적이지 않았다.

“이제 아이스크림 그만 먹어야겠어요… 아니면 운동을 다시 시작하든지.”

조안은 웃음을 참으며 거울을 보지 않으려 애썼다. 에밀은 거울 속에서 조금 도톰해진 턱선, 볼살, 그리고 허리의 군살을 바라보며 중얼거렸다.

“그래요, 운동 좀 해야겠네요. 여기서 팔굽혀펴기나 윗몸일으키기라도 해야지.”

“길 다시 나서면 괜찮아질 거예요.”

그들은 여행을 다시 떠날 날을 구체적으로 정하지 않았다. 그것은 늘 막연하고 멀게 느껴졌다. 어쩌면 당장 떠나고 싶지 않았기 때문일 것이다. 어쨌든, 조안은 아니었다. 그녀는 아이스크림을 팔기 시작한 이후로 그 어느 때보다 가벼워 보였다.

"그래요, 운동 다시 시작해야겠네요… 근데 왜 살찐 거 말 안 해줬어요?"

이번엔 조안이 진짜로 웃음을 터뜨렸다.

"왜요, 뭐가 웃겨요?"

에밀이 물었지만, 조안은 대답을 하는 대신 욕실을 나갔다. 에밀이 뒤에서 외쳤다.

"우리, 이제 정말 은퇴한 부부 같다고 생각하는 거죠?"

그는 조안이 검은 모자를 찾고 있는 거실로 따라 들어갔다. "그러고 보니, 결혼하면 살이 찌는 게 당연한 거잖아요?"

"그럴지도 모르죠."

"그럼 우리는 아주 성공적인 결혼생활을 하는 셈이네요."

그녀는 모자를 찾아 머리에 쓰고 어깨에 멘 가방을 집어 들었다.

"포크 좀 내보내 주세요. 창가에 앉아서 계속 야옹거리기만 하네요."

"네, 알았어요, 여보."

그녀는 얼굴을 찌푸렸고, 그 모습에 에밀은 웃음을 터뜨렸다.

"이따가 간식 시간에 봐요."

그는 계단까지 그녀를 따라가며 말했다.

"아이스크림 끊는다면서요?"

"운동을 시작한다고 했죠."

"아… 그럼 아이스크림은 계속 먹겠다는 말이네요?"

"그럼요. 한 번에 너무 많은 변화를 주면 몸에 안 좋잖아요."

그녀는 눈을 굴리며 고개를 저었다.

그렇게 하루하루가 흘러갔다. 날들은 비슷하게 흘러갔지만, 가끔씩 작은 변화가 있었다. 일요일이면 조안과 함께 덤불숲길을 산책하고, 어떤 날은 미르티유, 아니, 그리고 아니의 남편과 함께 저녁을 먹었다. 9월이 이미 시작되었다. 낮이 짧아지고, 골목은 조용해졌으며, 공기는 한결 부드럽고 선선해졌다. 여름의 창백한 햇살 대신 따뜻한 주황빛이 마을을 감쌌다. 나무들은 조금씩 잎을 떨어뜨렸고, 포크는 점점 더 독립심이 강해졌다. 이제는 카니이유와 자주 싸우기까지 했다.

"자고 있었어요?"

에밀은 소파에 몸을 기댄 채 반쯤 졸고 있었다. 그는 조안의 목소리에 깜짝 놀라 몸을 일으켰다.

"아니, 그냥 눈 좀 붙이고 있었어요."

조안은 퇴근해서 돌아왔다. 비에 젖은 머리를 헝클며 가방을 탁자 위에 내려놓았다. 밖에는 여전히 비가 내리고 있었다.

"오늘 하루 어땠어요?"

"괜찮았어요. 당신은요?"

"코린이 내일부터 안 나와도 된대요."

"뭐라고요?"

그는 잘못 들은 줄 알았다. 하지만 조안은 고개를 끄덕였다.

"이제 에우스에는 손님이 거의 없어요. 혼자서도 충분하대요."

"아…."

그의 목소리에는 실망이 묻어났다.

"아쉽겠네요."

"그래도 이제 슬슬 떠날 때가 된 것 같지 않아요?"

그녀는 담담한 표정으로 그를 바라봤다. 에밀은 대답을 피했다. 사실 그는 다시 길 위로 돌아가고 싶었지만, 그 전에 조안의 마음을 먼저 알고 싶었다.

"글쎄요… 당신은 떠나고 싶어요?"

"여기 참 좋긴 해요. 하지만 곧 겨울이 오잖아요. 그땐 너무 추워서 떠나기 힘들겠죠?"

"그렇죠."

"그리고 요즘 당신이 좀 지루해하는 것 같아서요."

에밀은 놀랐다. 최대한 내색하지 않으려 애썼는데, 그녀는 이미 눈치를 채고 있었던 것이다.

"아네요… 그냥…."

"괜찮아요. 사실 나도 다시 떠나고 싶어요."

에밀은 안도하며 미소를 지었다. 둘은 같은 생각이었다. 각자 생각에 잠긴 채로 잠시 침묵이 흘렀다. .

"미르티유에게도 말해야겠네요."

9월 30일, 밤 11시.

에우스, 카레로 델 마사도르 6번지.

세상에, 드디어 여기서 떠난다니 이렇게 후련할 수가! 조안 앞에서는 내색하지 않았지만, 솔직히 여기에 묻혀버리는 기분이었다. 에우스는 완전히 텅 비었다. 골목에는 사람 한 명 없고, 끝없이 내리는 비가 마음까지 갉아먹는다. 30제곱미터 남짓한 방 안에 갇혀 있는 것도 이제 지겹다. 물론 내 책임도 있지만, 다시 움직이기 시작하면 분명 기분이 나아질 것이다. 이런 병을 늦추려면 끊임없이 자극을 받아야 한다. 그게

없으면 사람은 시들어버린다. 그래서 노인들이 요양원에서 빠르게 쇠약해지는 것이다. 자극이, 동기가 사라지면 삶의 이유도 함께 사라진다. 여기에 계속 있었다면 나도 그렇게 되었을 것이다. 미르티유와 아니, 그리고 조안이 있었는데도 결국 일상이 나를 삼켜버렸을 것이다. 미르티유와 아니는 분명 아쉽겠지만, 우리가 영원히 머물 수는 없다. 처음부터 그게 규칙이었다. 그리고 솔직히, 이렇게 오래 머물 줄은 우리도 몰랐다.

햇살이 다시 에우스를 비추고 있었다. 그들은 짐을 정리하며 스튜디오를 비웠다. 미르티유는 끝까지 도와주려 했지만, 에밀과 조안은 완강히 거절했다.

"거의 다 끝났어요, 미르티유."

그녀는 작은 계단을 내려와 마당의 플라타너스 나무 아래 앉았다. 여전히 따뜻했지만 바람이 한결 선선했다. 나뭇잎은 이미 붉게 물들어 있었다.

미르티유와 아니는 떠나는 두 사람을 위해 작은 송별회를 준비했다. 오늘 저녁, 바로 여기서 열렸다. 아니와 남편은 마을 친구 몇 명을 초대했고, 코린과 여름 내내 에밀이 일했던 집 사람들도 온다고 했다. 모두 각자 요리 하나와 와인 한 병씩 가져오기로 했다.

"캠핑카에 짐 한 번만 더 옮기면 끝이에요!"

에밀이 미르티유의 창가로 얼굴을 내밀며 말했다. 그들은 이미 다섯 번이나 짐을 옮겼다. 오래 비워둔 캠핑카에서는 퀴퀴한 냄새가 났지만, 에밀은 운전대와 기어봉, 그리고 지붕 바로 아래 설치한 간이침대의 매트리스를 다시 보는 게 반가웠다. 그건 새로운 여정의 시작을 의미했기 때문이다.

"스크래블이랑 모노폴리도 가져가요. 나는 안 하니까. 추억으로 간직해요."

미르티유가 말했다. 에밀은 나무 아래에서 기지개를 켜는 포크를 가리켰다.

"우리에겐 이미 귀여운 추억이 하나 있잖아요."

그날 저녁, 손님들이 미르티유의 작은 마당에 모였다. 아니는 플라타너스 가지마다 작은 등불을 걸었다. 완연한 가을이었다. 모두 두꺼운 외투를 입었고, 조안은 모자를 벗은 대신 미르티유가 선물한 오래된 빗을 머리에 꽂았다. 아마 그녀를 기쁘게 해주고 싶었던 것 같다. 에밀은 여름에 함께 일했던 아니의 친구 한 명에게 붙잡혀 대화 중이었다. 그가 여행 계획을 묻자, 에밀은 잠시 머뭇거리더니 말했다.

"아직 모르겠어요. 그냥 달리다 마음이 끌리는 곳에서 멈추려구요."

예전에는 늘 다음 목적지를 정해두고 떠났지만, 이번엔 아니었다. 에밀은 여전히 여행 안내서를 펼치기조차 힘들었다. 머리가 굳은 것 같았다. 그러자 조안이 대신 말했다.

"이번엔 그냥 가는 대로, 마음이 이끄는 대로 가봐요."

그 말이 에밀에게는 이상하게도 위로가 되었다. 그 남자는 그 지역을 잘 아는 사람이었고, 몇몇 예쁜 마을들을 추천해 주었다. 에밀은 그중 카스테이유라는 이름만 기억했다.

모두가 정성껏 음식을 준비해와서 마치 축제의 만찬 같았다. 에밀은 그들의 따뜻한 마음에 오히려 쑥스러움을 느꼈다. 두 달 전만 해도 그는 이들 중 누구도 몰랐는데, 오늘 밤 그들은 진심 어린 애정을 나누고 있었다. 짧았지만, 그들의 머무름은 참으로 달콤한 쉼표였다.

"조안 못 봤어요?"

미르티유가 플라터너스 나무 아래 놓인 탁자에서 잔을 채우려던 에밀을 붙잡았다.

"조안이요?"

"그래요, 조안… 당신 부인 말이에요."

노부인이 의심스러운 눈길로 그를 바라보며 말했다. 그 말은 언제 들어도 묘한 울림이 있었다.

그녀는 눈을 가늘게 뜨며 말했다.

"당신, 취했군요."

"아니에요."

"그 볼 좀 봐요, 벌겋게 달아올랐잖아요!"

에밀은 피식 웃었다. 자신이 취했는지는 모르겠지만, 몸이 달아오른 건 분명했다. 아니의 남편이 한 시간 넘게 컴퓨터 이야기를 늘어놓으며 함께 마시던 술이 문제였다. 그들은 안주도 없이 계속 잔을 비웠다.

"조안을 한참 못 봤어요. 혹시 위층에 있는지 봐줄래요?"

"네, 알겠어요."

에밀은 잔을 내려놓고 계단을 올랐다. 미르티유 말이 맞았다. 그는 꽤 취해 있었다. 발걸음이 비틀거렸다.

"조안! 조안!"

조안은 스튜디오에 없었다. 포크만이 흰 소파 위에서 깊이 잠들어 있었다.

"조안!"

그는 미르티유의 방 문을 열어보고, 욕실도 확인했다. 아무도 없었다. 다시 나가려다 문득 생각이 났다. 혹시 집 앞 골목에 나가 있는 건 아닐까. 잠시 혼자 있고 싶었을지도 몰랐다. 현관문을 밀며 휘청거리던 그는 어둠 속에서 작은 검은 형체를 발견했다. 조안이었다. 그녀는 계단에 앉아 있었다. 옆에는 일회용 접시가 놓여 있었고, 그 위에는 과일과 크림 케이크 한 조각이 담겨 있었다.

"여기서 뭐 해요?"

에밀은 문을 닫고 그녀 옆에 앉았다.

"명상 중이에요? 마음 챙김 뭐 그런 거요?"

그는 장난스럽게 말했지만, 그녀는 진지하게 대답했다.

"예."

"어… 농담이었는데."

어둠 속이라 그녀의 얼굴은 잘 보이지 않았다. 오직 머리에 꽂은 빗만이 초승달 달빛에 반짝였다.

"그냥… 혼자 있고 싶었어요. 마지막 밤이니까, 이 시간을 제대로 느껴보려고요."

그는 조롱하는 표정이나 그다지 믿음이 안 간다는 듯한 표정을 짓지 않으려고 애썼다

"느껴보려고요?"

"그래요."

"근데… 이렇게 혼자, 여기서요? 거기 사람들이랑 같이 있는 게 더 낫지 않아요?"

"왜요? 시끄럽고 복잡한 데 있어야만 즐기는 건 아니잖아요?"

그는 어리둥절해하며 중얼거렸다.

“글쎄요… 그런가 봐요….”

“잘 들어봐요.”

그는 귀를 기울였다. 안쪽 마당에서는 사람들의 웃음소리, 남자 목소리, 잔 부딪히는 소리가 들렸다. 그리고 미르티유 특유의 목소리가 섞였다.

“도미니크, 그 나뭇가지 그만 좀 만져요! 부러지겠어요!”

그러자 항의하는 목소리가 들려왔다.

“난 등불이야 어찌됐든 상관 안 해요! 내 플라타너스가 더 소중하다고요!”

둘은 동시에 웃음을 터뜨렸다.

조안이 속삭였다.

“봐요, 거기보다 여기가 더 잘 들리잖아요.”

에밀은 그녀 옆의 접시를 보고 웃음을 지었다.

“그럼 저건요? 케이크도 조용히 먹어야 맛있어요?”

조안은 흔들림 없이 평온한 목소리로 말했다.

“맞아요. 놀라울 정도로 다르게 느껴질걸요.”

그는 괜히 영적인 감수성도 없는 바보처럼 보일까 봐 더 이상 아무 말 하지 않았다. 하지만 조안은 진심이었다. 그녀는 열정 어린 목소리로 말을 이어갔다.

“이렇게 있으면요, 케이크를 천천히 볼 수 있어요. 평소엔 먹기만 하지, 제대로 본 적은 없잖아요. 향이 어떨지, 식감이 어떨지, 윗부분의 캐러멜이 바삭할지 부드러울지… 그런 걸 상상해보는 거예요. 그다음엔 눈을 감고 향을 맡아요. ‘입안에 침이 고인다’는 말 있죠? 그건 진짜예요. 오랫동안 바라보고 냄새를 맡으면, 몸이 그걸 원하게 되거든요.

그때 먹으면요, 모든 감각이 깨어나요.”

그녀의 말에 에밀은 웃음을 참지 못했다.

“그래서… 결국 먹긴 하나요?”

조안은 그의 장난을 무시한 채 계속 말했다.

“그다음엔 한입 베어요. 혀끝에 닿는 질감, 천천히 녹아드는 느낌, 처음 퍼지는 향기… 혀 위에서 행복의 작은 거품들이 터지는 것 같아요. 그리고 몸 전체에 퍼지는 편안함. 뇌가 단맛을 감지하면 행복 호르몬을 내보내거든요. 어릴 적 기억까지 떠오르기도 해요. 오렌지꽃 향이나 초콜릿 냄새 같은 거.”

그녀는 실제로 케이크를 맛보듯 잠시 침묵하더니 작게 한숨을 내쉬었다.

“그러고 나서 마지막으로 한입 크게 베어 물면… 그건 폭발이에요. 환희. 마지막 피날레.”

그녀가 그렇게 말하는 걸 들으니 재미있었다. 어딘가 아주 관능적으로 들렸다. 그는 입가로 새어 나오려는 어린애 같은 미소를 참아내느라 꽤나 애를 먹고 있었다.

“먹을 때 그런 일이 다 일어난다고요?”

“그래요. 먹을 때도, 숨 쉴 때도, 걸을 때도, 사랑할 때도요. 마음을 쓰면 다 느낄 수 있어요.”

에밀은 고개를 끄덕였지만, 갑자기 목이 꽉 메었다. 자신이 한없이 둔하게 느껴졌다. 그는 평범하고, 감정 표현에 서툴고, 인생의 깊은 의미를 이해하지 못하는 사람이었다. 반면 그녀는 ‘사는 법’을 알고 있었다. 아버지에게 배웠기 때문이다. 그래서 그녀의 세상은 시적이고 단순하며 아름다웠다.

　조안은 달빛 아래에 고요히 앉아 있었다. 그는 자신이 얼마나 유치한 미소를 지었는지 생각하며 부끄러워졌다. 그녀는 왜 이런 남자와 여기 앉아 있는 걸까. 그냥 '혼자 있고 싶다'고 말했으면 그는 조용히 돌아갔을 것이다. 그런데 왜 함께 있어주는 걸까. 아마 레옹은 달랐겠지. 그는 책을 읽고, 인용문을 적고, 꽃 이름을 줄줄 외웠을 것이다. 쐐기풀로 차도 끓일 줄 알고, 그림을 그리고, 재즈를 들으며 피아노를 쳤을지도 모른다. 그는 분명 완벽했을 것이다.

　찬 바람이 골목을 휩쓸고 지나갔다. 둘은 잠시 침묵했다. 에밀은 자신이 왜 이렇게 멍청하고 슬픈 기분이 드는지 몰랐다. 아마 술 때문일 것이다. 그리고 조안의 말 때문이기도 했다. 그는 일어나며 조용히 물으려 했다.

　"혼자 있고 싶어요?"

　하지만 조안이 먼저 말했다.

　"하늘 봐요. 플라타너스가 가리고 있어서 마당에서는 안 보였었어요. 근데 여기선 보여요. 달이 정말 예쁘죠?"

　그녀가 손가락으로 밤하늘을 가리켰다. 수많은 별 사이로 가느다란 초승달이 푸른빛으로 빛났다. 에밀이 고개를 끄덕이며 중얼거렸다.

　"참 예쁜 파란색이에요."

　조안은 그가 누구를 떠올리는지 바로 알아챘다.

　"지금… 그도 보고 있을까요?"

　"그럼요. 이런 하늘은 절대 놓치지 않았을 거예요."

　그는 턱을 손에 괴고 조용히 물었다.

　"그는 이 하늘에서 뭘 제일 좋아했을까요? 이 짙은 파랑? 까맣게 보이는데도 여전히 파란색인 그 색… 그게 그를 매혹시킨 걸까요?"

조안은 잠시 생각하다 대답했다.

"맞아요. 그런 것도 있었어요. 이 색은 어디서도 볼 수 없잖아요. 하지만 그것만은 아니에요. 그는 그 파랑 속의 움직임을 그렸어요. 명암, 흔적, 물결, 반짝임….."

잠시 침묵이 흘렀다.

"전에 그랬잖아요. 그가 하늘을 그린 건지, 바다를 그린 건지 몰랐다고."

"맞아요. 아마 둘 다였을 거예요. 하늘이든 바다든, 그에겐 상관없었어요. 중요한 건 파란색, 그리고 그 안의 움직임이었죠."

둘은 말없이 하늘을 바라봤다.

"어쩌면….."

조안이 그의 목소리에 놀라 그를 보았다.

"어쩌면 그가 탐구한 건 색이 아니었을지도 몰라요."

"무슨 뜻이에요?"

"그가 매달렸던 건 색이 아니라… 그 안에 담긴 깊이와 광활함이었을지도요."

조안은 눈을 크게 떴다.

"그가… 그 광활함을 그림으로 재현하려 했다는 거예요?"

에밀은 어깨를 으쓱했다.

"하늘과 바다는 그걸 공통으로 가지고 있잖아요."

그녀는 침을 삼키는 게 힘들어 보였다.

"세상에… 난 그가 단지 파란색에 집착한 줄만 알았어요."

그녀가 고개를 저었다. 눈에 눈물이 맺혔다.

"그는 그 광활함의 비밀을 풀고 싶었던 거예요. 그걸 표현하고, 다시 만들어내고 싶었던 거죠."

그녀의 목소리가 흔들렸다. 감정을 절제하던 평소의 조안이 아니었다.

"그는 내 생각보다 훨씬 더 똑똑했어요."

에밀은 그녀가 눈물짓는 게 불편해서 조심스레 말했다.

"그냥 내 생각일 뿐이에요. 사실이 아닐 수도 있죠."

하지만 조안은 고개를 세차게 저었다.

"아니요. 맞아요. 그는… 내가 아는 그 어떤 아이보다도 영리했어요."

그는 아무 대답도 할 수 없었다. 그는 왜 그 아이가 조안을 그렇게까지 흔들어 놓았는지 궁금했다. 그녀가 아이의 침묵과 특별함, 그리고 아이가 스스로 만들어낸 그 작고 외로운 시적인 세계 속에서 자신의 모습을 본 것은 아닐까 하고 생각했다. 그는 더 이상 말을 덧붙일 용기가 없었다.

"케이크 먹는 법 좀 가르쳐 줄래요?"

그는 화들짝 놀랐다. 시간이 흘러갔다. 그녀는 그의 존재를 잊었는지, 하늘을 바라보며 몰입해 있었다.

"뭐라고요?"

"완전히 의식한 상태에서 이 케이크를 맛보는 법을 보여주었으면 좋겠어요."

"아, 정말요?"

그녀는 그의 부탁에 놀란 듯 보였다. 아까의 감정은 사라지고, 그녀는 평정과 차분함을 되찾았다. 에밀은 고개를 끄덕였다.

"예."

"정말로요?"

"예! 당신의 세상에서는 모든 것이 아름다워 보이잖아요."

그녀는 어깨를 으쓱하고 살짝 눈살을 찌푸렸다.

"나의 세상이 다 아름다운 건 아네요…."

"그래도, 내 세상보다야 훨씬 아름답잖아요."

"그걸 어떻게 확신할 수 있죠?"

"당신 말투에서 느껴져요…."

그녀는 다시 어깨를 으쓱했지만, 별로 설득되지는 않은 듯했다.

"당신은 내가 느끼지 못하는 것을 느끼고, 내가 보지 못하는 것을 보잖아요. 나에게 그걸 가르쳐줬으면 해요. 내가 사는 세상에서는 모든 게 더 거칠고, 색채도 없고, 명암의 차이도 존재하지 않아요."

그는 진지하게 덧붙였다.

"내 파란색에는 움직임이 없어요. 그냥 파란색일 뿐이죠. 기본 파란색. 무슨 말인지 알겠죠?"

그는 그녀가 입가에 희미한 미소를 띠게 하는 데 겨우 성공했다.

"알 것 같아요."

"보여줘요. 케이크 먹는 법…."

그녀는 고개를 끄덕였다. 손님들의 목소리가 여전히 울려 퍼졌다. 누군가 조안의 이름을 불렀다. 아마도 미르티유가 그들에게 에밀이 그녀를 만나러 갔다고 말했을 것이다. 골목에는 움직임이 없었다. 조안은 종이 접시를 받아 무릎 위에 천천히 올리고, 손끝으로 케이크 한 조각을 집었다.

"눈 감아요."

그는 시키는 대로 했다.

“예.”

그는 무엇인가가 코를 스치는 것을 느꼈고, 다음 순간 향기가 코끝을 간지럽혔다. 모든 향을 다 제대로 느끼기는 힘들었다. 그것은 달콤하고 새콤하게 느껴졌다. 백 프로 확신할 수는 없었다. 하지만, 그는 향기를 계속 들이마셨다. 맙소사, 나는 왜 이렇게 둔하지? 그는 지금까지 자신의 후각이 이렇게 부족한 줄 몰랐던 것이다.

조안이 말했다.

“입을 벌려요.”

그는 조안의 손가락이 입술을 스치는 순간 움찔했다. 그리고 케이크의 크리미한 질감이 혀 위에 닿는 것을 느꼈다. 조안이 설명했던 것처럼 케이크는 침과 섞이며 천천히 녹아내렸다.

“이젠 입 다물어도 돼요… 천천히 해요.”

그는 케이크가 혀 위에서 부드럽게 퍼지는 것을 느꼈다. 크리미하다, 부드럽다, 녹는다, 달콤하다, 부드럽다 같은 단어가 떠올랐다. 그는 케이크를 삼키고 싶었지만 조안이 시키는 대로 했다. 입과 혀에 향기가 가득 차도록 했다. 그것은 바닐라 향이었다. 가장 먼저 느껴지는 향이었다. 하지만 그것만은 아니었다. 바닐라 향은 오렌지 향과 은은하게 섞여 있었다. 아니, 레몬 향일까? 아니, 확실히 오렌지 향이었다. 크리스마스, 벽난로 연기, 거실의 전나무 향, 발 아래 폭신한 슬리퍼, 포장지 속 폭죽 소리가 떠올랐다. 그는 그것을 아직 씹지 않고 있었다. 그러자 계피 향도 느껴졌다. 알리스 할머니! 알리스 할머니와 그녀가 만든 향신료 빵. 그녀는 1월 1일에 만들었다. 마르조리와 그는 그녀를 ‘향신료 빵 할머니’라고 불렀다. 오래된 흙바닥 집에서 나는 향기가 기억났다. 그는 할머니의 집을 벗어나 더 먼 곳으로 마음을 내맡겼다. 이제 버터의 부드러운 풍미가 느껴지기 시작했기 때문이다. 그는 케이크가 입 안에서 녹도록 내버려 두었다. 더 이상 참을 수가 없어서 케이크를 통째로 삼켰다. 그는 그것을 삼키자마자 자신도 모르게 만족스러운 한숨을 내뱉었다. 이제 입안에 케이크는 없지만, 향기는 여전히 미각 속에 남아 있었다. 천천히 음미했다. 그는 조안이 말했던 안락함을 느꼈다. 이 황홀함. 이 평온함. 거의 쾌락에 가까운 이 기분. 맙소사, 그녀의 말이 맞았다. 그는 좀처럼 눈을 뜨지 못했다. 그는 미세한 향기와 부스러기 하나까지 붙잡으려는 듯 빈 허공에서 입을 오물거렸다. 그는 음식을 다 삼키고 난 뒤에도 그 풍미가 입안에 머물며 즐거움이 오래도록 이어진다는 사실을 예전엔 미처 알지 못했다.

"어때요?"

그가 눈을 다시 떴다. 조안은 흥미롭게 지켜보고 있었다.

그가 말했다.

"이건… 지금까지 먹어본 케이크 중 최고예요."

그녀는 만족스러운 미소를 지었다.

"정말… 황홀했어요!"

그녀는 웃기 시작했고, 그도 기분 좋게 따라 웃었다. 케이크로 인해 생긴 즐거움이 온몸으로 퍼졌다. 몇 초 동안 두 사람은 아이처럼 웃었다. 에밀이 다시 진지해지자, 그의 마음속에는 단 하나의 욕망만 남았다.

그는 조안의 접시에 올려져 있는 케이크 조각을 가리키며 물었다.

"먹어도 돼요?"

그녀는 하늘을 바라보며 눈을 굴렸다.

"그럴 줄 알았어요. 먹어요. 당신 거예요."

그는 종이접시를 있는 힘껏 움켜쥐었다. 그는 그녀의 세계에 한 발을 들여놓는 데 성공했다. 첫 번째 발걸음이었다. 그리고 그것은 아름다웠다. 그것은 부드럽고 달콤했으며, 녹아내리듯 향긋하고 약간은 새콤했다. 하지만 그것만이 아니었다. 그것은 수많은 감각과 추억, 소리, 냄새로 가득 차 있었다.

3월 10일, 오전 1시 30분
6번지, 석공 거리, 에우스.
파티는 끝났다. 손님들은 떠났다. 미르티유와 아니가 정리하는 것을 도왔다. 멋진 밤이었다. 그들이 이런 자리를 마련해 주고, 모든 사람들이 작별 인사를 하러 와 주어 감동적이었다. 작은 침대 옆 램프를 끄고 잠자리에 들려 할 때, 그날 밤 조안과 함께했던 순간이 떠올랐다. 현관 밖에서였다. 그 전까지만 해도 그는 무겁고 어색하다고 느꼈지만, 톰 블루 이야기를 꺼내자 덜 무겁고 어색하게 느껴졌다. 그가 한 말이 그녀를 감동시켰다. 그게 바로 그가 조안과 함께 있을 때 특히 좋아하는 점이었다. 그녀는 그를 더 가볍고, 영적으로 만들어 준다. 그를 좋은 사람, 더 나은 사람으로 변하게 한다. 그것을 의식하지 않은 채.
그때 즐겨 흥얼거리던 노래가 있었다. 파올로 누티니의 "더 나은 남자". 지금 글을 쓰다 보니 가사도 떠올랐다.

그녀는 나로 하여금 더 나은 남자가 되고 싶게 만들지.
그녀는 두려움이 없고, 자유로워.
그녀는 정말 생기 넘치는 사람이야.
그리고 그녀 덕분에 나는 훨씬 더 나은 사람이 된 것 같아.

이 노래는 조안을 위해 만들어진 듯했다. 그녀에게 딱 어울렸다.

하늘은 온통 푸른색 1

1판 1쇄   2026년 2월 20일

지은이   멜리사 다 코스타
옮긴이   이재형
편집   김효진
교열   이수정
디자인   최주호
펴낸곳   마르코폴로
등록   제2021-000005호
주소   세종시 다솜1로9
이메일   laissez@gmail.com
페이스북   www.facebook.com/marco.polo.livre

ISBN   979-11-24110-09-6   03860

책 값은 뒤표지에 있습니다. 잘못된 책은 교환하여 드립니다.